古典文獻研究輯刊

七 編

曾 永 義 主編

第 12 冊

明清戲曲評點研究

李 克 著

國家圖書館出版品預行編目資料

明清戲曲評點研究／李克 著 — 初版 — 新北市：花木蘭文化
出版社，2013〔民102〕
序2+ 目2+306 面；19×26 公分
（古典文學研究輯刊　七編；第12冊）
ISBN：978-986-322-101-2（精裝）
1. 明清戲曲　2. 戲曲評論
820.8　　　　　　　　　　　　　　　　　　102001634

ISBN-978-986-322-101-2

9 789863 221012

古典文學研究輯刊
七　編　第十二冊　　　　　　　ISBN：978-986-322-101-2

明清戲曲評點研究

作　　者　李　克
主　　編　曾永義
總 編 輯　杜潔祥
出　　版　花木蘭文化出版社
發 行 所　花木蘭文化出版社
發 行 人　高小娟
聯絡地址　新北市永和區中正路五九五號七樓
　　　　　電話：02-2923-1455／傳眞：02-2923-1452
網　　址　http://www.huamulan.tw 信箱 sut81518@gmail.com
印　　刷　普羅文化出版廣告事業
初　　版　2013 年 3 月
定　　價　七編 16 冊（精裝）新台幣 26,000 元

明清戲曲評點研究

李　克　著

作者簡介

李克（1974.12～。），安徽靈璧人，2010 年畢業於北京師範大學文學院，獲文學博士學位，現供職於北京師範大學出版社。有學術論文數篇刊於《中華戲曲》、《北方論叢》、《四川戲劇》、《戲曲藝術》、《貴州文史叢刊》等全國中文核心期刊。著有詩集《靈魂裏的鐵》，編選《名家品水滸》，參編《元曲鑒賞辭典》等。

提　　要

　　本書是第一部關於明清戲曲評點的綜合性、開拓性研究專著。全書按照明清戲曲評點的分期及特點、明清戲曲評點家、明清戲曲評點的流變、明清戲曲評點的理論建構和價值四個專題設置章節。第一章以宏觀的視角綜合審視明清戲曲評點，從史的角度把明清戲曲評點分為萌芽期、繁興期、鼎盛期、延續期和餘勢期五個階段，並對每個階段戲曲評點批評的總體特徵和理論特色予以概括評析。第二章探討明清戲曲評點家的地域分佈特點，並以金聖歎為個案，探討了戲曲評點家的評點心態和動機。第三章從流變的角度，以《西廂記》、《琵琶記》、《牡丹亭》三大名劇的評點為中心，揭示了《西廂記》評點「鑒賞型」、「學術解證型」和「演劇性」三大範型的理論演進；從文情、文事、文法三個維度，探究了毛聲山批點《琵琶記》的理論建構及對前人的超越；從「情」內涵的潛變、敘事藝術等方面來把握《牡丹亭》評點的發展、演變。第四章探討明清戲曲評點對古典戲曲學的理論建構和價值，凸顯戲曲評點對戲曲功能（娛樂、教育、宣洩、審美）的認知及對戲曲創作學、戲曲鑒賞學（演劇性、文學性）的理論貢獻等。文末附錄的戲曲評點資料亦彌足珍貴，沾溉學林！

序

李眞瑜

　　學人治曲，近世自王靜安先生《宋元戲曲考》問世，漸成顯學。數十年來，此風尤熾，學人才子，經月累日即成一著者，三年五載著作等身者，屢見不鮮，治曲之盛莫甚於今日。然「凡物，以少整，以多亂」（馮夢龍《曲律・敘》），馮氏之所謂「亂」者，濫作是也。何謂「濫作」？因襲重複，空疏無物，斷章取義，管窺蠡測者是也。然較之近時一些史家或閉門造史、無中生有，或歌功頌德、妄言盛世，或諂媚威權、鼓吹奴性，或風花雪月、迷戀宮闈之「濫作」，治曲之「濫作」或可諒之容之。李克君之《明清戲曲評點研究》，與時下「亂」作（濫作）迴然有別，其於明清戲曲評點研究之卓然不俗者有數端：收集考察明清戲曲評點存本，所得數倍於前人，此其一也；論明清戲曲評點之興衰及理論內涵之嬗變，簡約精賅，頗有高屋建瓴之銳識，此其二也；探析明清戲曲評點之重要家數如《西廂記》、《琵琶記》、《牡丹亭》評點，均能妙析奇致，不同成見，此其三也，正所謂不由恒蹊，必成佳構。讀者觀此著，定有行山陰道上美景應接不暇之感，故其出類拔萃之處無需余一一道來。李克君自丁亥夏從余修讀文學博士學位，勤而能專，時常與余論學不輟，余亦良獲多多，不敢以師者自居，幸昌黎公有言：「弟子不必不如師，師不必賢於弟子。」此大可慰余心之一二。《世說》謂「北人學問，淵綜廣博」，此言李克君乎？余稱李克君著作之數言，非緣私心而許之，實爲其所著乃今日學界不可多得之也。

　　壬辰二月既望後二日李眞瑜書於北師大校內租屋，是日春寒料峭，陰霾彌漫京城，不禁有屈子「迷不知吾所如」之歎。

緒　論

方孝岳《〈中國文學批評〉導言》說：

> 批評和文學本身是一貫的，看這一國文人所講究所愛憎所推敲的是
> 什麼，比較起來，就讀這一國的文學作品，似乎容易認識一點。我
> 們現在所抱的這種目的，當然不是我們古來的那些批評家所想到要
> 做的；但是我們要知道，惟其他們都是興會所到眞情流出的批評，
> 所以我們把他整個的敘述出來，才可以使人從許多個別的「眞」得
> 到整個的「眞」〔註1〕

明清戲曲評點恰恰屬於方先生所說的「興會所到眞情流出的批評」。本文即以
其爲研究對象。所謂「明清戲曲評點」，是指明清時期（1368～1911）創作的
附於戲曲文本的理論批評文字，它是一種重要的中國古典戲曲理論史料，也
是戲曲評點家們性靈文字的展現，或學問文章的發揮。有的隻字片言，雪泥
鴻爪，有的累牘千言，才情淋漓。究其具體存在形態，大致有廣、狹之分野：
廣者包含戲曲序跋、讀法、凡例、眉批、旁批、夾批、節批、總批和圈點等；
狹者則包括除戲曲序跋、凡例之外的其他批點文字。在學術研究日益專門化
的今天，「戲曲評點學」已日漸作爲一專門之學而進入學者的研究視野。因此，
爲論述的方便，本文在使用戲曲評點的概念時以戲曲評點的狹義形態爲主，
而在具體論述時，則兼及其廣義形態，不做過於繁瑣的區分。

〔註 1〕 方孝岳：《〈中國文學批評〉導言》，見《中國文學批評　中國散文概論》（北
　　　　京：三聯書店，2007），頁 17。

一、研究現狀概述

本課題的研究對象是生活於明清時期的人對前朝或本朝戲曲文本所作的評點文字。時間斷限為明朝建國的 1368 年至清朝滅亡的 1911 年。由於對明清兩代戲曲評點研究呈現的面貌不盡一致，下面分別予以評述：

（一）明代戲曲評點研究述略

二十世紀以來的明代戲曲評點研究論文涉及面比較廣，切入點比較分散，雖然沒能出現象金批《西廂》專題研究的盛況，但在總體研究上顯得更均衡、全面、深入。研究大致可分為：起步期、多元發展期和綜合期。

1、起步期

二十世紀 60 年代至 70 年代末。以王季思、吳新雷等學者為代表，重在對戲曲評點文獻的介紹、評價。1962，葉餘在《文物》上刊發《槃薖碩人增改定本西廂記初讀零記》，予以披露。次年，中華書局影印出版《槃薖碩人增改訂本西廂記》，王季思作跋文介紹和評論。同年，吳新雷則撰文紹介李卓吾批評的曲本，並探究其真偽問題。該時期的問題在於對戲曲評點的學術性探討不夠。

2、多元發展期

二十世紀 80 年代初至 90 年代末。這是明代戲曲評點全面拓展的時期，研究的視角多元化，積累了相當厚實的學術成果。其一，評點史輪廓的勾畫。如吳新雷的《明清劇壇評點學之源流》以頗具前瞻性的史的眼光，對明、清兩代重要的戲曲評點本一一予以述評，初步勾勒出明清戲曲評點的流變軌跡。么書儀的《明人批評〈西廂記〉述評》則可視為小型明代《西廂記》評點研究史。其二，評點文獻整理及研究。一方面，明代戲曲評點本（如《集評校注西廂記》；王思任、王文治評點《牡丹亭》等）及評點資料彙編（如《琵琶記資料彙編》、《牡丹亭研究資料考釋》等）的整理出版，為進一步深入研究奠定基礎。另一方面，蔣星煜的《明刊本〈西廂記〉研究》、《〈西廂記〉的文獻學研究》、黃仕忠的《〈琵琶記〉研究》，以及張人和、林宗毅等人的《西廂記》研究〔註2〕，對後來從版本文獻角度研究明代戲曲評點產生了深遠的影

〔註2〕張人和：《〈西廂記〉論證》（長春：東北師範大學出版社，1995）；《近百年〈西廂記〉研究》，載《社會科學戰線》，1996 年第 3 期；《〈西廂記〉的版本概觀》，載《社會科學戰線》，1997 年第 3 期；林宗毅：《「西廂學」四題論衡》（臺灣大學 1998 年博士論文）。

響。其三，名家名劇評點理論的整體考察。李卓吾、陳繼儒、淩濛初、馮夢龍、孟稱舜等著名戲曲評點家的藝術觀及其戲劇理論內容、特徵、風格、價值等爲學界關注。代表性專著有葉長海的《中國戲劇學史稿》（1986）、傅曉航的《戲曲理論史述要》（1994）、趙山林的《中國戲劇學通論》（1995）、李昌集的《中國古代曲學史》（1997）等，其中已表現出將戲曲評點納入中國戲劇（曲）理論史的不懈努力；論文則有夏寫時的《論李卓吾的戲劇批評》、蔣星煜的《陳眉公評本〈西廂記〉的學術價值》、傅承洲的《馮夢龍戲曲理論芻議》、王政的《關於馮夢龍戲劇理論的特徵》、沈堯的《傳情當行雅俗氣骨——孟稱舜劇論簡釋》等。其四，還有的論文針對戲曲評點理論的某一方面（創作論、評改或編劇理論等）展開論述，如俞爲民的《論孟稱舜的戲曲創作論》、周立波的《馮夢龍戲曲改編理論初探》等。可見，明代戲曲評點研究從點到面都取得了顯著的成績。

3、綜合期

二十一世紀以來。在此期間，研究者既有對上一時期研究視角和方法的延續，也有新的突破，而綜合性研究的出現，則標誌著明代戲曲評點研究的進一步深化。如朱萬曙的《明代戲曲評點研究》是帶有集大成綜合式研究的專著。該書分七章，依次爲：文學評點淵源與戲曲評點之興；明代戲曲評點的版本形態與批評功能；明代戲曲評點的三大署名系統；明代戲曲評點的理論貢獻；明代戲曲評點的批評價值；三大名劇的評點；明代戲曲評點與明代戲曲文化；結語：明代戲曲評點的歷史定位。該書論述角度比較巧妙，明代戲曲評點相關重要問題大都涉及，尤其是二、三、六章及附錄的評點材料嘉惠後學頗多。其存在的問題主要有：對戲曲評點與創作、戲曲評點與評點者關係的考察不夠；附錄的明代戲曲評點本不全等。此外，徐國華、涂育珍的《臨川戲曲評點研究》（2007）、伏滌修的《〈西廂記〉接受史研究》（2008）等〔註3〕也值得關注。

〔註 3〕 值得關注的相關還有論文：鄭志良：《袁於令與柳浪館評點「臨川四夢」》，載《文獻》，2007 年第 3 期；孫書磊：《陳繼儒批評〈琵琶記〉版本流變及其眞僞辨正》，載《琵琶記研討會論文集》（上海：上海古籍出版社，2008）；陳維昭：《明清戲曲評點的主要形態及其功能》載《戲劇藝術》，2008 第 6 期；劉君王告《從〈墨憨齋定本傳奇〉之改編看馮夢龍作劇觀點及其實踐》（臺灣高雄師範大學 2004 年博士學位論文）；鄭函《「李卓吾」小說、戲曲評點研究》（復旦大學 2005 年博士學位論文）；武永輝：《〈墨憨齋定本傳奇〉研究》（蘭

（二）清代戲曲評點研究綜述

1、金批《西廂》專題研究：在輝煌中前行

二十世紀以來，金批《西廂》研究論文 80 餘篇，專著 10 種。〔註4〕大致可分爲四個時期：即起步期、扭曲期、成熟期和延續期。

（1）起步期：建國前

有兩點值得關注，一是 30、40 年代，以方孝岳、朱東潤爲代表，在文學批評史的流程中確立金聖歎和李漁「劈草萊」、「遂爲一代之高峰」的歷史功績。朱氏指出「聖歎批評《西廂》、《水滸》，其長處在於認識主角之人格，瞭解全書之結構」，〔註5〕更是一筆點出金批之理論核心；二是金批《西廂》之創作論受到關注，以徐懋庸、隋樹森等爲代表。徐懋庸《金聖歎的極微論》一文認識到金批中所揭示的對細微事物的觀察的重要性，從而用以指導小品文創作。隋樹森《金聖歎及其文學批評》論析了戲曲敘述方法（「那輾」）及文學創作靈感等問題。

（2）扭曲期：建國後至二十世紀 70 年代末

整體而言，這是金批《西廂》「遭厄」的時期，金聖歎甚至被扣上「反動文人」的帽子。尤其是「文革」十年，金批《西廂》正常的研究步伐被徹底打亂，雖然有不少歧見和論爭，但這些論爭大都深深打上時代思潮的烙印。這種狀況一直延續到 70 年代末。

建國後不久，絕大多數的研究者都指出金聖歎哲學思想上的主觀唯心主義本質，不乏深刻性，但囿於馬克思主義唯物史觀或階級分析法，他們對金聖歎的文藝觀、對其評改《西廂記》之意旨及其貢獻的評判則千差萬別。如霍松林 1955 年撰文指出：「他（金聖歎）批改『西廂記』的目的是維護封建宗法禮教，反對自由婚姻。……他批改『西廂記』的辦法也主要是歪曲人物的性格。」〔註6〕這顯然是特定時代權力話語的產物，可置而不論。張國光

州大學 2007 年碩士學位論文）；翁碧慧：《明代戲曲「湯評本」研究》（臺灣大學 2007 年碩士學位論文）；陳韻妃：《李贄戲曲評點研究《臺灣中央大學 2009 年碩士學位論文》；徐嫚鴻《明代陳繼儒戲曲評點本研究：以〈六合同春〉爲討論中心》（臺灣中央大學 2009 年碩士學位論文）。

〔註4〕 本文有關統計數字主要根據中國學術期刊網上相關論文，及孫中旺編著：《金聖歎研究資料彙編》附錄二（揚州：廣陵書社，2007）。

〔註5〕 朱東潤：《中國文學批評史大綱》（上海：上海古籍出版社，2001），頁 330。

〔註6〕 霍松林：《金聖歎批改「西廂記」的反動意圖》，載《文學遺產選集》（第 1 輯）（北京：作家出版社，1956），頁 221。

作為「挺金派」代表，在促使金批《西廂》走出厄運期方面功勞卓著，他針對當時及以前評論家關於金聖歎批《西廂記》反動意圖的詆斥，認為金聖歎通過批改《西廂記》，大大提高了舊本的思想性。「總不能否認他清除了舊本宣揚夫榮妻貴、衣錦榮歸的封建正統觀念，從而使大團圓的《西廂記》，變成震撼人心的古典悲劇的功績。」〔註7〕張氏的觀點頗有見地，但他堅持《金西廂》優於《王西廂》，則不免褒美過甚，似乎走到另一個極端上去了。因為，他沒有注意到王實甫《西廂記》「世代累積型」成書方式及產生的時代特色，未能與《王西廂》以「同情之理解」，其結果難免有意氣之爭的嫌疑。

（3）成熟期：二十世紀80年代初至二十世紀末

隨著西方思潮的逐步引進與衝擊，研究者的視角及其理論深度和廣度都得到極大的拓展。學界關注的核心轉向金聖歎戲劇理論的深層挖掘和拓展。在短短二十年內，學界收穫了金批《西廂》研究專著 3 部（譚帆《金聖歎與中國戲曲批評》、郭瑞《金聖歎小說理論和戲劇理論》、牧惠《西廂六論》）、相關古代戲曲理論史著作多種（葉長海《中國戲劇學史稿》、李昌集《中國古代曲學史》等）和論文 50 餘篇。譚帆《金聖歎與中國戲曲批評》是最為厚重的金批《西廂》研究專著之一，涉及金聖歎對戲曲的本質特徵、《西廂》人物、結構、語言及金批《西廂》評點系統的理論思考，體系精嚴、創見豐厚。其他論著或論文，亦不乏真知灼見。而用力最勤者尤在於金批《西廂》的人物性格論、戲劇情節結構論、價值論、創作論及金聖歎評改《西廂》之得失等問題的探討，並能就一些共同關心的話題——如金批《西廂》中的人物性格是否個性化、截去第五本等——展開論爭，顯示出比較良好的發展態勢。

a. 人物性格論

敘事文學的核心是「人學」，人物性格的塑造不僅是創作者關注的焦點，同時也應該是戲曲評點者關注的中心所在。但由於中國古典詩學和曲學傳統的源遠流長，戲曲理論批評長期自囿於詩學批評或曲學批評的藩籬，直至明末清初才有所改觀。正如齊森華所言：「金聖歎的戲曲批評的可貴之處，就在於……第一次比較明確地提出了戲曲作品中的藝術形象問題，把性格分析作為戲曲批評的中心，把性格塑造作為衡量戲曲作品優劣的尺規，從而在我國開始創立了一種以性格分析為中心的戲曲理論批評。」〔註8〕齊氏對金批《西

〔註7〕　張國光：《金聖歎學創論》（鄭州：中州古籍出版社，1993），頁506。
〔註8〕　齊森華：《曲論探勝》（上海：華東師範大學出版社，1985），頁111。

廂》在中國戲曲理論批評史上的開創性意義，認識是深刻而富有啓發性的。但這並不意味著金聖歎的戲曲人物性格論是完美無缺的。其中歧見最大的是：金批《西廂》塑造的究竟是「個性化」人物典型，還是「類型化」的人物。（關於主配角組合、人與環境等問題，周書文〔註 9〕等進行了比較深入的探討，但分歧不大，茲不具論。）

不少學者根據金批《西廂》人物性格論中「這一個」理念的提出，認爲劇中的主人公鶯鶯和張生是個性化的典型形象或具有了「典型」意義。如謝柏良〔註 10〕、李昌集〔註 11〕等。臺灣學者顏天祐認爲金批中「有別於『別一個』的『這一個』，主要是表現爲語意上的指代意義，至於作爲實實在在區別於『茫茫天下之人』區別於『別一個』的個性化意義，金聖歎尙未具體辨知而形諸理論文字。」〔註 12〕但顏氏也並未由此而否定金聖歎的戲劇人物性格論，因爲在鑒賞實踐方面，金聖歎對人物心理分析的體貼入微，從實證上補足了這一缺陷。臺灣學者林宗毅則持「類型化」說。他認爲：「《西廂記》之高超，即在於人物非但不止於類型化，而且具有豐富的性格及其延展性。……金聖歎在《西廂記》的評點和刪改中，其性格卻又慢慢地從延展化向類型化回歸。」〔註 13〕林氏的長處在於從實際文本分析入手，注意到類型化的美學風格與戲曲文學創作之間的互動關係。譚帆似乎持折中之論，認爲「金聖歎的戲曲人物理論是在類型化和個性化之間徘徊，而較爲傾向於類型化。」〔註 14〕

b. 戲劇情節結構論

眞正對金聖歎的戲曲結構理論從邏輯理路上予以體認並不乏卓見的當推譚帆。他從戲曲結構的基本原則（即表現人物性格和性格所包涵的思想意蘊）、有機整體觀念（即性格的完滿展現，情節的完整起訖和思想意蘊的完全

〔註 9〕 周書文：《金聖歎評點〈西廂記〉的戲劇藝術觀》，載《北京師範學院學報》1985 年第 2 期。

〔註 10〕 謝柏良：《金聖歎論戲劇人物典型化》，載《湖北大學學報》1987 年第 2 期。

〔註 11〕 李昌集：《中國古代曲學史》（上海：華東師範大學出版社，1997），頁 672～673。

〔註 12〕 顏天祐：《從劇詩抒情特色看金批〈西廂記〉的人物心理分析》，載《第四屆清代學術研討會論文集》，國立中山大學中文系 1996 年版，頁 346。

〔註 13〕 林宗毅：《金批〈西廂記〉的内在模式及其功過──兼論戲曲「分解」說》，載《漢學研究》1997 年第 2 期，頁 153。

〔註 14〕 譚帆：《金聖歎戲曲人物理論芻議》，載《文學遺產》1987 年第 2 期，頁 112。

揭示）及戲曲藝術的敘事方法三個方面來概括金氏的戲曲結構理論，並指出：
「在金聖歎的理論觀念中，情節結構的安排是要受到性格的強烈制約的，因
而對於性格的嚴格限制必然使情節結構趨向於嚴整。故在金聖歎的戲曲結構
理論中，結構的嚴整性並不顯現爲情節安排上的滴水不漏，而是情節設置和
性格特徵的完全吻合，情節內部所展現的因果關係也就是性格揭示的邏輯層
次。」這是目前關於金聖歎戲曲情節結構理論研究最豐碩的成果之一，也似
乎成爲學界的共識。金登才認爲：「（金聖歎）運用衝突說把《西廂記》矛盾
的產生與消失，衝突的形式、內容和人物性格、人物命運的關係，概括爲三
漸三得，二進三縱，兩不得不然，認眞地分析了《西廂記》衝突，使理論與
藝術實踐相互印證，這是著名的曲論家王驥德和李漁等人都不曾提出和不曾
做過的。」〔註15〕其分析細緻，也極有創見。

c. 價值論

金批《西廂》的價值是多方面的。

其一，文藝心理學價值。以前的研究者往往重視從知人論世的觀點出發，
過分重視金聖歎評改《西廂記》的主觀心理意識，而忽略評點實踐對其心理
的反作用及其獨立性價值。因此，關於金批《西廂》中蘊含的文藝心理學價
值往往散見於文章的論述中，而專門文章並不多，佘德餘和陳竹的研究可爲
代表。佘德餘認爲：「金聖歎小說戲曲評點理論涉及文藝心理學的各個方面，
如創作心理，文學家構思孕育藝術形象表現形象即形象思維過程，文學欣賞
心理，即欣賞注意力的激發、欣賞的節奏，文學作品的心理分析，文學的心
理功能，認識作用和道德教育作用，文學語言心理特徵，作者心理素質等等，
在我國古代文學批評史上，對文藝心理學理論的建構作出了創造性的貢獻。」
〔註16〕陳竹則從金批關於「心至」與「筆至」的關係來探討劇作家的創作心
理，指出「心手皆不至」的化境是作家追求的最高境界。〔註17〕

其二，有從藝術鑒賞或悲劇觀諸角度來探討金批的美學價值。齊森華
〔註18〕、林文山等學者致力於金批《西廂》的藝術鑒賞理論的開掘和深化，授

〔註15〕　金登才：《金聖歎論戲劇衝突》，載《戲劇論叢》1984 年第 1 期，頁 110。

〔註16〕　佘德餘：《金聖歎小說戲曲評點理論的文藝心理學價值》，載《北方論叢》1989
　　　　　年第 6 期，頁 80。

〔註17〕　陳竹：《金聖歎論心理創作——金批〈西廂〉讀書箚記之一》，載《華中師大
　　　　　學報》（哲社版）1989 年第 5 期，頁 38。

〔註18〕　齊森華：《金聖歎的戲曲評點淺探》，《大學文科園地》1885 年第 5 期，頁 6～11。

讀者以「金針」。如林文山認爲：「金聖歎的貢獻，在於他像摸透了作者的心意似地，根據戲劇的特點，從剖析劇情和人物性格的角度，指出蘊含這些秀麗的辭藻裏的豐富的社會生活內容、人物心理活動，揭示它在塑造人物形象中的成就，往往有獨到之處，甚至連作者本人可能也未曾意識到的精微的地方，也給他剖析得頭頭是道。」〔註19〕這是深刻理解作品之後的知人之論，發人深思。鄒世毅、姚文放〔註20〕等則探討了金批悲劇理論的美學內涵及其價值。

d. 創作論

這一視角的研究貫穿著近百年金批《西廂》研究的各個階段：建國後的二三十年，金聖歎關於藝術創作技巧的評點爲很多學者詬病，往往被貼上「形式主義」的標籤一筆否定。祝肇年〔註21〕、傅懋勉〔註22〕等人能摒棄偏見，認爲其中有合理部分，應作爲文學理論的優秀遺產，予以批判繼承。這是當時馬克思主義文藝理論家對金批《西廂》最爲客觀、公正的評價，顯示論者眼光之深邃和不趨時務的理論品格。新時期以來，學界對金聖歎的戲曲創作技法論予以全面的關注，其中以傅曉航《金聖歎論〈西廂記〉的寫作技法》之評價尤爲公允，傅文在歎賞金聖歎精闢的藝術分析的同時，也客觀指出：「金聖歎對技法在創作中的地位，強調的是過分的，即技法可以決定一切，作家只要熟練地掌握了技法，即可創作出『奇文妙文』。」〔註23〕當然，技法論研究在深度和廣度上的突破也是值得肯定的。廣度方面，幾乎所有的金聖歎戲曲創作技法被或多或少、或詳或略地予以匯總釋要，如洪欣《金聖歎論〈西廂記〉技法》〔註24〕等。深度方面，則注重技法概念內涵的挖掘和深化。如不少文章認識到「覷見」／「捉住」這一對概念與創作「靈感」之間的密切聯繫，但二者在何種層面上是相通的，往往語焉不詳；而梅慶吉〔註25〕通過發掘「靈感」的突發性、不可重複性和創造性特徵就比較深入地解決了這一

〔註19〕林文山：《評〈西廂記〉》（下），《戲曲藝術》1985年第4期，頁14～15。

〔註20〕鄒世毅：《論金聖歎的悲劇美學思想》，載《藝術百家》1990年第1期；姚文放：《中國戲劇美學的文化闡釋》（北京：中國人民大學出版社，1997）。

〔註21〕祝肇年：《怎樣評價金人瑞的文學理論——兼談金批〈西廂記〉》，文學遺產增刊（第9輯）（北京：中華書局，1957），頁12～24。

〔註22〕傅懋勉：《金聖歎論「那輾」》，載《邊疆文藝》1962年第11期，頁42～44。

〔註23〕傅曉航：《金聖歎論〈西廂記〉的寫作技法》，載《中華戲曲》1986年第2輯，頁183。

〔註24〕洪欣：《金聖歎論〈西廂記〉技法》，載《戲劇文學》1986年第2期，頁50～54。

〔註25〕梅慶吉：《「靈眼覷見」與「靈手捉住」——金聖歎論創作靈感》，載《北方論叢》1994年第4期，頁42～46。

問題。

e. 金聖歎評改《西廂》之得失

金聖歎對《西廂》的評改一直是聚訟的焦點，《西廂》的被「腰斬」是「斷尾巴蜻蜓」（魯迅先生語），還是如學者所盛讚的「這一斧頭砍得好，砍得對」？歷來仁者見仁，智者見智。劉闖《獨上瑤臺十二重——論金聖歎評點西廂記的貢獻》〔註 26〕側重於聖歎的「評」，著重從金聖歎評點《西廂》的意圖、藝術見解、創作理論三個方面肯定金聖歎的貢獻。傅曉航《金聖歎刪改西廂記的得失》側重在金聖歎的「刪改」，指出他評點《西廂記》的理論原則，就是他刪改《西廂記》的指導思想。並認為：「金聖歎在刪改西廂記的過程中實踐了他的理論，他在增強人物性格的真實性和戲劇性方面所下的工夫，以及取得的成就是顯而易見的。除此之外，他還著意加強了語言的通俗性和人物的科介，而使劇中人物唱詞、道白和行動渾然一體。」〔註 27〕林宗毅《金批〈西廂記〉的內在模式及其功過》則綜合考察金聖歎的刪改和評點兩個方面，指出：「許多學者在探討金氏批改《西廂記》的功過時，每多分刪改和評點兩方面進行評述，遂造成刪改的過失近乎『反動』式的竄改；評點的功績卻在中國戲曲理論史上大放異彩，做出了截然不同的評價，這對金氏來說，既責之過深也難免溢美。」〔註 28〕可見，與前一時期相比，金批《西廂》已經徹底走出「厄運期」，獲得廣泛的認同和客觀的評價。至此，關於金批《西廂》的功過大小爭論似乎可以蓋棺定論了。

此外，金批《西廂》的語言研究、學科交叉研究和中西比較視角的引入等，也客觀上擴大了金聖歎戲曲評點理論的研究和闡釋的空間。

（4）延續期：二十一世紀初至今

新世紀以來，金批《西廂》研究的熱度不減，雖然生硬照搬西方理論和重複前賢研究的現象屢見不鮮，但由於學者的努力，也產生了一些可喜的學術成果，展現出一些新的面貌：

〔註 26〕劉闖：《獨上瑤臺十二重——論金聖歎評點西廂記的貢獻》，載《青海民族學院學報》（社科版）1984 年第 2 期。

〔註 27〕傅曉航：《金聖歎刪改西廂記的得失》，載《戲劇：中央戲劇學院學報》1986 年第 3 期，頁 98。

〔註 28〕林宗毅：《金批〈西廂記〉的內在模式及其功過——兼論戲曲「分解」說》，載《漢學研究》1997 年第 2 期，頁 157。

a. 研究視角的繼續拓展或深化

樊寶英致力於金聖歎形式批評理論的開掘，其《金聖歎形式批評研究》從文心論、文辭論、章法論、分解論等角度來探討金聖歎在戲曲、小說評點文本中所呈現的「獨到的形式美學眼光」，並對金聖歎形式批評進行了現代性反思。這也意味著，關於金批《西廂》的形式批評理論研究方興未艾，有繼續開掘的廣闊空間。陳剛等從接受學角度挖掘金批中的戲劇思想，較有新意。吳子凌〔註29〕等試圖通過比較研究，實現東西方理論資源的會通等。

b. 綜合研究漸趨流行

一方面是內部綜合，以金批《西廂》為本位開展研究。如黃慧《〈西廂記〉金評的敘事理論研究》〔註30〕從敘事謀略、敘事功能、敘事方法入手，肯定了其對當今中國敘事學理論建構產生的積極影響。另一方面是外部綜合，注重從金聖歎文學評點的大視野的角度立論。如鍾錫南《金聖歎文學批評理論研究》〔註31〕等。

2、非專題研究：在尷尬中尋求突破

李昌集《中國古代曲學史》認為：「清代的戲劇評點大約有兩類，一類與晚明的戲劇評點相當，總體上未超出明人戲劇評點的水平，如署名『吳人』的《長生殿》評點和託名『吳吳山三婦』的《牡丹亭》評點。另一類則在明人戲劇評點的基礎上有所深化、有所發展，其最出色的代表，便是金批《西廂》。」〔註32〕然據筆者粗略統計，清代現存戲曲評點本超過180種，其數量和規模在明代現存戲曲評點本之上。如果僅從劇學批評的角度而言，李氏的判斷大體是正確的，但就戲曲文本的細部分析和思辯性而言，清代戲曲評點的總體價值應當予以重估。而且，承晚明戲曲評點的流風餘韻及時代思潮的浸染，清代的戲曲評點展現出了獨特的風貌，除集大成式的奇葩金批《西廂》外，清人關於《琵琶記》（毛綸父子評點）、《牡丹亭》（吳吳山三婦合評）、《長生殿》（吳人評點）、《桃花扇》（孔尚任自評）等的評點如眾星拱月，其思想性、藝術性也分外值得珍視。

〔註29〕 吳子凌：《對話：金聖歎的評點與英美新批評》，載《浙江社會科學》2001年第2期，頁154～158。
〔註30〕 黃慧：《〈西廂記〉金評的敘事理論研究》，內蒙古師範大學碩士論文，2005。
〔註31〕 鍾錫南：《金聖歎文學批評理論研究》（上海：上海古籍出版社，2006）。
〔註32〕 李昌集：《中國古代曲學史》（上海：華東師範大學出版社，1997），頁619～620。

　　而且，儘管清代戲曲評點個體性研究內部失衡和整體性研究缺失之尷尬一直伴隨著我們，也應看到，清人戲曲評點的研究領域在潛移默化中發生了一場「革命」，金批《西廂》研究仍炙手可熱，但似乎盛極難繼，近十年來清代其他戲曲評點本的研究卻悄然成為關注的熱點，並在一些方面取得非常可喜的突破。茲將其研究發展概況略述如下：

　　（1）草創期：二十世紀80年代之前

　　二十世紀早期，吳梅在《讀曲記》中曾從文律的角度論及三婦合評本《還魂記》及冰絲館本《還魂記》，認為：「冰絲以寧庵之律，校海若之詞，可謂匠心獨苦，雖鈕少雅不能專美於前矣。」〔註33〕但直到1980年，王永健在南京大學學報撰文《論吳吳山三婦合評本〈牡丹亭〉及其評語》〔註34〕，才第一次全面地肯定三婦合評本《牡丹亭》（即三婦合評本《還魂記》）的價值，並對其批語的思想及藝術成就予以初步探討。

　　（2）拓展期：二十世紀80年代至90年代末

　　其間，在西方學術思潮的衝擊下，清代戲曲評點研究呈現出生機勃勃的發展態勢：吳新雷《明清劇壇評點學之源流》以頗具前瞻性的史的眼光，對明、清兩代重要的戲曲評點本一一予以述評，初步勾勒出明清戲曲評點的流變軌跡。葉長海《中國戲劇學史稿》把金聖歎、毛綸、吳人等的戲曲評點納入中國古代戲劇學的體系，並設專章或專節予以介紹、梳理。侯百朋編《〈琵琶記〉資料彙編》、蔡毅編《中國古典戲曲序跋彙編》等，客觀上披露了一批珍貴的明、清戲曲評點資料，為進一步深入研究奠定基礎。90年代趙山林《中國戲劇學通論》、陳竹《中國古代劇作學史》等論著都對金聖歎、毛綸、吳人等的戲曲評點思想及其藝術成就進行比較深入、全面的闡釋、總結，標誌著清代戲曲評點研究空間和內涵的拓展。

　　（3）深化期：二十一世紀以來

　　進入新世紀後，金批《西廂》之外的其他清代戲曲評點研究雖然仍處於「各自為政」的個體性研究階段，但在開掘的深度和廣度上都有了比較顯著的提高，相關論文（著）的數量和質量亦頗為可觀，如臺灣學者曾永義《〈長

〔註33〕王衛民編：吳梅戲曲論文集（北京：中國戲劇出版社，1983），頁424。
〔註34〕王永健：《論吳吳山三婦合評本〈牡丹亭〉及其評語》，載《南京大學學報》1980年第4期。

生殿〉眉批之探討》〔註35〕及吳新雷《〈桃花扇〉批語初探》〔註36〕、黃熾《靈犀相通正中肯綮——試論〈桃花扇〉早期刻本的批評》〔註37〕等。其中尤為值得肯定的是論文（著）中凸顯的三個比較重要的研究視角：

a. 女性批評

譚帆《論〈牡丹亭〉的女性批評》從女性批評者、評點文字及其特色三個方面探討了《牡丹亭》的女性批評。認為：「《牡丹亭》的女性批評從整體傾向而言與陳繼儒、王思任、沈際飛等的批評思路一脈相承，但因其更多地融合了個人獨特的身世之感、閨閣特殊的生活格局和女性纏綿的細膩情感，從而在《牡丹亭》的批評史上獨樹一幟。」〔註38〕臺灣學者華瑋專著《明清女性之戲曲創作與批評》下編主要著眼於吳吳山三婦《牡丹亭》評點和吳震生、程瓊夫婦《才子牡丹亭》的評注，凸現其在中國戲曲批評史上的傑出表現。〔註39〕

b. 學科交叉研究

趙春寧《〈西廂記〉傳播研究》等從傳播學這一新的研究視角切入，結合史料的全方位開掘，推動傳統戲曲評點研究不斷地走向深入。趙著第四章《〈西廂記〉的批評傳播》把戲曲評點作為批評傳播的重要手段，探討了〈西廂記〉評點本各自的特點，認為《西廂記演劇》等的評點「是從屬於舞臺的，因而更具有現實性和實踐性，雖然內容和數量尚嫌單薄，理論闡發也不夠深刻，但作為《西廂記》評點的一個重要方面，其意義是不容抹殺的。」〔註40〕此文最可貴之處在於：既為戲曲評點研究打開了一扇窗，又在理論和資料梳理的結合上提供了比較好的範本。臺灣學者王璦玲《論毛聲山父子〈琵琶記〉評點之倫理意識與批評視域》「企圖於『主題意識』與『藝術呈現』之相對關係中，分析作為『評者』之毛聲山父子，其所採取之批評視角，並注意兩

〔註35〕曾永義：《〈長生殿〉眉批之探討》，載《中國文學評點研究論集》（上海：上海古籍出版社，2002），頁403～445。

〔註36〕吳新雷：《中國戲曲史論》（南京：江蘇教育出版社，1996），頁64～75。

〔註37〕黃熾：《靈犀相通　正中肯綮——試論〈桃花扇〉早期刻本的批評》，載《文學遺產》2007年第2期，頁80～87。

〔註38〕譚帆：《論〈牡丹亭〉的女性批評》，載張宏生：《明清文學與性別研究》（南京：江蘇古籍出版社，2002）。

〔註39〕華瑋：《明清女性之戲曲創作與批評》（下編）（臺北：臺灣中央研究院中國文哲研究所，2003）。

〔註40〕趙春寧：《〈西廂記〉傳播研究》（廈門：廈門大學，2005）。

人之批評語境中所展現彼等所秉持之『倫理意識』，與其所開發之『批評視域』兩者間之關係。」〔註41〕這同樣是一次比較紮實而有意義的開拓，其開闊的理論視野和細讀文本的策略均值得稱道。而中國內地關於毛綸、吳人等人戲劇評點思想之研究，其觀點和論證思路往往大同小異，很難突破現有的研究框架，值得深入反思和改進。

c. 社會──文化批評

商偉《一陰一陽之謂道──〈才子牡丹亭〉的評注話語及其顛覆性》並不像傳統研究者那樣立足於追問《才子牡丹亭》評點文字的理論架構或解釋是否合理，而是「將它的情色詮釋置於晚明以來的敘述母題，寫作模式，隱喻結構之中，以及評注與文學實踐的相生和互動的關係中來解讀，並且反過來理解它所依賴的這些關係和結構。」其意義在於「為我們理解晚明至清初的文化動態提供了不可多得的嚮導。」〔註42〕這啓示我們：一些理論內涵也許並不太高的戲曲評點本卻可能有著極高的文化價值，成為解讀時代精神的獨特文化符碼。

綜上可見，近百年來，廣大研究者在明清戲曲評點研究領域內辛勤耕耘，取得可喜的進步，但我們並不能因此而忽略諸多潛在的問題。

首先，明代戲曲評點研究大致比較均衡，而清代戲曲評點研究總體呈現為失衡狀態：評點文本個體性研究與綜合性研究失衡，清代戲曲評點的歷史是不清晰的，綜合性研究仍處於拓荒階段，有極大的挖掘空間。

其次，新時期以來，研究方法的更新促進了明清戲曲評點的發展。但在令人眼花撩亂的方法的背後，研究的實際效果似乎並不能完全令人滿意。融會貫通者固有，然更有不少論者生吞活剝地套用西方理論概念，新瓶裝陳酒，甚至僅滿足於論題的標新領異。從材料的使用，到論述的方法，乃至結論大同小異，陳陳相因。而深入細緻的文本細讀和研究工作尚處於滯後的狀況。因此，我們要講究方法而又不惟方法論，要以開拓的勇氣或眼光，對明清戲曲評點本立足於文本細讀或用新的理論指導研究實踐，而不是疊床架屋式進行重複研究或故意在論題上標新領異而不注重內容的深入開掘。

〔註41〕王璦玲：《論毛聲山父子〈琵琶記〉評點之倫理意識與批評視域》，載《中國文學研究》（第十輯）（北京：中國文聯出版社，2007），頁114。

〔註42〕商偉：《一陰一陽之謂道──〈才子牡丹亭〉的評注話語及其顛覆性》，載華瑋編：《湯顯祖與牡丹亭》（臺北：中央研究院中國文哲研究所，2005），頁430。

二、選題意義

從長遠來看，戲曲評點資料整理的滯後是制約戲曲評點研究的重要原因。目前，雖有少量戲曲評點整理本或部分戲曲評點資料彙輯，但在總體上無法滿足學術研究的客觀要求。《古本戲曲叢刊》的出版曾經是中國古典戲曲出版界的盛事，也極大地促進了戲曲研究工作的進展。但遺憾的是由於鄭振鐸先生的過早離世，《古本戲曲叢刊》六、七、八、十集直至今天仍未出。（根據吳曉鈴先生草擬的名錄，可知其中有不少珍貴的清代戲曲評點本。）而關於清代戲曲評點本的校點整理，多集中於金批《西廂》等名劇，甚至有多種校點本，但與此形成鮮明對比的是，非名劇評點本只有《龍沙劍傳奇》等少數幾種，絕大多數的清代戲曲評點文本因為借閱或抄錄不便等諸多因素，並未得到充分的開發利用。侯百朋《〈琵琶記〉資料彙編》、蔡毅《中國古代戲曲序跋彙編》、吳毓華《中國古代戲曲序跋集》、秦學人、侯作卿《中國古典編劇理論資料彙編》等的出版，在客觀上提供了相當一批戲曲評點資料，但這些畢竟是衍生品，編者主要著眼點不在戲曲評點。大量的戲曲評點本仍靜靜地躺在圖書館的角落，布滿灰塵，甚至發黃、變脆，成為蠹蟲的「戰利品」。而戲曲評點個案的研究雖已頗為紅火，而對整體的綜合性研究，論文和專著都少之又少。基於此，本課題從戲曲評點材料的搜集、整理入手，力求在盡可能佔有戲曲評點資料的情況下，繼續進行深一步的理論研究，其意義主要表現在如下三個方面：

其一，戲曲評點文獻的梳理。以朱萬曙《明代戲曲評點存本名錄》（凡 156 種）為基礎，比較全面地梳理明清兩代現存戲曲評點本的整體狀況，著力收集、補充現有整理成果中未見的戲曲評點材料，為進一步深入研究奠定基礎。目前據筆者掌握資料看，明清戲曲評點存本超過 352 種（明代 172 種左右，清代超過 180 種）。這些將在最終研究成果中以附錄形式體現。

其二，彌補明清戲曲評點綜合性研究的不足。初步對明清戲曲評點的發展脈絡、理論貢獻、明清三大名劇評點的承變等予以闡述。明清戲曲評點的理論貢獻不應當僅僅作為理論史的又一注腳，而應當在於其自身的獨特面目，如戲曲評點理論的演進及其異端色彩，戲曲評點家對戲曲創作學、戲曲鑒賞學的探討等。其意義不僅在於批評方法的完善和改進，注重文本的閱讀和闡釋，而且在於對傳統詩文理論和劇論中正統文學批評觀念的突破，是戲劇理論史的重要一翼。

其三，從文化的視角，探討評點家的地域分佈及文化成因，探究明清戲曲評點家的批評心態及動機，以求得對明清戲曲評點面貌的深入把握。

三、研究思路

本論文的寫作，採用了戲劇戲曲學、敘事學、文獻學、傳播學、心理學等多種學科的研究視角，力求對戲曲評點有一個綜合性、全方位、立體化的考量。在論文整體結構框架上，主要從以下四個方面展開論述：

第一章　明清戲曲評點的發展脈絡。以宏觀的視角審視明清戲曲評點，從史的角度把明清戲曲評點分為萌芽期、繁興期、鼎盛期、延續期和餘勢期五個時期，並對各個時期戲曲評點批評的理論特色予以評析。

第二章　探討明清戲曲評點家的地域分佈及文化成因，並以金聖歎批點《西廂記》為個案，剖析評點家進行戲曲評點的動機和心態。

第三章　以三大名劇《西廂記》、《琵琶記》、《牡丹亭》的評點為中心，探究清代之於明代戲曲評點的承變。

第四章　探討明清戲曲評點對古典戲劇學的理論建構和價值。凸顯明清戲曲評點家對戲曲的功能（娛樂功能、教育功能、宣泄功能、審美功能）和價值的充分認識，發掘戲曲評點在戲曲創作學（戲曲結構、人物塑造、戲曲語言等）和戲曲鑒賞學（演劇性、文學性）方面的理論貢獻。

四、研究方法

本論文採用了如下研究方法：

（一）資料考辨

這是清代乾嘉學派最傳統的方法，從版本目錄學入手，利用資料取得新的研究成果，主要包括三個方面：版本考辨、本事考辨和作家考辨。進行資料考辨的關鍵是獲得可靠的第一手材料。本論文注重資料的搜集與整理，資料來源主要有：第一，國家圖書館、省市圖書館和高校圖書館館藏原始戲曲評點文獻及相關文獻的著錄。第二，相關的戲曲文獻資料彙編、研究著作和論文等。在充分掌握可靠材料的基礎上，進行縝密的考辨，得出結論。

（二）社會歷史研究法

這是最基本的文學研究方法，接近於中國古代文論中的「知人論世」。如

通過對戲曲評點者的身份、地域分佈、文人意識等的探討，發掘其評點的特色及評點者在戲曲經典化過程中的獨特意義等。

（三）統計法

從量的角度進行統計分析，爲研究對象質的方面的探討提供輔助理論依據，增加質的分析的科學性和準確性。從對現存清初明清戲曲評點版本文獻的梳理、統計，瞭解到目前明清戲曲評點存本超過 352 種，這是一筆寶貴的戲曲理論財富，是進一步深入研究的前提和基礎。

第一章　明清戲曲評點的發展脈絡

第一節　戲曲評點的萌芽

　　從明萬曆元年（1573）至明萬曆三十八年（1610）前後，是明清戲曲評點的萌芽期。鄭振鐸先生認為：「明人批點文章之習氣，自八股文之墨卷始，漸及於古文，及於史漢，最後，乃遍及經子諸古作。」[註1]

　　明清戲曲評點活動在明代嘉靖、隆慶年間就開始了[註2]，這種活動的興起，與嘉靖以來文禁的開放，文學市場的繁榮有著直接關係，評點作為一種讀者與作者之間的雙向互動性行為，在推進小說戲曲創作與文學批評方面都起到了不容低估的作用。但據現存戲曲評點本的出版年代而言，最早為刊於明萬曆元年（1573）的《重訂元本評林點板琵琶記》[註3]，因此，我們姑且以明萬曆時期作為明清戲曲評點史的起點。這是戲曲評點的萌芽時期，在現存的超過 352 種戲曲評點本中，僅有約 26 種在這一時期出版，釋義兼評型、

〔註1〕　鄭振鐸：《劫中得書記》（上海：上海古籍出版社，2006），頁 96。

〔註2〕　參見譚帆《論〈西廂記〉的評點系統》，原載《戲劇藝術》1988 年第 3 期，後收入其《中國雅俗文學思想論集》（北京：中華書局，2006）。

〔註3〕　此本據《中國古籍善本書目》（集部下）著錄為：「《重訂元本評林點板琵琶記》二卷，元高明撰，明萬曆元年（1573）種德堂熊沖宇刻本。」藏地為上海圖書館。朱萬曙先生訪查未見。黃仕忠先生《〈琵琶記〉研究》作「種德堂刻本《琵琶記》」，有詳細考訂和正文首頁書影。黃先生通過和繼志齋刻本《琵琶記》（按：即《重校琵琶記》）比對，認為：「此本的批語，繼志齋本多與之相同。更有一些是兩本所獨有而未為他本所採用的。」見黃仕忠《〈琵琶記〉研究》，（廣州：廣東高等教育出版社，1996），頁 208。

注音間評型曲本是這一時間段最主要的版本形態，且出現了文人逐步介入評點並促使其發生質變的趨向。這一點對古典戲曲評點批評史的意義尤其重要，加重了古典戲曲評點的文化底蘊和自我意識，使之具有了文化心態史的參考性價值。正如譚帆《中國小說評點研究》一書中談及小說評點在萬曆年間的萌興與此時期文人的關係時所說的：「一種批評形態的萌芽與發展在很大程度上得依賴於文人的參與，如果此種批評形態始終處於民間狀態，則難以真正進入藝術理論批評的殿堂。」〔註4〕明萬曆年間戲曲評點的萌芽和演變也有賴於文人曲評家，如李贄、徐渭、王世貞等人的積極參與（這些人或深受心學影響，或具備叛逆思想意識，往往用參與、關注俗文學的方式表達對現有社會秩序的不滿與撞擊）。我們把萌芽期的下限定在明萬曆三十八（1610）年前後，正是因為在明萬曆三十八（1610）年前後，由虎林容與堂刊行了題為「李卓吾批評」的五種純粹評點型的文人化的戲曲評本（後面詳述），預示著戲曲批評功能由隱而顯的轉變。此後，戲曲評點的內涵與純粹的釋義、音釋型戲曲評本漸行漸遠（釋義、音釋型戲曲評本更多地從語言學角度考察戲曲，而後興起的戲曲評點則回歸了文學批評的本質，觀照對象相同，批評者的視角發生了變化，前者客觀，而後者主觀。雖然純粹的釋義、音釋型曲本直至清末依然存在，但已不是本文要考察的範圍了）。

一、戲曲評點版本形態的演進

據朱萬曙《明代戲曲評點研究》，戲曲評點的版本形態可分為五種：即釋義兼評型〔註5〕、注音間評型〔註6〕、改評型、考訂兼評型和純粹評點型〔註7〕。

〔註4〕 譚帆：《中國小說評點研究》（上海：華東師範大學出版社，2001），頁12。
〔註5〕 「釋義兼評型」是戲曲評點初級形態的主體。在草創期的26種戲曲評本中，「釋義兼評型」占約17種。值得注意的是有的戲曲評本如《重刻元本題評音釋西廂記》中，每齣齣末都有「釋義」和「字音」的內容，即便是眉批中，也是釋義、注音和理論批評混在一起。
〔註6〕 現存「注音間評型」戲曲評本數量極少。朱萬曙先生《明代戲曲評點研究》指出有《蝴蝶夢》、《麒麟罽》、《紅蕖記》3種。據筆者粗略統計，只有《紅蕖記》以注音為主，間以評點理論，涉及舞臺演出問題。《蝴蝶夢》眉批195條，注音僅24條；《麒麟罽》130條，注音30條，後二者都是理論批評的內容遠大於注音，已基本擺脫戲曲評點的初級形態，體現了戲曲評點中文人批評意識的日漸增加。
〔註7〕 朱萬曙先生提出的「純粹評點型」包括「全型式」、眉批式和齣批式。筆者在

此時期版本形態最主要的變化是在萬曆三十八年（1610）前後，實現由釋義兼評型、注音間評型到純粹評點型的轉變，預示著戲曲批評功能由隱而顯的轉變，從學術研究演化爲文學批評創作。

根據目前掌握的材料，較早的典型釋義兼評型戲曲評點本有《新刻考正古本大字出像釋義北西廂》（胡氏少山堂刊於明萬曆七年（1579），簡稱「少山堂本」）和《重刻原本題評音釋西廂記》〔註8〕（毗陵徐士範刊於明萬曆八年（1580），簡稱「徐士範本」）等。這類評點本的特點是批語多爲眉批，而且呈現出注釋和考訂性或理論批評性文字相雜糅的狀態。同一戲曲的不同評本中部分批語之間往往呈現出一定的血脈聯繫。如「少山堂本」和「徐士範本」《西廂記》等。黃霖先生根據正文曲白的大致相同、沒有【絡絲娘煞尾】，以及批語之間的相似性等，認爲：「這部少山堂本很可能主要是根據繼志齋本、三槐堂本系統的祖本，並參考了徐士範本、余瀘東本的祖本，再加上自己的改作而拼湊成書。」黃氏綜合曲文、批語等諸多環節進行比較詳盡的比對，其推測大體是切實可信的。〔註9〕

釋義兼評型曲本還有金陵世德堂的系列刊本，以「附釋標注」或「注釋」相標榜。存本完整的有《新鐫出像附釋標注趙氏孤兒記》、《新刊出相附釋標注拜月亭記》、《新刊重訂出相附釋標注裴度香山還帶記》、《新刊重訂附釋標注出相伍倫全備忠孝記》、《新刊重訂出相附釋標注賦歸記》、《新刊重訂出相附釋標注裴淑英斷髮記》、《新鍥重訂出相附釋標注驚鴻記題評》、《新鐫出像注釋李十郎霍小玉紫簫記題評》8種。日本京都大學藏據明萬曆十三年（1585）世德堂刻本影鈔的《新刊重訂出相附釋標注節義荊釵記》（殘餘上卷，見黃仕忠《日本所藏稀見中國戲曲文獻叢刊》第一輯）也屬於這一系列刊本。他們

查閱過程中，還發現兩種特殊的版本形態：一種是批語全部爲行間小字旁批，如《夏爲堂人天樂傳奇》（收入《古本戲曲叢刊三集》）和《鸚鵡夢記》等，可稱之爲「旁批式」；一種是只在傳奇的卷末有總評式的批語，如《歸元鏡》和《雙龍墜》等，可稱之爲「總批式」。

〔註8〕 題作《重刻元本題評音釋西廂記》。另有熊龍峰刻本（上卷正文署「上饒余瀘東校正／書林熊龍峰繡梓」，故亦稱「余瀘東本」）和劉龍田刻本。熊龍峰刻本書名、正文內容、眉評與「徐士範本」全同，但新增插圖23幅，新增附錄《鶯紅下棋》、《北西廂附餘》、《浦東崔張珠玉詩集》等。劉龍田本係據熊龍峰刻本重新雕版重印。詳細參見陳旭耀《現存明刊〈西廂記〉綜錄》的相關著錄。

〔註9〕 具體論述參見黃霖：《中國最早的戲曲評點本》，載《復旦學報》（社會科學版），2004年第2期。

是比較典型的初級形態的戲曲評點本，其要旨在曲詞出處、考訂及通俗性釋義，其價值也更多地體現在促進戲曲文本傳播和普及的層面。其中也有少量頗具理論性價值的評點，如《新刊重訂附釋標注出相伍倫全備忠孝記》〔註10〕第一齣「副末開場」有眉批云：「要識此本戲文，皆是假借名目，以寓勸化之意。」「伍倫完備皆是假借之名，伯喈、王十朋二本戲文，皆非其眞，故曰冤屈。」這揭示了戲曲「寓言」性本質，可謂比較有見地，但這樣有價值的評點在大量的注釋性批語中實屬鳳毛麟角。

在一定程度上，對戲曲文本進行注釋是一種通俗化的標誌，這是與晚明以來的社會商品化和文學的世俗化趨向相一致的，其根本目的在於推動戲曲面向更廣泛的接受群體，評本的商業性價值日漸彰顯。如《新刊大字魁本全相參增奇妙注釋西廂記》不僅在書名上明確標有「參增奇妙注釋」的字樣，而且在下冊卷末一刻書牌記中云：「世治，歌曲之者猶多，若《西廂》，曲中之翹楚者也。……今市井刊行，錯綜無倫，是雖登壟之意，殊不便人之觀，反失古制。本坊謹依經書，重寫繪圖，參訂編次大字魁本，唱與圖合。使寓於客邸，行於舟中，閒遊坐客，得此一覽始終，歌唱了然，爽人心意。命梓行刊印，便於四方觀云。」〔註11〕其中，「全相」當然是該書主要賣點，但書坊主一再強調「參訂編次」，其中帶有廣告意味的玄機是不言而喻的。此時評點者主觀上仍有進行客觀研究的意圖，由此，曲評本中注釋內容出處來源廣泛便不難理解了，其中經、史、子、集，甚至道典、佛典等，都可能成爲注釋者擷取的對象，體現了傳統的雅文學觀念對戲曲評點的潛移默化。而且，經過了清代實學、樸學思潮的薰陶，這種形式仍有生命力，直至清末的戲曲評點中依然存在，可見其根深蒂固的影響力。

在萌芽期的曲評本中，值得關注的還有秣陵陳大來繼志齋萬曆中期刊刻的「重校」系列，如《重校北西廂記》、《重校琵琶記》、《重校紅拂記》、《重校玉簪記》、《重校十無端巧合紅蕖記》等。這些戲曲評點本同樣沒有擺脫戲曲評點的初級形態，但較之金陵世德堂的系列刊本，則有了非常顯著的變化，即釋義性內容的減少和理論批評內容的增加。雖囿於當時曲學觀念的潛移默化的影響，此時的戲曲評點打上了曲學批評的印記，對曲辭的重視（這是對

〔註10〕 《新刊重訂附釋標注出相伍倫全備忠孝記》，明萬曆間金陵世德堂刻本，《古本戲曲叢刊初集》據之影印。

〔註11〕 陳旭耀：《現存明刊〈西廂記〉綜錄》（上海：上海古籍出版社，2007），頁12。

於戲曲詩學意義上的抒情性的關注）要遠大於對戲曲劇場藝術、敘事藝術的關注。如繼志齋本《重校北西廂記》評點形式爲眉批，主要包括釋義性批語和音律的考訂，關於劇場演出或賞鑒批點的不足 10 條。但無論如何，我們再也不能漠然置之了。

在釋義兼評型戲曲評點本中，尤其值得重視的是「徐士範本」《西廂記》和繼志齋本《重校琵琶記》，其中涉及一些比較重要的戲曲批評和理論問題。主要有：

其一，戲曲評點批評與坊間搬演

黃仕忠在《元明戲曲觀念之變遷》一文中從用典顯隱的角度，指出：「明代文人的批評與藝人的搬演也仍有著很大的差別。前者責怪高則誠用桓靈以後事，後者卻爲了使觀眾能夠明白該典故，加入解釋，結果把高則誠原本暗用的典故變成明典，便眞的不妥當了。」〔註12〕而「明人所謂不用漢以後事，未免過迂」。

其實，二者之間存在矛盾的狀況遠不止此，而是極爲普遍的，試舉繼志齋本《重校琵琶記》中的部分眉批如下：

> 【鷓鴣天】，今本多作題畫，則伯喈書館中一見了然，何用許多疑猜，而今子弟到此，亦舉手作題寫狀，遂失戲文關鍵，不可不審。〔註13〕（《重校琵琶記》第二十九齣《乞丐尋夫》張太公感畫處眉批）

> 此折後諸本有張太公爲生旦暖寒，【玉山供】四折極爲背理，豈有前日對差人盡言相斥，今卻卑辭厚禮，前據（倨）後恭，廣材決不如此，且落場詩云『休道世情看冷暖，果然人面逐高低』說得廣材是何等樣人。坊本之不通如此。（《重校琵琶記》第四十一齣《風木餘恨》末尾處眉批）

> 江右梨園於此處有張太公將挂杖頭髮出示牛丞相，以羞辱蔡伯喈一段，如《荊釵記》之《祭江》、《岳飛傳》之《風魔》，皆演本有之，刻本不載。（《重校琵琶記》第四十二齣《一門旌獎》張太公見牛丞相處眉批）

〔註12〕黃仕忠：《元明戲曲觀念之變遷——以〈琵琶記〉的評論和版本比較爲線索》，載《藝術百家》1996 年第 4 期，頁 18。

〔註13〕《重校琵琶記》，明萬曆二十六年（1598）金陵繼志齋刻本。以下齣批凡引自該書者不再出注。

　　第一處，【鷓鴣天】詞是張太公看完趙五娘畫的公婆像，感慨伯喈去而不歸，孝婦空描別後容。眉批指出坊間演出改爲張太公在畫像上題字，坐實畫中人的身份，這就與後文蔡伯喈書館看畫時的疑猜不吻合。第二處，眉批批評坊本「【玉山供】四折極爲背理」等。【玉山供】曲詞亦見於《琵琶記》古本系統（如陸貽典鈔本等），此蓋即前面所說的「坊本」之一。而在通行本中，這些曲詞都被刪掉了，以保持張太公形象的前後一致性。第三處指出了在牛丞相旌獎伯喈一家時，當時江西梨園演出中有張太公將拄杖頭髮出示牛丞相以羞辱蔡伯喈的情節，這些情節演本有，而刻本不載。評點者對於坊本還有很多看法，這裡一一不枚舉，但總體而言，眉批比較客觀的反映了明代文人評點家的戲曲觀念，如尙雅、拘於史實等。他們對坊本持輕視態度顯然是有偏頗的，但指出坊間演出中的瑕疵之處也不乏眞知灼見。其關鍵在於維持經典文本的藝術性不受損傷。正如龍洞山農《刻〈重校北西廂記〉序》所言：「詞曲盛於金元，而北之《西廂》、南之《琵琶》，尤擅場絕代。第二書行於眾庶，所謂『童兒牧豎，莫不炫耀』，而妄庸者率恣意點竄，半失其舊，識者恨之。」〔註14〕

　　其二，人物的「模寫」

　　人物是戲曲創作的靈魂，是戲曲這門綜合藝術的核心要素，沒有形象生動的人物形象，就很難吸引眾多的觀眾。因此，戲曲人物不僅是劇作者關注的中心，也應當是戲曲批評關注的中心。但在明代之前，戲曲批評中的人物論較同時期的戲曲創作而言顯得尤爲滯後。曲論、唱論牢牢佔據主導地位。即便在明初，關於戲曲人物的批評仍然極爲薄弱。朱有燉《〈豹子和尙自還俗〉引》云：「暇日觀元之文人有制偸兒傳奇者（按：指水滸戲），其間形容模寫，曲盡其態，此亦以文爲戲，發其胸中之藻思也。」〔註15〕朱有燉是正統派曲家，對水滸戲持鄙薄態度並不奇怪，其戲曲人物論也因沒有充分發揮而顯得粗糙，但他指出水滸戲塑造人物「形容模寫，曲盡其態」，是富有啓迪意義的，爲後來的戲曲批評家開啓了一個門徑。後來的戲曲評點家如李贄、王思任、金聖歎等正是用自己的批評實踐不斷豐富戲曲人物理論寶庫的。但是，在朱有燉到李贄等人之前，是否又是一段空白呢？徐士範本《西廂記》、繼志齋本《重校琵琶記》的評點實踐告訴我們，其間並非空白地帶，

〔註14〕　《重校琵琶記》卷首，明萬曆二十六年（1598）繼志齋刻本。
〔註15〕　〔明〕朱有燉：《豹子和尚自還俗》，《奢摩他室曲叢》本。

而是有一些戲曲批評家們爲此做出了貢獻。雖然他們的批評理論是非自覺的，戲曲人物理論依然不夠豐滿，仍値得珍視。如徐士範本《西廂記》第十四齣《堂前巧辯》【紫花兒序】處眉批即云：「模寫殆盡。」〔註16〕意即曲詞把紅娘的巧慧全都描畫出來了。

　　而「模寫」人物大致有兩條路徑：一是通過細節描寫；二是通過人物的語言。

　　以「細節」見人物形態。如繼志齋本《重校琵琶記》第三十四齣《寺中遺像》趙五娘唱【銷金帳】處眉批云：

　　　或謂此枝似涉玷穢可削，則琵琶置之何用？而取名之義甚無著落，
　　　且數折皆行孝之詞，寓勸世之義，又以見趙氏受此辛苦，遭此侮慢，
　　　而其毅然不可回之，至情凜然不可犯之，清操爲女流之永鑒也。

批點就事而論人，通過趙五娘彈琵琶尋夫這一細節，寄寓著劇作者一腔勸世的苦心，而趙五娘臨難不辱，貞潔自持，的確算得上道德楷模，是女流學習的榜樣。

　　徐士範本第八齣《琴心寫恨》鶯唱【天淨沙】處眉批云：

　　　一二折狀其似，三折狀其聲，四五折狀其清，六折狀其調，一聽琴
　　　而曲盡其妙若此。（繼志齋本眉批與此幾乎完全相同。）

批點圍繞「鶯鶯聽琴」的細節，逐步深入，從「似」、「聲」、「清」、「調」四個層面，把崔鶯鶯聽琴時的神情、心態刻畫的淋漓盡致。

　　以「語言」描摹人物性格。如《重校琵琶記》第十一齣《蔡母嗟兒》【金索掛梧桐】處眉批：

　　　此三折曲盡三人情事，淨折無一字非尚氣語，外折無一字非安命語，
　　　旦折無一字非勸解語。

這裡把淨（按：蔡母）、外（按：蔡公）、旦（按：趙五娘）三個角色的語言特點概括爲「尚氣語」、「安命語」、「勸解語」，這是符合三者特定人物的角色語言的。

　　又，徐士範本《西廂記》的眉批：

　　　此鶯鶯自怨自艾之辭，可入神品。評者以此折比明妃自請嫁胡人，
　　　所謂盲人觀場，可資嗢笑。（徐士範本第五齣《白馬解圍》鶯唱【後

〔註16〕　《重校西廂記》，明萬曆二十六年（1598）繼志齋刻本。以下眉批凡出自該書
　　　　者不再出注。

庭花】處眉批）

此忖夫人婷婚，自是聰惠女子，然望合憂離之思轉逼迫甚矣。（徐士範本第七齣《母氏停婚》鶯唱【查木喬】處眉批）

此段白以學究之談逞嬌娃之辨，亦自快人。（徐士範本第十四齣《堂前巧辯》老夫人、紅娘對白處眉批）

第一條寫崔鶯鶯在孫飛虎兵圍普救寺的緊急關頭，自願獻身以解兵亂，言有「五便」，即：免摧殘其母、免寺廟被毀、免諸僧安危、保全父親靈柩及崔家後嗣得全。此主要是爲下文張生「作書解圍」預留地步，徐本雖不解此，然能洞悉鶯鶯的行爲實情非得已，認爲「此鶯鶯自怨自艾之辭，可入神品」，亦可通，比起一些評者以之比附昭君請嫁單于則無疑高明些。第二條寫鶯鶯之「聰惠」，第三條寫紅娘之爽快，都是抓住人物的獨特語言來展示其性格的。這些，在曲學批評的籠罩下顯得尤爲可貴。

其三，虛與實

「虛」與「實」是中國戲曲批評史上的一組重要範疇。胡應麟《莊岳委談》卷四一說：「凡傳奇以戲文爲稱也，亡往而非戲也，故其事欲謬悠而亡根也，其名欲顛倒而亡實也，反是而求其當焉，非戲也。」〔註17〕胡氏以「戲」爲戲曲的本體，認爲其所述之事「謬悠而亡根」，無可稽考，主張「駕虛」。而王驥德則云：「古戲不論真實，亦不論理之有無可否，於古人事多損益緣飾爲之。然尚存梗概，稍後就實，多本古史傳雜稅略施丹堊，不欲脫空杜撰。」王氏反對「脫空杜撰」而主張「就實」。這是看起來對立的兩種戲曲本體觀，但實際並非如此。李昌集先生在《中國古代曲學史》中有對此精彩的辨析，認爲二說「本同末異」，相通於「以『理』爲戲劇文學本體的觀念傾向」。〔註18〕

實際上，在萌芽期的戲曲評點實踐中，就已經涉及這兩個方面了，只是還停留在感性認知的層面，而缺乏嚴密的理論表述和深度審視。（1）戲曲所及史實是否允許虛構。如繼志齋本《重校琵琶記》第十齣《春宴杏園》中關於馬的對白處批云：「馬色自布汗至蘇盧皆元人胡語，馬名大半是漢以後諸代畜產，馬廄皆是唐宋題額。考諸桓靈以前，此類甚多，豈東嘉未之深思也？」

〔註17〕〔明〕胡應麟：《莊岳委談》下，見《少室山房筆叢》（上海：上海書店出版社，2001），頁425。
〔註18〕《中國古代曲學史》，頁475～481。

對白列舉了多種馬的顏色、名稱和馬廄，這是高明逞文人才氣之處，就像湯顯祖《牡丹亭》中的千字文，是文人意識在劇作中的體現。或者說是一種遊戲筆墨，不宜太當真。因此，批者顯然傾向於「就實」說，並據此認爲劇中所說馬的顏色、名稱和馬廄等在漢代是沒有的，指責高明思慮不深，這其實是對原劇作者意圖的「誤讀」，而以此來繩范原劇，則不免苛責之嫌。（2）虛實轉換。繼志齋本《重校琵琶記》第二十七齣《感格墳成》【好姐姐】處眉批：「眞中做出假，假中做出眞，此操縱妙處。」這和馮夢龍所謂的「事假理眞」（《古今小說序》）的觀念是一致的。「事假」肯定了創作中對材料可以虛構或變形處理，而「理眞」，即事物發展的必然邏輯，是藝術的眞實。劇中，小鬼幫助趙五娘圍土成墳，其事顯然是假的，是劇作者虛構的產物，但從藝術眞實角度而言，趙五娘的孝道感天動地，鬼神助之成墳符合當時人們對事物發展邏輯的認識。這樣，虛、實相通，「假」在特定情境下可轉化爲「眞」。評者鑒於此，故贊其妙。但這些觀點猶如散金碎玉，隨機地分佈於戲曲評點本中，沒有形成比較完整、深刻的理論形態，歷來不爲戲曲理論研究者所重視，但它畢竟反映了明人戲曲結構理論中虛、實觀念的多層面性及其細部發展過程，有必要進一步深入發掘、整理。

二、容與堂刻「李評」曲本的理論貢獻

目前所知，題有「李卓吾先生批評 XXX」字樣的戲曲評點本共有 16 種，可見存本 15 種〔註 19〕，但絕大多數係書坊主在利益驅動下假託李贄之名而爲之，比較可信的李贄評點的曲本是虎林（今杭州）容與堂於明萬曆三十八年（1610）前後刊行的 5 種曲本〔註 20〕，包括《李卓吾先生批評北西廂記》、《李

〔註 19〕 吳新雷《關於李卓吾批評的曲本》（原載《江海學刊》1963 年 4 月號，收入《中國戲曲史論》，江蘇教育出版社，1996 年版）統計凡 15 種，即《北西廂記》、《琵琶記》、《幽閨記》、《玉合記》、《紅拂記》、《荊釵記》、《明珠記》、《玉玦記》、《繡襦記》、《玉簪記》、《浣紗記》、《金印記》、《錦箋記》、《香囊記》、《鳴鳳記》。後吳書陰在首都圖書館又發現李批《焚香記》1 種，合計 16 種。《玉玦記》未知藏處，故現在可見的李贄批點的曲本爲 15 種。參見朱萬曙《「李卓吾批評」曲本考》（《文獻》2002 年第 3 期）和臺灣國立中央大學陳韻妃 2009年碩士學位論文《李贄戲曲評點研究》。

〔註 20〕 關於現存容與堂刊刻的「李評」五種曲本的眞僞問題，學界聚訟不已，莫衷一是。主要觀點有：一、不言其僞，但持保留態度。如蔣星煜《李卓吾批本〈西廂記〉的特徵、眞僞與影響》，刊於《戲曲研究》1981 年第 4 輯，後收入

卓吾先生批評琵琶記》、《李卓吾先生批評幽閨記》、《李卓吾先生批評紅拂記》和《李卓吾先生批評玉合記》。

李贄（1527～1602）是明代後期思想家，號卓吾，又號宏甫，別號溫陵居士、百泉居士等。泉州晉江（今屬福建）人。李贄開始戲曲、小說評點活動最遲不晚於明萬曆十八年（1590）。袁中道《李溫陵傳》記載李贄：「所讀書皆鈔寫爲善本，東國之秘語，西方之靈文，《離騷》、馬、班之篇，陶、謝、柳、杜之詩，下至稗官小說之奇，宋元名人之曲，雪藤丹筆，逐字讎校，肌襞理分，時出新意。」〔註21〕李贄自己在《與焦弱侯》信中也提及：「古今至人遺書抄寫批點得甚多，惜不能盡寄去請教兄；不知兄何日可來此一披閱之。……《水滸傳》批點得甚快活人，《西廂》、《琵琶》塗抹改竄得更妙。」〔註22〕（《續焚書》卷一）

容與堂刻「李評」五種曲本的評點形式包括：總批、齣批、眉批、夾批、尾批，評點符號有圈（○）點（、）抹（－）刪（「　」），比較齊全，各評點要素能充分發揮組合評點的功能，是早期純粹評點型曲本的典型代表。同時，此五種曲本擯棄了注釋型戲曲評點，而把主要目標放在戲曲文學性的賞鑒上，並把文學批評當成一種獨立的文學創作，滲入自己的感情和思考。這不僅在客觀上提高了戲曲的地位，而且確立了戲曲評點的一種範式，對後來金聖歎等人的戲曲評點產生了深遠的影響。可以說，「容刻李評」曲本確立了「純粹評點型」爲文人戲曲評點的主要形態，標誌著戲曲評點走過最初的摸索階

《西廂記的文獻學研究》（上海：上海古籍出版社，1997）。二、認爲係作僞。如黃霖《論容與堂本〈李卓吾先生批評北西廂記〉》，刊於《復旦學報（社會科學版）》2002年第2期。黃先生最爲有力的證據是錢希言《戲瑕》卷三「贋籍」云：「比來盛行溫陵李贄書，則有梁溪人葉陽開名畫者，刻畫摹仿，次第勒成，託於溫陵之名以行。往袁小選（修）中郎嘗爲余稱李氏《藏書》、《焚書》、《初潭集》、《批點北西廂》四部，即中郎所見者，亦止此而已。數年前溫陵事敗，當路命毀其籍，吳中鋟藏書板並慶，近年始復大行。於是有李宏父批點《水滸傳》、《三國志》、《西遊記》、《紅拂》、《明珠》、《玉合》數種傳奇及《皇明英烈傳》，並出葉筆，何關於李。」見錢希言：《戲瑕》，《四庫全書存目叢書》本，子部第97冊（濟南：齊魯書社，1995），頁55。三、認爲是眞的。如朱萬曙《明代戲曲評點研究》中經考辨，認爲「現存的『李評』曲本，先行由容與堂刊刻的五種曲本，應基本肯定出於李氏之手。」筆者比較傾向於朱氏的觀點，認爲容與堂刻五種「李評」曲本是目前最接近李贄評點風格的曲本。

〔註21〕〔明〕李贄：《焚書》（北京：中華書局，1975），頁4。
〔註22〕〔明〕李贄：《續焚書》（北京：中華書局，1975），頁34。

段，完成了從「注評」（以注音或釋義爲主）到「論評」（以曲文的評點批評爲主）的轉變，是文人化戲曲評點的先聲。「李評」曲本的理論貢獻主要有：

（一）初步注意到戲曲敘事

李贄在《幽閨記》第三十九齣齣批云：「敘事不煩，塡詞潔淨。」〔註23〕這是在戲曲評點中較早使用「敘事」這一概念的戲曲批評家。而限知敘事視角的揭示和關目情節的重視，則進一步凸顯了其戲曲敘事理念。

1、限知敘事視角的揭示

中國古典小說由於受到說話藝術傳統的影響，全知敘事視角一直牢牢佔據敘事的主體地位，而限制視角敘事並不發達。而戲曲由於應用代言體的敘述方式，其曲詞通常採用的是限知敘事視角，而賓白則在一定程度上可視爲全知敘事視角。明代李贄早在《李卓吾先生批評北西廂記》中就點出限知視角敘事的妙處。他說：「《西廂》文字一味以摹索爲工，如鶯張情事，則從紅口中摹索之，老夫人與鶯意中事則從張口中摹索之，且鶯張及老夫人未必實有此事也。的是鏡花水月，神品神品！」〔註24〕（第十齣《妝臺窺簡》齣批），但由於曲學批評思維的慣性，後來的諸多曲評家對曲詞往往仍習慣於從風格、雅俗及作者遣用詞句的才力及其效果等入手進行批評，而對其背後隱藏的限制敘事視角的作用重視不夠。直至明末清初，金聖歎在批點《水滸傳》中通過評改來凸顯限知敘事視角重要性，其評改實踐對後來小說中敘事視角的豐富有重要的示範意義。直到明末清初，金聖歎等才意識到這一問題的重要性，並貫徹到戲曲批評實踐中。如金聖歎批點《西廂記·前候》齣【村裏迓鼓】「多管是和衣兒睡起，你看羅衫上前襟褶裡」後夾批云：「從窗外人眼中，寫窗中人情事。只用十數字，已無不寫盡。」節批中云：「與其張生伸訴，何如紅娘覷出；與其入門後覷出，何如隔窗先覷出。蓋張生伸訴便是惡筆，雖入門覷出猶是庸筆也。今眞是一片鏡花水月。」〔註25〕金聖歎認爲用紅娘這個窗外人的視角，只用極經濟的筆墨，就可以寫盡張生因爲害相思病而和衣孤眠、淒涼欲死的狀貌，這比讓張生主動敘說自己的相思苦境要含蓄、韻致得多。這標誌著作家或曲評家對世界的感知認識日益趨於精細化

〔註23〕　〔明〕李贄：《李卓吾先生批評幽閨記》，明萬曆間容與堂刻本，《初集》據之影印。
〔註24〕　〔明〕李贄：《李卓吾先生批評北西廂記》，明萬曆間容與堂刻本。
〔註25〕　〔清〕金聖歎：《貫華堂第六才子書西廂記》，載陸林輯校整理：《金聖歎全集》（南京：鳳凰出版社，2008），頁993。

和深邃化，也在客觀上可以創造出一種「陌生化」的情境。金聖歎關於創作論的諸多觀點如「目注彼處，手寫此處」、「阿睹」說等都與他對敘事視角的深刻認識和靈活把握關係密切。限知視角的揭示意味著對戲曲敘事本質認識的深化。

2、關目情節的重視

李贄對戲曲的關目情節極為重視，他在序《紅拂記》時就指出：「此記關目好，事好，曲好，白好。」〔註26〕在序《拜月亭》時亦言：「此記關目極好，說得好，曲亦好，真元人手筆也」。〔註27〕在容與堂刻「李評」五種曲本批語中，言及「關目」的，《李卓吾先生批評北西廂記》為 16 處，《李卓吾先生批評幽閨記》為 16 處，《李卓吾先生批評幽閨記》為 21 處，《李卓吾先生批評紅拂記》為 8 處，《李卓吾先生批評玉合記》為 7 處。比較重要的批語撮錄如下：

> 公、婆、太公先去，夫妻復留連半晌，關目極妙。(《李卓吾先生批評琵琶記》第五齣《南浦囑別》齣批)

> 填詞太富貴，不像窮秀才人家，且與後面沒關目也。(《李卓吾先生批評琵琶記》第九齣《臨妝感歎》趙五娘唱【破齊陣】處眉批)

> 此齣似淡亦無關目，然亦自少不得。(《李卓吾先生批評幽閨記》第八齣《少不知愁》王瑞蘭唱【七娘子】處眉批)

> 關目好，都有味。(《李卓吾先生批評琵琶記》第二十二齣《琴訴池荷》眉批)

> 此齣關目妙極，全在不說出。(《李卓吾先生批評幽閨記》第二十六齣《皇華悲遇》齣批)

> 曲與關目之妙，全在不費力氣，妙至此乎？(《李卓吾先生批評幽閨記》第二十八齣《兄弟彈冠》齣批)

> 有此一出，關目極好，若是刪去，更為奇特。蓋此時紅拂有心，而李郎何自得知？出於不意方大奇。(《李卓吾先生批評紅拂記》第八齣《李郎神馳》齣批)

〔註26〕《焚書》，頁 194。
〔註27〕《焚書》，頁 194。

不合先自分路，直待賊兵緊急之時各自分頭，出於不意，方有關目。

（《李卓吾先生批評玉合記》第二十三齣《祝髮》柳姬道白處眉批）

筆者認爲李贄對「關目」的重視，相對於王世貞批語中偏重曲詞的鑒賞〔註28〕，無疑是一個巨大的進步。所謂「關目」的內涵主要有：（1）具有戲劇性的情節；（2）能充分表現人物性格的戲劇動作，既指外部動作，也包括內部動作；（3）起著突出或強調作用的、前後照應的細節。〔註29〕而不管在何種層面上使用「關目」這一概念，其指向都是「場上」，預示著明代戲曲批評中「敘事」意味開始與「抒情」意味分庭抗禮，並在清初丁耀亢、李漁那裡結出碩果，確立戲曲「結構第一」的理念和近代敘事思維。〔註30〕

（二）反擬古思潮下個性精神的折光

李贄在《續焚書》卷一《與焦弱侯》中云：「山中寂寞無侶，時時取史冊批閱，得與其人會覿，亦自快樂，非謂有志於博學宏詞科也。」〔註31〕李贄的戲曲小說評點「乃其遊戲三昧」〔註32〕之筆，也同樣是自願自怡快樂閱讀活動，是其反擬古思潮下個性精神在戲曲批評活動中的折射。而其個性精神以「童心說」爲哲學基礎，表現爲眞（含化工）、趣、奇的批評意識和審美旨趣。列表如下：

表 1　李評曲本部分批語一覽表

評本名稱	出　處	批　語　原　文	批語內核
《李卓吾先生批評北西廂記》	第十一齣《乘夜逾牆》	齣批：此時若便成交，則張非才子，鶯非佳人，是一對淫亂之人了，與紅何異？有此一阻，寫畫兩人光景，鶯之嬌態，張之怯狀，千古如見。何物文人，技至此乎！	眞

〔註28〕王世貞的戲曲評點往往「著眼於曲文的言辭，實則評『曲』不評『戲』，評『曲』也只是評『辭』而不及其他。可見，王世貞著眼點仍然在作品的外部色相，而並未深視作品的內在精神。」這一點，在徐復祚、凌濛初等曲評家那裡均曾予以較深入的批駁（參見葉長海《中國戲劇學史稿》第120～121頁）。

〔註29〕參見朱萬曙：《明代戲曲評點研究》（合肥：安徽教育出版社，2002），頁115～116。

〔註30〕關於「敘事性的興趣」可參讀（俄）古斯塔夫・弗萊塔克著，張玉書《論戲劇情節》第16頁（上海譯文出版社，1981）。

〔註31〕《續焚書》，頁41。

〔註32〕《元本出相北西廂記・凡例》，明萬曆三十八年（1610）冬起鳳館序刻本。

（續表）

《李卓吾先生批評北西廂記》	第十四齣《堂前巧辯》	紅娘責備老夫人處眉批：紅娘真有二十分才，二十分識，二十分膽。有此軍師，何攻不破，何戰不克。宜於鶯鶯城下乞盟也哉！ 尾批：這丫頭是個大妙人。	奇
《李卓吾先生批評琵琶記》	第八齣《文場選士》	齣批：戲則戲矣，倒須似真，若真者反不妨似戲也。今戲者太戲，真者亦太真，俱不是。	真
	第二十七齣《感格墳成》	趙五娘唱【五更轉】「把土泥獨抱」處眉批：真矣文乎！（按：全劇批語中有多處批「真真」、「畫」、「畫畫」、「傳神」等）	真
《李卓吾先生批評幽閨記》	第三十六齣《推就紅絲》	媒人道白處眉批：此處說明，後來赴宴處便少趣味。	趣
	第三十六齣《推就紅絲》	蔣世隆唱【集賢彬】處眉批：他已知久，何必再說，不像，不像。	真
	第三十七齣《官媒回話》	王尚書唱【滴溜子】處眉批：此時只合驚喜，著不得一些疑惑，若疑惑便太癡了。	真
	第四十齣《洛珠雙合》	齣批：拜月曲都近自然，委疑天造，豈曰人工！	化工
《李卓吾先生批評紅拂記》	第一齣《傳奇大意》	下場詩「打得上情郎紅拂妓」處眉批：妓字不可以目紅拂。	奇
	第二齣《杖策渡江》	劉文靜唱【集賢彬】處眉批：惟英雄識英雄，流輩與犬羊一般，如何識得？（按：全劇批語中有多處言及「英雄」云云。）	奇
	第十齣《俠女私奔》	齣尾處眉批：即此一事，便是圖王定伯手段，豈可以淫奔目之！	奇
	第十三齣《期訪真人》	徐洪客唱【雙勸酒】處眉批：文章到此自在極矣！	化工
《李卓吾先生批評玉合記》	第三十七齣《還玉》	許俊云「如此小事，左右的備馬來」處眉批：真漢子，真豪傑，真丈夫！今天下亦有其人乎？（按：全劇批語中有數處批「真」、「真真」、「畫」、「畫畫」等）	真

在這個層面，李贄和公安派的文學觀念有相通之處，都是用浸透了市民趣味的「真、趣、奇」，來反對「前後七子」復古類比之流弊，而提倡一種生鮮活潑的自然的文學。這種觀念反映到具體的戲曲評點中，其最高境界亦是「化工」之境。「化工」說（李贄《焚書》卷三《雜說》）體現了李贄「以自

然爲美」的哲學思想，最終達到的是發抒個人情性、率直逼眞、自然感人的審美至境。而在李贄看來，「化工」又高於「畫工」，故而「化工」是與「敘事性趣味」和「師心尚俗」的時代思潮相通的，它不重文辭之美而純以自然爲工。這樣，李贄就與以王世貞等爲代表的「文辭派」曲評家釐清了界限，在一定程度上可以匡正當時「以時文入曲」的流弊，使戲曲向健康、尚俗的道路上發展。

第二節　戲曲評點的繁興

　　從明萬曆三十八（1610）年前後至明末清初是明清戲曲評點的繁興期。據粗略統計，這一時期的戲曲評點存本多達 146 種以上。文人廣泛參與戲曲評點和坊間戲曲評本的競刻，共同推進了戲曲評點走向繁榮興盛，評點的理論水平得以極大的提升和深化。

一、文人競評與評點批評理論的深化

　　自徐渭、李贄開展戲曲評點並引起較大的社會反響後，大約從萬曆中後期開始，文人甚至官員（往往不是正統文人或官員）也逐漸參與到戲曲的傳播中來，其參與的主要方式是爲坊刻曲本寫序跋或評點。如臧懋循、馮夢龍、陳繼儒、湯顯祖、王思任、沈際飛、槃薖碩人等。文人的廣泛參與，不僅促進戲曲評本類型更加豐富（如考訂兼評型、改評型兩種重要評本形式就是在這一背景下產生的，是與文人性評點的日趨成熟、深化密切相關的），而且在客觀上有力地促進了戲曲批評理論水平的提升。

　　首先，劇學視野下的敘事結構理論。

　　戲曲敘事結構是晚明戲曲家和戲曲理論家關注的戲曲要素之一。如王驥德、臧懋循、馮夢龍、凌濛初、祁彪佳等在其曲論著作中都曾就此問題有所論及。前賢對此多有論述，這裡不擬贅述。筆者關注的是作爲更廣大層面的戲曲評點中，評點家們對戲曲敘事結構的認識有何特點？如何評價？

　　晚明人關於戲曲結構的闡述多見於戲曲評點中，擇其要者引錄如下：

　　　　湯顯祖《焚香記》總評：「作者精神命脈，全在桂英冥訴幾折，摹寫得九死一生光景，宛轉激烈。其填詞尚眞色，所以入人最深，遂令後世之聽者淚，讀者顰，無情者動心，有情者腸裂。何物情種，具

此傳神手！獨錢換書，及登程，及招壻，及傳報王魁寃信，頗類常套。而星相占禱之事亦多。然此等波瀾，又上不可少者。此獨妙於串插結構，便不覺文法沓拖，真尋常院本中不可多得。」〔註33〕（《初集》影印明末刻本）

柳浪館《紫釵記》總評：「元之大家，必胸中先具一大結構，玲玲瓏瓏，變變化化，然後下筆，方得一齣變幻一齣，令觀者不可端倪，乃爲作手。」〔註34〕（《初集》影印明柳浪館刊本）

陳繼儒《鼎鐫陳眉公先生批評幽閨記》總評：關目、曲都近自然，委是天造，豈曰人工！妙在悲歡離合起伏照應，線索在手，弄調如意。興福遇蔣，一奇也，即伏下賊案逢迎、文武並贅；狂野兄妹離而夫妻合，即伏下關目緣由，商店夫妻離而父子合，驛舍而子母夫妻俱合，又應前狂野之離；商店兄弟合又起下文武團圓，夫妻兄妹，總成奇逢。結局豈曰人力，天合也，命曰「天合記」。〔註35〕（明師儉堂刻本）

《校正原本紅梨記》第二十一齣《詠梨》齣批：直到此齣方出紅梨花，由此「酬詠」，由此「計賺」，由此「永慶」，節節生出，是一部大總關，所以就名紅梨花，何等貼切！若武林本雖託此名目，其關情處去此霄壤矣。〔註36〕（《初集》影印明朱墨刊本）

槃薖碩人《伯喈定本·伯喈總題》齣眉批：「父不從其就養之意，君不從其辭官之意，相不從其卻婚之意。『三不從』是此記大關鍵。」〔註37〕（明末刻本，國圖藏）

槃薖碩人《伯喈定本·風木餘恨》齣眉批：「遺頭髮、囑柱杖及琵琶曲乃此傳奇部中大關節處，乃通部至此末端並無點綴照應，殊無味。且傳中既設立個張廣才之名，亦不止特有賑貧之義也。今槃阿館人新增此三段意，不惟是通部關節大意，而且多警世之思，教人之意。」

〔註33〕〔明〕湯顯祖：《玉茗堂批評焚香記》，《古本戲曲叢刊初集》本。
〔註34〕〔明〕《柳浪館批評玉茗堂紫釵記》，《古本戲曲叢刊初集》本。
〔註35〕〔明〕陳繼儒：《鼎鐫陳眉公先生批評幽閨記》，明書林師儉堂刻本。
〔註36〕〔明〕徐復祚：《校正原本紅梨記》，《古本戲曲叢刊初集》本。
〔註37〕〔明〕槃薖碩人增改：《伯喈定本》，明末刻本。

〔註38〕（明末刻本，國圖藏）

> 槃薖碩人增改《西廂定本》:「前篇張生訴情於紅娘，此篇紅娘訴情
> 於鶯鶯，而鶯聞言於紅娘。此正是兩下關情之始，乃《西廂》一部
> 大關鍵處也。」〔註39〕（明天啓元年（1621）序刻本）

特點一，戲曲結構的整一性。局部是構成整體結構的有機內容。整體性結構通常稱爲「大結構」、「大總關」、「大關節」、「大關鍵」等。局部結構，常見的術語有「針線」、「線索」、「接筍」、「照應」等。柳浪館批點中認爲，作者創作時「必胸中先具一大結構」，才能在局部的變化照應中展開敘述，才能成爲戲曲的「作手」（能手或行家）。這種看法的實質就是結構先行，與丁耀亢、李漁倡導的布局（結構）第一僅隔著一層薄紙。

特點二，戲曲結構的「自然」觀。「自然」觀是晚明戲曲理論的一個重要範疇。某種程度上也可以說是對元代雜劇精神的呼應。李贄《讀律膚說》曰:「蓋聲色之來，發於情性，由乎自然……故以自然之爲美耳，又非於情性之外復有所謂自然而然也。」〔註40〕王驥德《曲律》云:「致與上下文生拗不協，甚至文理不通，不若順其自然之爲貴耳。」〔註41〕凌濛初《〈南音三籟〉敘》云:「故凡詞曲，字有平仄，句有短長，調有合離，拍有緩急，其所謂宜不宜者，正以自然與不自然之異，在芒忽間也。操一自然之見於胸中，以律作者、謳者，當兩無所逃」。〔註42〕李贄之「自然」觀是其以「童心」爲基礎的「情性論」的必然要求，「自然」觀的進一步推演便是「化工」論。王驥德之「自然」觀則落實到具體戲曲創作層面。凌濛初之「自然」觀又延伸至戲曲創作、舞臺演出諸多方面。〔註43〕但他們對如何在戲曲敘事層面達到自然之境界，或者說對具體的敘事之「技」關注不夠，這不能不說是一個遺憾。而戲曲評點中的「自然」觀則往往極爲關注「技」的層面，關注在戲曲敘事實踐的剖析中把握和領會何爲「自然」，並試圖用以規範戲曲創作。如陳繼儒批點的《幽

〔註38〕〔明〕槃薖碩人增改:《伯喈定本》，明末刻本。

〔註39〕〔明〕槃薖碩人增改:《西廂定本》，明天啓元年（1621）序刻本。

〔註40〕《焚書》，頁132。

〔註41〕〔明〕王驥德:《曲律·雜論第三十九上》，中國戲曲研究院編:《中國古典戲曲論著集成（四）》（北京:中國戲劇出版社，1959），頁153。

〔註42〕蔡毅:《中國古典戲曲序跋彙編》（濟南:齊魯書社，1989），頁57。

〔註43〕參見黃強《略論凌濛初戲曲理論中的『自然』說》，《戲曲論叢》（蘭州:蘭州大學出版社，1989）。

閨記》總評云：「《拜月》曲都近自然，委是天造，豈日人工。妙在悲歡離合、起伏照應，線索在手，弄調如無。」〔註44〕然後具體述說作品在敘事結構上如何引結照應，自然展開故事，而無人爲雕琢之迹。這就直接啓示後來的丁耀亢等清代的戲曲批評家。丁耀亢在《赤松遊題辭》中云：「至於句語關目，尤貴自然。」〔註45〕從理論表述上看與陳繼儒的觀點極爲接近。但黃霖認爲：「丁耀亢儘管比較明確地強調『句語關目』的自然，但在實際上是從戲劇作品的立意創作，到作品本身，再到舞臺演出，都是要求做到自然的。」〔註46〕因此，丁氏和陳繼儒的「自然」觀存在著血脈的聯繫，二者在內涵的包容性方面比凌濛初等人的觀點更全面，更貼近實際的戲曲創作，是前者的自然發展。

特點三，戲曲情節結構要服務於舞臺演出的需要。正如《焚香記》總評所言：「然此等波瀾，又氍毹上不可少者。此獨妙於穿插結構，便不覺文法拖沓，眞尋常院本中不可多得。」而槃薖碩人的《伯喈定本》和《西廂定本》本身就是爲舞臺演出而作的改評本，儘管其是否眞的演出過或效果如何還是值得懷疑的。(《西廂定本》改編問題，第三章論述還將涉及，這裡不贅述。)

其次，「情本」視野下的審美批評。

「情本論」謂以「情」爲本，強調戲劇文學的根本和首先要表現的是「眞情」，要求以「情」之高華來抵斥曲體之「卑」。「情本」淵源當可溯至中國古代「詩緣情」文學傳統，但其直接所自，乃晚明大戲曲家湯顯祖的「至情論」。湯氏在《牡丹亭題詞》中曾云：「嗟夫！人世之事，非人世所可盡。自非通人，恒以理相格耳！。第云理之所必無，安知情之所必有邪？」〔註47〕湯顯祖的「至情」曾被簡化爲「以情反理」，實則並不盡然。晚明的「情本論」高揚「情」的旗幟，並不必然排斥個體的「欲」。李昌集先生在《中國古代曲學史》中就指出：「宋儒倒置『天理』、『人欲』關係的『存天理，滅人欲』被重新倒置，情感和道德重新得到了統一，這就是晚明的『情本論』最深刻的時代意義」。〔註48〕而「晚明的新人文觀與『情本論』則孕育和促

〔註44〕 《鼎鐫陳眉公先生批評〈幽閨記〉》，明師儉堂刻本。

〔註45〕 〔清〕丁耀亢《赤松遊》卷首，《古本戲曲叢刊五集》本。

〔註46〕 黃霖：《略談丁耀亢的戲劇觀》，收入李增波主編：《丁耀亢研究——海峽兩岸丁耀亢學術研討會論文集》(中州古籍出版社1998年版)，頁197。

〔註47〕 〔明〕湯顯祖撰，徐朔方箋校：《湯顯祖全集》(北京：北京古籍出版社，1999)，頁1153。

〔註48〕 《中國古代曲學史》，頁493。

進了明代戲劇和小說文學的燦爛。」〔註49〕

　　「夫曲者，謂其曲盡人情也。」〔註50〕，在「情本」視野下的戲曲評點便被賦予了一種獨特的審美批評的意味，主要表現爲超功利的「知音」之感。如《快活庵批點紅梨花記》卷首《序》云：「余見《梨花》傳奇兩種，一爲武林，一爲琴川，實一事也。第曲白似琴川者勝，而結構武林者〔註51〕勝之。武林曲白非不佳也，不如琴川者，爲快心耳。若通篇結構，琴川以最後會合爲鬼，失之太奇，不如武林只於賈園待女見之。趙郎謝女，沒有相逢，預先說破，更爲近情。奇快琴川肯之，當行則讓武林也。予以評章如此，不知兩家以我爲知音否也？」〔註52〕評者指出了兩種版本的《梨花記》各自優勝所在，「武林本」的佳處在結尾情節結構設置的合理和當行；「琴川本」的佳處在曲白。（朱墨刊《校正原本梨花記》在齣批和眉批中也多次提及：「武林本」。）劇作述寫的是趙生和謝素秋在王太守的花園亭子上相見，但錢孟博爲促其趕考，遣花婆勸說。花婆隨謊稱說趙生所見的是王太守死去的女兒，趙生中舉後和素秋三錯認，最終明白眞相，二人喜結連理。這明顯是吸收了武林本的結構合理之處。因此，評者自謂作者知音，是有充分的情感契合和過人的識見，並非妄論。而尋求和作者溝通的「知音」心態，正是戲曲評點理論趨於深化的根本所在。王思任的清暉閣批本對後來的《牡丹亭》評點批評在「情本」視角、人物賞鑒等方面都有深遠的影響，受到時人乃至後來的批評家和讀者所推重。如王思任《清暉閣批點玉茗堂還魂記》第二十六齣《玩眞》齣首批云：「抽盡電絲，獨揮月斧，從無討有，從空挨實，無一字不係笑啼。《尋夢》《玩眞》是《牡丹》心腎，坎離之會，而《玩眞》懸鑿步虛，幾於盜神泄氣，更覺眞宰難爲。」〔註53〕如果沒有以心感心，在評點中投入個體眞切的情感體驗，是很難有這樣的感發的。也正因此，陳繼儒《批點〈牡丹亭〉題詞》對王思任的知音之賞予以高度評價，認爲：「《牡丹亭》一經王山陰批

〔註49〕　《中國古代曲學史》，頁493。

〔註50〕　〔明〕陳繼儒：《秋水庵花影集》序，見秦學人、侯作卿編著：《中國古典編劇理論資料彙編》（北京：中國戲劇出版社，1984），頁103。

〔註51〕　郭英德先生認爲此「武林本」殆即王元壽作的《紅梨花記》，收入《古本戲曲叢刊初集》。

〔註52〕　朱萬曙：《明代戲曲評點研究》（合肥：安徽教育出版社，2004年6月第2版），頁395。

〔註53〕　〔明〕王思任批：《清暉閣批點玉茗堂還魂記》，明末張弘毅著壇刻本。

評，撥動髑髏之根塵，提出傀儡之啼哭。關漢卿、高則誠曾遇如此知音否？」
〔註 54〕

　　再次，多元化的風格批評。

　　「風格是藝術所能企及的最高境界。」〔註 55〕中國文學批評向來重視
風格批評，戲曲評點亦然。萬曆中後期至明末清初，是戲曲創作的旺盛期，
也是戲曲評點的繁興期，多元化的批評視野，使這一時期的風格批評突破了
草創期的簡約樸素，而顯得繁富多樣。尤其是悲劇風格的體認凸顯了明人悲
劇觀念的嬗變和複雜性。〔註 56〕明初，溫柔敦厚的戲曲教化觀一統天下，
明太祖朱元璋稱賞《琵琶記》著眼的是其「風化」作用，而非趙五娘和蔡伯
喈的悲劇性命運。皇族戲曲家朱權、朱有燉等則在戲曲創作和批評中貫穿了
教化這一理念。王世貞也是教化論者，他在《曲藻》中就曾指責《拜月亭》
「無裨風教」，同時指出：「(《拜月亭》)歌演終場，不能使人墮淚，三短也。」
〔註 57〕然這種教化觀在相當長一段時期內並未得到應有的重視。明人往往
把戲曲作爲一種道地的「娛樂」工具，出於「亡國之音以思」的理念，對悲
劇是反感甚至反對的。如徐復祚《曲論》云：「不知酒以合歡，歌演以佐酒，
必墮淚以爲佳，將《薤露》、《蒿里》盡侑觴具乎？」〔註 58〕謝世吉則兼顧
了戲曲的娛樂和社會教化功用，他在《刻出像釋義西廂記引》中說：「余嘗
病人之論詞曲者曰：詞可以冠世，詞可以快心，詞奇而新，詞深而奧。殊不
知詞由心發，義由世傳，作者未必無勞於心，述者未必無補於世也。」〔註
59〕因此，陳洪綬批點《嬌紅記》時提出的「怨譜」說，客觀上有著針砭時
弊的現實意義。與之觀點一致的還有陳繼儒，他在《鼎鐫琵琶記》卷末批云：
「純是一部嘲罵譜。贅牛府，嘲他是畜類；遇饑荒，罵他不顧養；厭糠、剪
髮，罵他撇下結髮糟糠妻；裙包土，笑他不奔喪；抱琵琶，醜他長乞兒行；
受恩於廣才，書他無仁義；操琴、賞月，雖吐孝詞，卻是不孝題目；訴怨琵

〔註 54〕　《中國古典編劇理論資料彙編》，頁 103～104。
〔註 55〕　〔德〕歌德著，王元化譯：《文學風格論》（上海：上海譯文出版社 1982），頁 3。
〔註 56〕　參見金登才：《明清悲劇理論漫議》，《戲曲論叢》（蘭州：蘭州大學出版社，
　　　　　1989）。
〔註 57〕　〔明〕王世貞：《曲藻》，中國戲曲研究院編：《中國古典戲曲論著集成（四）》
　　　　　（北京：中國戲劇出版社，1959），頁 34。
〔註 58〕　〔明〕徐復祚：《曲論》，中國戲曲研究院編：《中國古典戲曲論著集成（四）》
　　　　　（北京：中國戲劇出版社，1959），頁 236。
〔註 59〕　轉引自黃霖：《最早的中國戲曲評點本》，頁 41。

琶、題情書館、盧墓旌表，罵到無可罵處矣！」〔註 60〕批者出以主體的情感體驗，而痛快地批之於書，想來應是極爲暢快，讀者讀來，也有一種興會淋漓之感，這對溫柔敦厚的戲曲教化觀念無疑是一種挑戰和突破。也有的戲曲評點家意識到了悲劇的社會意義和審美價值，但在改編和創作中卻又無奈地迎合觀眾的審美趣味，表現爲一種有節制的悲劇理念。如槃薖碩人在《伯喈定本·祝髮葬親》齣眉評云：「原本《咽糠》、《嘗藥》二齣非不見作者之情至，動觀者之心傷，第世間奉演梨園，多是華堂樂事，而雙親繼沒已爲太慘，況又以咽糠亡乎？俱存而不論，止於《祝髮》齣內，且白表出公婆既沒緣故。若觀者必欲求備，則自有東嘉原本在，可尋而演也。」〔註 61〕

而且，比較視角的引入，深化了風格批評的內涵，讀者和批者均能在閱讀文本時，同中見異，異中見同，在極細微處體味戲曲整體、局部乃至曲白等的獨特風標。不同劇作者作品風格的評點比較值得關注，如《成裕堂繪像第七才子書》「前賢評語」中陳繼儒云：

> 《西廂》、《琵琶》，譬之畫圖，《西廂》是一幅著色牡丹，《琵琶》是一幅水墨梅花；《西廂》是一幅豔妝美人，《琵琶》是一幅白衣大士。〔註 62〕

《西廂記》、《琵琶記》的理論論爭是晚明以來曲壇聚訟不已的熱點和焦點。當時重要戲曲批評家如李贄、何良俊、臧懋循、沈德符、徐復祚、徐渭、陳繼儒、王思任等，都參與了這場論爭，流風波及清中葉黃圖珌、李調元等人。從上面的批語看，陳繼儒喻《琵琶記》爲「水墨梅花」和「白衣大士」，強調其脫俗之美，而以「著色牡丹」和「豔妝美人」來比擬《西廂記》，顯見他對《琵琶記》的推崇，但也並未刻意貶低《西廂記》，而更趨向不同風格的體認。這在當時顯得難能可貴。

有關於同一劇作家不同劇作風格的比較品評的，如馮夢龍《墨憨齋重訂邯鄲夢傳奇》卷首《〈邯鄲記〉總評》云：

> 玉茗堂諸作，《紫釵》、《牡丹亭》以情，《南柯》以幻，獨此因情入道，即幻悟眞。閱之令凡夫濁子，俱有厭薄塵埃之想，四夢中當推

〔註 60〕〔明〕陳繼儒：《鼎鐫琵琶記》，明師儉堂刻本。
〔註 61〕〔明〕槃薖碩人：《伯喈定本》，明刻本。
〔註 62〕〔清〕毛聲山評：《成裕堂繪像第七才子書》，清雍正十三年（1735）吳門程氏課花書屋刻本。

第一。〔註63〕

馮夢龍對湯顯祖「四夢」分別以「情」（發抒真情）、「幻」（奇幻）、「因情入道，即幻悟真」來涵容，是在深入把握劇作內涵的基礎上對其風格的高度概括。富有啟發性。

還有關於同一主題而出之以不同風格表現的，如《玉茗堂批評異夢記》卷首總評云：

> 從來劇園中說夢者，始於《西廂·草橋》。《草橋》，夢之實者也。今世復有《牡丹亭》。《牡丹亭》，夢之幽者也。復有《南柯》《黃梁》，《南柯》《黃梁》，夢之大者也。復有《西樓·錯夢》。《錯夢》，夢之似幻實真、似奇實確者也。〔註64〕

其實，「實」、「幽」、「大」、「似幻實真、似奇實確」當然並不完全足以涵蓋對應劇作「夢」的內涵，如說「實」僅就做夢之是否事實而言，而忽略了「草橋驚夢」背後的心理內涵和結構意義等。但這種品評是切合作品而闡發的，其感發式、印象式批評也最切合中國古人的把握事物的思維特點，值得充分發掘和總結。

二、民間競刻與晚明戲曲評點

（一）明代書坊與文人評點戲曲

戲曲評點在萬曆中後期日益繁興並不是偶然的，而是和當時日趨興起的市民文學思潮和民間出版業的發達密切相關的，是市民文學崛起的表徵之一。反之，戲曲評點也因市民文學和民間出版的興盛而得以長足的發展。方志遠《明代城市與市民文學》指出：「萬曆中後期至明末的市民文學則是以傳奇和短篇白話小說為班頭。……現存明代劇本，萬曆時期共版刻了雜劇 310 多種，傳奇 140 多種，分別占整個明代的 66.60% 和 52.21%，而其中絕大部分又產生在萬曆中後期。如果加上天啟、崇禎時的 68 種雜劇和 107 種傳奇，則這一時期版刻的雜劇占整個明代的 80% 以上，版刻的傳奇占整個明代的 90% 以上。」〔註65〕據方志遠的統計，萬曆至明末共版刻傳奇（含南戲）約 247

〔註63〕 〔明〕馮夢龍：《墨憨齋重訂〈邯鄲夢〉傳奇》，見《馮夢龍全集（13）》（江蘇古籍出版社，1993），頁 1175。

〔註64〕 〔明〕湯顯祖：《玉茗堂批評異夢記》，《古本戲曲叢刊二集》本。

〔註65〕 方志遠：《明代城市與市民文學》（北京：中華書局，2004），頁 195。

種、雜劇約 378 種。而就版刻的戲曲評點本而言，繁興期的傳奇（含南戲）戲曲評點本約 138 種，占萬曆至明末版刻傳奇（含南戲）的 55.87%。超過一半以上，可見其盛況空前。

1、以書坊主為中心的下層文人群體

明太祖朱元璋定都南京，使南京成為當時明代的政治、經濟文化最繁盛的地區，戲曲和印刷行業的興盛恰是其表徵。據統計，明代金陵書坊的數量接近 60 家，其中刻過戲曲圖書的有 18 家，如世德堂、富春堂、文林閣、廣慶堂、繼志齋、師儉堂、積德堂、少山堂、鳳毛館、兩衡堂、石渠閣、文秀堂、烏衣巷、德聚堂、長春堂、奎璧齋、翼聖堂、芥子園等，尤其是前六家刊刻的戲曲評本代表了南京戲曲刊刻的最高水準，推動了戲曲評點的繁盛。其中，僅師儉堂刊刻的戲曲評點本現存已知的就有十餘種。

據清同治十三年修訂的《湖州府志》卷三十三引《湖錄》載：

> 書船出烏程織里及鄭港、談港諸村落。吾湖藏書之富，起於南宋渡後。……明中葉如花林茅氏、晟舍凌氏、閔氏、彙沮潘氏、雉城臧氏，皆廣儲簽，舊家子弟好事者，往往以秘冊縷刻流傳。於是織里諸村民以此網利，購書於船，南至錢塘，東抵松江，北達京口，走士大夫之門，出書目袖中，低昂其價。所至每以禮接之，客之末座，號為書客。二十年來，間有奇僻之書，收藏家往往資其搜訪。今則舊本日稀，書目所列，但有傳奇、演義、制舉、時文而已。

從上面的記載可見，浙江湖州有藏書的風尚，這種風尚不僅時間長——自南宋便開始了，而且流通的範圍廣——經營書籍成為湖州當地的重要文化活動，波及一般的農民或市民。戲曲、小說的閱讀隊伍想來是比較龐大的。因此，浙江成為明代戲曲刊刻的中心之一是有其深厚的經濟基礎和文化基礎的，雖然浙江書坊的數量沒有南京那麼多，但虎林容與堂、曹氏起鳳館等刊刻的戲曲評本在流傳的區域和範圍上並不弱於南京的書坊。

就雜劇而言，《盛明雜劇》初、二集 60 種雜劇皆在初刊時即帶評點，而且作為書坊主的沈泰、黃嘉惠等親自參與評點工作，如在《盛明雜劇》初、二集中，標明沈泰評點或參評的雜劇就有 10 多種。他們還組織下層文人參加戲曲評點，當時，在杭州，以沈泰、黃嘉惠為中心，聚集了相當一批下層文人，如徐翽、卓人月、王世懋、汪沄、沈士俊、沈士伸、張亦臨、張佩玉、張鄂舉、王璣、黃之堯、朱煒、竹笑居士、陽臺散人、武功山人、栩庵居士、

醉鶴居士、巫山散人等 10 多位文人評點家，還有更多參與校閱的文人。這些下層文人群體在戲曲編輯、刊刻過程中往往集體協調，分工合作，負責評點和校閱等的各有其人，各司其職。

2、孟稱舜、淩濛初、馮夢龍等中上層文人主導戲曲評點

在戲曲評本的出版、傳播過程中，書坊主的作用是顯而易見的，但我們也要看到，在明代後期，隨著大批中上層文人的廣泛參與戲曲評點，在客觀上促進了戲曲評點水平的深入發展。尤其是孟稱舜、淩濛初、馮夢龍等的身體力行，逐漸成爲主導戲曲評點的重要力量。

孟稱舜（約 1600～1655），字子塞、子若、子適，號臥雲子、花嶼仙史，山陰（今紹興）人，一說烏程（今湖州）人。工詩文詞曲。明崇禎二年（1629）入「復社」。仕途坎坷，屢舉不第。清順治六年（1649）被舉爲貢生，任松陽訓導。明天啓、崇禎年間，他與陳洪綬、祁彪佳、卓人月等曲家詩酒往還。作有雜劇和傳奇 10 種，現存 8 種，其戲曲理論則集中於他編纂的《古今名劇合選》，他把收錄的 56 種元明雜劇（包括本人作品 4 種），按照婉麗和豪放的不同風格，勒爲《柳枝集》、《酹江集》，詳加評點，成爲戲曲評點史上的重要作品。僅入選《盛明雜劇》和《古今名劇合選》的帶評點的雜劇就有116 種。

淩濛初（1580～1644），字玄房，號初成，亦名淩波，別號積空觀主人，明代浙江烏程（今浙江湖州吳興）人。淩濛初和閔齊濟兩家聯姻，合作刻書，多達 140 餘種，其加工方式、圖書行款、格式相同，尤其是戲曲以多色套印本著稱於世。〔註66〕淩濛初身兼評點家和出版家，評點並刊刻《西廂記》、《琵琶記》，是明代學術解證型曲評本的代表。

馮夢龍（1574～1646），明代文學家、戲曲家，字猶龍，又字子猶，號龍子猶、墨憨齋主人、顧曲散人等，蘇州府長洲縣（今江蘇省蘇州市）人。馮夢龍作爲戲曲家，非常重視更定和修譜工作，蓋當時傳奇之作，「人翻窠臼，家畫葫蘆，傳奇不奇，散套成套」（《曲律序》）的現象嚴重。馮夢龍爲了糾正時弊，振興昆曲，於是主張修訂詞譜，制訂曲律，以期「懸完譜以俟當代之眞才」（《曲律序》）。馮夢龍提出「詞學三法」，強調調、韻、詞三者不應偏廢，他強調戲曲要能夠做到「案頭場上，兩擅其美」。它不僅在戲曲創作和理論上提出明確主張，而且通過改訂戲曲等工作來貫徹自己的理論主張。經馮夢龍

〔註66〕參見孫崇濤：《戲曲文獻學》（太原：山西教育出版社，2008），頁 129。

重訂的《墨憨齋傳奇定本》就達 16 種之多，是明末戲曲評點本中的翹楚。

此外，其他零散的文人主導的戲曲評點本還有：澄道人評徐渭作《四聲猿》（明崇禎間九宜齋刻，含雜劇 4 種）、茁蘭居士批葉憲祖作《四豔記》（明刻本，《古本戲曲叢刊二集》據之影印。含雜劇 4 種）、《楊東來先生批評西遊記》、明朱墨刊本《校正原本紅梨花記》卷末附《紅梨花雜劇》等。據統計，單就雜劇評點本而言，明代帶有評點的雜劇至少在 126 種以上，約占萬曆至明末版刻雜劇的 33.33%。如果剔除萬曆前期戲曲萌芽階段的版刻雜劇，這個比例還要高很多。因此可以說，戲曲評點是伴隨著明代市民文學的興起和民間出版業的發達而走向繁興的，而文人在其中推波助瀾，他們和書坊主一起促進了明代戲曲評點的深入發展。

文人主導戲曲評點在戲曲史、批評史上有比較突出的價值和意義，主要表現在：第一，就戲曲文獻意義而言，有力地推動了戲曲文學的通俗化的進程，提供了多樣化的戲曲批評文本；第二，就體裁意義而言，在客觀上提高了戲曲的地位和影響；第三，就理論價值而言，提升了戲曲評點的我主觀性和藝術性，豐富了戲曲批評理論的內涵。

（二）坊刻曲評本的「名家效應」與「作偽」

何璧曾在自己校刻的《北西廂記・凡例》中說：「坊本多用圈點，兼作批評，或注旁行，或題眉額，灑灑滿楮，終落穢道。夫會心者自有法眼，何至矮人觀場邪，故並不以災木。」〔註67〕從何璧的話中，不難看出當時《西廂記》評點固然繁盛，但魚龍混雜的現象也頗嚴重。但事實跟何璧所想的並不一樣。可以說，明代流行的《西廂記》或以插圖精美取勝，但更多的還是以評點相號召，尤其是名家如李贄、王驥德、凌濛初等的《西廂記》評點，更是趨之若鶩，有相當廣泛的受眾。如起鳳館主人曹以杜曾云：「自來《西廂》富於才情見豪，一得二公（指李贄和王世貞）評後，更令千古色飛。浮圖頂上，助之風鈴一角，響不七遠與！朝品評，夕播傳，雞林購求，千金不得，慕者遺憾。」〔註 68〕說新羅國的商人想得到李、王二人合評的《西廂記》，付貲千金仍購求不到。這也許有點誇張，但仍充分展示了名家評點的號召力之巨大，再者，也說明當時《西廂記》評本或已域外傳播到了新羅。直至晚明清初，歸莊在《書葛家板書後記》中亦指出評點風尚和書坊主借名

〔註67〕〔明〕何璧：《北西廂記・凡例》，明萬曆四十四年（1616）序刻本。
〔註68〕〔明〕《元本出相北西廂記》，明萬曆三十八年（1610）起鳳館序刻本。

家評點以標榜的行為仍很普遍，說：「於是評語取多，不知其贅；議論取新，不顧害理。搜剔幽隱，抉摘瑣細，乃有丹黃未畢，而賈人已榜其書名懸之肆中。」〔註69〕

明中期以降，傳奇、小說等有別於正統詩文的俗文學迅猛發展，逐漸得到大量讀者的喜愛，同時，旨在「射利」的偽託現象在戲曲、小說的出版中日益凸顯。例如，明代葉盛《水東日記》卷二十一「小說戲文」條言：「今書坊相傳射利之徒偽為小說雜書，南人喜談如漢小王光武、蔡伯喈邕、楊六使文廣，北人喜談如繼母大賢等事甚多。農工商販，鈔寫繪畫，家畜而人有之；癡騃女婦，尤所酷好，好事者因目為《女通鑒》，有以也。」〔註70〕萬曆以還，這種現象有增無減，特別是名家戲曲評點本作偽現象尤為嚴重。如明代沈自晉《偶作‧竊笑詞家煞風景事》【解酲樂】云：「那得胡圈亂點塗人目，漫假批評玉茗堂？坊間伎倆，更莫辯詞中襯字，曲白同行。」〔註71〕

李贄門人汪本鈳《續刻李氏書序》言：「海以內無不讀先生之書者，無不欲盡先生之書而讀之者，讀之不已或並其偽者而亦讀矣。夫偽為先生者，套先生之口氣，冒先生之批評，欲以欺人而不能欺不可欺之人，世不乏識者，固自能辨之。第浸至今日，坊間一切戲劇淫謔，刻本批點，動曰卓吾先生，耳食輩翕然豔之，其為世道人心之害不淺，先生之靈必有餘恫矣。」〔註72〕偽託既是書坊主射利的本性使然，讀者喜歡讀李贄的書「並其偽者而亦讀矣」是坊間書坊主刊印偽書以獲取利潤的現實基礎。

陳繼儒也是如此，清代朱彝尊《靜志居詩話》卷二十載：

> 仲醇（按：陳繼儒字仲醇）以處士虛聲，傾動朝野，守令之臧否，由夫片言，詩文之佳惡，冀其一顧。市骨董者，如赴畢良史榷場，品書畫者，必求張懷瓘估價，肘有兔園之冊，門闌鷥羽之車，時無英雄，互相矜飾。甚至吳綾越布，皆被其名，竈妾餅師，爭呼其字。
>
> 〔註73〕

因此，也就不難理解，為何有那麼多的戲曲評點本要冒陳眉公的大名了。

朱萬曙《明代戲曲評點研究》把戲曲評點本作偽的方式分為四類：原樣

〔註69〕 〔清〕歸莊：《歸莊集》卷四（上海：上海古籍出版社，1984），頁294。
〔註70〕 〔明〕葉盛：《水東日記》（北京：中華書局，1980），頁213～214。
〔註71〕 〔明〕沈自晉：《沈自晉集‧越溪新詠》（北京：中華書局，2004），頁203。
〔註72〕 〔明〕李贄：《續焚書》卷首，（北京：中華書局，1975），頁4。
〔註73〕 〔清〕朱彝尊著，黃君坦校點：《靜志居詩話》（北京：人民文學出版社，1990），頁601。

翻刻名評本；翻刻名評本，但改換版式，對評點內容予以增、刪；翻刻名評本，但變更評點者姓名，假冒新的評點本；有名無實之評點本。〔註 74〕筆者這裡再補充幾個朱氏在《明代戲曲評點存本名錄》未提及的「偽本」。其一是屬於上文所說的第三類「偽本」。如《硃訂琵琶記》，現藏日本內閣文庫。該書正文首頁署「東海月峰孫鑛批點，後學諸臣校閱」，而實際上眉評及齣批基本上抄改自《李卓吾先生批評琵琶記》和《陳眉公先生批評琵琶記》，所謂「孫鑛批點」顯然是託名行為。其二屬第四類「偽本」，即名存實亡的戲曲評點本，如《綠袍記》二卷，明刻本，具體刊印時間不詳。扉頁右上角題有「陳眉公先生批點」字樣，無作者署名，目錄卷段題「新刻徐劉攔釵綠袍記」〔註 75〕，無任何評點文字。這種情況，至清代仍不少，如《新塡瀟湘怨曲本》、《皇華記塡詞》等，可見其惡劣影響。

第三節　戲曲評點的鼎盛

從清初至清雍正十三年（1735）是明清戲曲評點的鼎盛期。目前所知，該階段的戲曲評點存本在，粗略統計亦在 55 種以上〔註 76〕。戲曲評點名家輩出，金聖歎、丁耀亢、毛奇齡、李漁、毛聲山父子、吳人、孔尚任、吳震生夫婦、汪蛟門，等等。戲曲評點的質量有了空前的提升，《西廂記》、《琵琶記》、《牡丹亭》、《長生殿》、《桃花扇》等名劇產生了一批足以垂範後世的戲曲評點範本。

一、戲曲評點理論內涵的拓展和提升

清初戲曲評點承明末戲曲評點深化之勢而達到一個頂峰，雖數量上無法與繁興期相比，但就篇幅和質量而言，這一時期的戲曲評本有過之而無不及。突出地表現為戲曲評點理論內涵的極大拓展和提升。

丁耀亢在《表忠記》第九齣齣批中提出「戲者，戲也。」〔註 77〕他把戲

〔註 74〕　《明代戲曲評點研究》，頁 24。
〔註 75〕　參見張安祖：《孤本明傳奇〈綠袍記〉考述》，載《文獻》2003 年第 4 期。
〔註 76〕　其中《第六才子書西廂記》評點本約 17 種和《第七才子書琵琶記》評點本約 7 種各按 1 種計入。
〔註 77〕　〔清〕丁耀亢《表忠記》第九齣《分唾》齣批，《古本戲曲叢刊五集》本。

曲的本質看作是「戲」，把舞臺表演的娛樂性作爲戲曲的主導功能，徹底擺脫了「曲學」本位戲曲批評的藩籬，對李漁的喜劇理論有一定的啓示意義；相對於金聖歎等「以文律曲」，「戲」的觀念也更接近於對戲曲本質內涵的把握。這在中國古典戲曲喜劇理論史上是一個重大突破。丁氏戲曲敘事結構的凸顯也是這一時期極爲突出的現象。從戲曲評點家臧懋循提出作曲「三難」，其依次是「情詞」、「關目」、「音律」，〔註78〕到丁耀亢「詞有三難」，其依次爲「布局」、「宮調」、「修詞」〔註79〕，再到李漁倡導「結構第一」〔註80〕，戲曲敘事結構從原先屈尊聲律、文辭之後，逐漸向中心位移，並最終成爲戲曲創作和批評的焦點。(具體論述見第四章) 樗道人論李漁劇作的新奇云:「是劇於倫常日用之間，忽現變化離奇之相，無後者鬻身爲父，失慈者購嫗作母，鑿空至此，可謂牛鬼蛇神之至矣！及至看到收場，悉是至性使然，人情必有，初非奇幻，特飲食日用之波瀾耳。至觀其結想摛詞，段段出人意表，又語語仍在人意中。陳者出之而新，腐者經之而豔，平者遇之而險，板者觸之而活。不獨此也，事之眞者能變之使僞，僞者又能反而使之即眞；情之信者能聳之使疑，疑者又能使之貼然而歸於信。神乎，神乎，文章三昧，遽至此乎？」〔註81〕(《〈巧團圓〉序》) 這些都極大地拓展、提升了戲劇的理論內涵。金聖歎《第六才子書西廂記》評點在順治年間完成並由貫華堂刊行。金聖歎不僅把讀法等形態納入到戲曲評點體系中來。金批《西廂》建構了以人物性格塑造爲中心的戲劇結構理論，是清初戲曲評點的巔峰之作。毛奇齡《論定西廂記》、潘廷章自評《西來意》、李書雲等《西廂記演劇》皆在金批之外，別樹異幟，把《西廂記》評點引向深入。毛聲山評點的《第七才子書琵琶記》步武金批西廂，也是一部集大成式的評點著作。孔尙任自評的《桃花扇傳奇》體現崇實風尙在戲曲評點中的滲透。《吳吳山三婦評牡丹亭還魂記》、吳人評點《長生殿》傳奇則張揚「至情」，體現晚明以來的浪漫文藝思潮在清代的流變。吳震生、程瓊夫婦評點《才子牡丹亭》、朱勳批點《封禪書》等評本也都富有值得重視的理論思想。

〔註78〕 〔明〕臧懋循:《元曲選》後集序，明萬曆雕蟲館刻本。
〔註79〕 〔清〕丁耀亢:《赤松遊》卷首《嘯臺偶著詞例》，《古本戲曲叢刊五集》本。
〔註80〕 〔清〕李漁:《閒情偶寄》，《中國古典戲曲論著集成(七)》(北京:中國戲劇出版社，1959)，頁7。
〔註81〕 《李漁全集》(下)，頁317～318。

二、「五大名劇」之評點

晚明《西廂記》、《琵琶記》、《牡丹亭》三大名劇評點風行天下，是關注的熱點，促進了戲曲評點的繁盛，清代繼此趨勢而又有新的發展，金聖歎、毛奇齡、潘廷章、毛聲山、吳吳山三婦、吳震生、程瓊夫婦等把三大名劇的評點推向新的高峰，並各自出現漸趨於一尊的趨向，如金批本《西廂》、毛批本《琵琶》、三婦本《牡丹亭》都在一定意義上成為典範之作，而後來者的增評、翻改、仿評，不過是在這一趨向籠罩下的一種反撥。吳山評《長生殿》、孔尚任自評《桃花扇》，或因題材的敏感性，沒有出現評點「復沓」現象，但也各具理論特色，值得重視。

《西廂記》主要有評點本4種：《貫華堂第六才子書西廂記》八卷（清順治間貫華堂原刻，金聖歎評點）、《毛西河論定西廂記》五卷（清康熙十五年（1676）浙江學者堂刻本，毛奇齡評點）、《西來意》（又名《元本北西廂記》、《夢覺關》）四卷附前後各一卷（清康熙十九年（1680）刻本，潘廷章評點）、《西廂記演劇》二卷（清康熙間揚州李書雲秘園刻本）

《琵琶記》有評點本2種：《繪風亭評第七才子書琵琶記》六卷附一卷（清康熙間映秀堂刻本，毛綸父子評點）、《鏡香園毛聲山評第七才子書》十二卷首一卷（清康熙間金陵張元振刻三益堂印本，毛聲山原評，從周等增評）。

《牡丹亭》有評點本2種：《吳吳山三婦合評本牡丹亭還魂記》二卷《或問》一卷（清康熙間夢園刻本，陳同、錢宜、談則合評）、《才子牡丹亭》不分卷（清雍正間刻本，吳震生、程瓊夫婦評點）。

《長生殿》有評點本1種（清康熙間稗畦草堂刻本，吳人評點）。

《桃花扇》有評點本 1 種（清康熙四十七年（1708）初刻本，孔尚任自評）。

在上述戲曲評點本中，由於評點者身份和評點動機的不同，《西廂記》、《琵琶記》、《牡丹亭》各自形成自己的評點系統和範型，但也體現出一些共性。

首先，除《長生殿》和《桃花扇》之外，其他三大名劇的評點都在不同程度上參與了對戲曲文本的修訂或改編。如三婦本《牡丹亭》談則序錄陳同語云：「坊刻《牡丹亭還魂記》標玉茗堂元本者，予初見四冊，皆有訛字及曲白互異之句，而評語率多俚陋可筆。又見刪本三冊，唯山陰王本有序，頗雋

永，而無評語。又呂、臧、沈、馮改本四冊，則臨川所譏，割蕉加梅，多則多矣，非王摩詰多景也。後從嫂氏趙家得一本，無評點而字句增損，與俗刻迥殊，斯殆玉茗定本矣。」〔註82〕可見其時評改之風頗盛。而評訂的文字和戲曲文本一起，形成了新的相對完整的戲曲文本。一些影響較大的戲曲評定本，如金批《西廂》、毛批《琵琶記》，則成爲後世通行的閱讀範本，多少帶有廣告意味的評點文字，反過來大大促進戲曲文本本身的廣泛傳播。戲曲文本的修訂不是這一時期獨有的現象，晚明的臧懋循、馮夢龍、槃薖碩人等都曾染指戲曲的改評，但在整體規模和評點的理論深度上無法與金批《西廂記》和毛批《琵琶記》等相提並論。修訂和改評是一種文人化的行爲，它拓展了戲曲文本的藝術或思想內涵，影響了同時或以後的戲曲創作。張雍敬自評《醉高歌》、《東廂記》、《西廂記後傳》等亦步亦趨模仿金批《西廂》的模式就是最好的例證，只可惜他們徒然模仿其評點形式，而部分或完全拋棄了金批的精神實質，最終流於平庸化。

其次，文章觀對戲曲評點的滲透。清初名劇評點意興漫然，但在對戲曲本體的認知上，喜歡從文法的角度予以剖析。如無名氏指出金批《西廂》「文法多有補前賢所未發者」〔註83〕，且「正《西廂記》十六折筆法，如化工之肖物眞人，巧極天工，錯窈冥變幻，而莫知其端倪也。……今觀《西廂記》其洶聖於文者乎？賢於文者乎？鬼神於文者乎？然天之繫星漢也，山之尙草木煙雲也，水之承風也，皆至文也。自非得達觀先覺者，以爲之指點其機鋒，又孰從而知其技之至斯哉。」〔註84〕而毛聲山批點《琵琶記》則在「文情」、「文事」、「文法」的三維架構中建立起自己的理論體系。（詳見第三章）林以寧《還魂記題序》認爲：「自古才媛不世出，而三夫人以傑出之姿、間鍾之英，萃於一門，相繼成此不朽之大業。自今以往，宇宙雖遠，其爲文人學士欲參會禪理、講求文訣者，竟無以易乎閨閣之三人，何其異哉！何其異哉！」在林以寧看來，「參會禪理、講求文訣」是三婦評點《牡丹亭》的特出之處，普通文人學士在這方面無法和三婦相比。這些都是與戲曲作爲舞臺藝術相疏

〔註82〕〔清〕陳同、談則、錢宜合評：《吳吳山三婦合評牡丹亭》（上海：上海古籍出版社，2008），頁 145。

〔註83〕《〈吳吳山三婦評箋注釋聖歎第六才子書〉凡例》，見《中國古代戲曲序跋集》，頁 419。

〔註84〕《〈吳吳山三婦評箋注釋聖歎第六才子書〉凡例》，見《中國古代戲曲序跋集》，頁 417～418。

離，其實質是文章觀對戲曲評點的潛在影響。這種勢頭至張雍敬自評《醉高歌》以八股論曲而發展至極致。潘耒《醉高歌序》即稱張雍敬「才情直距元人之上，斯已奇矣。復自評之點之，以暢通之，其章法變化，宛然與八股吻合。」〔註85〕

在清初所有的戲曲評點本中，金批《西廂》的成就和影響是最大的。《第六才子書西廂記》在刊行不久就獲得極高的聲譽，李漁稱「讀金聖歎所評《西廂記》，能令千古才人心死。」後來的味蘭軒主人說：「《西廂》爲千古傳奇之祖，聖歎所批又爲《西廂》傳神之祖。」〔註86〕無名氏也說聖歎評《西廂》是「指點機鋒」，能「發人慧性」。〔註87〕（金批《西廂》的理論價值具體論述見第三章）自清順治年間《貫華堂第六才子書西廂記》刊行以來，金批西廂就取代王實甫《西廂記》成爲有清以來的典範讀本，版本繁多。據趙春宇《〈西廂記〉傳播研究》，此期間刊行的《第六才子書西廂記》版本約17種，其中比較重要的書坊主要有貫華堂、文苑堂、致和堂、善美堂、古吳俞氏博雅堂、懷永堂、學餘堂、書業堂、蘇州文起堂、四美堂、世德堂、鬱鬱堂、成裕堂、槐蔭堂、舟山堂等。至於那些原版翻印者更不計其數。可見，世人對聖歎批點《西廂記》的擁躉。

第四節　戲曲評點的延續與變異

從清乾隆元年（1736）至清嘉慶二十五年（1820），共八十四年，是明清戲曲評點的延續期。清代乾嘉時期是中國傳統學術文化由理學邁向樸學之重要轉型期，也是戲曲評點理論發生轉變的關鍵期。清代戲曲評點在清初順、康年間達到鼎盛，乾隆以後又迅速地走向衰落。據筆者粗略統計，此期間傳奇戲曲評點存本在 57 種以上。（乾嘉兩朝，金聖歎批點的《第六才子書西廂記》雖屢遭禁燬，其現存刊本種類仍有 20 種左右〔註88〕。但在戲曲評點存本統計上按 1 種計入。）比較重要的戲曲評點家有周昂、王文治、方成培、盧

〔註85〕〔清〕張雍敬：《醉高歌》卷首，清乾隆三年（1738）靈雀軒刻本。
〔註86〕味蘭軒主人：《〈西廂詮注〉序》，清道光己酉【二十九年，1849】味蘭軒刻本《西廂詮注》。
〔註87〕無名氏：《吳吳山三婦評箋注釋聖歎第六才子書〉凡例》，見《中國古代戲曲序跋集》，頁 417。
〔註88〕《〈西廂記〉傳播研究》，頁 296～298。

見曾、唐英、徐夢元、李斗等。但由於忽視戲曲綜合性藝術的「類」特徵及時代思潮的影響，乾嘉時期的戲曲評點理論開創性不足，較清初戲曲評點而言，在延續中有變化，主要表現在：戲曲敘事結構理論的延續與變異、形式批評的崇尚和反劇場化的藝術追求。

一、戲曲敘事結構理論的延續與變異

戲曲敘事究竟是「以事爲中心」，還是「以人爲中心」，乾嘉時期的戲曲評點家們選擇的是前者。尤其對戲曲敘事結構的探討，要遠超過對「人物性格」的細緻分析。

盧見曾等戲曲評點家，承繼丁耀亢、李漁建立起來的「結構第一」的戲劇觀，並在具體戲曲批評實踐中有所突破。如盧見曾《〈旗亭記〉凡例》指出：「有奇可傳，乃爲塡詞，雖不妨於傅會，最忌出情理之外。」這和李漁結構理論中的「戒荒唐」是一脈相承的。同時又云：「傳奇之難，不難於塡詞，而難於結構。生且必無雙之選，波瀾有自然之妙，串插要無痕迹，前後須有照應，腳色並令擅長場面，毋過冷淡將圓，更生文情收煞，毫無剩意，具茲數美，乃克雅俗共賞。」〔註89〕盧見曾認識到結構戲曲作品，各項構成要素如腳色安排、情節設置等，都很重要，其最高理想是各項要素設置都很完美，這樣才能眞正達到「雅俗共賞」。這兼顧了案頭和舞臺的雙重要求，是對清初李漁、萬樹等曲家所推崇的「几案氍毹並堪心賞」〔註90〕（《秦樓月》第二十八齣《誥圓》李漁眉批）的戲劇觀的細化。其不同之處在於，盧見曾還要求「波瀾有自然之妙」，暗含著對情節過於低俗化的反駁。如萬樹《風流棒傳奇》第十八齣《擊竄》男主人公荊瑞草跳窗逃跑，撞到正在撒溺之店婆，店婆欲調戲之，劇作或意在敷衍熱鬧場面，但顯然有流於低俗化的嫌疑，而觀眾卻怡然樂之。吳秉鈞在眉批中云：「更以折尾，作店婆一笑，前閱十（時）當場坐客爲之?堂，尤爲匪夷所思。」狄德羅認爲：「假使詩人不深入到劇中人中去，不按自己的意圖控制觀眾的情緒，卻脫離劇情而迎合觀眾，他就將妨礙自己的布局。」〔註91〕但觀眾趣尚若此，清初的戲曲評點家們出於「戲」「曲」結合的綜合戲劇觀，似不以爲忤，乾嘉時期的戲曲評

〔註89〕　吳毓華：《中國古代戲曲序跋集》（北京：中國戲劇出版社，1990），頁536。
〔註90〕　〔清〕朱素臣：《秦樓月》，《古本戲曲叢刊三集》本。
〔註91〕　〔法〕狄德羅：《狄德羅美學論文選》（北京：人民文學出版社，2008年第2版），頁160。

點家們則不免譏之。

　　然而，在乾嘉曲壇，像盧見曾這樣的戲曲結構觀彌足珍貴。因爲，隨著傳奇戲曲創作走向低潮，戲曲敘事結構及其理論批評也發生了變異，表現爲一種「非戲劇化」的傾向。〔註92〕這種傾向表現的不是文本中心，而是作者中心。

　　首先，戲曲敘事結構設置不是戲曲故事情節的邏輯發展和塑造人物性格之需要，而是出於劇作者心中「預置」的主觀理念。如周昂在《序西廂》「其一教天下以立言之體也」處眉批云：「大抵傳奇情節離合悲歡，全是作者心上算出來。一部《西廂記》爲張、崔之苟合作也。萍水相逢，彼此風馬，驀遭兵警，天賜良緣。使無《賴婚》一節，則合矣，合則《西廂記》畢矣，故以《賴婚》作一波折。既而雙文貽詩訂會，其勢又將合矣，合則《西廂》又畢矣，乃於《鬧簡》又作一波折。……此作家之工於布置也。」〔註93〕周昂認爲王實甫創作《西廂記》「工於布置」是頗有見地的，但把《西廂記》視作「爲張、崔之苟合作也」、「全是作者心上算出來」則顛倒了戲曲敘事結構的客觀要求和作家主觀理念之間的「因果律」；爲了「波折」而設置情節，亦與金聖歎創立的「以人爲中心」的人物性格論是相悖的。《寺警》本是李漁所謂《西廂記》全劇之「主腦」，而周昂卻視而不見，在該齣齣首金批處再批云：「凡男女苟合，不惟男悅女，亦且女悅男，鶯鶯於張生自酬和以後，久已念茲在茲矣，況齋期親見其風采十足動人乎！即無解圍一事，禁不住幽期蜜約，許婚而毀，亦故作曲筆以爲波折。愚者每以鶯鶯之失身於張生爲伊母許婚之故，豈知心頭一滴血、喉頭一寸氣早屬之張生乎？」〔註94〕這同樣是強調作家主觀裁剪情節的權利，而忽略了戲曲情節結構發展的內在邏輯性和人物性格塑造的核心地位，流露出一種機械性批評的傾向，彰顯了對戲曲敘事結構「非戲劇化」的追求，從而與清初丁耀亢、李漁等人「結構第一」的戲劇觀漸行漸遠。

　　其次，戲曲敘事結構的設置往往不是排場關目的客觀要求，而是反映了理學思潮在劇作家戲曲結構觀念中的折射。如董榕在《〈芝龕記〉凡例》中說「人物裝扮原各不同」云云，但劇作者關心的重點有二：一是是戲曲情節關目的「剪裁隱括之法」〔註95〕。董榕在《凡例》中，探究了創作中構設戲曲

〔註92〕　參見郭英德：《明清傳奇戲曲文體研究》（北京：商務印書館，2004），頁345。
〔註93〕　〔清〕周昂：《此宜閣增訂金批〈西廂〉》，清乾隆十三年（1748）刻本。
〔註94〕　同上。
〔註95〕　〔清〕董榕：《芝龕記》，清乾隆十七年（1752）原刻本。

情節的幾種方法，如「影敘」、「追敘」、「串敘」、「議論撮敘」（述說大意）、「帶敘」等。康熙間學者、文評家馮李驊《讀〈左〉巵言》總結出《左傳》有二十八敘法，其中就包括補敘、串敘、間議夾敘、帶敘等。董榕《凡例》所言極可能就是本於此，但這些概念在戲曲評點中明確使用，在董榕之前並不多見，這是文學評點直接影響戲曲評點的有力證據之一。二是劇作旨在「闡揚忠孝節義」，因此在結構上設置了「果報」的模式。正如《〈芝龕記〉凡例》所云：「記中前後兩層上下果報昭彰，皆有依據，未敢偏枯，但亦不過偶一點染，以爲文章伏應」。〔註96〕這種帶有實證性的「果報」模式，就像帶著腳鐐跳舞一樣，不要說排場設置之難，只怕連劇中的人物都成了禮教的傳聲筒，遑論「戲劇性」。這些，都展現了董榕戲曲結構觀中的「非戲劇化」傾向。清代乾嘉時期，這樣的戲曲評點本還有不少，如夏綸的《惺齋新曲六種》、左潢的《蘭桂仙傳奇》等。

二、形式批評的崇尚

乾嘉時期的戲曲評點家對敘事筆法極爲重視，這與金聖歎批點《水滸傳》、《西廂記》所建立起來的一整套文法理論的深遠影響是分不開的，也是戲曲評點八股化、實用化的必然結果。其好處是操作起來比較方便，但過分注重章法等形式層面的批評，往往導致理論開拓性不足，清初戲曲評點中那種凝結著個性精神的理論思辨色彩則漸次衰微了。在延續期的戲曲評本中，大凡有齣批的戲曲文本，其齣批往往注重情節結構、筆墨用法，在局部或整體上建立結構上的內在聯繫。如方成培在《雷峰塔傳奇》第十三齣《夜話》齣批中說：

> 增此一齣，通身靈動，起伏照應，前後包羅，有瀚衍瀠洄之致。又足見人方寸間蔽錮雖深，而本體之明，未嘗盡喪，清夜中有此一番情景。曲則盡態極妍，白則句斟字酌，洵是《西樓錯夢》得意之筆。
> 〔註97〕

方氏善詞曲，尤精於論詞律音呂，因此其評點結合自己在進行劇本改編中的體會，頗多「通作者之意，開覽者之心」（明萬曆袁無涯刻本《出像評點忠義水滸全傳·發凡》）的精妙之論。批語中，方成培闡明了自己增添《夜話》一

〔註96〕〔清〕董榕：《芝龕記》，清乾隆十七年（1752）原刻本。
〔註97〕〔清〕方成培：《雷峰塔傳奇》，清乾隆三十七年（1772）序水竹居刻本。

齣，在結構作品中重要意義，併兼及曲白的賞評，亦多可取。但在大多數戲曲評點本中，這種對結構照應和筆墨用法的探究已成為一種定勢思維，其優點是評點內容往往直指作品構思和筆法的精妙所在，導向性很強。但拘於文法的評點，往往容易流於板滯。

　　眉批的功能更廣泛，短的評點可能是一句詩，或幾個字，最少的只有一個字，如「好」、「妙」、「真」、「刪」、「逗」、「伏」等，而長的可達一兩百字。評點的內容涉及文法技巧、聲律、情節結構、風格、作者意圖、讀者反應批評等，但對形式層面，如文法技巧、情節結構的起伏照應等的評點，已是絕對的主體。

　　我們先來看一下范梧在《寒香亭傳奇・扶疏》【入破】處的一段眉批，批語如下：

> 《琵琶・辭朝》結尾用「之至」二字，卻苦支思韻窄，雜出傍韻，此乃字字精嚴。又此調拗句甚多，文更因難見巧，不用一白語襯字，而彌覺自然諧合，但見其古不見其拗，可謂神工。首尾提擢「天」字。全文以經史為目，曲折回互一氣鈎貫，直是一則漢人奏疏，忘其為詞曲生活矣。〔註98〕

《琵琶・辭朝》是《琵琶記》第十六齣《丹陛陳情》中的一段，是一個套曲，由【入破第一】、【破第二】、【衰第三】、【歇拍】、【中衰第五】、【煞尾】、【出破】七支曲子組成。「之至」指末曲【出破】結尾有蔡伯喈「臣無任瞻天仰聖，激切屏迎之至」之語。這段批語採用對比分析的策略，以《琵琶・辭朝》為參照系，對《扶疏》【入破】處的韻調、用字、句子的首尾照應、段落的章法結構等進行比較全面的品評，頗有見地。但如果我們把它和毛聲山在《琵琶記・丹陛陳情》齣套曲處的批語相比，就能很容易看出二者的差距，說是小巫見大巫並不為過。毛聲山在《丹陛陳情》齣前批中，結合相關曲文集中闡發了「閒筆不閒」的深刻理論內涵，認為：「不知者以為寫丞相，寫小姐，寫皇居，寫天子，寫百官，而知者則以為皆寫狀元也。」（《成裕堂繪像第七才子書》）這顯示了比范梧高得多的藝術造詣和理論水平。而過分偏重形式批評卻缺乏理論提升，正是乾嘉時期戲曲評點家的通病。此外，毛聲山在該套曲的每一支曲子處都有批點，大都是從結構著眼，也比范梧的評點細密、嚴謹的多。在【出破】「激切屏迎之至」處，毛聲山又批道：「竟作表文起結，妙

〔註98〕　〔清〕李凱：《寒香亭》，清乾隆間懷古堂刻本。

甚。此表文絕勝四六近體，看去直是說話，唱之則成歌曲，此東嘉獨步一時也。」毛聲山雖對高明以曲爲表文的才華極爲佩服，但強調表文的「可唱」，仍不失爲曲評。而上述范梧的批語中則云：「直是一則漢人奏疏，忘其爲詞曲生活矣。」一方面，他注意到曲中之文，這顯然有從毛評脫胎的痕迹。另一方面，他忽略了疏文是要用於歌唱的。二者的高下之別在細部仍清晰可見。

三、反劇場化的藝術追求

戲曲是一門綜合藝術，劇場、演員和劇作者是三位一體的，「劇場化」是戲曲表演性的內在訴求，清初丁耀亢、李漁等在推進戲曲的「劇場化」進程的貢獻，在其戲曲理論及其創作中有突出的表現。但由於觀眾的水平或欣賞趣味等，面向底層大眾的劇場通俗化的一面對戲曲的藝術性不可避免地會產生侵蝕作用。如金聖歎在《貫華堂第六才子書》一之一《驚豔》折前批云：「我見近今填詞之家，其於生旦出場，第一引中，類皆肆然，早作狂蕩無禮之言。生必爲狂旦，旦必爲倡女，夫然後愉快於心，以爲情之所鍾，在於我輩也如此。」《三星圓》例言》云：「觀俗優所演，白文甚是粗淺，詞調不按宮譜，大抵惟求順口，不顧文理。」這在實際的劇場演出中蓋難以避免。但「填詞之設，專爲登場」（李漁《閒情偶寄·演習部·選劇第一》），不管怎樣，清初戲曲的「劇場化」趨勢是主流，「雅俗共賞」成爲戲曲批評家的共識。如丁耀亢認爲賓白要「半雅半俗，乃諧觀穩。」（《赤松遊題辭》）吳棠楨云：「惟紅友諸劇，雅俗共賞，引人入勝處聞?堂之聲，所以稱絕。」（《空青石傳奇》第十一齣《鬧婚》曲善唱【南步步嬌】處眉批）

但到了乾嘉年間，情況就大爲不同了，如《三星圓》例言》中即呈現出一種矛盾的現象：既說明在梨園演出時「人有正扮，有借扮」，言及劇中生旦的組合關係，表現出對戲曲表演性的關注；但緊接著又鄭重強調：「茲集卻不徒爲梨園演唱起見，故與諸同志慘澹經營，欲求無弊，高明之士，如肯指其紕繆，再爲釐正者，數言之訂，奚啻百朋之賜。」〔註99〕而在此時戲曲評點中更是出現了「反劇場化」的傾向。表現爲「以文爲曲」批評理念的流行和史劇評點中考據癖的滲透。

首先，「以文爲曲」的創作和批評理念的流行。當然，在康熙中後期一些

〔註99〕〔清〕王懋昭：《三星圓》，清嘉慶十五年（1810）尺木堂刻本

戲曲評點家那裡，已經出現了把詩文和戲曲一體同觀，用做文章的方法來創作和批點戲曲。如張雍敬在《醉高歌·識盡》總評中云：「作文之法，先要曉得界限。凡鑄局佈勢，段落步驟，皆從此出。此折凡一十七曲，曲各一意，而遠近淺深次第出落，刪去一句不得，移置前後一曲亦不得，豈非有固然之界限在手。然合十七曲，止成一篇，而一篇又止兩字，曰：『識盡』。蓋唯界限看得分明，則胸有成竹，規矩既定，神巧自生，故能一氣卷舒，並泯其界限痕迹。昔人謂退之以文爲詩，東坡以詩爲詞，今主人則又以文爲詞也。」〔註100〕乾嘉以後的戲曲批評家則把這種傾向推而廣之。如張三禮稱：「填詞爲文字之一體。」（《〈空谷香〉序》）郝鑒《鴛鴦帕弁言》云：「及構燈快讀，第見其位置有法，勾勒有術，絕無一毫斧鑿痕，此猶本八比續餘而出之者。」〔註101〕羅聘評蔣士銓傳奇云：「昔人以填詞爲俳優之文，不復經意，作者獨以古文法律行之。搏虎用全力，君子於其言無所苟而已矣，不信然乎？」〔註102〕（羅聘《論文一則》）錢世錫在《臨川夢》第七齣《抗疏》中湯顯祖唱【近調·入破】處的眉批中評蔣士銓：「以文爲曲，一氣卷舒，不見裁縫痕迹，可雲五金一爐無所不化。」錢世錫是錢載長子，乾隆四十三年（1778）進士，有《麂山老屋詩集》，其詩承家學，與蔣士銓的詩接近，有「學人之詩」的特點。錢氏也並非戲曲行家，因此對蔣士銓「以文爲曲」、裁剪學問的本事頗爲佩服。徐夢元在夏綸《杏花村》第八齣《報仇》王世名唱【北滾繡球】處眉批也云：「大氣包舉，屈曲而達，音律之文能臻此境，吾見亦罕。」〔註103〕在其對夏綸《惺齋新曲六種》的評點中，我們已很難見到諸如排場、關目、戲等與劇場演出密切相關的論述，而關於文筆、文境、文勢、文氣、文義等的闡說則不勝枚舉。

　　這種「以文爲曲」的批評觀念是切合當時戲曲創作的現狀，是文人曲家和戲曲批評家輕視戲曲演劇性的「類」本質的必然結果，是一種反劇場化的觀念，加劇了傳奇戲曲的蛻變和衰亡。其影響是深遠的，如晚清胡來照直言「演劇與作文無異」（《東廂記》第十四齣《遙祭》齣批）江鬖夫亦認爲戲曲乃「文章家變之變者矣」（《〈琵琶行傳奇〉序》），等等。

〔註100〕〔清〕張雍敬：《醉高歌》，清乾隆三年（1738）靈崔軒刻本。

〔註101〕〔清〕張應楸：《鴛鴦帕》卷首，乾隆十六年（1751）佩蘭堂刻本。

〔註102〕〔清〕蔣士銓：《紅雪樓十二種填詞·香祖樓》，戴龍基主編《不登大雅文庫珍本戲曲叢刊（二十二）》（北京：學苑出版社，2003），頁225。

〔註103〕〔清〕夏綸：《惺齋新曲六種》，《不登大雅文庫珍本戲曲叢刊》本。

其次，史劇評點中考據學的滲透。乾隆以來的戲曲評點家評點對「歷史
——考據」表現出濃厚的興趣，這是乾嘉樸學重考據的風氣在史劇評點中潛
移默化的結果。如唐英、何東山等評《芝龕記》、周昂評《鶴歸來傳奇》等。
何東山在董榕《芝龕記》首齣《開宗》的齣批中，即爲全劇的評點定下了基
調：「《明史》特爲秦良玉立傳，且著於諸臣列傳中，表純忠也。流賊傳載政
道州守備，沈至緒戰歿，其女再戰，奪父屍還城獲全，表奇孝也。記本此而
考據更博。」當然，作者創作《芝龕記》涵括了明萬曆、天啓、崇禎三朝史
事，闡揚忠孝節義，「洵乎以曲爲史」，（黃知琳《〈芝龕記〉序》）本身就帶有
以曲存史或補史的心理意念。黃知琳推崇董榕的史才，在爲《芝龕記》作序
時指出：「所謂現大千於指輪，納芥子於須彌，知音者固不當以詞曲觀之矣。」
因此，評點者從劇作中的歷史人物的本事史實進行考察，是對劇作者創作意
圖的探究，不能算是誤讀。該劇批語中充斥著對史實的追索、查考，比較長
的就有多處，如第十四齣《誓師》齣批附記李化龍平播全書二條一件軍務事
等。有的批語還是不乏真知灼見的，如何東山在第二十五齣《左巡》齣批中
指出：「此篇敘新事，見有明一代，前有成祖之僇辱忠節，後有神宗之痹瘟偏
溺，疲敝天下，皆推原亡國之由也。」瞿頡《鶴歸來傳奇》亦是如此。瞿頡
是瞿式耜六世孫，劇作即敷演瞿式耜抗清殉難之事。該劇評點者是周昂，但
出批中有不少標有「自記」字樣，這應是劇作者瞿頡本人所爲，《查察》《尋
祖》《神護》《兵嘩》《刺焦》《警報》《血表》《爽忠、《封神》等齣皆如此，而
批點的內容頗涉當時史事，均可歸入「歷史——考據」類，如《尋祖》齣末
批云：

> 舊本此折係趙秋屋贈銀，壽明（按：瞿式耜之子瞿昌文）公獨去，
> 而以劉文華爲追送盤纏之人，今悉照《粵行紀事》改正，以歸核實，
> 曲文亦稍潤色之。自記。〔註104〕

該劇批語中亦有言「稍涉假借」（《鶴歸來傳奇·血表》齣批）之類的話，但
「核實」、「實錄」無疑其意旨所在，而史事的考索則凸顯了考據學的潛在
影響。到了道光年間，李文瀚在《鳳飛樓》、《銀漢槎》等劇作卷首專設《考
據》篇，恰足見流波所及。

這種戲曲評點中對史事的孜孜考據和訴求，不僅說明評點家們在歷史意
識和虛實關係的認識上較清初孔尚任等關於歷史劇的認識出現了倒退，而且

〔註104〕〔清〕瞿頡：《鶴歸來傳奇》，清嘉慶間秋水閣原刻本。

沒有充分考慮或漠視戲曲的「劇場化」，不考慮劇場演出的實際效果。蓋拘於此，劇作者慘澹經營之苦心，恐怕亦只能懸之紙上了。

當然，對考據的關注不止於史劇，李斗《奇酸記》批語中就不乏考據性文字，如《奇酸記》第二折第三齣《孟舟感故》齣末批：

> 是書作者一肚悲涼慷慨發之聲音，無一齣不令讀者酸入爪窪，而於玉樓發泄尤甚。《省齋瑣筆》謂《金瓶梅》爲孟玉樓所作，孟玉樓者，山東貢生，不得志於時，作此以質。王文成公驚爲奇才，因之致富。《乙丁編》謂孟玉樓爲作者寄託，以孟爲夢，玉爲欲，樓爲留，謂作者夢欲留之而不可得也。玉樓之爲三娘者，謂三人爲衆，作者夢欲留大衆而不可得，故有普靜幻化之因緣也。二書皆明人小說，其說穿鑿不經，自以張竹坡「苦孝說」爲正，《奇酸記》寄之於玉姐含酸，爲孝子本色也。〔註105〕

總之，戲曲敘事結構理論的「非戲劇化」傾向、形式批評的崇尚和反劇場化的藝術追求，是清代乾嘉時期戲曲評點的主體特徵，是時代思潮規訓和文人戲曲評點家忽視戲曲綜合性藝術的「類」特徵二者合力的結果，標誌著古典戲曲評點日漸走向衰亡。

第五節　戲曲評點的餘勢與終結

從清道光元年（1821）至清末是傳奇戲曲的蛻變期，是明清戲曲評點的餘勢期。目前所知，該階段的戲曲評點存本在 68 種以上。比較重要的戲曲評點家有吳蘭修、朱璐、楊葆光、胡來照、儀隴山農等。從存本種數來看，戲曲評點仍是這一時期重要戲曲批評方式之一，但總體而言，戲曲評點「酒瓶裝新酒」，僅在內容上滲入了時代思潮的浸染，在戲曲理論的建構方面乏善可陳，更甚者是「舊瓶裝舊酒」，如停雲逸客評點《痊雲岩》（許善長撰）等引用大量的詩詞作爲批語，其作用亦只停留在聯類感發上了。但慶幸的是，一些戲曲評點家的努力給這份平庸增添了些許亮色。清末，在救亡圖存的時代思潮波染下，古典戲曲評點逐漸成爲戲曲批評家們宣揚政見或理論的工具，並隨著清王朝的覆滅而走向終結。

〔註105〕〔清〕李斗：《奇酸記》，清嘉慶年間刻《永報堂集》所收本。

一、文人化評點的堅守與錮化

乾嘉時期，在花、雅之爭背後體現的是戲劇觀念「由綜合性藝術本體論向表演伎藝本體論的復歸」，〔註106〕而這些在當時的戲曲評點中卻沒有得到重視，這更加劇了戲曲評點的反劇場化傾向。道光以後，花部大熾，雅部淪為附庸，戲曲「表演伎藝」的本質已是不爭的事實，但拘守雅部的文人評點家們仍在慣性思維的推動下，漠視戲曲的演劇性，甚至對其不屑一顧，如《芙蓉碣》第十四齣《城圓》齣末批云：「合觀十四折，才情富有，波瀾老成，有雲亭音節之高，兼藏園書卷之富，視笠翁輩專以場面見長，直臥之樓下矣。」〔註107〕當然，也有個別花部戲進入文人評點家的視野，如《錯中錯》（紀蔭田撰，徐西雲批）、《極樂世界》（觀劇道人撰，試香女史參評）等，但評點的格範較前並無實質性的突破。如《錯中錯》的評點形式包括出批、眉批和旁批，有一定的識見。徐西雲指出「『錯』字乃先生著書本旨，此處首提出來，有振裘契領之妙。」〔註108〕（《開場》眉批）其導向性還是很強的。齣批分析詳細，規模不小，如第一齣《託孤》的齣批云：

> 一部《錯中錯》，正面著筆文章只有此折而已，含陰陽交躔之意，藏善惡消長之幾，定通部干支相生，正變差疊，以後亦只分此兩路離即，參綜虛實幻變，愈錯愈奇，愈奇愈錯，自始至終都無一幅或落正面實相，遂成宇宙一大奇觀，擬以化工結撰，不為溢美也。況篇名《託孤》自為一折，為三十六折託始，立何生一邊之干，與第二折吳生平分兩大正干對寫。兩人四年以前之事，吳用實寫，何用虛補，以伏全書錯緣之根；至第七八折以後方是詳寫兩人四年以後本文，而又寫何用實，敘吳用虛。此前半部理脈伏線之大概。而妙於本折先用何良璧、毛安附登場，即於毛口帶敘皮不存。毛為何干之蠹枝，皮為下折吳干之賊枝，止此發端布局，已具神工鬼斧之奇，更無論乎曲白情致惻惻動人，而伊鬱悲涼，猶其餘事也。〔註109〕

徐西雲在齣批中論虛實照應和人物設置，確能給讀者一定的啟發。但在其後

〔註106〕 郭英德：《明清文人傳奇研究》（北京：北京師範大學出版社，2001 年 6 月第 2 版），頁 31。

〔註107〕 〔清〕張雲驤：《芙蓉碣》，清光緒九年刻本。

〔註108〕 〔清〕紀蔭田：《錯中錯》，清道光九年（1829）懷清堂刻本。

〔註109〕 同上。

的批點中，徐氏卻並沒有針對人物性格的發展予以精彩的闡說，而是似乎對何者「實寫」，何者「用虛」，人物干支關係若何等極感興趣，甚至用「賊枝」、「劫支（枝）」、「頑枝」等比附人物關係，云云。這樣就使評點流於複雜和僵滯。至於皮黃戲本身就是以表演伎藝爲中心，評點也應以此爲闡說的重點，而徐氏仍拘於傳統的文章結構形式之類的批評，很可能，他只不過是把劇作當文章來分析罷了，至於劇作的演劇性就暫伏闕如了。

魏熙元《儒酸福‧例言》中：「傳奇各種，多至四十餘齣，少只四齣，均指一人一事而言。是曲逐齣逐入，隨時隨事，能分而不能合，乃於因果兩齣中，暗爲聯絡，而以十六個『酸』字貫串之。」郭英德先生認爲這可能取法於吳敬梓《儒林外史》結構小說的創作方法，以寒酸儒生的生活狀態這一主旨作爲貫穿全劇的主線，「完全打破了傳奇戲曲『一人一事』的結構慣例。」〔註110〕這樣的戲曲結構觀洵不多見。而每一齣的齣末，皆有類似司空圖《二十四詩品》式的齣批：先拈出二字，如「融渾」、「堂皇」、「清刻」、「慷慨」、「松秀」、「奇癖」、「雄傑」、「沉痛」等概括總體風格，隨後展開批評（涉及照應、人物、曲白等）。這無疑是與劇作獨特的結構體制相聯繫的。這種設置更多體現爲一種文人化的思考，是詩性的，而非戲劇性的，是詩學思維在戲曲評點中的滲透。

文人戲曲評點家曾經是推動戲曲理論演進的主力，而在雅、俗分流的情況下卻固步自封若此，戲曲評點又怎能不流於平庸，令人徒增感慨。

但好在還有一些戲曲評點家用他們的評點實踐在平庸的底板上描繪出些許亮色。朱璐、吳蘭修的《西廂記》評點自有其特色，鑒於後文專章論明清《西廂記》時會涉及，這裡不贅述。其他值得注意的曲評本有楊葆光手批本《牡丹亭》、胡來照批點《東廂記》（湯世瀠撰）等。

楊葆光手批《牡丹亭》僅112條，但對劇作「情」的主旨及杜麗娘性格發展的闡發，展現了其精緻的藝術鑒賞力，往往在極短的文字中凝煉自己深刻的體悟。如《尋夢》齣「春暮天，……則掙的個長眠和短眠」處批云：「情至極處，唯有一死。」《悼殤》齣「這後花園中一株梅樹」處批曰：「生死不忘，情之至矣。」在《冥判》、《魂遊》、《回生》中也對此有比較深刻的分析。這就抓住了杜麗娘咬住「情」根、一靈不放的性格特點和「情」的價值，是

〔註110〕郭英德：《明清傳奇戲曲文體研究》（北京：商務印書館，2004），頁342。

對原作主旨和晚明時代精神的深刻把握。〔註 111〕在《玉臺秋》（黃燮清撰）的個別眉批中，楊葆光對「情」的闡發可與此參看，如《演曲》齣柳鶯相思蓮生處眉批云：「有此癡想，便是致死之藥，然有此真情，亦是不死之方。」〔註 112〕

胡來照在評點《東廂記》中，通過對結構戲曲的品評，闡發了自己關於在結構戲曲時如何打破陳套，不落前人窠臼的。因其在批評中，注意到前人在處理類似關目時的利弊得失，因此在細部分析上得出令人信服的結論。這在其批點湯世澂《東廂記》的《慰母》（第六齣）、《辭婚》（第八齣）《劫寺》（第九齣）、《遙祭》（第十四齣）、《童會》（第十五齣）等中，都有比較深入的闡發。如《慰母》齣，胡來照批云：

> 他本傳奇寫一欲死而不可遽死之人，非有鬼神爲之呵護，即有恩人爲之救援，千部一律，雷同可厭，此獨從「孝」字上著想。他本傳奇寫一不肯改適之女，非父母惡而逐之即父母逼而嫁之，恩反成仇，亦非情理，此獨從「慈」字上著筆。夫人雖愁而生病，始終無逼嫁之言，議婚之事，而琵琶別抱、另結朱陳等語反出自鶯鶯之口。夫人之終不言者，慈也；鶯鶯之權時言者，孝也。寫娘兒兩個淚出痛腸，不落陳腐，獨標新穎。〔註 113〕

又《辭婚》齣批：

> 自古傳奇每多腐套，譬如相府選婿一事，他手寫到此處非畏威強就，即慕勢樂從，再或不然，則必有謀害貶竄之禍，閱前齣便預知後齣，千部一律，雷同可厭。看作者於此但專寫友生之勸，而韋相一邊從此更不再提，蓋以女求男，士庶之家且不輕出口，矧相府千金何等身分耶？新穎灑脫，不落陳腐，流俗之見淘洗一空。〔註 114〕

又《劫寺》齣批：

> 傳奇之書，離合悲歡而已，故合者離之，離者合之，且既離而終合，將合而忽離，皆一定之法也，而過接之工，針線之巧，作者又必各出機杼，不落陳腐，乃令觀者忽悲忽歡，無從測度。譬如，此書張

〔註 111〕 詳細參見趙山林：《楊葆光及其〈牡丹亭〉手批本》，原載《江西大學學報》社會科學版 1983 年第 3 期，收入其《詩詞曲論稿》（北京：中華書局，2006），頁 185～190。
〔註 112〕 〔清〕黃燮清：《玉臺秋》，瓊笏山館光緒六年（1880）刻本。
〔註 113〕 〔清〕湯世澂：《東廂記》，清光緒間上海申報館鉛印本。
〔註 114〕 同上。

生既中而不別娶矣，又寄書迎崔矣，崔又候張不肯改適矣，此離而將合之時也，且一合而不再離之時也。果其若此，安得又有下半部哉！妙忽有《劫寺》一齣將書信並琴童掠去，而煽以流言，然後紅誤聞而有《前悼》，鶯誤聞而有《飯空》，張復誤聞而有《遙祭》，杜帥因之而平下莽，紅娘因之而《後悼》，變幻瑰奇，層波疊起。〔註115〕

但清末的胡來照評《東牆記》的情節結構時亦云：「今此記妙在另演後事，僅借崔、張數人名聲，異樣翻新，與《會眞記》不相蒙，而適相反，而團圓完聚，懲勸寓焉，便於演唱又其餘事。」（《東廂記》第十六齣《慶圓》齣首批語）在胡氏看來，《東廂記》的主旨是「義」，意在矯正《西廂記》崔張苟合之非，從而進行理學化的翻改，以寄寓勸懲之意，對戲曲情節結構的設置是否符合劇場演出，是根本不予考慮的。清中後期戲曲敘事結構理論演化至此，已無法在機體內部衍生出更新的理論來指導戲曲創作，似乎已走入了死胡同，清代戲曲在文人化評點的籠罩下左衝右突，卻難以擺脫其固守雅正的觀念，其理論往往魚龍混雜，既有些許難得的心靈體驗，更體現出日漸平庸、錮化的態勢。而這距離古典戲曲評點批評的終結已經不遠了。

二、古典戲曲評點的終結

　　「有李卓吾而後可以讀《西廂》、《拜月》，有金人瑞而後可以讀《西遊》、《水滸》。……小說固所以刺激人之神經，挹注人之腦汁，神經不靈，腦汁不富，欲種善因，翻得惡果，其弊在於不知讀法。」〔註116〕（《讀新小說法》）因此，戲曲、小說評點至清末仍有一定的市場，與評點者、讀者熟稔並自覺認可這種批評方式密切相關。

　　清末，國勢飄搖，時局動蕩莫定，救亡圖存成爲各類文學形式表現的中心，戲曲、小說因「小說界革命」、「戲曲界革命」等的倡導，而終於實現由邊緣到中心的位移，小說評點發生轉型。由於時勢等因素的影響，戲曲評點內容也發生置換，主動納入到救亡圖存的時代潮流之中，出現星星點點的新質素。如洪炳文自評《警黃鍾》、捫虱談虎客（即梁氏友人韓傳廠）批註《新羅馬》（梁啓超撰）、儀隴山農批點《曾芳四傳奇》（我佛山人撰）等。

〔註115〕　〔清〕湯世瀠《東廂記》，清光緒間上海申報館鉛印本。
〔註116〕　無名氏：《讀新小說法》，《新世界小說社報》，第6、7期。

　　洪炳文在《警黃鍾》第四折《醉夢》齣批云：「此折寫國民醉夢，鼓舞太平。大吏如此，下僚可知。士人如此，農工商可知；當兵如此，營制可知。見端甚微，為禍甚鉅，可為寒心。」又，第十齣《團圓》眉批曰：「此折曲可當近日自強論讀，令人生忠君愛國之心，至理名言，包含《天演》物競諸義在內。」〔註117〕洪炳文不僅撰寫劇作《警黃鍾》、《後南柯》等激切時勢，警醒當權者，亦激勵國民自強愛國，這些都體現了其一腔熱忱和憂國憂民之思。

　　韓傳廠在《新羅馬》第一齣《會議》齣末批註云：「此書雖曰遊戲之作，然十九世紀歐洲之大事皆網羅其中矣。讀正史常使人沉悶恐臥，此等稗史寓事實於趣味之中，最能助記憶力，余謂此本宜作中學教科書讀之。」〔註118〕從中不難見到韓傳廠的啟蒙心態。

　　《曾芳四傳奇》僅《標目》、《誕美》、《勸嬌》三齣。儀隴山農（名氏、生平皆不詳）在《勸嬌》齣批中云：「外人常以吾國閉錮其婦女於室為陋俗，觀此齣鄧餘氏云：『難道從今後，裹足在閨門』，是明明不欲閉錮其女矣，而姦人即從而生心，雖欲不閉錮之不得也。或曰：是閉錮之舊習階之屬也。吾獨曰：是吾國從無教育，無名譽道德心階之屬耳。」〔註119〕更是對女性的受禁錮、缺乏教育表示憤慨和同情。

　　但我們也要看到，此階段的戲曲評點在理論內涵的建構上貢獻甚微，洪炳文、韓傳廠的「史劇觀」，儀隴山農的「自然」觀等都沒有超出前人批評的樊籬。可以說，晚清小說評點的式微基於兩個事實：一是「晚清小說評點的草率和鄙陋」導致讀者群的逐步喪失，沒有了穩固的「根據地」；二是「報章體」文學批評方式順應了「小說界革命」的形勢。〔註120〕那麼，餘勢期的戲曲評點同樣沒有避免這兩方面的問題。而且，花部的崛起和雅部的衰落是不爭的事實，但習慣了雅部戲曲評點的文人們在心理上、評點理論上和技術上並沒有足夠的準備。因而，比起同時的小說評點，餘勢期的戲曲評點更顯得趨於保守、凋敝。

〔註117〕〔清〕祈黃樓主人：《警黃鍾》，清光緒三十二年（1906）新小說社排印本。
〔註118〕〔清〕梁啟超：《新羅馬》，《晚清文學叢鈔》本。
〔註119〕〔清〕我佛山人：《曾芳四傳奇》，清光緒三十三年（1907）《月月小說》刊本。
〔註120〕參見譚帆：《中國小說評點研究》，頁43。

第二章　明清戲曲評點家研究

　　晚明陳龍正云：「上士貞其身，移風易俗。」〔註1〕（《明儒學案》卷六十）
余英時先生在其《士與中國文化》中也指出明代士人儒學精神上的社會取向。
這是在傳統「士不可不弘毅，任重而道遠」的先秦原始儒學基礎上的嬗變。這
種轉向在明代士人對民間社會的開拓、士商互動等層面有突出的表現。而明萬
曆年間戲曲評點萌興，尤其是評點中存在的大量游離於戲曲文本之外的社會文
化批評，絕不是簡單的用書坊主的商業行為所能解釋清楚的，其中蘊含的文化
價值應予以重視。有文化的書坊主或其周圍的中下層文人在其中扮演了極為重
要的角色，晚明文人已不再一味關注洪鐘大呂式的廟堂文章，或陷入雅文學的
圈子裏，在正統思想的壓迫、裹挾下不由自主地人云亦云，失去自己的聲音，
戲曲評點成為他們參與民間社會開拓，展現其作為「士」的話語權力的一種方
式。可以說，如果沒有文人的積極參與社會，戲曲評點可能會長期徘徊於圈點、
注音釋義的初級階段，而無法全面發揮其批評功能和社會影響。而對戲曲評點
家的地域分佈及其評點心態的解讀更有助於我們「知人論世」，予以同情之理解。

第一節　戲曲評點家的地域分佈及其文化成因

　　中國文學具有比較鮮明的「地域性」，這種「地域性」豐富了中國文學
的風格、色彩。戲曲評點作為文學批評的重要樣式，同樣具有地域性，研究
評點者的地域分佈，可以比較清晰地看出某一地區戲曲評點的興盛狀況，及
與文學創作之間的互動關係。而「地域對文學的影響是一種綜合性的影響，
決不僅止於地形、氣候等自然條件，更包括歷史形成的人文環境的種種因

〔註1〕　〔清〕黃宗羲：《明儒學案》（臺北：世界書局，1936），頁670。

素，……地域對文學的影響，實際上通過區域文化這個中間環節而起作用。」〔註2〕因此，對戲曲評點家分佈文化成因的探討亦是題中應有之意。

一、戲曲評點家的地域分佈

表2 明清戲曲家（已知籍貫）地域分佈統計表

	萌 芽 期	繁 興 期	鼎 盛 期	延 續 期	餘 勢 期	合 計
北京				1/1	1/1	2/2
南京	3/14		1/1	1/1		5/16
北直隸				順天府 大興縣 1/1 天津府 1/1 共計：2/2	廣平府 磁州縣 1/1 永平府 臨榆縣 1/1 共計：2/2	順天府 2/2 廣平府 1/1 永平府 1/1 共計：4/4
南直隸	蘇州府 太倉州 1/1 常州府 1/1 徽州府 休寧縣 2/1 共計：4/3	蘇州府 太倉州 1/4 （雜劇4） 長洲縣 1/14 吳縣 1/1 （雜劇1） 昆山縣 1/2 常熟縣 1/3 松江府 華亭縣 1/15 徽州府 休寧縣 1/9 （雜劇9） 共計：7/48 （雜劇14）	江蘇： 蘇州府 長洲縣 3/2 吳縣 1/1 吳江縣 1/1 （雜劇1） 常熟縣 1/1 常州府 無錫縣 3/30 （雜劇29） 武進縣 1/1 揚州府 江都縣 5/3 （雜劇1） 安徽： 徽州府 歙縣 2/1 共計：17/40 （雜劇31）	江蘇： 蘇州府 常熟縣 2/2 嘉定縣 1/1 松江府 華亭縣 2/2 （雜劇1） 揚州府 江都縣 1/2 泰州縣 1/1 儀徵縣 1/1 鎮江府 丹徒縣 1/1 安徽： 徽州府 歙縣 1/1 共計：10/11 （雜劇1）	江蘇： 蘇州府 吳縣 1/1 松江府 婁縣 1/2 寶山縣 1/1 （雜劇1） 常州府 陽湖縣 1/1 揚州府 泰州縣 1/1 安徽： 廬江府 合肥 2/2 共計：7/8 （雜劇1）	蘇州府 15/34 （雜劇6）* 松江府 5/20 （雜劇2） 常州府 6/33 （雜劇29） 揚州府 9/8 （雜劇1）^{（續表）} 鎮江府 1/1 徽州府 6/12 （雜劇9） 廬江府 2/2 共計：44/110 （雜劇47）*

〔註2〕嚴家炎：《20世紀中國文學與區域文化叢書》總序，參見費振鍾：《江南士風與江蘇文學》（長沙：湖南教育出版社，1995），頁2。

（續表）

浙江	紹興府 山陰縣 1/1	杭州府 12/32 （雜劇 32） 仁和縣 2/4 （雜劇 4） 紹興府 山陰縣 1/1 會稽縣 2/57 （雜劇 56） 諸暨縣 1/1 餘姚縣 1/1 湖州府 烏程縣 1/2 長興縣 1/5.5 歸安縣 1/0.5	杭州府 錢塘縣 5/3 海寧縣 2/2 紹興府 山陰縣 7/5 蕭山縣 1/1 餘姚縣 1/1 寧波府 慈溪縣 1/1 嘉興府 秀水縣 1/1 金華府 蘭溪縣 1/2	杭州府 錢塘縣 2/7 紹興府 上虞縣 1/1 湖州府 武康縣 1/1 寧波府 鄞縣 1/1 嘉興府 秀水縣 1/2 處州府 青田縣 1/1 嚴州府 淳安縣 1/1 浙西 1/0.5	杭州府 錢塘縣 3/2.5 仁和縣 1/1 海寧縣 1/1 紹興府 蕭山縣 1/0.5 溫州府 瑞安縣 1/3 （雜劇 1）	杭州府 28/52.5 （雜劇 36） 紹興府 17/69.5 （雜劇 56） 湖州府 4/9 寧波府 2/2 溫州府 1/3 （雜劇 1） 嘉興府 2/3 金華府 1/2 處州府 1/1 嚴州府 2/1.5
	共計：1/1	共計：22/104 （雜劇 92）	共計：19/16	共計：9/14.5	共計：7/8 （雜劇 1）	共計：58/143.5 （雜劇 93）
江西		撫州府 臨川縣 2/22	江右 1/1	南昌府 1/1 （雜劇 1） 江右 1/0.5	建昌府 新城縣 1/2 九江府 1/1 （雜劇 1） 江右 1/1	撫州府 2/22 南昌府 1/1 （雜劇 1） 建昌府 1/2 九江府 1/1 （雜劇 1） 江右 3/2.5
		共計：2/22	共計：1/1	共計：2/1.5 （雜劇 1）	共計：3/4 （雜劇 1）	共計：8/28.5 （雜劇 2）
湖廣		荊州府 公安縣 1/6 （雜劇 4） 竟陵縣 2/2			長沙府 2/2 （雜劇 1） 善化縣 2/2 常德府 武陵縣 1/1	荊州府 3/8 （雜劇 5） 長沙府 4/4 常德府 1/1
		共計：3/8 （雜劇 4）			共計：5/5 （雜劇 1）	共計：8/13 （雜劇 5）
福建	建寧府 建陽縣 3/3 泉州府 晉江縣 1/5	泉州府 晉江縣 3/13		福州府 閩縣 1/1 汀州府 連城縣 1/1	福州府 閩縣 1/1	建寧府 3/3 泉州府 3/18 * 福州府 1/2 * 汀州府 1/1
	共計：4/8	共計：3/13		共計：2/2	共計：1/1	共計：8/24 *

山西		澤州府 沁水縣 1/1 平陽府 1/1 共計：2/2		河中府 蒲?縣 2/2 共計：2/2		澤州府 1/1 平陽府 1/1 河中府 2/2 共計：4/4 2.67/1.12
山東		青州府 諸城縣 1/1 兗州府 曲阜縣 1/2 （雜劇 1） 登州府 萊陽縣 1/1 共計：3/4 （雜劇 1）	濟南府 1/1 德州縣 1/1 共計：2/2			青州府 1/1 登州府 1/1 兗州府 1/2 （雜劇 1） 濟南府 2/2 共計：5/6 （雜劇 1）
陝西				西安府 長安縣 1/2 共計：1/2	西安府 長安縣 1/1 共計：1/1	西安府 1/3 * 共計：1/3 *
廣東					嘉應州 1/1 廣州府 番禺縣 1/1 茂名縣 1/1 （雜劇 1） 共計：3/3 （雜劇 1）	嘉應州 1/1 廣州府 2/2 （雜劇 1） 共計：3/3 （雜劇 1）
合計	12/26	39/197 （雜劇 110）	41/62 （雜劇 32）	32/39 （雜劇 2）	30/33 （雜劇 5）	150/357 （雜劇 149）*
人均	2.17	5.05	1.51	1.22	1.10	2.38

注：1、本表以目前已知籍貫的 150 位明清戲曲評點家爲樣本進行統計。

2、統計時的表述方式爲 A/B，A 代表省、州、府、縣評點家的人數，B 代表評點戲曲的種數，括弧中爲評點雜劇的種數。因存在兩人乃至多人評點一劇的現象，故在統計時，若爲兩人評一劇，則按每人 0.5 種計；四人評一劇，按每人 0.25 種計；多人評一劇則抽取最重要的評點家爲代表進行統計。

3、因李贄、袁於令、陳烺、王元常四位評點家跨段而導致人數重複計算，在按地域匯總時相應減去 1 人次（帶 * 處）。如陝西王元常的 3 種戲曲評點本分別處在延續期和餘勢期，合計時減去 1 人次，爲 1 人評 3 種（1/3）。最終總合計處相應減去 4 人次，爲 150 人評 357 種〔註 3〕。

〔註 3〕 此處戲曲評點本的種數統計與附錄一《明清戲曲評點存本名錄》不同：《明清

　　根據上表，明清兩代，各省戲曲評點者及評點戲曲作品種類數量的排名依次是：浙江（58 人，143.5 種【雜劇 93 種】）、南直隸（44 人，110 種【雜劇 47 種】）、江西（8 人，28.2 種【雜劇 2 種】）、福建（8 人，24 種）、湖廣（8 人，13 種【雜劇 5 種】）、南京（5 人，16 種）、山東（5 人，6 種【雜劇 1 種】）、北直隸（4 人，4 種）、山西（4 人，4 種）、廣東（3 人，3 種）、北京（2 人，2 種）、陝西（1 人，3 種）。

　　在上述數字中，北京和南直隸比較特殊，需要說明一下：北京的數字偏少，原因在於北京本地的作者並不多，而在京為官（或流寓）的評點家或入了原籍，或並無眞實姓名，難以確定，如孔尙任曾與人合評雜劇《乞巧文》、《拜石丈》（收入《筆歌》，見《文史》第十二輯），《桃花扇》據董每戡等人推定，也應為其自評之作。南直隸在明清兩代多有變化，從明代的南直隸到清初的江南省，再到康熙六年（1667）析為江蘇、安徽二省，戲曲評點家所隸屬的府治區域範圍約略未變，故在表中做了相應簡化處理。

　　以府為單位，排在全國前四位的是浙江的杭州和紹興、南直隸的蘇州和揚州。這 4 個府的戲曲評點者共 69 人，評點戲曲作品共 164 種【雜劇 99 種】，分別占全國的 46.00%和 45.94%【雜劇 67.11%】。而居首位的浙江杭州一府，有戲曲評點者 28 人，戲曲評點存本 52.5 種【雜劇 36 種】）緊隨其後的是浙江紹興府和南直隸蘇州府，分別為 17 人，69.5【雜劇 56）種和 15 人，34【雜劇 6）種。隨後評點者比較多的為南直隸的揚州府、常州府和徽州府。而這些地區大致都屬於江南文化圈的範圍。

二、文化成因

　　從上表來看，不管是從縱向的發展流程，還是某一時期南北區域的橫向比較，江南的戲曲評點家都佔據著主導性地位，展示出戲曲評點活動在江南的繁盛。當然，不同時期，具體的省域可能會有變化，如明代浙江省、明末延至清代前中期的南直隸（含江蘇、安徽），都曾經成為戲曲評點繁興和戲曲評點文本傳播的中心。這是與明清以還江南的戲曲文化氛圍、戲曲評點家的顧曲風尚和戲曲文本刊刻中心的轉移密不可分的。

戲曲評點存本名錄》主體是傳奇，雜劇則以結集者為 1 種，如《四聲猿》、《盛明雜劇》、《雜劇三集》、《筆歌》等分別按 1 種計算。而在這些結集中，評點者往往地域各異。為了便於統計評點者的地域分佈狀況，本表把所評的單篇傳奇或雜劇均作為 1 種。

　　首先，江南的戲曲文化氛圍爲戲曲的編創、批點提供觀眾基礎和動力支持。

　　明代是中國戲曲聲腔發展的重要時期，南戲不囿於永嘉而向四方傳播，遂在江南的大片區域先後形成了四大聲腔，即海鹽腔、餘姚腔、昆山腔、弋陽腔。浙江有其二，在當時是傳奇聲腔劇種最發達的省份。楊慎《詞品》卷一云：「近日多尚海鹽南曲，士大夫稟心房之精，從婉變之習者，風靡如一。甚者北土亦移而耽之。」〔註4〕陸容《菽園雜記》卷十載：

> 嘉興之海鹽，紹興之餘姚，寧波之慈溪，台州之黃岩，溫州之永嘉，皆有習爲倡優者，名曰戲文弟子，雖良家子不恥爲之。其扮演傳奇，無一事無婦人，無一事不哭，令人聞之，易生淒慘。此蓋南宋亡國之音也。其贋爲婦人者名妝旦，柔聲緩步，作夾拜態，往往逼眞，士大夫有志於正家者，宜峻拒而痛絕之。〔註5〕

陸容所說大致爲成化末年情形。嘉興、紹興、台州、溫州等地在浙江的中、南部，是南戲發展、繁衍的重要區域。由於「腔隨人傳，戲隨腔傳」，南戲在扮演的逼眞性和內容的貼近大眾方面得以長足的進步，成爲時尚的娛樂方式，吸引了眾人的廣泛參與、觀看。從陸容譏其爲「亡國之音」，可見時人鄙視倡優的觀念未變，那麼，眾多年輕人投身戲文扮演，既爲稻粱謀，更多的可能是緣於戲文的巨大魅力的他們對戲文的喜愛。

　　又，張岱《陶庵夢憶》卷四《嚴助廟》載：

> 陶堰司徒廟，漢會稽太守嚴助廟也。……十三日，以大船二十艘載盤轡，以童崽扮故事，無甚文理，以多爲勝。城中及村落人，水逐陸奔，隨路兜截轉摺，謂之「看燈頭」。五夜，夜在廟演劇，梨園必倩越中上三班，或雇自武林者，纏頭日數萬錢，唱《伯喈》、《荊釵》，一老者坐臺下對院本，一字脫落，羣起噪之，又開場重做。越中有「全伯喈」、「全荊釵」之名起此。〔註6〕

從中不難看出，戲曲已經成爲百姓日常生活中不可或缺的一部分，很多人爲了觀看自己喜愛的戲曲，「水逐陸奔」，跟著戲班輾轉各地，不辭辛勞。一個普通的下層百姓，竟然能在聽曲的同時，對照演出的臺本，指出演員演唱的

〔註4〕　〔明〕楊慎：《詞品》，見唐圭璋編《詞話叢編》（北京：中華書局，1986），頁438。

〔註5〕　〔明〕陸容：《菽園雜記》（北京：中華書局，1985），頁124～125。

〔註6〕　〔明〕張岱：《陶庵夢憶　西湖夢尋》（北京：中華書局，2007），頁49～50。

謬誤之處，如果對戲曲沒有較高的鑒賞水平，這種情形是難以想像的。而觀眾戲曲欣賞水平的提高，一方面顯然是戲曲文化普及、熏染而致，反過來又促進演員提高自己的演技水平，也促使戲曲家創造更多喜聞樂見的戲曲作品，從而形成一種良好的觀、演、編創彼此互動的局面。而不少劇本的編創正是以評點的形式出現的，如臧懋循的《玉茗新詞四種》等。

　　當然，亦有「不知腔板再學魏良輔唱」（《四有齋叢說》卷三十五「正俗」）者，甚至不懂音律妄自填詞者。如明代沈德符《萬曆野獲編・詞曲・填詞名手》載：

> 年來俚儒之稍通音律者，伶人之稍習文墨者，動輒編成一傳，自謂
> 得沈吏部九宮正音之秘。然悠謬粗淺，登場聞之，穢及廣座，亦傳
> 奇之一厄也。〔註7〕

此適從反面說明其時戲曲文化的廣泛影響。

　　與浙江毗鄰的南直隸、南京等地，亦是戲曲繁盛之地。特別是明中葉以來，「昆山腔」逐漸發展成熟。至隆、萬間，「昆曲」已成爲全國性聲腔劇種，出現了「四方歌曲必宗吳門」（徐樹丕《識小錄》）的空前盛況。「里人度曲魏良輔，高士填詞梁伯龍。」（吳偉業《琵琶行並序》）說的是吳中兩位在推廣「昆山腔」方面做出突出貢獻的戲曲家魏良輔和梁辰魚。而南直隸所轄的州府，如蘇州府、松江府、揚州府、徽州府等，士大夫乃至下層百姓，對賞曲品樂亦如癡如狂。

　　蘇州是「昆山腔」的發源地，唱曲、聽曲成爲人們主要的娛樂方式。如《蘇州竹枝詞・豔蘇州》其二云：「剪綵鏤絲製飾雲，風流男子著紅裙。家歌戶唱尋常事，三歲孩童識戲文。」這裡不乏誇張的成分，但蘇州很多小孩子從小就接受吳謳的薰陶是大體沒錯的。袁宏道《江南子》之三，可與此互相印證，其詩云：

> 蜘蛛生來解織羅，吳兒十五能嬌歌。
> 舊曲嘹歷商聲緊，新腔嘽緩務頭多。
> 一拍一簫一寸管，虎丘夜夜石苔暖。
> 家家宴喜串歌兒，紅女停梭田畯懶。〔註8〕

〔註7〕　〔明〕沈德符：《萬曆野獲編》（北京：中華書局，1959）頁643。

〔註8〕　〔明〕袁宏道撰，錢伯城箋校：《袁宏道集箋校》卷八（上海：上海古籍出版社，2008年4月第2版），頁325～326。

　　戲曲已成為蘇州民眾日常生活中不可或缺的一部分，晚上，美麗的虎丘彌漫著歡歌笑語，文人學士，抑或販夫走卒，都沉浸在優雅的昆曲帶給他們的享受中，久久不願離去。每當有喜慶宴樂時，悠揚的水墨調在城巷或鄉野飄動，人們往往停下手中的活兒，以一顆溫潤的心去體悟其中的快樂抑或憂傷。

　　入清之初，吳地戲曲文化仍然十分繁盛。「當時昆劇活動即是以蘇州（昆腔戲有蘇州戲之稱）為中心，向外擴展蔓延的。蘇州是出演員、出戲班的根據地，……其次，陪都的南京和素有繁華之稱的揚州也是昆劇演唱的中心。吳中一帶的昆劇藝人隨著戲班流轉巡迴，散處各地。」〔註9〕同時，繼明代聲勢浩大的「吳江派」曲家之後，吳地仍是全國戲曲創作最活躍的地區，產生了大批優秀的戲曲作家。「世祖入關，南方作者，盛稱百子，梅村、展成，咸工此技。一時壇坫，宗仰吳門，而錯詞亦復美善。」〔註10〕在民間，人們對戲曲的熱愛絲毫不亞於上層的縉紳和文人學士。據《清嘉錄》卷七《青龍戲》載：

> 老郎廟，梨園總局也。凡隸樂籍者，必先署名於老郎廟。廟屬織造府所轄，以南府供奉需人，必由織造府選取故也。每歲竹醉日後，炎暑逼人，宴會漸稀，園館暫停烹炙，不復歌演，謂之散班。散而復聚曰團班。團班之人，俗稱戲螞蟻。中元前後，擇日祀神演劇，謂之青龍戲。迤邐秋深，增添燈戲。燈戲出場，先有坐燈，彩畫臺閣人物故事，駕山倒海而出，鑼鼓敲動，魚龍曼衍，輝煌燈燭，一片琉璃。蓋金閶戲園，不下十餘處，居人有宴會，皆入戲園，為待客之便，擊牲烹鮮，賓朋滿座。闌外觀者亦累足駢肩，俗目之為看閒戲。〔註11〕

　　明清易代帶給人們的創痛，也似乎在悠揚的笛聲和吳謳中，變得很淡很淡，也許對百姓而言，「看閒戲」才是他們生命中最真實的東西。

　　直到清中後期，花部戲興起，吳地的戲曲演出興盛勢頭不減。清滿族詩人玉德《虎邱竹枝詞》之一云：「雜劇班班鬥繡裳，繁華近日勝邗江。鄭聲易動俗人聽，園館全興梆子腔。」〔註12〕可見，在乾隆時的戲園中，演出依舊

〔註9〕　陸萼庭：《昆劇演出史稿》（上海：上海教育出版社，2006），頁32。
〔註10〕　吳梅：《曲學通論》，載王衛民編：《吳梅戲曲論文集》（北京：中國戲劇出版社，1983），頁303。
〔註11〕　〔清〕顧祿：《清嘉錄》（南京：江蘇古籍出版社，1999），頁153～154。
〔註12〕　王利器、王慎之、王子今輯：《歷代竹枝詞》（西安：陝西人民出版社，2003），

繁盛，只是弋腔已經逐漸有取崑腔而代之之勢。

　　松江緊鄰吳中，舊腔或本土小戲，在崑腔的衝擊下，漸次式微。據明代范濂《雲間據目抄》載：

> 戲子在嘉隆交會時，有弋陽人入郡爲戲，一時翕然崇尚，弋陽遂有家於松（江）者。其後漸覺醜惡，弋陽人復學爲「太平腔」、「海鹽腔」以求佳，而聽者愈覺惡俗。故萬曆四、五年來遂屏迹，仍尚土戲。近年上海潘方伯從吳門購戲子頗雅麗，而華亭顧正心、陳大廷繼之，松（江）人又爭尚蘇州戲。故蘇人鬻身學戲者甚眾，又有「女旦」「女生」，插班射利，而本地戲子十無二三矣。亦一異數。〔註13〕

　　聲腔的更替是隨著人們的欣賞趣味和審美心理的變化而產生的，人們對「蘇州戲」（崑腔）的喜愛，必然促使崑腔在當地的傳播，也帶動更多人投身崑曲的創作、搬演和曲本的刊刻。

　　清代揚州戲曲文化極爲繁盛，盧見曾《〈旗亭記〉序》云：「揚州繁華甲天下，竹西歌吹之盛，自唐以至於今，梨園之多名部宜矣。顧人情厭故，得坊間一新劇本，則爭相購演，以致時下操觚多出射利之徒。」〔註14〕李斗《揚州畫舫錄》卷五記載甚詳，謂：

> 天寧寺本官商士民祝釐之地。殿上敬設經壇，殿前蓋松棚爲戲臺，演仙佛麟鳳、太平擊壤之劇，謂之大戲，事竣拆卸。迨重寧寺構大戲臺，遂移大戲於此。兩淮鹽務例蓄花雅兩部以備大戲。雅部即崑山腔；花部爲京腔、秦腔、弋陽腔、梆子腔、羅羅腔、二簧調，統謂之亂彈。崑腔之勝，始於商人徐尚志徵蘇州名優爲老徐班，而黃元德、張大安、汪啓源、程謙德各有班。洪充實爲大洪班，江廣達爲德音班，復徵花部爲春臺班。自是德音爲內江班，春臺爲外江班。今內江班歸洪箴遠，外江班隸於羅榮泰，此皆謂之內班，所以備演大戲也。〔註15〕

李斗上文所記是在乾嘉年間，當時的揚州是戲曲傳播的重鎮，由於乾隆南巡，

頁 1211。

〔註13〕　轉引自洛地：《戲曲與浙江》（杭州：浙江人民出版社，1991），頁 235。

〔註14〕　〔清〕盧見曾：《旗亭記》卷首，清乾隆二十四年己卯（1759）雅雨堂刻本。

〔註15〕　〔清〕李斗著，汪北平、涂雨公點校：《揚州畫舫錄》（北京：中華書局，1960）頁 107。

當地鹽商「務例蓄花雅兩部以備大戲」，昆、弋相互爭奇鬥豔，儘管文人學士對雅部昆腔情有獨鍾，但弋陽腔則日漸受到底層百姓的喜愛。

其次，江南文士的顧曲風尚在觀念上和人員隊伍上為戲曲評點的崛起提供保證。

江南文士愛曲，甚至終其一生，戲曲是他們生命的重要一部分。如張岱在《陶庵夢憶》卷六《彭天錫串戲》中云：「余嘗見一齣好戲，恨不得法錦包裹，傳之不朽，嘗比之天上一夜好月與得火候一杯好茶，祇可供一刻受用，其實珍惜之不盡也。」〔註16〕儘管沒有文本證據來證明張岱參與戲曲的評點活動，他的《陶庵夢憶‧阮圓海》本身就是一篇優秀的賞劇小品。

馮夢龍云：「余發憤此道良久，思有以正時尚之訛。因搜戲曲中情節可觀，而不甚奸律者，稍為竄正。」〔註17〕兼及戲劇的演出與音律，自是行家裏手的真知灼見。而吳人在《〈長生殿〉序》中則道：「是劇雖傳豔情，而其間本之溫厚，不忘勸懲。或未深窺厥旨，疑其淫穢，忌口滕說。余故於暇日評論之，並為之序。」〔註18〕吳人是以知音的心態來看待《長生殿》，因此深恐對世人不理解洪昇創作《長生殿》的本意，而「疑其淫穢」，因此力闢世俗淺見，揭示《長生殿》「至情」之正。

據筆者粗略統計，在明清兩代已知籍貫在江南的百餘位戲曲評點家中，有60%以上自身就是戲曲家或戲曲理論家，有的是戲曲「票友」。而像徐渭、王驥德、孟稱舜、臧懋循、凌濛初、馮夢龍、王思任、沈際飛、金聖歎、毛聲山父子、毛奇齡、吳人等顯赫一時的戲曲批評家集中出現在吳中和越中，當不是偶然的巧合，而是與其豐厚的戲曲文化底蘊，以及其喜愛顧曲的風尚密不可分的。

再次，戲曲刊刻中心的南移，促進戲曲評點的多元化和文本的快速傳播。

明代書坊主和戲曲、小說的傳播關係極為密切，戲曲評點本受到大眾的青睞，緣於評點的導讀作用和帶有評點曲本的廣泛傳播。繆詠禾在《明代出版史稿》中指出：「明代的出版集中地區，除了南北二京之外，江浙一帶有蘇州、常州、揚州、杭州、湖州等城市，閩北有建陽和崇安，湖廣有漢陽，江

〔註16〕　〔明〕張岱著，馬興榮點校：《陶庵夢憶　西湖夢尋》（北京：中華書局，2007），頁71。

〔註17〕　〔明〕馮夢龍：《〈雙雄記〉敘》，見《馮夢龍全集》（第12冊），頁480。

〔註18〕　〔清〕洪昇：《長生殿》卷首，清康熙間稗畦草堂刻本。

西有南昌，安徽有徽州。」〔註19〕方志遠認為：「到晚明時期，市民文學的文本傳播中心完全轉移到了東南一隅，尤其是集中到被稱為『人間天堂』的消費和娛樂中心蘇、杭二府了。」〔註20〕蘇州、常州、揚州、徽州在明代屬於南直隸，在清代康熙六年（1667）後，蘇州、常州、揚州隸於江蘇，徽州隸於安徽，但這並不影響它們戲曲刊刻中心的地位，而江南士子和書坊主的互動，則在一定程度上使戲曲評點本呈現更為複雜的形態，不僅有純粹的文人評點型，也有書坊主直接插手製造的偽評本，還有二者結合產生的綜合性評點本。文本的多樣性，意味著選擇的多樣化，有些文本本身就是針對市場需求而炮製出來的，反而促進戲曲文本的進一步傳播。

第二節 「才子應須才子知」：金聖歎評點心態發微 ——以金批《西廂》為中心

　　金聖歎（1608～1661）名采，字若采，明亡後改名人瑞，字聖歎。一說本姓張，名喟。長洲（今蘇州）人，諸生，廖燕《金聖歎先生傳》稱他：「為人倜儻高奇，俯視一切。好飲酒，善衡文評書，議論皆發前人所未發。……生平與王斲山交最善。斲山固俠者流，一日以千金與先生，曰：『君以此權子母，母后仍歸我，子則為君助燈火，可乎？』先生應諾，甫越月，已揮霍殆盡，乃語斲山曰：『此物在君家，適增守財奴名，吾已為君遣之矣。』斲山一笑置之。鼎革後，絕意仕進，更名人瑞，字聖歎，除朋從談笑外，惟兀坐貫華堂中，讀書著述為務。」〔註21〕

　　這段記載交代了這樣幾個信息：一，金聖歎善於評點，手眼獨到；二，性格放誕，恃才傲物；三，發憤著書，疏離政治。

　　也正是這幾點，使金聖歎在明清之際異軍突起，成為一個獨特的存在。作為一代才人的金聖歎，為何要以一種近乎職業化的姿態來進行評點工作，尤其是批點為正統士人所不屑的小說和戲曲呢？又是怎樣的一種境遇和心態促使他做出了超越前人的理論貢獻呢？周作人在《笠翁與隨園》中說：「平常沒有人對於生活不取有一種特殊的態度，或淡泊若不經意，或瑣瑣多所取捨，

〔註19〕 繆詠禾：《明代出版史稿》（南京：江蘇人民出版社，2000），頁71。
〔註20〕 方志遠：《明代城市與市民文學》，頁373～374.
〔註21〕 〔清〕廖燕：《金聖歎先生傳》，《金聖歎全集》附錄，頁158。

雖其趨向不同，卻各自成為一種趣味，猶如人各異面，只要保存其本來眉目，不問妍媸如何，總都自有其生氣也。」〔註22〕因此，我們以金聖歎批點《西廂記》為中心探討評點者的評點心理，不惟知人論世，亦是一件極富趣味的事情。

　　歷來探究金聖歎批評心態的之作不少，比較有代表性的有以下幾種說法：

(1)「才名」說。如陳洪《金聖歎傳論》一書認為金聖歎批點《水滸》、《西廂》是「託古欺世」，是為了「求『才子』之名」。〔註23〕

(2)「寄寓」說。如張軍《金聖歎的心態與文學批評》認為金聖歎進行評點活動旨在「寄託人生理想，傳達他對社會人情的獨特認識，發抒他的『怨毒著書』的社會批判思想，甚至還承載著他培養後繼才子的深切期望。」〔註24〕

(3)「昭雪辱者」說。如陸林《「千古才名不埋淪」：金聖歎精神風貌和批評心路簡論》認為金聖歎批點《西廂記》的目的在於「昭雪辱者」，而在具體的批評心態上表現為「標新立異」和「心理分析」。〔註25〕

(4)「自娛」說。如吳正嵐《金聖歎評傳》指出：著書自娛是金聖歎平衡自己政治失意的重要途徑。〔註26〕

這些探討豐富了我們對金聖歎批點《西廂記》的複雜心態的認知。筆者在這裡就所閱及的資料，提出一點自己的看法。我認為，金聖歎批點《西廂記》與吳中士風的雙重性、與金氏個體生命意識及批點中的實用取向密切相關。

一、吳中士風與金聖歎的畸儒心態

　　「吳地人文傳統中有一種玩物而不喪志的品性，守持大節之關鍵時刻，視死如歸，決不忍辱，絕不偷生。」〔註27〕吳地尤其是吳中一帶自宋代以來經濟高速發展，加上美麗的自然山水和人文景觀，孕育了一批批輕靈秀逸、

〔註22〕周作人：《苦竹雜記》（石家莊：河北教育出版社，2002），頁60。

〔註23〕陳洪：《金聖歎傳論》（天津：天津人民出版社，1996），頁46。

〔註24〕張軍：《金聖歎的心態與文學批評》，載《湖北經濟學院學報》，2004年第4期，頁121。

〔註25〕陸林：《「千古才名不埋淪」：金聖歎精神風貌和批評心路簡論》，載《江蘇社會科學》，2009年第1期，頁159。

〔註26〕吳正嵐：《金聖歎評傳》（南京：南京大學出版社，2006），頁77。

〔註27〕嚴迪昌：《吳文化雅而清俗而通》，載《人民論壇》2000年第4期。

放達多才的文人，如明中期「吳門四傑」唐寅、文徵明、祝枝山、仇英等。他們既是一代風流文人的典範，又能在大是大非面前保持節操。

文震孟《〈姑蘇名賢小記〉序》亦云：「姑蘇故多君子，無論郡諸屬邑，即闔閭城周四十五里，其中賢士大夫未易更僕數也，而當世語蘇人則薄之，至用相排調，一切輕柔浮靡之習，咸笑指爲蘇。意見有稍自立者，輒陽驚曰：『此子亦蘇之人耶？』即告以往昔之賢達，亦僅謂風流文采雍容便闢甚都而已，於所稱行己大節、經緯文武之概蔑如也。」〔註28〕

根源於吳中士風的雙重性，在金聖歎身上，乃至評點文字中，正統觀念與異端姿態，禮法與世俗情欲，等等，奇妙地交織在一起，構成了金聖歎的畸儒心態。

其一，正統觀念與異端姿態。金聖歎的個性頗爲複雜。徐增《〈天下才子必讀書〉序》載：「又每相見，聖歎必正襟端坐，無一嬉笑容。同學輒稱其飲酒之妙，余欲見之而不可得。叩其故，聖歎以余爲禮法中人而然也。蓋聖歎無我，與人相對，則輒如其人。如遇酒人，則曼卿轟飲；遇詩人，則摩詰沉吟；遇劍客，則猿公舞躍；遇棋師，則鳩摩布算；遇道士，則鶴氣橫天；遇釋子，則蓮花迎座；遇辯士，則珠玉隨風；遇靜者，則木訥終日；遇老人，則爲之婆娑；遇孩赤，則啼笑宛然也。以故稱聖歎善者，各舉一端；不與聖歎交者，則同聲詈之：以其人之不可方物也。」〔註29〕

聖歎在根子上仍是正統文人。金聖歎順治十七年（1660）《贈顧君獻》詩云：「其學何所似？處不過士出大臣。胸中何所有？上下四方羅星辰。口中何所論？動以事天靜事民。」〔註30〕其《西城風俗記》亦感歎：「可憐天下人，更窮似聖歎！」〔註31〕可見，「天」與「民」在聖歎的思想體系中仍舊佔有支配性的地位，是成就其個體價值的必由之路。如聖歎在批點《西廂記》時極爲推崇諸葛亮、陶淵明，蓋前者爲歷來孤忠老臣的表率，後者以逸民見稱。金聖歎在《聖歎外書》序一中說：「得如諸葛公之躬耕南陽，苟全性命，可也，此一消遣法也。既而又因感激三顧，許人驅馳，食少事煩，至死方已，亦可也，亦一消遣法也。或如陶先生之不願折腰，飄然歸來，可也，亦一消遣法

〔註28〕〔明〕文震孟：《姑蘇名賢小記》卷上，《四庫全書存目叢書》本。
〔註29〕〔清〕徐增：《才子必讀書序》，見《金聖歎全集》附錄，頁145～146。
〔註30〕〔清〕金聖歎：《金聖歎全集·沉吟嘍詩選》卷五，頁1253。
〔註31〕〔清〕金聖歎：《金聖歎全集·西城風俗記》，頁953。

也。」〔註32〕又《西廂記讀法》五十八批道：「若教他寫諸葛公白帝受託、五丈出師，他便寫出普天下萬萬世，無數孤忠老臣滿肚皮眼淚來。我何以知之？我讀《西廂記》知之。」〔註33〕

詩中，金聖歎《春感八首》之六亦云：「不願雙牙鼓角喧，並辭百里簿書繁。點朱點墨官供筆，論月論年敕閉門。萬卷秘書攤祿閣，一朝大事屬文園。勒成蓋代無雙業，首誦當今有道恩。」〔註34〕

金聖歎稱頌順治，感念聖恩是事實，但這是否就意味著金聖歎內心深處的功名觀念呢。金昌《〈小題才子書〉序》云：「夫唱經，實於世之名利二者，其心乃如薪盡火滅，不復措懷也已。獨是吾黨，則將奈之何歟？」〔註35〕金聖歎在給任灵的信中，亦明確說明：「弟於世間，不惟不貪嗜欲，亦更不貪名譽。胸前一寸之心，眷眷惟是古人幾本殘書，自來辱在泥塗者。卻不自揣力弱，必欲與之昭雪。只此一事，是弟前件！其餘弟皆不惜。」〔註36〕（《與任昇之灵》）《小題才子書》卷三《論語》「遠之事君」條解題云：「故作此題而滿眼是君者，功名人也；滿眼是《詩》者，性情人也。」〔註37〕金聖歎更傾向於後者。因此，說金聖歎孜孜於功名，似與事實不盡相符。金聖歎旋試旋棄，也與普通讀書人以舉業為榮的觀念截然不同，與其說聖歎孜孜不倦為功名，倒不如說這體現的是金聖歎才名功業終虛幻的悲憤。

但金聖歎亦並非安時守分之人。徐增《九誥堂全集‧送三耳生見唱經子序》引聖歎之言謂：「我為法門，故作狗子。狗子則為人所賤惡，奔競之士決不肯來，所來者皆盡精微澹泊、好學深思之人也。不來者邀之不來，已來者攻之不去。我得與精微澹泊、好學深思之人同晨夕，苟得一二擔荷此大事，容我春眠聽畫看聲了也。」〔註38〕

在聖歎的內心深處，也仍脫不了儒者的悲思。「世事已如此，吾儕不隱居。干戈隨地有，禮樂與時疏。學士宜飛錫，深山可結廬。還同林下宿，晨

〔註32〕 〔清〕金聖歎：《金聖歎全集‧貫華堂第六才子書西廂記》，頁849。按：後文凡金聖歎批語皆用此本。

〔註33〕 〔清〕金聖歎《金聖歎全集‧貫華堂第六才子書西廂記》，頁864。

〔註34〕 〔清〕金聖歎：《金聖歎全集‧沉吟嘍詩選》卷五，頁1235。

〔註35〕 〔清〕金昌《〈才子書〉小引》，見《金聖歎全集》附錄，頁93。

〔註36〕 〔清〕金聖歎：《金聖歎全集‧貫華堂選批唐才子詩甲集七言律》，頁102。

〔註37〕 〔清〕金聖歎：《金聖歎全集‧小題才子書》，頁673。

〔註38〕 〔清〕徐增《九誥堂全集》，清鈔本。

夕論金書。」〔註 39〕（《有感呈諸同學》）「今多無米又無柴，何不作官食肉糜。鄰舍紛紛受甲去，獨自餓死欲底爲？」〔註 40〕（《甲申秋興之二》）在對現實的反思中，聖歎對正統觀念的持守產生了懷疑。

其實，就聖歎而言，放浪形骸、遊戲科場也好，放言無忌、牴觸禮教也好，異端行爲只是一種姿態，是表象。聖歎曾云：「爲兒時，自負大才，不勝侘傺，恰似自古迄今，止我一人是大才，止我一人獨沉屈者。」〔註 41〕以才子自居而在思想和行爲上對俗世的疏離，往往爲世詬病，以異端目之。如歸莊《誅邪鬼》就把聖歎看作異端、邪鬼，必欲除之而後快，此蓋爲正統思想所囿，而不理解聖歎思想及人格複雜之故。

從明代的徐渭、李贄到金聖歎，三人皆以「異端」稱，但有意思的是，三人皆自認爲自己的思想和行爲與「聖教」（禮教）有益無害。可見，從徐渭到金聖歎，三者作爲畸儒本色並未改變，只是有了一些新的表現形式而已。金聖歎的思想深度不如作爲思想家的李贄，而戲曲見解落後於顧曲能手徐渭，甚至與之相反，但金聖歎在文學批評上則過之。清代曲論家李漁曾予聖歎以比較客觀的評價，謂：「讀金聖歎所評《西廂記》，能令千古才人心死。」「自有《西廂》以迄於今，四百餘載，推《西廂》爲塡詞第一者，不知幾千萬人，而能歷指其所以爲第一之故者，獨出一金聖歎。是作《西廂》者之心，四百餘年未死，而今死矣。不特作《西廂》者心死，凡千古上下操觚立言者之心，無不死矣。人患不爲王實甫耳，焉知數百年後不復有金聖歎其人哉！」〔註 42〕

據徐增《〈天下才子必讀書〉序》載：「聖歎性疏宕，好閒暇，水邊林下，是其得意之處；又好飲酒，日爲酒人邀去；稍暇又不耐煩，或興至評書，奮筆如風，一日可得一二卷，多逾三日則興漸闌，酒人又拉之去矣。」〔註 43〕也許，與聖歎而言，是不措意於正統、異端與否，興來批書、飲酒才是正務，後人深感於聖歎者或即在於此。

其二，禮法與世俗情欲的交織。

〔註 39〕　〔清〕金聖歎：《金聖歎全集‧沉吟樓詩選》卷二，頁 1179。
〔註 40〕　〔清〕金聖歎：《金聖歎全集‧沉吟樓詩選》卷四，頁 1195。
〔註 41〕　〔清〕金聖歎：《金聖歎全集‧唱經堂杜詩解》卷三，頁 769。
〔註 42〕　〔清〕李漁：《閒情偶寄‧詞曲部‧塡詞餘論》，中國戲曲研究院編：《中國古典戲曲論著集成（七）》，頁 69～70。
〔註 43〕　〔清〕徐增：《才子必讀書序》，見《金聖歎全集》附錄，頁 144。

金聖歎在《酬簡》總批中說：

> 古之人有言曰「《國風》好色而不淫」。比者聖歎讀之而疑焉，曰：
> 嘻，異哉！好色與淫相去則又有幾何也耶？若以爲發乎情止乎禮，
> 發乎情之謂好色，止乎禮之謂不淫，如是解者，則吾十歲初受《毛
> 詩》，鄉塾之師早既言之，吾亦豈未之聞？亦豈聞之而遽忘之？吾固
> 殊不能解，好色必如之何者謂之好色？好色又必如之何者謂之淫？
> 好色又如之何謂之幾於淫，而卒賴有禮而得以不至於淫？好色又如
> 之何謂之賴有禮得以不至於淫，而遂不妨其好色？……凡此，吾
> 比者讀之而實疑焉。人未有不好色者也，人好色未有不淫者也，人
> 淫未有不以好色自解者也。此其事，內關性情，外關風化，其伏至
> 細，其發至鉅，故吾得因論《西廂》之次而欲一問之：夫好色與淫，
> 相去則眞有幾何也耶？〔註44〕

從湯顯祖的「至情」觀到孟稱舜、馮夢龍等的歸情於正，情禮的和諧，
至聖歎而打通情欲的界限，認爲「人未有不好色者也，人好色未有不淫者也」，
這是由人的個體性情決定的，是日日習有之事，不值得大驚小怪，從而肯定
了世俗情欲的合理性。但出於「守禮」，金聖歎又爲崔鶯鶯和張生的行爲辯護：

> 先王製禮，萬萬世不可毀也。《禮》曰：「外言不敢或入於閫，內言
> 不敢或出於閫。」斯兩言者，無有照鑒，如臨鬼神，童而聞之，至
> 死而不容犯也。夫才子之愛佳人則愛，而才子之愛先王則又愛者，
> 是乃才子之所以爲才子；佳人之愛才子則愛，而佳人之畏禮則又畏
> 者，是乃佳人之所以爲佳人也。〔註45〕（《琴心》總批）

在聖歎看來，佳人才子只有遵循禮法方成其爲眞佳人、眞才子，則《琴
心》崔、張心靈和情感的互相溝通，在聖歎筆下變成紅娘爲了維護鶯鶯千金
小姐的禮儀而「出其陰陽狡獪之才」。

吳蘭修在《桐華閣校定西廂記‧凡例》中對聖歎曲護崔、張提出了批評：

> 客曰：金氏淫書之辯非歟？曰：作傳奇者，兒女恩怨，十常七八，
> 大抵文人寓言。若以禮法繩之，迂矣。然金氏必文其名曰「才子書」，
> 至欲並其人其事而曲護之，則悖甚。〔註46〕

〔註44〕 《金聖歎全集‧貫華堂第六才子書西廂記》，頁 1039～1040。
〔註45〕 《金聖歎全集‧貫華堂第六才子書西廂記》，頁 976。
〔註46〕 〔清〕吳蘭修：《桐華閣校定西廂記》，清道光二年（1822）刻本。

可見，聖歎肯定世俗情感的合理性，是對王實甫「有情人成為眷屬」思想的發展，自有其振聾發聵的時代意義，他在禮法與情感上的調和則是金聖歎畸儒心態在其思想認識上的真實反映。狄德羅認為：「當他（按：指文學家、藝術家等）神遊物外的時候，他完全接受藝術的支配。可是一旦靈感消逝，他又回覆為原來那個人，有時候還是一個普普通通的人。」〔註47〕因此，作為戲曲評點家的金聖歎確是千古「錦繡才子」，但他也有割不斷的現實的矛盾和苦惱。

二、生命意識與金聖歎的超越動機

金聖歎是在怎樣的一種狀態下進行評點的呢？

金聖歎《贈季秋文》（逸詩）云：「天上清秋懸白日，人間草隱臥先生。雲汀遠處鶴閒立，鐘鼓絕時泉有聲。何日亭臺兼好樹，此生蝦菜足香粳。畫同筆硯夜同被，共我將書細細評。」〔註48〕

金聖歎《絕命詞》三首其一云：「鼠肝蟲臂久蕭疏，只惜胸前幾本書。雖喜唐詩略分解，《莊》《騷》馬杜待何如？」〔註49〕

金聖歎《答王道樹學伊》云：誠得天假弟二十年，無病無惱，開眉吃飯，再將胸前數十本殘書一一批注明白，即是無量幸甚，如何敢望「老作龍鱗」歲月哉。〔註50〕

金批《水滸傳》第十四回總評：「嗟乎！生死迅疾，人命無常，富貴難求，從吾所好，則不著書，其又何以為活也。」〔註51〕

從上可見，在某種程度上，可以說評點一旦到了聖歎這些中下層文人手中，便逐漸成為他們傳達個人鑒賞體驗及與作家情感交流的「利器」之一。對聖歎而言，文學評點本身就是一種創作，是安身立命之所在。在這種理念背後是金聖歎旺盛的自由生命意識。金聖歎個性精神和大膽的見解源於此，也正是這種意識使他超越了以前及同時代的評點家，成為一個獨特的存在。

〔註47〕　〔法〕狄德羅：《狄德羅美學論文選》（北京：人民文學出版社，2008年第2版），頁180。

〔註48〕　〔清〕金聖歎：《金聖歎全集‧沉吟嘍詩選》卷五，頁1246。

〔註49〕　〔清〕金聖歎：《金聖歎全集‧沉吟嘍詩選》卷四，頁1213。

〔註50〕　〔清〕金聖歎：《金聖歎全集‧魚庭聞貫》，頁96。

〔註51〕　〔清〕金聖歎：《金聖歎全集‧第五才子書施耐庵水滸傳》，頁274。

其一，「消遣」：生命自我超越的需要。

《聖歎外書》序一《慟哭古人》云：

> 「或問於聖歎曰：《西廂記》何為而批之刻之也？聖歎悄然動容，起立而對曰：嗟乎！我亦不知其然，然而於我心則誠不能以自已也。今夫浩蕩大劫，自初迄今，我則不知其有幾萬萬年月也。幾萬萬年月，皆如水逝雲卷，風馳電掣，無不盡去，而至於今年今月而暫有我。此暫有之我，又未嘗不水逝雲卷、風馳電掣而疾去也。然而幸而猶尚暫有於此。幸而猶尚暫有於此，則我將以何等消遣而消遣之？」〔註52〕「嗟乎！是則古人十倍於我之才識也，我欲慟哭之，我又不知其為誰也，我是以與之批之刻之也。我與之批之刻之，以代慟哭之也。夫我之慟哭古人，則非慟哭古人，此又一我之消遣法也。」〔註53〕

聖歎在灑脫不凡的文字中，表達了自己對時世生人、日月逾邁的油然感喟。周昂在《此宜閣增訂金批西廂》中謂：「『消遣』二字不但是一篇眉目，亦是一部書眉目。」〔註54〕那麼，何謂「消遣」？其實，於聖歎而言，「消遣」是自我實現生命超越的一種方式，是在對千古錦繡才子的憑弔中，發出對流逝的人生的執著與無奈。因此，「空齋誰與語，開卷尋古人。馨咳竟如故，典型誠可親。庭花爭弄色，林鳥靜鳴春。安得素心士，相攜數夕晨。」（《獨坐詠懷》）金聖歎對情通志和的「素心士」充滿了期待。能和他們一起哪怕待上幾天也是一種難得的福祉。而這樣的友人畢竟太少了，他只能到古代的錦繡才子中去尋找，王實甫顯然是他素來仰望的才子，因此，他在批點《西廂記》時的投入態度是歷來文人學士難以比擬的。他對王實甫的文學技巧發自內心地充滿欽佩。他曾在批語中云：「人生有如此筆墨，真是百年快事。」〔註55〕（《拷豔》節批）「寄語茫茫天涯，何處錦繡才子，吾欲與君挑燈促席，浮白歡笑，唱之誦之，講之辨之，叫之拜之。世無解者，燒之，哭之！」〔註56〕（《琴心》總批）又說：「聖歎《西廂記》祇貴眼照古人，不敢多讓，……二來實是《西廂》本文珠玉在上，便教聖歎點竄殺，終復成何用。普天下後世，

〔註52〕 《金聖歎全集·貫華堂第六才子書西廂記》，頁847。
〔註53〕 《金聖歎全集·貫華堂第六才子書西廂記》，頁852。
〔註54〕 〔清〕周昂：《此宜閣增訂金批西廂記》，清乾隆十三年（1748）常熟此宜閣刻本。
〔註55〕 《金聖歎全集·貫華堂第六才子書西廂記》，頁1062。
〔註56〕 《金聖歎全集·貫華堂第六才子書西廂記》，頁979～980。

幸恕僕不當意處，看僕眼照古人處。」〔註 57〕（《讀法》八），等等。這些，都是在與古人的溝通、對話中展現自我存在的價值。

其二，「知心青衣」：知音與理想讀者

《聖歎外書》序二《留贈後人》：

> 後之人既好讀書，又好友生，則必好於好香、好茶、好酒、好藥。好香、好茶、好酒、好藥者，讀書之暇，隨意消息，用以宣導沉滯、發越清明、鼓蕩中和、補助榮華之必資也。我請得化身百億，既爲名山大河、奇樹妙花，又爲好香好茶、好酒好藥，而以爲贈之。則如我自化身於後人之前，而後人乃初不知此之爲我之所化也，可奈何！後之人既好讀書，必又好其知心青衣。知心青衣者，所以霜晨雨夜，侍立於側，異身同室，並興齊住者也。我請得轉我後身便爲知心青衣，霜晨雨夜，侍立於側，而以爲贈之。〔註 58〕

陳洪先生從文化心理角度解析金聖歎甘爲「知心青衣」說：「在封建時代，甘心轉世爲女身且爲人婢妾，這種心理是很反常的。在心理學上，把欽慕異性且仿傚之稱爲『哀鴻現象』，具有這種心理特點的人往往宜於從事文學藝術活動。」〔註 59〕他還將其與晚明禮崩樂壞的時代情境相聯繫。此誠爲卓見。但筆者認爲，這裡的「知心青衣」更可能緣於中國文學中淵遠流長的「香草美人」傳統，「知心青衣」的中心修飾詞是「知心」，意味著金聖歎藉評點文字而尋求知音和永恒的願望。英國的批評家傑弗森認爲：「文學批評只是文學閱讀的一種延伸，批評家只是一個示範的，特別善於表達的讀者。」而高水準的評點家在進行評點實踐時，強調一種具有創造性的自由闡釋，從而，使評點文本打上了個性的鮮明印記，而評點者則化身爲理想的讀者，適能通作者之意，開覽者之心。如金聖歎在《讀法》中標榜「聖歎文字」，在《驚豔》總批中又云：「夫天下後世之讀我書者，彼則深悟君瑞非他君瑞，殆即著書之人焉是也；鶯鶯非他鶯鶯，殆即著書之人之心頭之人焉是也；紅娘、白馬悉復非他，殆即爲著書之人力作周旋之人焉是也。」〔註 60〕金聖歎強調批點《西廂記》的自敘性色彩，以及個性化的經典闡釋意義，其作爲理想讀者的意味

〔註 57〕　《金聖歎全集・貫華堂第六才子書西廂記》，頁 855。
〔註 58〕　《金聖歎全集・貫華堂第六才子書西廂記》，頁 852。
〔註 59〕　陳洪：《論錢謙益與金聖歎的「仙緣」》，載《結緣：文學與宗教——以中國古代文學爲中心》（北京：北京師範大學出版社，2009），頁 257。
〔註 60〕　《金聖歎全集・貫華堂第六才子書西廂記》，頁 893。

不言而喻。

三、「金針盡度」的實用批評傾向

《讀第六才子書西廂記法》二十三:「僕幼年最恨『鴛鴦繡出從君看,不把金針度與君』之二句,謂此必是貧漢自稱王夷甫,口不道『阿堵物』計耳。若果知得金針,何妨與我略度?今日見《西廂記》,鴛鴦既繡出,金針亦盡度。益信作彼語者,真是脫空謾語漢。」〔註61〕

「金針盡度」蓋謂文藝批評中藝術經驗的總結與傳達。金批《西廂》在建構詩性文本的同時,亦體現出了比較鮮明的實用批評傾向,甚而至於對文人士子「悟作文用筆墨法」產生深刻而久遠的影響。周作人說:「有首有尾,未曾下筆,便可告人或用某事作開,或用某事作闔,如觀舊戲,鑼鼓未響,關目先知,此學究文字也。」〔註62〕金批《西廂》中的細部批評與評點者這種「學究心態」相關,是科舉生態陰影下文人的一種獨特的話語形態。然據廖燕《金聖歎先生傳》:「予讀先生所評諸書,領異標新,迥出意表。覺作者千百年來,至此始開生面。嗚呼!和其賢哉!雖罹慘禍,而非其罪,君子傷之。……然畫龍點睛,金針隨度,使天下後學,悉悟作文用筆墨法者,先生力也,又烏可少乎哉!其禍雖冤屈一時,而功實開拓萬世,顧不偉耶!」〔註63〕則我們對這種實用批評亦不可一概而論。試略述如下:

其一,「文法」:學步經典。金聖歎在《讀第六才子書西廂記法》中不無自豪地說:

> 聖歎本有才子書六部,《西廂記》乃是其一。然其實六部書,聖歎只是用一副手眼讀得。如讀《西廂記》,實是用讀《莊子》、《史記》手眼讀得;便讀《莊子》、《史記》,亦只用讀《西廂記》手眼讀得。如信僕此語時,便可將《西廂記》與子弟作《莊子》、《史記》讀。
>
> 〔註64〕

徐增《〈天下才子必讀書〉序》亦云:

> 聖歎之評六《才子書》,以其書文法即六經之文法,諸者精於六《才子書》之法,即知六經之法;六經之法明,則聖道可得而知,故評

〔註61〕 《金聖歎全集·貫華堂第六才子書西廂記》,頁859。
〔註62〕 周作人:《苦竹雜記·讀禁書》(石家莊:河北教育出版社,2002),頁52。
〔註63〕 〔清〕廖燕:《金聖歎先生傳》,見《金聖歎全集》附錄,頁159。
〔註64〕 《金聖歎全集·貫華堂第六才子書西廂記》,頁855。

六《才子書》爲發軔也。〔註65〕

這就爲後世文人才子在閱讀故事的同時，獲知習文的門徑，因此在有清三百年間，金批《西廂記》等雖屢遭禁燬，而仍流播極廣，影響波及其他戲曲的創作和評點，如《醉高歌》（張雍敬作兼評）、《新西廂》（張錦作，范建杲評）、《東廂記》（湯世瀠作，胡來照評）、《西廂記後傳》（王基作）等。

其二，「拘」：評點批評的適度原則。

李漁指出：

> 聖歎之評《西廂》，其長在密，其短在拘。拘即密之已甚者也。無一句一字不逆溯其源而求命意之所在，是則密矣，然亦知作者於此，有出於有心，有不必盡出於有心者乎？心之所至，筆亦至焉，是人之所能爲也。若夫筆之所至，心亦至焉，則人不能盡主之矣。且有心不欲然，而筆使之然，若有鬼物主持其間者，此等文字，尚可謂之有意乎哉。文章一道，實實通神，非欺人語。千古奇文，非人爲之，神爲之、鬼爲之也，人則鬼、神所附者耳。〔註66〕

李漁認爲，在《西廂》文本中，「作者於此，有出於有心，有不必盡出於有心者」，〔註67〕如果一味逆溯其源，勢必造成過度闡釋，這對於讀者正確理解文章原意並無幫助，反遭其弊。

「才子應須才子知，美人千載有心期。彩雲一朵層層現，愛殺先生下筆時。」〔註68〕金聖歎戲曲評點中的畸儒心態、超越動機和實用批評傾向，因爲金氏「晰毛辨髮，窮幽極微」之筆，而獲得了豐富的體現，是我們把握、瞭解金聖歎文化人格的重要符碼。

〔註65〕 〔清〕徐增《〈天下才子必讀書〉序》，見《金聖歎全集》附錄，頁143。
〔註66〕 〔清〕李漁：《閒情偶寄・詞曲部・填詞餘論》，中國戲曲研究院編：《中國古典戲曲論著集成（七）》，頁70。
〔註67〕 〔清〕李漁：《閒情偶寄・詞曲部・填詞餘論》，中國戲曲研究院編：《中國古典戲曲論著集成（七）》，頁70。
〔註68〕 〔清〕徐增《九誥堂集・詩》卷十《讀〈第六才子書〉》其二，清鈔本。

第三章　明清三大名劇評點的流變

　　陳洪在闡發中國古典小說評點的理論形態及價值時，極富見地地指出：「由於評點附著在章句之中，必然側重對具體作品之具體問題的分析評判，而理論建樹只能在此過程中附帶完成。這樣，作品的藝術特色往往左右了評點的理論傾向，作品的藝術水平也就直接影響評點的理論水平，表現爲『水漲而船高』。」〔註1〕同樣，以明清的名劇如《西廂記》、《琵琶記》、《牡丹亭》系列評點作品爲中心，是我們深入探究明清戲曲評點理論的流變及其價值的必由之路。

第一節　明清《西廂記》評點的三大範型

　　「天下有演之博、傳之通如《西廂》者哉！」〔註2〕（毛奇齡《〈論定西廂記〉自序》）明清《西廂》評點和刊刻的繁興，的確是傳播史上的勝事，「西廂學」也因此幸運地成爲戲曲批評史上的一門「顯學」。《西廂記》評點是「西廂學」下的一個重要分支，其物質載體就是種類繁多、令人歎爲觀止的《西廂記》評點本。

　　譚帆先生在《金聖歎與中國戲曲批評》中曾將明萬曆至清康熙年間的《西廂記》評點本概括爲三大評點系統：「學術性」的評點系統（從明萬曆「徐士範本」始，經「王驥德本」、「淩濛初本」，至清初「毛奇齡本」）；「鑒賞性」的評點系統（從明萬曆「徐文長批本」始，經「李卓吾批本」，至清初「金聖

〔註1〕　陳洪：《中國小說理論史》（天津教育出版社，2005），頁3。
〔註2〕　《中國古代戲曲序跋集》，頁407。

歡批本」);「演劇性」的評點系統（從明末《槃薖碩人增改定本西廂記》至清初《西廂記演劇》）〔註3〕。

這是極有見地的宏遠之見。但亦有值得商榷之處：其一，「徐士範本」帶有鮮明的早期評點「注音釋義型」特徵，迥異於其他《西廂》評本，似不宜徑置於此。其二，《西廂》評點在康熙及以後仍有一定的發展，潘廷章的《西來意》（簡稱「潘廷章本」）、鄒聖脈《繡像妥注第六才子書》（簡稱「妥注本」）、周昂《此宜閣增訂金批西廂》（簡稱「周昂本」）、吳蘭修《桐華閣校定西廂記》（簡稱「吳蘭修本」）、朱璐《朱景昭批評西廂記》等也有一定的價值，不應一筆抹殺。

為了便於審視清代《西廂記》評點之於明代的承變，本章將清代《西廂》評點本歸結為三大範型，即：「鑒賞型」，包括「金聖歎本」、「潘廷章本」、「周昂本」、「吳蘭修本」、「朱璐本」等；「學術解證型」，包括「毛奇齡本」、「妥注本」等為代表；「演劇型」，如《西廂記演劇》。下面，我們就從流變的視角，以明代的《西廂》評點為尺規，探討清代《西廂》評點理論的發展和演變。

一、「鑒賞型」：金批《西廂》的超越及其餘波──以金聖歎、潘廷章、周昂為中心

金批《西廂》是中國戲曲評點史上的一枝奇葩。清初戲曲理論家李漁贊其「晰毛辨髮，窮幽極微，無復有遺議於其間矣」，但也指出「聖歎所評，乃文人把玩之《西廂》，非優人搬弄之《西廂》也。」〔註4〕金聖歎確實是從文學批評視域來評點《西廂記》，並通過曲文改訂使《西廂記》具備了詩性文本的特徵。「金《西廂》」也因此成為流行有清一代，足以比肩「王《西廂》」的範本。張雍敬自評《醉高歌》、胡來照評《東廂記》、王基自評《西廂記後傳》等，都打上了金批影響的痕迹。但也有批評金聖歎「肢解」《西廂》，甚至稱其評點文字「猥瑣支離，此文字中野狐禪也。」（《桐華閣校定西廂記》）相對而言，周昂、朱璐等人對金批《西廂》的評價比較客觀。如周昂《〈此宜閣增訂金批西廂〉凡例》說：「實甫、聖歎雖屬天才，然白璧之瑕，殊難阿好，索垢求疵，特為二家羽翼，非有意操戈也。」〔註5〕

〔註3〕　《金聖歎與中國戲曲批評》，頁157～158。
〔註4〕　〔清〕李漁：《閒情偶寄・詞曲部・填詞餘論》，頁70。
〔註5〕　〔清〕周昂：《此宜閣增訂西廂記・凡例》，清乾隆十三年（1748）常熟此宜閣刻本。

（一）戲曲情節結構批評

對戲曲結構的體認和重視始於晚明的戲曲批評家。王驥德以「工師之作室」來比擬戲劇結構藝術，涉及戲劇的結構布局、劇情線索與情節演進的快慢等，舉重若輕，啓人以作曲之門徑。馮夢龍《〈永團圓〉敘》云：「一笠庵穎資巧思，善於布景。」祁彪佳《遠山堂曲品》謂：「作南傳奇者，構局爲難，曲白次之。」韋佩居士評《燕子箋》：「構局引絲，有伏有應，有詳有約，有案有斷，即遊戲三昧，實御以《左》、《國》、龍門家法。」《玉茗堂批評焚香記》第三十七齣總評：「結構串插可稱傳奇家從來第一。」

在《西廂》評點中，晚明戲曲評點家注意到戲曲結構的整一性和前後照應。如徐士範本第二十齣《衣錦還鄉》【駐馬聽】處眉批：「收煞一篇關鑰在此兩句。」〔註6〕對關鍵情節設置，明人亦眼光獨到，如對孫飛虎兵圍普救這一情節，李卓吾批云：「老孫來替老張作伐了。」〔註7〕極爲簡單的一句話就把該事件在結構作品中作用凸顯出來。但毋庸諱言，他們對格律的興趣，遠大於對《西廂》結構的探討。其對關目的認知雖然細密，涵蓋結構性關目、情節性關目、動作性關目，但由於忽視人物性格對關目情節的制約作用，對關目的理論內涵缺乏深度的挖掘。

這些散金碎玉式的評語，雖然不成體系，重要的是它爲清代的《西廂記》評點導夫先路。如金聖歎在《寺警》節批中云：「『誰做針兒將線引』，亦奇筆也。諺云：『只知其一，不知其二。』只知其一者，只知老夫人做針兒將線引；不知其二者，不知即刻有孫飛虎做針兒將線引也。用意之妙，一至於此。」〔註8〕這顯然是承明代李贄的相關評點，而後出轉精。金批《西廂》中關於戲曲結構理論極爲豐富，標誌著古代文學結構理論中能達到的最高層次。譚帆《金聖歎與中國戲曲批評》曾專章論析，從戲曲結構的基本原則（即表現人物性格和性格所包涵的思想意蘊）、有機整體觀念（即性格的完滿展現，情節的完整起訖和思想意蘊的完全揭示）及戲曲藝術的敘事方法三個方面來概括金氏的戲曲結構理論，並指出：「在金聖歎的理論觀念中，情節結構的安排是要受到性格的強烈制約的，因而對於性格的嚴格限制必然使情節結構趨向於嚴整。故在金聖歎的戲曲結構理論中，結構的嚴整性並不顯現爲

〔註6〕　〔明〕《重刻元本題評音釋西廂記》，明萬曆八年（1580）毗陵徐士範刻本。
〔註7〕　〔明〕李贄：《李卓吾先生批評北西廂記》第五齣《白馬解圍》眉批，明萬曆三十八年（1610）虎林容與堂刻本。
〔註8〕　《金聖歎全集・貫華堂第六才子書西廂記》，頁943。

情節安排上的滴水不漏，而是情節設置和性格特徵的完全吻合，情節內部所展現的因果關係也就是性格揭示的邏輯層次。」戲曲結構要爲塑造人物性格服務，體現出整一性，並通過敘事方法和技巧組織全劇，在譚帆看來，金批《西廂》戲曲結構理論是符合這些原則要求的。

李昌集《中國古代曲學史》則進一步指出金聖歎戲曲結構理論的「現代性」意味：

> 金聖歎對《西廂記》結構組織的分析與今日對《西廂記》的分析極爲相近。雖然金氏沒有使用諸如「現實生活的邏輯」、「衝突」、「高潮」、「平衡」（矛盾衝突的解除）等等戲劇美學的術語，但其對《西廂記》故事發展的「必然性」的把握，實際上是對「生活邏輯」的理解；對「近」與「縱」的表述實際上包涵著對今云「戲劇衝突」的領會；所謂「結穴」，則相當於今日「衝突」和「高潮」後的「平衡」。〔註9〕

前賢之見，高屋建瓴。本章無意對金批《西廂》的總體結構理論及其有機構成再做重複性的理論探討，而把重點放在金聖歎對《西廂記》具體情節的組織、剪裁的理論闡發，兼及周昂、潘廷章等對情節結構理論之貢獻。

1、曲折之美

狄德羅認爲：「構造情節的藝術在於把事件貫穿起來，使得明理的觀眾在其中總能看到一個使他滿意的理由。事件愈奇特，理由就應該愈加充分。」〔註10〕那麼構造情節的藝術何在呢？金聖歎對此有自己獨到的見解，他在《讀法》三中便爲全劇情節的組織確立了基調，他說：「一部書有如許纏纏洋洋無數文字，便須看其如許纏纏洋洋是何文字，從何處來，到何處去，如何直行，如何打曲，如何放開，如何捏聚，何處公行，何處偷過，何處慢搖，何處飛渡。」〔註11〕

在《賴簡》總批中，聖歎又進一步指出：「文章之妙，無過曲折。誠得百曲千曲萬曲、百折千折萬折之文，我縱心尋其起盡，以自容與其間，斯眞天下之至樂也。何言之？我爲雙文賴簡之一篇言之。……夫天下百曲千曲萬曲，百折千折萬折之文，即孰有過於《西廂》「賴簡」之一篇？而奈何不縱心尋其

〔註9〕《中國古代曲學史》，頁669。
〔註10〕《狄德羅美學論文集》，頁41。
〔註11〕《金聖歎全集·貫華堂第六才子書西廂記》，頁854。

起盡，以自容與其間也哉？」〔註12〕

《賴簡》總批長達數千言字，是一篇精彩的戲曲情節結構論。它不同於以往的《西廂記》評點之處在於：其一，金聖歎認爲，「曲折」是劇情結構複雜和豐富性的關鍵。其二，人物心理活動的展開和劇情的進展關聯在一起統籌考慮，切實精闢，體現金聖歎對戲劇文學結構的獨到的理解和體悟。其三，金聖歎極善於從細緻的分析入手，而最終上陞到文學普遍規律的層面，顯示其理論巨集闊和精緻兼而有之。

「曲折」並不是無節制的情節的延宕，而是有其內在的規定性，要符合情節發展的事理邏輯、情理邏輯和性格邏輯。事理邏輯，又稱爲現實邏輯，強調情節的組織要符合生活中事件發展演變的本質要求，是對社會生活的客觀反映。如金聖歎腰斬《西廂》，將《驚夢》以後各齣均斥爲續作，不是無緣無故，而是有其內在思考理路的。他對《泥金報捷》中崔鶯鶯焦急盼張生回來，空床難獨守的行爲，深表不滿，認爲這不符合現實生活的常識，也與鶯鶯的身份不符，因此在總批中表達了自己的不滿：

> 只如此篇寫鶯鶯，竟忘其爲相國小姐，於是於張生半年之別，不勝嘖嘖怨怒：亦不解三年大比是何事，亦不解禮部放榜在何時，亦不解探花及第爲何等大喜，亦不解未經除授應如何候旨。一味純是空床難守，淫啼浪哭。蓋佳人才子，至此一齊掃地矣！〔註13〕（《泥金報捷》總批）

實際上，處於熱戀中的青年男女最傷離別，「一日不見，如三秋兮」（《詩經·采葛》），思念而至於「怨怒」，至於以淚洗面，實屬生活中常有的事，實無損於鶯鶯多情之形象。問題在於聖歎念念不忘其爲「千金守禮小姐」，故而連她身上可能有的普通人的情感也一筆抹殺了，因而，對這樣的情節設置也就難以容忍了。出於對事理的重視，金聖歎又提出所謂「別眼」、「別才」，旨在發掘生活中普通事物的特定價值。如他在《請宴》總批中云：

> 然聖歎又細思之，細思前一大篇破賊，是眞有一大篇；後一大篇賴婚，是亦眞有一大篇。今紅娘承夫人命請客走一遭，此豈不至輕至淡，至無聊，至不意，而今觀其但能緩緩隨筆而行，亦便眞有此一大篇。然則如頃所云：一水一村，一橋一樹，一籬一犬，無不奇奇

〔註12〕 《金聖歎全集·貫華堂第六才子書西廂記》，頁 1013～1018。
〔註13〕 《金聖歎全集·貫華堂第六才子書西廂記》，頁 1093。

> 妙妙，又秀、又皺、又透、又瘦，不必定至於洞天福地而始有奇妙，
> 此豈不信乎？〔註14〕

情理邏輯，強調對人的心靈情感的尊重。金聖歎在《賴簡》總批中說：

> 夫雙文之與張生，其可謂至矣。……古今人其未相遠，即亦何待
> 必至於酬簡之夕，而後乃令微聞薌澤哉。何則？感其才，一也；
> 感其容，二也；感其恩，三也；感其怨，四也。以彼極嬌小、極
> 聰慧、極淳厚之一寸之心，而一時容此多感，其必萬萬無已，而
> 不自覺忽然溢而至於閫之外焉。此亦人之恒情恒理，無足爲多怪
> 也。〔註15〕

崔、張自佛殿相遇，至酬韻、鬧齋、寺警、賴婚等，情節跌宕起伏，搖曳多
姿。而經過事情曲曲折折的發展，崔鶯鶯對癡情的才子張生有了比較深入的
瞭解，故而感其才，感其容，感其恩，感其怨，感情常不自禁地流露出來，
金聖歎認爲這是由於崔鶯鶯有一顆淳厚、善感的心靈，其情其境是符合「人
之恒情恒理」，因此沒什麼好奇怪的。金聖歎性情所致，興會淋漓，表現了對
個體情感的尊重，文中這樣閃光的評點語還有很多，不一一枚舉。

性格邏輯強調劇作情節的發展服務於人物性格的創造，或者說是劇中的
人物性格決定情節結構的走向。金聖歎在《賴簡》總評中，有極爲精彩的闡
說：

> 夫雙文之勃然大怒，則又雙文之靈慧爲之也。……是故雙文之欲簡
> 張生，何止一日之心？然而目顧紅娘，則遂已焉；又目顧紅娘，則
> 又遂已焉；乃至屢屢目顧紅娘，則屢屢皆遂已焉。此無他，天下亦
> 惟有我之心，則張生之心也；張生之心，則我之心也。若夫紅娘之
> 心，則何故而能爲張生之心？紅娘之心，既無故而不能爲張生之心；
> 然則紅娘之心，何故而能爲我之心？故夫雙文之久欲寄簡，而終於
> 紅娘難之者，彼誠不欲以兩人一心之心，旁吐於別自一心之人也。
> 故夫雙文之久欲寄簡，而獨於紅娘礙之者，彼誠不欲令竊窺兩人之
> 人，忽地得其間一人之心也。無何一朝而深閨之中，妝盒之側，而
> 宛然簡在。此則非紅娘爲之而誰爲之？夫紅娘而既爲之，則是張生
> 而既言之矣。夫張生而既言之，則是張生不惜於紅娘之前，遂取我

〔註14〕 《金聖歎全集‧貫華堂第六才子書西廂記》，頁958。
〔註15〕 《金聖歎全集‧貫華堂第六才子書西廂記》，頁1013～1014。

而罄盡言之矣。〔註16〕

崔鶯鶯在接到張生的書信後，本來應該美滋滋看得不厭煩，但又突然反過來對傳書遞簡的紅娘翻臉，弄得一心要撮合這對情人的紅娘摸不著頭腦，甚至在心理上產生「怨毒」情緒。鶯鶯這種動作和實際內心的不統一乃至故意相反，其原因何在？金聖歎結合劇情的進展，詳細分析了造成這種悖論背後深層原因在於崔鶯鶯的個體性格的複雜性，因為她是相國家的千金小姐，是天下「至尊貴」、「至有情」、「至靈慧」、「至矜尚」的女子，她心底裏何嘗沒有叛逆禮教的衝動，但她不能直接表現出來，因此，在行動上表現得沒有紅娘那樣爽利，也沒有張生那樣勇往直前，她所能做的就只能是使小性兒，要點狡黠的小手段。

在聖歎之後，戲曲結構理論的探討仍在繼續，只是少了「聖歎文字」的靈性和思辨色彩。潘廷章、周昂等人可視為金批《西廂》的餘波和修正，有一定的理論價值。

潘廷章（1612～？）字美含，號梅岩，又號海峽樵人，雪鎧道人，浙江海寧人。《西來意》及其評點是其遺民情結和宗教思想的折射。《西來意》注重情節結構上的探討，卷首列「西廂三大作法」，即「用大起落」、「具體大段」、「作大開闔」，而就情節結構的曲折而言，「開闔」尤為近之。潘廷章認為：

> 作大開闔。凡文字必先開而後闔，傳奇尤必始開而終闔，而《西廂》不然。《西廂》則先闔後開，始闔而終開，小闔則小開，大闔則大開。蓋直以闔為開，以開為闔者也。通本有四開闔，而崔也、張也、紅也皆求為闔者也。法本也、惠明也、白馬將也，孫飛虎也，亦皆為闔之人也。不為闔者，止一夫人耳，而亦終於為闔者也。其截然而為開者，則其中四人為之，又皆求為闔而終於為闔之人也。當張生之至逆旅也，不過一宿，乃急求閒散而走寺中。小姐之在居停也，諒已有日，適又思閒散而遊殿上，驀然一見，臨去回頭，何其不謀而同，無合，此即從闔為入手者也。及假寓東牆，託憑青鳥，忽得峻拒之詞，幾疑昨日所見人，隔在巫山，遠在天上，視之若近，圖之甚難。遂借紅娘作一閃，以逆起向後之勢也。又一小開闔也。……此借夫人作一閃（「賴婚敗盟」）以截斷前後之勢也，此一小開闔也。……而邯鄲一枕，遽然夢破，於是歡愉悲憂綢繆繾綣，一時都

〔註16〕《金聖歎全集・貫華堂第六才子書西廂記》，頁1016～1017。

盡，此又就張生作一閃，以放散通前通後之勢也，是一大開闔也。
蓋不闔則不開，不大闔則不大開。他書段段以闔作結，《西廂》段段
以開作結。他書煞尾以大闔作大結，《西廂》煞尾以大開作結，《易》
傳曰：物不可窮也，故受之以未濟終焉。而不謂作《西廂》者竟悟
其旨，此不可於傳奇中求之，尤不可於著書中求之，此西廂之至奇
也。〔註17〕

文中既有對大的結構段落的把握，更有對細部情節安排技巧的探究，評點者
的興趣點不在於情節的事理、情理邏輯層面，而是從文章觀著眼，對文章的
起結著力尤多，對我們深入把握劇作情節構成的慘澹經營有一定的幫助。

周昂（1732～1801），字少霞，江蘇常熟人，戲曲家，乾隆間以拔貢任宣
城司訓。有《中州餘韻》及傳奇《玉環緣》等。周昂的戲曲結構論是在對金
批《西廂》的再評點過程中闡發的。其異於前人的最大特點在於強調戲曲結
構的主觀化，有一種主觀的「非戲劇化」的傾向，這一點在第一章第四節中
談過，這裡再補充一例。《鬧簡》中，紅娘把簡貼兒放在妝盒兒裏，云云。周
昂批道：「置簡妝盒，紅之巧實紅之怯。雙文所以發怒蓋因此。何者？紅本不
識字，則直遞正何容委曲而有置盒之舉。雙文揣紅早悉書中之意，不得不忽
而出此也。○鶯鶯原使紅娘去探張生，今紅娘既回而鶯鶯不問一詞，故紅娘不
敢徑呈簡貼，故而置諸妝盒也，此亦作者有意作此波折以便譜曲，蓋使逕呈
簡貼，則一面展閱便一面發怒，焉有側覷時許多光景哉？」〔註18〕前半部分，
周昂認爲紅娘不識字，如果心裏沒鬼，就會把信直接給鶯鶯，而她多了個心
眼偏放在妝盒裏，難怪鶯鶯要揣摩紅娘悉知信中之事，故而有鬧簡一幕。周
昂注意到紅娘不識字，足見其心細。而後半部分，周昂卻又說這是作者主觀
上故意這樣安排以便於譜曲，這就不免匠氣了。但我們不能就此否定周昂的
理論貢獻，他在評點過程中，展示了他作爲戲曲理論家的過人的眼光，在細
微之處見眞知。

在劇作的整體結構上，周昂對《驚夢》後是否應該續下去，有自己獨到
的看法，他說：「續編云是關漢卿撰，蓋亦祖董解元原本也。董本敘鄭恒爭
親後，尚多情節，有法聰獻計行刺，及君瑞雙文懸梁自縊，所謂河中太守即
是白馬將軍。此編稍有異同，觸樹而死與董本觸階身死亦無甚分別，要知鄭

〔註17〕 〔清〕潘廷章：《西來意》卷首，清康熙十九年（1680）刻本。
〔註18〕 〔清〕周昂：《此宜閣增訂金批西廂記》三之二《鬧簡》眉批，清乾隆十三年
　　　　（1748）常熟此宜閣刻本。

恒前未出場，後文亦無容照應，況崔張本不終合，草橋一夢，正是大好結構，續編造無為有，自是蛇足。即如南西廂別經刪改，鄭恒爭親及崔張團圓終不行於世，豈非好惡之真乎！？」〔註19〕周昂經過思考認為《西廂記》終於《草橋驚夢》是「大好結構，續下去是「蛇足」，極不可取。其理由主要有：其一，《西廂記》的藍本《董西廂》中，作者讓鄭恒出場，是為了爭親，其後還有法聰獻計行刺，及君瑞雙文懸梁自縊等情節。其二，南西廂傳播雖廣，但根據續出改編的戲極少演出，說明後續部分不得人心。《寺警》齣，周昂對曲折為文的作用深有體會，他說：「張生解圍作三層頓跌，初方獻賊，次云自盡，萬不得已而為高叫僧俗之舉，此時鼓掌而出者實出望外，則鶯鶯未必竊喜，亦出尋常。聖歎所謂獅子滾人看獅子，獅子去注目在毬也，要知此亦行文定法，一題到手，題前自有幾層波折，難道才寫兵警，便寫張生應募不成？」〔註20〕（《寺警》眉批）周昂還對濃墨重彩寫惠明頗為賞識，他說：「《寺警》前不細寫孫飛虎，後不細寫杜將軍，而以一下書人極力摹寫，分外出色，若不後杜將軍至而賊已膽落矣！作文有實者虛之之一法，如此篇可謂獨擅其用。」〔註21〕

　　周昂論戲曲情節的組織時，還談到「勢」的問題。如《請宴》夾批：

> 前之《破賊》，後之《賴婚》，一部書中大情節也，兩齣中間無有所以間之，則促矣。《請宴》所以紆其勢也。譬如畫水，前波既去，後波將來，其間紆徐瀠洄，別有風行水上之致，如《請宴》齣是已。
> 〔註22〕

周昂強調《請宴》旨在「紆其勢」，避免由《破賊》到《賴婚》的情節發展過於急促。

2、立言之體

　　金聖歎曾云：「君子立言，雖在傳奇，必有體焉，可不敬與？」而他改評《西廂記》的目的即在於「教天下以立言之體也。」他在《驚豔》節批亦道：「此一折中，雙文豈惟心中無張生，乃至眼中未曾有張生也。不惟實事如此，

〔註19〕　〔清〕周昂：《此宜閣增訂金批西廂記》續之一《捷報》總批，清乾隆十三年（1748）常熟此宜閣刻本。

〔註20〕　〔清〕周昂：《此宜閣增訂金批西廂記》二之一《寺警》眉批，清乾隆十三年（1748）常熟此宜閣刻本。

〔註21〕　同前，《寺警》眉批。

〔註22〕　〔清〕周昂：《此宜閣增訂金批西廂記》二之二《請宴》夾批，清乾隆十三年（1748）常熟此宜閣刻本。

夫男先乎女，固亦世之恒禮也。人但知此節爲行文妙筆，又豈知其爲立言大體哉！」（《驚豔》節批）周昂在金聖歎《序一》後加批說：「或問少霞曰：敘西廂記而歸罪崔相國，曷言乎？其爭上游法也？答曰：古人作文必擇體要，敘《西廂記》則必志「西廂」之緣起。平平鋪敘，曷有當於義例，況開春院已罪老夫人，則序內更以何人爲命意所屬，乃於題外弄出主腦，取義甚嚴，以爲世鑒，蓋不如是，無以爲立言之體也。」〔註23〕

首先，「立言之體」在劇作的結構全局層面，是超越表層形式價值的追求，體現爲對劇作所蘊含的社會人文精神或道德層面等的追求，是劇作的深層結構。它使作品的評點成爲學士文人力圖不朽觀念的載體。

金聖歎在《驚夢》總批中說：「及我又再細細察之，而後知其填詞雖爲末技，立言不擇伶倫，此有大悲生於其心，即有至理出乎其筆也。今夫天地，夢境也；眾生，夢魂也。無始以來，我不知其何年齊入夢也；無終以後，我不知其何年同出夢也。夜夢哭泣，且得飲食；夜夢飲食，且得哭泣。我則安知其非夜得哭泣，故且夢飲食，夜得飲食，故且夢哭泣耶？何必夜之是夢，而且之獨非夢耶？」「然則人生世上，眞乃不用邯鄲授枕，大槐葉落，而後乃令歇擔吃飯，洗腳上床也已。吾聞《周禮》：歲終掌夢之官，獻夢於王。夫夢可以掌，又可以獻，此豈非《西廂》第十六章立言之志也哉？」

聖歎立言的本質在於禮與夢。金聖歎以「至人無夢」來評點《草橋驚夢》，李昌集認爲：「『至人無夢』論有其哲學上的價值，但卻是游離金批《西廂》總體理論架構的『蛇足』。」〔註24〕實際上，聖歎並無意建構所謂的戲劇結構理論體系，他對戲曲「優人三昧」也比較隔閡，其評點活動不過是其畸儒心態和超越動機的投影，也是「金針盡度」實用觀念的體現。金聖歎對世人指斥《西廂》「誨淫」，除了用當時習見的禮教觀念進行辯駁外，也只有無奈地說「文者見之謂之文，淫者見之謂之淫耳」。

周昂對世事並不像聖歎那樣執著而無奈，他是被傳統的道德觀念馴化了的傳統文人。周昂《哭後人下篇》云：「《西廂》一書，其道男女之事，雖不可以居室之大倫言，然男女之情，不可謂不篤。」〔註25〕周昂對男女之情的

〔註23〕〔清〕周昂：《此宜閣增訂金批西廂記》卷首，清乾隆十三年（1748）常熟此宜閣刻本。
〔註24〕《中國古代曲學史》，頁667。
〔註25〕〔清〕周昂：《此宜閣增訂金批西廂記》卷首，清乾隆十三年（1748）常熟此宜閣刻本。

理解在「情」與「篤」，有其現實性的考慮。而在《琴心》批語中則昭顯其立言之根本：「獨《琴心》一篇，諄諄於先王之製禮所以坊天下，而於徇情之處示閑情之方。宏氣偉理，卓然懿訓，其言非宋五子之言，而其理宋五字之理。通斯旨也，夫何障之不撤，何障之不降乎？」〔註26〕

潘廷章是虔誠的佛教徒，其改《西廂記》為《西來意》，潛心批註，與遺民黃周星的《西遊記證道書》頗為相類，給生活情趣濃厚的故事披上了具有象徵意味的宗教外衣，他在《說意》中云：「夫《西廂》始於佛空，終於夢覺，除是空則忽夢，夢則未覺耳。當其空前無色也，覺後無緣也，則其間之為色與緣者，無窮期矣。然則有生滅者暫，而無生滅者常也。以有生滅心，求諸無生滅義，而使夢者皆覺之不復夢，咸登大覺焉。此固西來之本意，而命《西廂》者所由託始也。是雖小乘，詎不終歸於大乘乎。故曰《西廂》可以入藏。」〔註27〕

但他最終仍歸入對宗教虛幻的迷惘。如《西來意·草橋驚夢》說意云：「翠被香濃，得心之事；花開花謝，傷心之事；硬圍普救，驚心之事；白馬仗劍，快心之事：則皆《西廂》之事也，今皆付之飄飄蝴蝶也。拘管夫人，齊攢侍妾，皆《西廂》之人也，而今已都睡，則皆已入寂也。『嬌滴滴玉人』，則《西廂》之一人，而今不知其何處也。然後知前此之皆幻設也，則皆夢也。覺而後知其為夢也，則又烏知非逆旅之中如邯鄲生者，授之一枕，而凡佛殿以來至於送別，送別之後復追行，幻中生幻，為一晷刻之事，而皆覺不復存哉？」〔註28〕

其次，立言之體在具體情節設置層面，觀念不同，對《西廂》的具體情節設置的理解勢必不同。如《寺警》，聖歎以「月度迴廊」解之：「又有『月度迴廊』之法。……月始東昇，泠泠清光，則必自廊簷下度廊柱，又下度曲欄，然後漸漸度過閒階，然後度至瑣窗，而後照美人。……作者深悟文章舊有漸度之法，而於是閒閒然先寫殘春，然後閒閒然寫有隔花之一人，然後閒閒然寫到前後酬韻之事，至此卻忽然收筆云，身為千金貴人，吾愛吾寶，豈須別人隄備，然後又閒閒然寫『獨與那人兒的便親』。要知如此一篇大文，其意原來卻只要寫得此一句於前，以為後文張生忽然應募、鶯鶯驚心照眼作地；

〔註26〕〔清〕周昂：《此宜閣增訂金批西廂記》二之四《琴心》眉批，清乾隆十三年（1748）常熟此宜閣刻本。

〔註27〕〔清〕潘廷章：《西來意》卷首，清康熙十九年（1680）刻本。

〔註28〕〔清〕潘廷章：《西來意》，清康熙十九年（1680）刻本。

而法必閒閒漸寫，不可一口便說者，蓋是行文必然之次第。」這是就情節結構上的前後內在聯繫而言，的是精妙之論。而周昂則云：「《寺警》自【八聲甘州】至【寄生草】諸曲，寫他蕩漾春心，戀戀吉士，親口實供，此法家辦案也。不然，女至不才，獨以罪老夫人哉！『月度迴廊』名則善矣，其法與西廂之《寺警》奚涉焉？」〔註29〕

　　總之，在清代《戲曲》評點中，「曲折」之美，尚屬於《西廂》淺層結構的認知，而「立言之體」則深入到了劇作的深層結構層面，對今天我們進行戲劇理論的建構仍有一定的啓示意義。

（二）人物批評

　　「戲劇的主要因素是人的性格。」〔註30〕（別林斯基語）葉紀彬等人指出：「明清之際，我國人物理論中出現了人物類型理論與人物性格理論並存的態勢，並且出現後者逐漸取代前者的歷史發展趨勢。明清之際出現的人物性格理論是我國古代人物理論中一種新的理論形態。」〔註31〕

　　這種轉向的出現根植於明清之際敘事文學的發展、繁榮，尤其是戲曲、小說創作實踐爲其提供了豐厚的文本資源，李贄、馮夢龍、金聖歎等文人學士先後介入到戲曲、小說評點中來，直接促成了這種新理論的發展和成熟。當然，這種新理論從誕生到成熟有一個逐漸發展、演變的過程，戲曲評點家在此過程中扮演了極爲重要的角色，像李贄、馮夢龍、金聖歎等本身又是優秀的小說批評家，從而使這種新理論具有了較大的普適性和深刻性。

　　相對小說評點，戲曲評點限於自身文體和舞臺性特徵，人物性格論的發展相對比較滯後。李贄對於紅娘形象的批點值得重視，他在《堂前巧辯》批道：「紅娘眞有二十分才，二十分識，二十分膽。有此軍師，何攻不破，何戰不克。宜於鶯鶯城下乞盟也哉！」〔註32〕（《李卓吾先生批評北西廂記》）後來槃薖碩人稱紅娘爲「狡俠」是對李評的補充和發展。

　　以金聖歎爲代表的清代戲曲評點家在戲曲人物性格論上取得突破性的進

〔註29〕　〔清〕周昂：《此宜閣增訂金批西廂記》二之一《寺警》金批之再批，清乾隆十三年（1748）常熟此宜閣刻本。

〔註30〕　轉引自〔蘇〕霍洛道夫撰，李明琨、高士彥譯：《戲劇結構》（上海：華東師範大學出版社，1981），頁19。

〔註31〕　葉紀彬、李松揚、武振國：《明清人物性格理論初探》，《文藝理論研究》1997年第6期，頁40。

〔註32〕　〔明〕李贄：《李卓吾先生批評北西廂記》，明萬曆三十八年（1610）虎林容與堂刻本。

展。關於金聖歎的人物性格論，學界進行了廣泛而深入的探討，主要集中在以下幾個方面：

1、「這一個」與人物性格典型論

這方面的探討比較多，也比較深入，聚訟紛紜，詳見《緒論》綜述中的相關論述。筆者比較傾向於李昌集的觀點，他認為：「金批《西廂》在古代戲劇文學批評史上富有意義的進展：對結構和人物行為的理解，從前代以『意義』的評判為主體轉向對『生活』本身的心理體驗和審美感受；由此出發，特定性格和特定心理在一個新的層次上進入了文學批評家的視野，『故事』不再是單純的『事件』，而是性格心理、行為的綜合構成。對戲劇形象的理解具有了『性格化』意識，金聖歎關注的是『這一個』，而不是泛泛的『閨閣之秀』，雖然金聖歎沒有『典型』這一概念，但對鶯鶯等形象的分析卻具有了『典型』的意義。」〔註33〕

2、「心、地、體」的辨析

譚帆《金聖歎與中國戲曲批評》和趙山林《中國戲劇學通論》中的相關論述尤為精當。而二君的觀點也大體一致，認為「心」指戲劇人物的意志，「地」指戲劇人物在戲劇情境中所處的特定位置，「體」指劇中人物之間的相互關係。金聖歎就是依據這「心、地、體」三者一致性的原則來塑造人物形象的。

筆者認為，金批《西廂》中人物性格的塑造除了上述兩個原則之外，還有其他標準，這就是遺形取神和關係原則，下面略作分析。

1、遺形取神

蘇軾《傳神記》云：「優孟學孫叔敖抵掌談笑，至使人謂死者復生。此豈舉體皆似，亦得其意思所在而已。」〔註34〕蘇軾認為，優孟能夠模仿孫叔敖到以假亂真的地步，關鍵在於「得其意思」，即遺形取神，得其神韻所在。優秀的戲曲家往往也是遺形取神的高手。而批評家的任務就在於揭示出其內在的意蘊。《寺警》中的惠明是個頗耐人尋味的形象，他身為和尚，而一戒不守，喝酒吃肉，殺人放火都敢幹。他在劇中是個次要角色，也就是聖歎所說的「是寫三個人時所忽然應用之家伙耳」，但沒有他斗膽送信，孫飛虎事

〔註33〕　《中國古代曲學史》，頁 672～673。

〔註34〕　〔宋〕蘇軾撰，孔凡禮點校：《蘇軾文集》卷十二（北京：中華書局，1988），頁 401。

件不知如何收場。對這樣一個人物，聖歎從心底是喜歡的，他在節批中說：「只此一收，纔四句文字，又何其神奇哉！擂鼓、吶喊句，寫惠明猶在寺；『幡開』、『遙見』句，寫惠明猶在眼。至『賊兵破膽』句，如鷹隼疾，已不見惠明矣。文章至此，雖鬼神雷電乃不足喻，而豈儉之所得夢見？而儉猶思掭筆作傳奇，而謂將與《西廂》分道揚鑣，儉眞全無心肝者哉！」〔註35〕

又如《驚豔》中，崔鶯鶯在佛殿之上，沒有相國千金常有的驕態，也沒有小家碧玉的羞赧，而是磊落大方，神態灑然。故聖歎在節批中說：「雙文不曾久立，張生瞥然驚見。……今乃欲於頃刻一現中，寫盡眼中無邊妙麗，可知著筆最是難事。因不得已而窮思極算，算出『盡人調戲』四字來。蓋下文寫雙文見客即走入者，此是千金閨女自然之常理，而此處先下『盡人調戲』四字，寫雙文雖見客走入，而不必如驚弦脫兔者，此是天仙化人，其一片清淨心田中，初不曾有下土人民半星齷齪也。看他寫相府小姐，便斷然不是小家兒女。筆墨之事，至於此極，眞神化無方。」〔註36〕在傳統道德牢牢束縛人的頭腦的社會中，女子處處受到禮教的規範和制約。聖歎此批可謂破俗見，把握住了鶯鶯形象的內在神韻。他還在另一處節批中說：「此方是活雙文，非死雙文也。儉乃不解，遂謂面是面，鈿是鈿，眉是眉，鬢是鬢，則是泥塑雙文也。」〔註37〕聖歎遺形取神，塑造了鶯鶯天仙化人、光彩奪目的形象，是此前的《西廂》評中所沒有的。但這並不總能得到時人乃至後人的認可。如乾隆年間的周昂對聖歎雖敬服，對此批極爲不滿，周昂在《此宜閣增訂金批西廂》「盡人調戲」處增批說：「謬甚！無論雙文固相府千金，即尋常女郎亦無盡人調戲之理，況邂逅間乎？自有此語，後之扮演者作許多醜態，令人可恨、可愧，而聖歎阿私所好，以爲天仙化人，並引汾陽府中舊事以文其說，彼豈知汾陽用意固別在，而疑不於倫，曷有當歎？」〔註38〕

2、關係原則

金聖歎善於通過對劇中人物關係的闡述，來構設他心目中完美的鶯鶯形象。他在《讀法》中說：

《西廂記》止寫得三個人：一個是雙文，一個是張生，一個是紅娘。

〔註35〕《金聖歎全集‧貫華堂第六才子書西廂記》，頁951。

〔註36〕《金聖歎全集‧貫華堂第六才子書西廂記》，頁901。

〔註37〕《金聖歎全集‧貫華堂第六才子書西廂記》，頁899～900。

〔註38〕〔清〕周昂：《此宜閣增訂金批西廂記》一之一《驚豔》眉批，清乾隆十三年（1748）常熟此宜閣刻本。

其餘如夫人，如法本，如白馬將軍，如歡郎，如法聰，如孫飛虎，
如琴童，如店小二，他俱不曾著一筆半筆寫，俱是寫三個人時，所
忽然應用之家伙耳。

譬如文字，則雙文是題目，張生是文字，紅娘是文字之起承轉合。
有此許多起承轉合，便令題目透出文字，文字透入題目也。其餘如
夫人等，算只是文字中間所用之、乎、者、也等字。

譬如藥，則張生是病，雙文是藥，紅娘是藥之炮製。有此許多炮製，
便令藥往就病，病來就藥也。其餘如夫人等，算只是炮製時所用之
薑、醋、酒、蜜等物。

若更仔細算時，《西廂記》亦只為寫得一個人。一個人者，雙文是也。

若使心頭無有雙文，為何筆下卻有《西廂記》？《西廂記》不止為
寫雙文，止為寫誰？然則《西廂記》寫了雙文，還要寫誰？

在金聖歎看來，《西廂記》的「一人」是崔鶯鶯，紅娘、張生都是為了塑造崔
鶯鶯而構設的，更不用說老夫人、法本、白馬將軍等其他次要人物了，作者
賦予他們不管有多長的篇幅，不過是「力與周旋」，其終極指向是為了崔鶯鶯。
金聖歎絲毫不掩飾他對崔鶯鶯的偏愛，他曾說：「鶯鶯非他鶯鶯，殆即著書之
人之心頭之人焉是也。」（《驚豔》總批）他所孜孜以求的不是劇場效果會怎
樣，而關心的是他的鶯鶯是否完美無缺。因此，崔、張之「喜劇性」衝突（如
鬧簡、賴簡）在聖歎那裡成為中心事件，他也於此批點著力尤多。但對《寺
警》「白馬解圍」一事在結構劇作中的意義認識不足。而後來老夫人與崔、張、
紅的衝突實由「白馬解圍」之允婚給崔、張愛情發展披上了一層合理的外衣。
聖歎於此未予充分關注。李漁作為戲劇理論家，看到了「白馬解圍」的重要
性，並把張君瑞和「白馬解圍」這「一人一事」提升到「主腦」的位置，表
現出迥異於金聖歎的眼光。〔註39〕

　　金聖歎的人物關係原則為稍後的潘廷章所效法。他在《西來意・三大作
法》中說：

西廂只有三人，其實只為兩人而設。兩人者，崔也，張也。………
譬如天地之理，不外陰陽，陰陽之體，成於對待，其間或盈或虛或
消或息者，則成於參互錯綜之用。是故崔張對待之體也，紅娘參之

〔註39〕〔清〕李漁：《閒情偶寄》，頁14。

錯綜之用也。而其間之或喜或悲，或怨或慕，或與或距，或合或離，
皆紅為之參互錯綜，有以極情之變，而生其文者也。不然崔張便如
奇偶兩體，板板對待，即使陡然作合，不過如村老為兒女完姻，拜
堂已畢，生事都盡，惡知男女情中有如許消息及雜處之致，足以成
變化而行鬼神哉！然則《西廂》為二人而設，又未必不為一人而用
也。〔註40〕

　　潘廷章認為崔鶯鶯和張生是奇、偶兩體，紅娘的作用在於從中聯繫，交
互聯動，推動劇情發展，並展示人物的性格。從此角度看，《西廂記》有三人，
只為寫崔、張二人而設，但最終仍是為了突出鶯鶯的形象。潘廷章重視三者
之間的互動，不像金聖歎那樣對次要人物稍存輕視之心，也沒有突出崔氏的
秉禮小姐的身份和地位，但由於佛教思想的滲透，劇中的人物反而失去了聖
歎筆下的光彩和鮮活，而成為佛教觀念的衍生物。

　　譚帆對金聖歎的人物關係原則給予極高的評價，認為「這在戲曲批評史
上誠為空穀足音」，但也指出：「聖歎強調的戲曲人物組合卻是為了有效地實
現主要人物形象的完美性。故金聖歎在戲曲人物組合理論上雖有篳路藍縷之
功，但亦不無遺憾地顯現了他的根本弱點——『以文律曲』的弊端。」〔註41〕

二、「學術解證型」：「毛《西廂》」的解證特色及其價值

　　毛奇齡（1623～1716），清初經學家、文學家，他學識淵博，能治經、史
和音韻學，擅長散文、詩詞，以經學傲睨一世。康熙十八年（1679）舉博學
鴻儒，授翰林院檢討，參與《明史》之纂修。他在《〈論定西廂記〉自序》中
感歎：「天下有演之博、傳之通如《西廂記》者！」可見，他雖然身為大儒，
卻比較開通，沒有陋儒的那種道學氣，深知《西廂記》的精妙所在。

　　「毛奇齡本」《西廂記》（以下簡稱「毛《西廂》」）是承「王驥德本」、
「凌濛初本」的學術解證傳統而來，這種學術風氣大開不能不歸結於晚明曲
學巨擘王驥德，他的《曲律》是明代曲學理論的集大成者，而《新校注古本
西廂記》則首開《西廂記》「學術解證型」（近於「考訂兼評型」）評點之先
河，影響廣被。傅曉航在談及王驥德《新校注古本西廂記》時，認為：「（王

〔註40〕　〔清〕潘廷章：《西來意》卷首，清康熙十九年（1680）刻本。
〔註41〕　譚帆：《金聖歎戲曲人物理論芻議》，《文學遺產》，1987年第2期。後收入《中
　　　　　國雅俗文學思想論集》，頁384。

驥德本）解證的著眼點，是劇本的『語意難解』處，它是『非爲俗子而設』的高層次讀物。這個宗旨被跟蹤其後的凌濛初、閔遇五、毛西河等人所遵循，而使這種對《西廂記》的文詞釋義，成爲一種相對獨立的學術研究範疇。」〔註42〕

　　毛奇齡對《西廂記》的解證內容包括校注和參釋，他的校注、參釋格式與王驥德本、凌濛初本有所不同，王驥德本是在每一套曲文的後面集中校注，凌濛初本則是以眉批的形式進行校勘、評點，毛《西廂》則是隨著曲文的自然演進，另行穿插其間。毛奇齡的參釋、校注既有對王驥德本、凌濛初本校注解證的剖析、考辨，更有他自己的獨特的學術眼光和個人創見，具有很高的學術、文獻價值。

　　王驥德《新校注古本西廂記·自序》云：「自王公貴人，逮閨秀里孺，世無不知有所謂《西廂記》者。顧絲勝國抵今，流傳既久，其間爲俗子庸工之篡易而失其故步者，至不勝句讀。余自童年輒有聲律之癖，每讀其詞便能拈所紕謬，復撽擊而恨。故爲盲瞽學究妄誇箋釋，不啻嘔噦，而欲付之烈炬也。」〔註43〕由此可見，王驥德校注《西廂記》的目的，大致有二：其一，糾俗本之紕謬，恢復古本《西廂記》的面貌；其二，重加箋釋，疏通《西廂記》的疑難和用典之處，減少閱讀障礙。毛奇齡論定《西廂記》的目的，據其《〈論定西廂記〉自序》，是意在糾正當時流傳的王驥德本《校注西廂記》存在的「義多拘惷，解饒附會」之弊，以及「今則家爲改竄，戶爲刪抹，拗曲成伸，彊就狂臆」的現狀。毛奇齡在第十五折【上小樓】、【么】處引赤文的話說：「《西廂》詞世人能誦而不能解，其中多有未安處，經此論定，俱渙若冰釋，謂非此書之厚幸不可矣。文章有神，千古文章，自當與千古才子神會。西河之降心爲此，或亦作者有以陰啓之耳。」

　　毛奇齡的解證方法大體上承王驥德、凌濛初而來，他也沿襲了「以經史證故實，以元劇證方言」的先例，但比起王、凌二氏，其引徵更爲廣博，更大量地引用《董西廂》據以校勘曲文，並通過對《西廂記》的體制、用韻等的考辨，探求院本的的本來面貌，以重建「詞例」。毛奇齡的解證既有經學考古式的嚴謹，也展示了偏嗜曲體曲韻之學的風格特色，而毛氏在解證中時有

〔註42〕　傅曉航：《戲曲理論史述要》（北京：文化藝術出版社，1994），頁133。
〔註43〕　〔明〕王驥德：《新校注古本西廂記》自序，明萬曆四十二年（1614）王氏香雪居刻本。

會意，又賦予毛本「鑒賞型」評點的些許特色。毛本的價值是多方面的，試析如下：

（一）集學術解證本之大成

毛奇齡在解證《西廂記》過程中，廣泛吸收明人評點西廂記的理論成果，並對諸家說法的偏頗之處予以校正。如他在卷首的《考實》中，就用很長的篇幅，集中列舉了以往關於《西廂記》作者的幾種有代表性的說法，並加以辨析，肯定了第五本的作者只能是王實甫，不存在關漢卿續作的可能性。毛奇齡以經史考辨之功，排比、綜合分析各家之說，補偏糾謬，自有其可信度和說服力。再如《西廂記》第一本第一折《遇豔》【上馬驕】「偏，宜貼翠花鈿」曲，王驥德、凌濛初、毛奇齡本在批語中都對「偏」字做了相關注解，下面將三人批語排列如下：

> 王驥德本為：「偏」字斷作一字句，本調如此，自來並「宜貼翠花鈿」一句下，誤。〔註44〕

> 凌濛初本為：「偏」，一字韻句，所謂曲中短柱。以後「嗏嗏的扯作紙條兒」，亦「嗏」字為句，「咍，怎不肯回過臉兒來」亦然，【上馬驕】本調如此，凡劇皆然，勿誤認「偏宜」、「嗏嗏」連讀。
> 〔註45〕

> 毛奇齡本為：「偏」字斷作一字句，調法如此，然字斷而意接。……況元曲句法，以讀斷而意不斷為能事。（後略）〔註46〕

從上面的批語可見三者之間的承變，王驥德只是強調了「偏」字讀斷為一字句的原因在於按調法本來就是這麼讀的，讀作「偏宜貼翠花鈿」是不對的。凌濛初另外又找了兩個例子，認為「嗏嗏」和「便宜」不能連讀。毛奇齡在繼承二人理論及實踐的基礎上，總結出了元句句法「讀斷而意不斷」的原則，適當進行理論提升，並貫徹到自己的解證工作中來。

（二）辨正「詞例」

吳蘭修在《桐華閣校定西廂記》附論十則中言及毛奇齡《論定西廂記》

〔註44〕 〔明〕王驥德：《新校注古本西廂記》卷一，明萬曆四十二年（1614）王氏香雪居刻本。

〔註45〕 〔清〕凌濛初：《西廂記》，明天啓間凌濛初刻朱墨套印本。

〔註46〕 〔清〕毛奇齡《論定西廂記》，誦芬室重校影印本。以下批語、參釋等內容凡出自該書者，皆不另出注。

「辨別詞例甚精」。〔註 47〕「詞例」在毛《西廂》中主要是作為一種創作規範而提出的。「科例」、「曲例」、「調法」、「作法」等術語則是在解證過程中，結合具體曲文，而產生的自然延伸，豐富了「詞例」的內涵和外延。毛奇齡辯正「詞例」主要體現在兩個方面：「詞例」作為「科例」和「詞例」作為創作規範。

1、「詞例」作為「科例」

「科例」作為文本體制，包括楔子、套數、腳色、科範、題目正名等，毛奇齡主要著力於對院本體制面貌的恢復。下面擇要論之：

（1）楔　子

《論定西廂記》第一本《楔子》中，毛奇齡就對「楔子」的命意及其使用作了比較明確的解釋：

> 楔子，楔，隙兒也。元劇限四折，倘情事未盡則從隙中下一楔子，此在套數之外者，故名楔。他本列此在第一折內，固非；若王伯良以楔為引曲，尤非也。一曲不引四折，況元劇有楔在二、三折後者，亦引曲耶？

在第一本《楔子》【賞花時】、【么篇】後，對「楔子」的曲調運用進行了規範，他說：「楔子必用【仙呂‧賞花時】、【正宮‧端正好】二調，間有【仙呂‧憶王孫】、【越調‧金蕉葉】，偶然耳。首二句須對起，調法如此。」

（2）腳　色

第一本《楔子》老夫人上場報家門大意，毛奇齡談及人物扮色問題：

> 他本或稱外扮老夫人，科例也，此不屬扮色者，以本與杜皆外扮，恐雜出相混，故任其扮演，此與惠明不署扮色正同，若張為正末而俗稱生，則入南曲矍色矣，原本之不可更易如此。

毛奇齡認為，老夫人不用外這個角色裝扮，是為了避免與法本、杜確等在身份角色上產生混淆，因此讓老夫人和惠明一樣，都不署扮色，張生也應該稱末不稱生。

（3）煞　尾

毛奇齡在卷首總批中說：

> 且院本雖合雜劇，然仍分為劇，如《西廂》仍作五本是也，但每本

〔註 47〕〔清〕吳蘭修：《桐華閣校定西廂記》，清道光二年（1822）刻本。

之末必作【絡絲娘煞尾】二語繳前啓後，以爲關鎖，此作法也。今《西廂》第一本煞尾已亡，第二、第三、第四本猶在也，第四本煞尾云：『都則爲一官半職，阻隔得千山萬水』，此正起末劇得官、報喜之意，而謂夢覺即止，作者閣筆耶！

毛氏認爲【絡絲娘煞尾】是《西廂》院本的固有組成部分，其在結構劇作中，有承上啓下，勾連前後線索的作用，不能隨意刪去。

（4）情節類型

毛奇齡在卷首總批中說：

> 且《西廂》閨詞也，亦離合詞也，不特董詞由歷不可更易，即元詞十二科中有所謂悲歡離合者，雖白司馬《青衫淚》劇云亦必至完配而後已，公然院本而離而不合，科例謂何？（卷首總批）

在毛氏看來，《西廂》講述的是閨中兒女之事，在情節類型上屬於「離合詞」，因此，在情節的構設上就要講求悲歡離合，不能離而不合，否則，就是違反了院本的體制要求。就此而言，他認爲《西廂》第五本出自王實甫的手筆，不會是他人續作。

2、「詞例」作爲創作規範

「詞例」在毛《西廂》中不僅是一種體制要求，還是一種無所不在的創作規範，是裁決曲文的尺規。毛奇齡還結合曲文進行比較深入的闡發。

毛奇齡在卷首總批中認爲：

> 《西廂》作法，斷不得止『碧雲天』者。元曲有院本，有雜劇，雜劇限四折，院本則合雜劇爲之，或四劇，或五劇，無所不可，故四折稱一劇，亦稱一本。「碧雲天」者，第四本之第三折也，而謂劇本有止於三折者乎？
>
> 若其不得止《草橋》者，《西廂》關目，皆本董解元《西廂》，草橋以後，原有寄贈、爭婚以至團圓，此董詞藍本也。元例傳演，皆有由歷，由歷一定，即李白嚇蠻本傳所無，張儀激秦與史乖反，亦不得不照由歷，所謂主司援題者授此耳。今由歷在董，未止何敢輕止焉。（卷首總批）

毛奇齡從元曲聯套的創作規範出發，認爲院本可以有四劇或五劇，四折構成一劇，這一劇又稱爲「一本」。《西廂記》第四本「碧雲天」曲只是其中的第

三折，因此，後面的劇情沒有完結。接著，毛奇齡又進一步分析，《草橋》以前的故事，都可以在董解元《西廂記諸宮調》中找到藍本，董《西廂》中還包括了《草橋》之後的情節，因此，王實甫創作《西廂記》時應該把情節交代完整。毛奇齡的思考理論是「由歷」在董《西廂》，則王《西廂》自不能越例。至於《西廂記》累積成書的特點，毛奇齡也不是一點沒有注意到，他在批語中亦多次提及元稹之《會眞記》，如第十一折紅娘唱【錦上花】、【么】處，毛奇齡說：「《西廂》譜《會眞》耳。三五之召，《會眞》自訴其意，此正胡然胡然處。近有旰衡抵掌者，斷謂見簡已前，怒紅之肆，召生已後，恨生之愚，則《會眞》未嘗有開簡前幾曲子也。若謂《會眞》作法，須仿《崑崙奴傳》爲之，則小說家亦須著律令矣。李卓吾評《西廂》了無是處，而獨於此折云『若便成合，則張非才子，鶯非佳人』，最爲曉暢。《會眞》之奇亦祗奇此一阻耳，且即此一阻，亦並無他意，忽然決絕，即倐然成就，是故奇耳。必欲旰衡抵掌，強爲立說，而刪改舊文，無一字本來。嗟乎！亦獨何也？」這於他所謂「由歷在董」是有矛盾的。可見，毛奇齡在解證《西廂記》時，更多的是出於一個戲曲理論家的積習，習慣於以詞論詞，以曲解曲。從而更看重董《西廂》。毛奇齡大量引徵董詞來證明前人的訛誤的事實，也間接說明了這一點。從戲曲的內部演變而言，毛氏的認識更專業，在某種程度上可能更接近《西廂記》的本來面目。

毛奇齡還對戲曲作法中參白與參唱的問題，進行了比較深入的探討。

關於參白，毛奇齡有自己的一套看法，他說：

> 元曲中皆有參白，一名帶白，唱者自遞一句所稱帶云者是也，一名挑白，旁人問一句作挑剔是也。碧筠齋、王伯良諸本，將曲中參白一概刪去，作法蕩然矣。（第一本《楔子》老夫人上場報家門大意處批語）

> 此曲雖係黃鍾宮調，然與中呂商調本自出入。此正答「休別繼良姻」一囑，只「鶯鶯意兒」二句與【賀聖朝】本調不合，似有錯誤。金在衡疑此曲爲竄入，而王伯良竟刪之，則妄甚矣。元詞作法，必有參白，參白一刪，勢必刪曲，何者？以曲中回應盡無著耳。伯良頗識詞例，亦曾取元劇參白一探討耶，豈有通本參白一筆刪盡而猶欲分別曲文定是否者。卷首所謂以曲解曲，以詞覈詞，眞百世論詞之

法也。「想鶯鶯」二句另起，起下曲收拾寄物，正元詞三昧，但其文似有誤耳。今悉原本，不敢增易，以俟知者。（第十八折正末唱【賀聖朝】處批語）

毛奇齡認爲，參白包括帶白和旁白，這是元曲創作中的定例，不能認爲前後可能沒有或無法照應，就隨意刪去，因爲曲白往往互見，妄刪參白，必然導致刪去與之相關的唱曲，必然導致對原文的理解出現偏差。這是不符合元曲創作的規範的。當然，這也體現毛氏對原本眞實面貌的尊重。

關於參唱，毛奇齡指出：

參唱例說已見前，俗不識例，又拾得元曲遞唱一語，遂依回其間，或注三曲是生唱，或解三曲是生代鶯唱，無理極矣。《記》中每本有參唱，雖最愚者亦宜自明，但拾元曲祇一人唱一語守爲金科，無怪乎天池生作《度翠柳》劇以南北間調屬一人唱而恬不知非也。（第十六折旦兒唱【甜水令】、【折桂令】處批語）

毛奇齡認爲，參唱在《西廂記》中並不鮮見，這是讀了人都應當明白的，如果只拘泥於元劇「一人獨唱」，就反而違背院本的創作規範，就會鬧笑話，他還嚴厲指斥徐渭《度翠柳》一劇讓一個角色兼唱南北曲。其實，在元末明初，南北合套的現象在賈仲明、朱有燉等人的雜劇中已經出現了，至明中後期徐渭所處的時代，雜劇趨於南曲化，南北合套屢見不鮮，在角色兼唱南北曲也是常有的事。毛奇齡立足於傳奇化了的《西廂記》，難免苛責，不足爲怪。

（三）解證中的結構意識

毛奇齡在解證《西廂記》過程中，在傳統章法的基礎上，萌生戲曲結構的初步認知。

首先，對關鍵情節的認知和把握。第十折紅娘唱【中呂·粉蝶兒】，毛奇齡批云：

此一折絕大關鍵。首二曲寫鶯初起時，是曉閨之絕豔者。「風靜」二句相承語，惟風靜故簾開，惟簾開故香燒，此從外看入者，故以「啓朱扉」承之，「絳臺金荷」承燭盤也。既曉而銀釭猶燦者，閨房多停燭，猶吳宮詞「見日吹紅燭」也。彈即揭也，將彈煖帳先揭軟簾，方漸入次第也。「玉斜橫」則「釵鬌」，「雲亂挽」則「髻偏」。日高而目未明，故嬾然，統是意中語，今或以「暢好嬾」爲向鶯語，爲鶯怒之由，則不知紅當日何以必唱【醉春風】曲使鶯得聞也。《洛

神賦》「明眸善睞」，不明眸以朦朧言。「半晌」三句亦只是嬾，而
繼以長歎，則其情可知耳。

毛奇齡不僅從結構上認識到此折的重要性，且在解證過程中注意到情節安排
的「次第」，這就突破了經學考古式研究的樊籬，其敏銳的鑑賞力也於此顯露
出來。

其次，具有結構意味的「章法」。

文中涉及章法的地方不勝枚舉，稍列舉如下：

「『院宇』一節，回顧借寓，正見章法。『乍相逢』一語，宜入第一
折而結在此者，爲下折見鶯地，與『比初見時龐兒越整』句相應。」
（第二折正末唱【二煞】、【尾】處批語）

「此折章法頗奇，鶯與惠分兩截，鶯又分兩截。此以前爲綿邈詞，
以後爲急搶詞。」（第五折旦兒唱【那叱令】、【鵲踏枝】、【寄生草】
處批語）

「首曲結寄物，末曲結寄書，次曲申結歸期不應口一囑，三曲申結
『休別繼良姻』一囑，章法秩然。」（第十八折正末唱【耍孩兒】
處批語）

「章法」是毛氏解證的重要手段。文中還涉及曲與曲，曲與白，白與白，甚
而至於情節上的勾連起結，尤其值得注意的是對情節突轉的認識，凸顯毛奇
齡眼光獨具。他在第二折正末唱【五煞】處批道：

此又一轉，言鶯之所以憚夫人者也，則是少年性氣不耐受耳，倘得
我親傍，時雖初間不耐，到一親傍後試看何如。蓋其所以有性氣者，
終是未得情耳，倘得情，夫人且不憚，何性氣耶？

又，第十三折正末唱【那吒令】、【鵲踏枝】、【寄生草】處批云：

三「他若是」重呼疊喚。「石沉大海」，亦元詞習語，如《蝴蝶夢》
劇「我則道石沉大海。」前云「倚門」，此又云「倚窗」，漸反入內，
不惟照應，兼爲下科白敲門作地步也。「寄語」句起下曲也。「恁的
般」二語轉「怎得個」二語，又轉「空調」三語，又轉「安排」二
語，又轉「想著」，這已後又轉，凡五轉皆思前想後語。

在金批《西廂》的光芒中，毛奇齡對戲曲結構的認識不免顯得稚拙，但亦不
乏精闢的見解和過人的領悟力，這對清人敘事思維的形成和敘事結構觀念的
拓展，都有一定的啓示意義。

三、「演劇型」：從《西廂定本》到《西廂記演劇》

戲曲是一門舞臺性很強的綜合藝術，講究演員的表演，甚至舞臺美術、音樂等的完美結合。這方面的論著不少，明代潘之恒的《亙史》評述演員的表演技藝，論述昆山腔的淵源與流變，對戲曲伴奏樂器的論述等，史料豐富，見解獨到。清代的曲話、劇話中也有不少涉及表演批評的。評點作為一種重要的戲曲批評形式，從演藝視角展開批評的並不多見。

就《西廂記》的演劇批評而言，主要有檠薖碩人的《西廂定本》和李書雲等人評點的《西廂記演劇》。據蔣星煜、朱萬曙考證，檠薖碩人是徐奮鵬（1560～1642）的別號。奮鵬，字自溟，晚明理學家，江西臨川人，家境清貧，設館鄉中，課徒而終。清光緒二年（1876）《撫州府志》卷五十九《人物志‧文苑》載：「鵬年十八，每試冠軍，湯顯祖為之稱譽，人爭延為師」。可見，徐奮鵬應是湯顯祖同時代人，而年齒比湯顯祖要小。奮鵬著述甚豐，有《古今治統》二十卷、《古今道脈》二十卷、《徐筆峒先生十二部文集》、十二卷《筆峒存言》十四種等。目前所知題有「徐筆峒」或「檠薖碩人」字樣的戲曲評點本有三種：《新刻徐筆峒先生批點西廂記》、《西廂定本》、《伯喈定本》。李書雲，名宗孔，別號秘園。清順治四年（1647）進士。歷任員外郎、御史、給事中等職。曾與朱素臣合編《音韻須知》。

對檠薖碩人《西廂定本》的研究，以王季思、蔣星煜、林宗毅、陳旭耀為代表，王、陳二先生總體持肯定態度，蔣先生則予以全面否定，認為：「此《西廂定本》從學術價值看，是零。要說文獻價值，則提供了一個完全失敗的改編本，對我們來說沒有經驗可吸收。只有反面的經驗——教訓可記取。」〔註48〕臺灣學者林宗毅《〈西廂記〉二論》從七個方面指出《西廂定本》之不足：1、「易局」和「另增」不妥；2、未能領悟戲曲三昧；3、版本觀念似嫌模糊；4、增改之賓白並不足觀；5、校改有善、有不善；6、人物形象的損害；7、弱化反傳統禮教之主題。〔註49〕其持論相對較為公允。《西廂記演劇》的研究，以蔣星煜《論朱素臣校訂本〈西廂記演劇〉》為代表，蔣先生肯定該本的獨特價值，並從五個方面進行綜合研究：1、版本、體例和內容；2、主唱的易人和賓白的增加；3、南曲化的舞臺演出本；4、關於汪蛟門、李書雲和

〔註48〕蔣星煜：《化神奇為腐朽的〈西廂定本〉》，見《〈西廂記〉研究與欣賞》（上海：上海辭書出版社，2004），頁 207。

〔註49〕林宗毅：《〈西廂記〉二論》（臺北：文史哲出版社，1998），頁 71～77。

朱素臣。〔註50〕譚帆肯定了「演劇型」評點對《西廂記》藝術內涵的深入發掘，也指出「它的理論批評思想更多地顯現為實用性和表面性，而缺乏深層次的美學內蘊。」〔註51〕

筆者認為，從《西廂定本》到《西廂記演劇》，展現了明清戲曲評點家對《西廂記》藝術內涵的不同理解和戲曲觀念的嬗變，值得進一步加以探討。

（一）重塑經典：情同而路殊

槃薖碩人謂：「子有《南華》，詞有《西廂》，可曰宇宙內兩奇，然兩者局雖不同，而其神氣則頗相似。昔人稱《南華》每篇段中，紇中引線，草裏眠蛇。試詳味《西廂》每篇段中，變幻斷續，倏然轉換，倏然掩映，令人觀其奇情，不可捉摹，則見真與《南華》似。」〔註52〕（《玩〈西廂記〉評》）並感歎：「夫《西廂》傳奇，不過詞臺一曲耳。而至與《四書》、《五經》並流天壤不朽，何哉？大凡物有臻其極者，則其精神即可以貫宇宙，曲而至此，則亦云極矣。」（《玩〈西廂記〉評》）槃薖碩人把《西廂記》擡高到可以和經書相同的位置，在當時是很有眼光和膽量的，對後來金聖歎以莊禪思維解讀《西廂》，有極大的啓示意義。清代李書雲亦稱頌：「《西廂》風流華麗，實為填詞家開山。」〔註53〕因此，槃薖碩人和李書雲等人對《西廂》藝術內涵的高妙是有深切的體會，他們對《西廂記》的經典意義極為推崇，否則，就無法解釋他們為何對優人妄演、文人妄改《西廂記》有那麼大的義憤。槃薖碩人增改評點《西廂定本》究竟出於何種目的呢？巢睫軒主人《〈詞壇清完西廂記〉敘》對此有比較詳盡的說明，其文云：

> 「槃阿館中有無用先生，謂《西廂》之曲清遠綿麗，無庸改削。第
> 其白語鄙淺，不與曲稱，可改也；其每折多一人始終□唱，或有當
> 背唱者，而亦當面敷陳，不免失體，可改也；且被傳襲既久，優人
> 不通語意，插白作態皆非本旨，至入惡道，可改也；後附四折，出
> 關漢卿所續，詞氣卑陋，不及王氏遠甚，可改也；曲中虛字幹旋，
> 京本、閩本、徽本、北本，以及元本，於各句應接不同，或通或礙，
> 可改也。無用先生於是曲仍其舊，間有累句，即出自王氏原手者，

〔註50〕《〈西廂記〉的文獻學研究》，頁404～421。
〔註51〕《金聖歎與中國戲曲批評》，頁163。
〔註52〕〔明〕槃薖碩人：《玩〈西廂記〉評》，見《定本西廂》，明天啓元年（1621）序刻本。後文凡批語出自該書的不另出注。
〔註53〕〔清〕李書雲《西廂記演劇》序》，清康熙間揚州李書雲秘園刻本。

不憚更換，然亦百中之二三耳。至於盧字斡旋者，則遍查各坊本，而酌其通順者從之。又或坊本皆礙，則不憚以己意點撥，然亦十中之二三耳。白語原本俱無足觀，則止用其意，而大變其詞。至於作法悖謬——或當背唱，或當面數，或當先演，或當後及——則舉從來諸本之誤，及近日優人之陋，俱不憚變通。後附四折較前改易尤多，蓋由欲成其全美，以於前稱也，故不憚裁剪。如是，而《西廂》始成全璧矣。邇者，諸名家多有批點圈評《西廂》者，然於是書亦無所短長。」〔註54〕

這裡總結了槃薖碩人「成其全美」的戲曲美學觀，對《西廂》賓白的極度不滿，對優人脫離劇本的演繹，對後四折「詞氣卑陋」的憎惡，對坊本的以訛傳訛不知變通的指責，等等，都是這種「全美觀」的具體體現。

李書雲在《〈西廂記演劇〉序》中則把當時《西廂》傳播過程中所遭到的厄運稱為「五害」，即：李日華《南西廂》的流行；《西廂記》庸俗化的傾向；弋陽腔演唱《西廂記》背離腳本；《西廂記》彙刻合刻本取捨不當；《西廂記》續書層出不窮。

無論是槃薖碩人，還是李書雲等人，他們對《西廂》所遭到的厄運是深為不滿的，基於此，他們力圖用自己的實踐來重塑《西廂》的經典性。評改結合是他們共同的選擇，但在具體的策略上則不同，乃至相反。槃薖碩人由於對舞臺的隔膜，採取的是增改的方式，從李日華、陸天池《南西廂》那裡搬了不少東西填充到《西廂記》中，他改動最多的是賓白，他在第五折《傳語會情》眉批中就說：「嘗恨《西廂》曲美而白不稱，如茲本諸折內所改之白，無一句不妙。」伏滌修還指出：「槃薖碩人以文律曲、隨意增刪組合曲牌的情形比較明顯，他還隨意襲用《李西廂》《陸西廂》中的曲牌曲詞，劇本體制不規範，改編本變成了大雜燴。」〔註55〕而李書雲等人對《西廂記》的改編則極為審慎，他們改動組多的是主唱的角色頻繁更換，但對曲詞基本上不加以改動，只是偶爾改一兩個字，賓白的增加也是《西廂記演劇》的特色，但大部分是採用穿插的方式進行，旨在調劑一下，讓主唱演員稍微歇息一下，然後回答問詢而繼續把曲詞唱下去，這樣就不影響情節的推進。可見，李書雲們的工作基本上是從便於舞臺演出的角度出發的，李書雲精湛的音韻學造

〔註54〕〔清〕巢睫軒主人《〈詞壇清玩西廂記〉敘》，轉引自陳旭耀：《明刊存本西廂記》，頁190。

〔註55〕《〈西廂記〉接受史研究》，頁359。

詣，也使《西廂記演劇》在曲韻律呂方面有切實的保證。因此，直到今天，《西廂記演劇》仍有一定的參考價值，而《西廂定本》則擺脫不了被人詬病的命運。

（二）從「玩西廂」到「演西廂」

槃薖碩人對《西廂定本》是自視頗高的，他對《西廂記》的賓白苛責尤甚，《刻〈西廂定本〉凡例》說：「元本白語，類皆詞陋味短，且帶穢俗之氣。蓋實甫亦工於曲，而因略於此耳。」《西廂總題》【西江月】眉批說：「此段如董解元本無頭緒；如陸天池本太煩，不便登臺；如李日華本似俚；今姑從閩中舊本，略更改數字，似俗而亦雅。」《西廂定本》也確有不少見解值得重視，如《凡例》指出：「它本傳奇，唱依曲牌名轉腔，獨此書不然。故每段雖列牌名，而唱則北人北體，南人南體。大都北則未失元音，而南則多方變易矣。」槃薖碩人注意到當時南、北曲在傳唱中的變化，標舉「北人北體，南人南體」，是有其現實意義的。第一折《張生登程》，槃薖碩人批云：「嘗恨《西廂》一上臺，而首唱【賞花時】一段，云：『夫主京師祿命終，子母孤霜（孀）途路窮，⋯⋯』殊覺哀慘，令人愁寂。而繼以鶯唱『殘春』、『閒愁』數語，隨即子母並下，旋而生即上焉，又殊覺零碎不成套。如陸天池本以生先上而盡改舊曲，人所不習；李日華本，亦以生先上，而割裂原曲，詞氣卑弱。茲則白曲皆依原，而更以生先上唱，方為得體。至於生下時略增詩詠，覺雅暢矣。」槃薖碩人從演出的角度，對《王西廂》、《陸西廂》、《李西廂》在劇情等上的安排不當提出批評，認為老夫人先上場唱【賞花時】，會讓觀眾一開始就陷入悲愁哀慘的情緒中，因此在《西廂定本》中改為張生先上場唱【點絳唇】【油葫蘆】【天下樂】三曲後，老夫人再出場唱【賞花時】。在《崔氏旅歡》折的眉批中，槃薖碩人又指出：「此段自王實甫有作以來，為首初一出也，習者皆仍之。今以鄭之敘情慘淒，不直開臺見此景狀，故以張生之『遊藝中原』為首唱，而次及此段。其曲白俱未甚改，特編前後以成大雅。」（同樣，出於不宜讓觀眾太悲的理念，他在《伯喈定本》中刪去了《嘗藥》、《咽糠》等經典情節。）

但槃薖碩人改編批評《西廂記》，並不像臧懋循、馮夢龍那樣嚴肅。他的《伯喈定本》和《西廂定本》就合稱「詞壇清玩二種」。《西廂定本》的總評稱為《玩〈西廂〉評》。在眉批中，他也潛移默化地滲透了其「玩」之意旨。如：

第五折《傳語會情》眉批:「紅娘女中之狡俠也,生鶯成合之難易,其線索皆在紅手。從來注《西廂》者、演《西廂》者,但知看鶯生情事,而不知玩紅娘機關。」

第九折《感春幽歎》批:「此篇於鶯鶯春闈,而紅曲挑以得其情,彼此之情既得,然後從中以玩弄二人也。」

這種不嚴謹的「玩」賞,甚至「褻玩」的心態,給《西廂記》藝術品格帶來極大的損害,降低了《西廂定本》的價值。

其一,有意無意迎合觀眾的低俗欣賞趣味。

《西廂記》的傳播,擴大了自身的影響,也是一個不斷遭厄的過程。明代龍洞山農《刻〈重校北西廂記〉序》中就指出:「第二書(按:指《西廂記》、《琵琶記》)行於眾庶,所謂『童兒牧豎,莫不炫耀』,而妄庸者率恣意點竄,半失其舊,識者恨之。」毛允遂說:「顧其書三百年而傳,而是三百年之中,所為鼠樸之竄,若金根之更者,已紛若列蜎。……於是,其書存也,而其實不啻亡矣。」(《新校注古本西廂記序》)毛氏之慮,並非杞人憂天,《西廂》情節低俗化,在《李西廂》、《陸西廂》中早有先例。槃薖碩人的《西廂定本》復有推波助瀾之勢頭。《西廂定本》第七齣《齋壇鬧會》、第十七齣《開筵請赴》、第十八齣《接書志喜》、第十九齣《偷情阻興》、第二十齣《問病通忱》、第二十一齣《月下佳期》、第二十六齣《閒遊遣悶》等,都存在迎合觀眾的低俗欣賞趣味的情節。蔣星煜、伏滌修諸先生有專文或專章論及,這裡不贅述。其中,槃薖碩人新增的《閒遊遣悶》一齣,是最遭詬病的敗筆。而槃薖碩人在眉批中卻說:「增此一折,以見人間諸色皆不及鶯」,「編此者正在用諸美以形鶯更美意」等。對此,蔣星煜先生認為:「我們覺得增此一齣毫不足取,槃薖碩人卻認為是不可或缺的的得意之筆,認為非如此布局不能顯示『人間諸色皆不及鶯』。而且沾沾自喜,自以為完成了董解元、王實甫、關漢卿、李日華諸人所沒有能完成的任務。至於陸天池本,他認為雖然比董王諸人多寫了一點鄭恒寄家書等情節,但仍『趣短詞俚』,只有張生周遊妓院,才『增得甚妙甚妙』。簡直把是非全顛倒了,可以說不知人間有羞恥事。」〔註56〕

筆者這裡想補充一點的是,蔣、伏二先生均注意到槃薖碩人審美趣味不高,這是沒有問題的,但我們同時也要知道,槃薖碩人以如此方式增改《西

〔註56〕蔣星煜:《評槃薖碩人〈西廂定本〉的校訂和增訂》,見《〈西廂記〉的文獻學研究》,頁261。

廂定本》有其產生的現實土壤。一是當時禮崩樂壞的社會情境。二是大眾對庸俗劇情的擁躉。

其二，紅娘形象塑造南轅北轍。

紅娘在《西廂記》中是僅次於崔鶯鶯和張生的重要角色。湯顯祖曾說王實甫筆下的紅娘，有「二十分才，二十分識，二十分膽。有此軍師，何攻不破，何戰不克。」（《湯海若先生批評西廂記》）賦予紅娘以才、識、膽遠超常人的軍師形象，這個評價在歷來所有的評價中是最高的。湯對紅娘的極端喜愛可見一斑。槃薖碩人在《西廂定本》對紅娘也給予了很高的評價，如他在《玩〈西廂記〉評》說：「看《西廂》者，人但知觀生、鶯，而不知觀紅娘。紅固女中之俠也。生、鶯開闔難易之機，實操於紅手，而生、鶯不知也。倘紅而帶冠佩劍之士，則不為荊、諸，即為儀、秦。」第九折《感春幽歎》眉批云：「紅娘，女俠也。當鶯、生成合，難易之機權皆制於紅手。」槃薖碩人贊紅娘為「女俠」，認為她具有和荊軻、專諸一樣的勇敢，或者像蘇秦、張儀那樣出色的辯才和本領，並進一步結合《西廂記》的劇情，指出紅娘在鶯鶯、張生成合過程中無人替代的地位和作用。這體現槃薖碩人的卓識。

但在實際改編過程中，槃薖碩人又在對紅娘正面形象的解構中發現了無窮的樂趣。在《王西廂》中，紅娘是「縫了口的撮合山」，真心實意要成全這一對才子佳人。「賴簡」一節，《王西廂》的處理方法是：張生自己解錯了詩，跳牆進去，與紅娘無干。而鶯鶯一怪其把兩人私情泄露給紅娘（鬧簡時鶯鶯即已察覺），二怪張生來的太突然，因此毫不留情的斥責了這位癡情而莽撞的情人。但在《西廂定本·偷情阻興》折中，紅娘知道鶯鶯心口不一，瞞著自己寫情詩約張生約會後花園，為了自己一點小小的不忿，借題發揮要耍張生、鶯鶯，絲毫不顧及後果。她說：「今日小姐著俺送書與張生，當面有許多假意，原來詩內暗約他來相會。小姐也不對我說，我也不說破她。且到其間，看她怎麼瞞我。她說『迎風戶半開』，我且不開門與他，要耍他跳牆而入，她以『花影搖動』為號，是不要紅娘引來之意，我且囑咐張生，說見我來，如此難他一難，小姐定然番帳。」果然鶯鶯從張生之口知紅娘亦與聞其事，故憤而反目怒斥張生，不歡而散。在北昆《西廂記》中，紅娘不給張生開角門，是因為她怕鶯鶯說她有意放張生進來，而不是為了耍弄鶯、生。安排雖不同於《王西廂》，但還算合情合理。《西廂定本》雖高標紅娘為「女中之狡俠」，卻把她身上狡點、俗陋的一面暴露無遺。如賴簡時，紅娘攛掇張生用暴力手段強迫

鶯鶯就範，而根本不考慮鶯鶯的身份地位和心理感受，這和紅娘大家婢女的身份也是極不吻合的。當張生被訓得啞口無言後，轉而從紅娘身上尋找安慰，紅娘的態度極爲曖昧，她自稱「賤妾」，說自己不願搶在「貴人」鶯鶯之前被張生寵愛，半推半就，想做妾的念頭非常明顯，且用語極端卑俗，說自己「粉臉上象貌雖殊，羅裙下風味一般」。這顯然是從徐文長評本中所謂「饒頭」的極度惡劣發展，這樣就和一心一意只想成人之美的「牽頭」有霄壤之別，哪裏有絲毫所謂「軍師」、「女俠」的影子。但槃薖碩人卻對自己的改編很自得，他在眉批中說：「此白語本所無，係是新，雖臺上諢語，卻亦俗中之雅」、「設出紅之所慮，極中人情。」伏滌修指出槃薖碩人：「對他人的不足洞察秋毫，有時對他人的長處也誤作短處嚴加苛責，而對自己的改作哪怕是著糞之筆卻也都嗜痂若干，典型的有嗜癖之癖。」〔註57〕可謂一針見血。

在第七折《齋壇鬧會》、第十八折《接書志喜》、第二十一折《月下佳期》，紅娘不是語言格調極爲低下，就是爲自己的個人私利著想，這與槃薖碩人所謂的「女俠」形象南轅北轍，何以差別如此之大呢？正是「藝玩」的主觀理念使《西廂定本》陷入到自我矛盾的境地，紅娘也成爲被侮辱被損害的對象。

槃薖碩人《西廂定本》中的這些缺點在《西廂記演劇》中得到淨化，並且在理念和實際的劇本改編中貫徹到底。

李書雲在《〈西廂記演劇〉序》中說：「《西廂》爲俗筆顛倒，足爲文人無行者之戒。至男女幽期，不待父母，不通媒妁，只合付之草橋一夢耳。而續貂者，必欲夫榮妻貴，予以完美，豈所以訓世哉？故後四折不錄。」有的研究者認爲李書雲所謂的「訓世」云云，是故意擺出衛道的正人君子架子，是爲了保護自己免受「誨淫誨盜」的非議，不一定是其本心如此。其實，說「訓世」的話就一定是衛道嗎？後四折不錄，必然有不滿在裏頭，又怎麼會與「誨淫誨盜」扯上關係。在《西廂》遭到俗優、俗筆改竄，李書雲等人反俗趨雅，未嘗不是一種時尚的觀念，刪去第五本，正表現了他們對醇雅的堅守。從評點中也可以印證這一點，汪蛟門批語中說的很明確：「續四折，原屬蛇足，且詞令淺俗，刪之，眞爲鐵筆。」〔註58〕又：

《西廂記演劇》第四折《鬧齋》批語：「刪去串五方惡套最雅，向來

〔註57〕《〈西廂記〉接受史研究》，頁358。
〔註58〕〔清〕朱素臣校訂：《西廂記演劇》，清康熙間揚州李書雲秘園刻本。按：後文批語出自本書者，不另出注。

頗怪五方祝詞謬引古人，絕無文理，足供大噱。」

《西廂記演劇》第十折《傳情》汪蛟門批語：「此折舊科琴童惡狀，最不可耐。雙文既有狡獪青衣，君瑞豈無伶俐童子，自請迴避，不獨大雅，而且得體。」「『雙文情思，君瑞病態』借【混江龍】二結句與【油葫蘆】一曲令紅琴分訴，兩兩相照，天然貼切，無限豐神。」

《西廂記演劇》第十七折《送別》汪蛟門批語：「離情別況，就原文節節更換，添官白數語，便彼此呼應有情，針鋒相對，曲盡匠心，雖起作者問之，定爲心折。」

　　李書雲等人在評點時，時刻著眼於場上的演出效果，是爲了洗白《西廂》千古之冤，恢復其經典地位，爲此不遺餘力。他們無論是對演出惡俗行爲的擯棄，還是結構的設置，都講究「得體」，即符合戲劇舞臺演出的規範，而不是任由個人興趣的無限擴張。他們沒有槃薖碩人的「褻玩」心態，從而爲《西廂記》的雅化、潔淨做出應有的貢獻。由於過於關注演出的設置、排場和效果，《西廂記演劇》對人物形象的探討自然比「賞鑒型」評點本要薄弱得多，但在零星的批語中，也有一些可貴的見解。如《西廂記演劇》第八折《停婚》汪蛟門批云：「【清江引】結尾：『下場頭那裡發付我』，作紅娘自歎最爲有情。【殿前歡】結語天生爲紅娘聲口。」又：「此折中所增科白，煞有苦心，補救作者不少，以此登場，那得不令人叫絕。」可見，即便是發掘人物的內心情感，也是離不開舞臺效果的控制。這也可以視作是對《西廂定本》案頭化傾向的反撥。

第二節　文情・文事・文法：毛聲山的三維理論建構及其對明評本《琵琶記》的超越

　　清代的《琵琶記》版本繁多，「刻者無慮千百家，幾乎一本一稿」（陸貽典《自序》）。其中，由清人評點的《琵琶記》曲本主要有毛氏父子評點的《第七才子書琵琶記》和從周等人的增批本。相對明代的《琵琶記》評本而言，毛氏父子評點的《第七才子書琵琶記》具有集大成的特點，也意味著《琵琶記》古典評點形式的錮化，這與《西廂記》在清代仍有著多樣化的發展趨向不同。這裡就毛批本相對明代《琵琶記》評點本在結構、主旨、風格、文法等方面之批評略加探討，從文情、文事、文法三維理論建構中，揭示毛聲山

戲曲評點的理論價值。

一、文情：情感與形式之間的張力

蘇珊‧朗格在《藝術問題》中指出：

> 你愈是深入地研究藝術品的結構，你就會愈加清楚地發現藝術結構
> 與生命結構的相似之處，這裡說的生命結構包括從低級生物的生命
> 結構到人類情感和人類本性這樣一些高級複雜的生命結構。（情感和
> 人性正是那些最高級的藝術所傳達的意義）。正是由於這兩種結構之
> 間的相似性，才使得一幅畫、一支歌或一首詩與一件普通的事物區
> 別開來——使它們看上去像是一種生命的形式，看上去像是創造出
> 來的，而不是用機械的方法製造出來的；使它們的表現意義看上去
> 像是直接包含在藝術品之中（這個意義就是我們自己的感性存在，
> 也就是現實存在）。〔註59〕

蘇珊‧朗格從生命有機體與藝術品的異質同構性出發，揭示了藝術品不同於
普通事物之處就在於：情感與形式在藝術品中的和諧統一。

文學作品亦然。毛聲山在批點《琵琶記》中提出了自己的「文情觀」。毛
聲山所謂的「文情」比較複雜，有多重含義：

首先，「情」與「文」對應於情感與形式的對立統一，是構成文才的必要
條件，而統一於才子審美之文。如毛聲山在《成裕堂繪像第七才子書‧總論》
（以下簡稱《總論》）中指出：

> 且夫才之為物也，鬱而為情，達而為文。有情所至而文至焉者矣，
> 有情所不至而文亦至焉者矣。有文所至而情至焉者矣，有文所不至
> 而情亦至焉者矣。情所不至，而文亦至焉者，文餘於情也；文所不
> 至，而情至焉者，情餘於文也。情餘於文，而才以情傳；文餘於情，
> 而才亦以文顯。夫文與情，即未必其交至，而猶足以見其才，又乃
> 況於文與情之交至者乎？苟文與情交至，而尚不得以才名，則將更
> 以何者而名才也乎？〔註60〕

「情餘於文，而才以情傳；文餘於情，而才亦以文顯」。也就是說不管是作者

〔註59〕 〔美〕蘇珊‧朗格《藝術問題》（北京：中國社會科學出版社），頁55。
〔註60〕 〔清〕毛聲山批：《成裕堂繪像第七才子書》，清雍正十三年（1735）吳門程
氏課花書屋刻本。按：後文毛批皆不另一一注出。

主觀情感對文章形式的征服，還是文章形式對作者主觀情感的征服，其指向都是文才的顯揚，何況二者客觀上是相互征服的。

毛聲山在此方面頗多眞知灼見。《琵琶記》第一齣《副末開場》「書館相逢最慘凄」處李贄評曰：「書館相逢就不慘凄了。」〔註 61〕陳繼儒批道：「幾句括盡大全。」〔註 62〕顯然李贄是從夫妻離合角度而言，並無深意。陳繼儒從劇情入手，批語略顯籠統。而毛聲山在此顯示了他過人的藝術感受力。毛批云：

> 此篇之妙，又妙在「書館相逢最慘凄」一句。未相逢之慘凄，人所共知，既相逢之慘凄，非深於情者不能道也。……懼其然，慮其然，而尚冀其或不然，則慘凄猶未甚也。至於書館相逢，而嚮之懼其然，慮其然者，今而果然矣；嚮之尚冀其不然者，今而竟無不然矣，則孝子之慘凄，唯此時爲最耳。不特孝子之情如是，即趙氏見夫時之慘凄，比剪髮、築墳時之慘凄爲倍。至牛氏見趙氏遇夫時之慘凄，亦比兩賢相遘時之慘凄爲倍。至若云既相逢矣，何復慘凄？此人誠不足與言情，亦不足與言文也。（第一齣《副末開場》總批）

又如第五齣《南浦囑別》。李贄評點從劇學出發，尤爲重視關目和曲詞。陳繼儒評點側重於字句的校勘。毛聲山批曰：

> 不知情生於文，文生於情，文人而無情，不可謂之能文；……情有可言，有不可言。情而可以言盡者，其情必不深；怨而可以言盡者，其怨亦不甚。愁懷種種，萬緒千條，筆之於書，非尺素之所能了；繪之於圖，非丹青之所能描。一別以後，正不知歷幾昏朝，經幾寒暑，鳥啼花落，斷腸說與誰人？月白幾清，淚落止堪自解，曰「怎盡言」，誠哉，其難盡言也。（第五齣《南浦囑別》總批）

其次，「文情」指代文章的主旨，如毛聲山在《總序》中說：「文章緊要處只須一手抓住，一口噙住，斯固然也。然使才子爲文，但一手抓住、一口噙住，則一語便了，其又安能洋洋灑灑著成一部大書，而使讀者流連諷詠於其間乎？夫作者下筆著書之時，必現出十分文致，然後書成；而人讀之，領得十分文情。是故才子之爲文也，既一眼覷定緊要處，卻不便一手抓住、一口噙住，卻於此處之上下四旁，千回百折，左盤右旋，極縱橫排宕之致，使觀者眼光

〔註61〕〔明〕李贄：《李卓吾先生批評琵琶記》，明萬曆間容與堂刻本。

〔註62〕〔明〕陳繼儒：《鼎鐫陳眉公先生批評琵琶記》，明書林師儉堂刻本。

霍霍不定，斯稱眞正絕世妙文。」

再次，「文情」類同於情節或關目。如第二十一齣《糟糠自厭》總批，毛聲山說：「詩三百篇，賦中有比、比中有賦者多矣；然文思之靈變，文情之婉折，未有如《琵琶》之寫吃糠者也。看他始以糠之苦比人之苦，繼以糠與米之分離，比婦與夫之相別，繼又以米貴而糠賤，比婦賤而夫貴，繼又以米去而糠不可食，比夫去而婦不能養，末又以糠有人食猶爲有用，而已之死而無用並不如糠。柔腸百轉，愈轉愈哀，妙在不脫本題，不離本色。不謂一吃糠之中，生出如許文情，翻出如許文思。才子之才，眞何如也！」

但不管「文情」在何種層面上使用，其中都包含了毛聲山的情感內蘊，揭示了劇作情感和形式之間的張力。

二、文事：歷史與文學虛構的原則

義大利哲學家、歷史學家克羅齊曾說：「一切歷史都是當代史。」這樣，就賦予了歷史家乃至作家虛構歷史的權利。金聖歎《讀第五才子書法》說：「某嘗道《水滸》勝似《史記》，人都不肯信，殊不知某卻不是亂說。其實《史記》是以文運事，《水滸》是因文生事。以文運事，是先有事生成如此如此，卻要算計出一篇文字來，雖是史公高才，也畢竟是吃苦事。因文生事卻不然，只是順著筆性去，削高補低都由我。」〔註63〕這裡，金聖歎指出小說在本質特徵上不同於史傳。一方面，小說的「事」反映的不是生活或歷史的眞實，而是「藝術眞實」，是作家在文學藝術規律支配下虛構的產物。另一方面，事爲文料。強調作家在裁剪事件以服務於藝術創作方面的主觀能動性。

毛聲山在批點《琵琶記》時，突破了金聖歎「事爲文料」觀念，概括出了戲劇文學創作中關於藝術虛構的系列觀點。

首先，虛則虛到底。

毛聲山曾指出：

> 大約文之妙者，賞其文非賞其事：不唯不必問事之前後，且不必問
> 事之有無，而奈何今人唯事之是問也。（第三十齣《瞷詢衷情》總批）

在毛聲山看來，戲劇作爲文學，要欣賞的是其審美之「文」，是文情的高度合一，而對於劇情據以敷演的歷史事件，不必要追問其原初形態和發展狀況，

〔註63〕〔清〕金聖歎：《讀第五才子書法》，《金聖歎全集・第五才子書施耐庵水滸傳》，頁 29～30。

甚至不必問事件是否客觀存在。並對清初劇壇存在的實證傾向進行了反駁。
在毛聲山看來，事件既然可以虛構，則劇中的人物自然不能坐實，因此，他
在第二齣《高堂稱慶》齣批中說：

> 今員外、安人本皆子虛烏有，則老旦可也，淨亦可也，即通姓名可
> 也，不即通姓名亦可也。且不獨員外、安人本無是人，而伯喈之爲
> 伯喈，亦未嘗眞有是事。……乃讀者猶認生之眞爲蔡邕，而欲商榷
> 於外與淨之間，其幾何不爲作者所笑也！（第二齣《高堂稱慶》總
> 批）

李贄和陳繼儒在批點《琵琶記・高堂稱慶》齣時，均認爲高明在人物角色安排
上有疏漏，不宜以淨角扮蔡婆，應當改扮爲老旦才合理。毛聲山則從情節虛構
的角度，認爲這並非高明的疏漏，乃是由劇情及劇中人物的眞實與否決定的，
劇情及人物是假定的，那麼探討角色是旦、是淨就沒有意義了。毛氏的見解較
李贄和陳繼儒確實更符合劇作的假定性和虛構性，是富有啓示意義的。

其次，「事幻文眞」：藝術虛構與藝術眞實

毛聲山在《總論》中說：

> 天下豈有其子中狀元，而其親未之知者乎？此必不然之事也。又豈
> 有其處一統之朝，非有異國之阻，而音問不通，柬書莫達者乎？此
> 又必不然之事也。抑豈有父母年已八十，而其子方娶妻兩月者乎？
> 若云三十而娶，即又豈有五十生子之婦人乎？此又必不然之事也。
> 以事之必不然者而寫之，綜以明其寓言之非眞耳。然事之虛幻，因
> 爲必不有之事，而文之眞至，竟成必有之文，使人讀其文之眞，而
> 忘其事之幻，則才子之才，誠不可以意量而計測也。

毛聲山認爲劇情可以據歷史事件加以虛構重塑，原因在於事件的「必不有」，
即在事實上不可能出現或根本沒有這回事。但在進行文學重構時，必須符合
文學創作的內在規定性，造就藝術上的眞實，產生逼眞的藝術效果，讓人陶
醉於藝術的眞實體驗中，從而忘記事件本身的虛構性本質。

然後，毛聲山在第二十六齣《拐兒紿誤》中用「以假當眞」的觀點進一
步加以闡釋：

> 客問予曰：《琵琶記》拐兒假書一篇，毋乃爲高先生敗筆。予曰：何
> 以知其爲敗筆？客曰：豈有子而不識其父之筆迹者？豈有父之手書
> 而他人能冒之者？必也蔡公不識字而請人代筆則可，乃遺囑與媳婦

> 則自寫之，獨至寄書與孩兒則不自寫之，有是事否？予筆曰：如客
> 所言，則其子中狀元而其親至於餓死，客亦以爲有是事否？本無蔡
> 公，何有拐兒、本無拐兒，何有假書？無中生有，原不得執之爲有，
> 然則以假當眞，何妨權之以爲眞哉！

劇情的設置有其內在的規定性，必須把「戲」做足。毛聲山指出，「拐兒假
書」這一情節的設置是有助於凸顯伯喈中狀元不返鄉以至於蔡公餓死這一悲
劇性事件。由於戲曲的虛構性，蔡公爲子虛烏有之人，那麼，拐兒、假書等
也都是虛構的。而爲了獲得戲曲藝術的眞實，自然要求作者無中生有，以假
當眞，從而使戲曲具有更充分的藝術表現力。

　　最後，寓言精神。

　　所謂「寓言」是一種隱喻，通過賦予特定人物或事件以象徵意味，從而
婉曲地表達作者的抽象理念或情感。「寓言」從明代丘濬的《伍倫全備記》
到湯顯祖的「四夢」，其內核經歷了從寓客觀之「理」到寓主觀之「情」的
演變。在清初遺民劇作家吳偉業等人手中成爲「寫心」的工具。毛聲山從其
「文事觀」出發，揭示出高明《琵琶記》中的寓言精神。毛聲山在《總論》
中云：

> 有儈父者，以《琵琶》之事爲未嘗有是事而不欲讀。夫文章妙於
> 《莊》、《騷》，而莊生之言寓言也，屈子之言亦寓言也。謂之寓言，
> 則其文中所言之事，爲有是事乎？爲無是事乎？而天下後世有心
> 人之愛讀之也，非愛其事異也，誠愛其文也。其文既爲他人所無，
> 而一人獨有之妙文，則其事不妨更爲昔日本無，而今日忽有之奇
> 事，固不必問此事之實有不實有也。若有此文，又若有此事，則
> 無如《左傳》、《史記》矣，而天下後世有心人，愛讀《左》、《史》
> 也，爲愛其事讀之乎？爲愛其文讀之乎？苟以爲愛其事也，則古
> 今紀事之文甚多，何獨有取乎《左》、《史》也？其獨有取乎《左》、
> 《史》也者，誠非愛其事也。奈何儈父之沾沾焉愛其文也、獨以
> 事疑《琵琶》也？

毛聲山認爲，《琵琶記》作爲千古妙文，和《莊》、《騷》一樣，是有所寄託的
寓言，而寓言則意味著事爲文生，「事」是手段，服務於劇作者思想主旨的表
達。如第四齣《蔡公逼試》總批云：「作者之意，正以此爲棄妻者諷也。今讀
其文，則以戀親者爲正筆，以戀妻者爲反筆，而孰知反筆之所存，乃作者正

意之所寓乎？」又第二十三齣《代嘗湯藥》總批說：「善矣夫，東嘉之寓言也：寫父之恨其子，正代婦之恨其夫也；寫翁之哀其媳，正代夫以哀其妻也。妻不恨之而父恨之，甚於妻之恨之矣；夫不哀之而翁哀之，更痛於夫之哀之矣！……嗚呼，東嘉之託諷不亦悲哉！」這裡所寓之言不僅包含忠孝節義的客觀之理，也蘊蓄著高明主觀的情感體驗。

三、文法：藝術經驗的理論總結

清人評點戲曲尚「法」。明代戲曲理論批評中有「意」、「法」之爭，其直接的結果是「離之兩傷，合之雙美」的「二美」說的產生。此「法」主要就戲曲場上演出要遵循一定的律則，而反映在戲曲文本上便突出表現為戲曲之「律法」。清代是古文大興的時代，文章觀不可避免地滲透到戲曲評點中來，清代的戲曲評點家便在不經意間對「法」的內涵實現一種轉換，即以「文法」代「律法」，並貫徹到戲曲評點實踐中去。這樣，在「文」的大背景下，意趣律法合一就潛在地轉換為意趣文法的和諧。「文法」在清代戲曲評點的演進中牢牢佔據主動，而「意趣」觀相對明代的戲曲評點則薄弱的多。而真正體現意趣文法合一的名評本當推金批《西廂》和毛氏父子評點的《琵琶記》等。

毛聲山借鑒金聖歎的文法理論和明代評點家的戲曲批評的理論資源，融入自己的藝術經驗和體會，在文法理論上有所拓展。下面把毛氏批點文字中比較重要的文法概念列表，簡要加以評析。

表3　毛批《琵琶記》「文法」及解意表

名　稱	解　　意
著筆在此而注意在彼	「才子之文，有著筆在此而注意在彼者。譬之畫家，花可畫，而花之香不可畫，於是捨花而畫花旁之蝶，非畫蝶也，仍是畫花也。雪可畫，而雪之寒不可畫，於是捨雪而畫雪中擁爐之人，非畫爐也，仍是畫雪也。月可畫，而月之明不可畫，於是捨月而畫月下看書之人，非畫書也，仍是畫月也。高東嘉作《琵琶記》多用此法。而彼傖父者，不知其慘澹經營於畫花、畫雪、畫月之妙，乃漫然以為畫蝶、畫爐、畫書而已也，則深沒作者之工良心苦也。」（《總論》） 按：此法脫胎於金聖歎之「烘雲托月法」，而略加變化。花與蝶、雪與爐、月與書，儼然有目的和手段之別，終極指向在花之香，在雪之寒，在月之明，而非聖歎所說之「同一神理」。

（續表）

播弄	「才子作文，有只就本題一二字播弄，更不必別處請客者，如《琵琶記》『吃糠』、『剪髮』兩篇，只一『糠』字一『髮』字，便層層折折，播弄出無限妙意，即如韓退之《送王（含）秀才序》，始終只拈一『酒』字爲播弄，蘇老泉《文甫字說》，始終只拈一『水』字爲播弄，豈非出神入妙之筆？《琵琶記》亦用此法，而其出神入妙之處，更爲過之。」（《總論》） 按：就「題」與「文」二者關係而言，此法實近於金聖歎之「那輾法」，強調文理之細密，多層面反覆皴染。
「生」與「抹」	「《琵琶》文中，有隨筆生來、隨筆抹倒者，如正寫春花，便接出『春事已無有』；正寫夏景，便接說『西風又驚秋』；……至於寫彈琴，卻是不曾彈；寫寄書，卻是不曾寄；寫賣髮，卻是不曾賣；寫築墳，卻是不曾築；寫山鬼，卻云沒有鬼；寫松樹，卻云沒有樹；寫請官糧，偏失了官糧；寫負眞容，偏失了眞容；寫諫父，而諫時偏諫不聽；寫迎親，而迎時偏迎不著；寫抱琵琶，而牛、趙鬥筍偏不用琵琶；寫入佛寺，而夫婦相會偏不在佛寺：此皆隨筆寫來，隨手抹倒者也。隨筆寫來，本無忽有，隨手抹倒，是有卻無，此中饒有禪意，何必《西廂》『臨去秋波』之句始可以悟禪耶？」（《總論》） 按：此法強調劇作情節結構的曲折和富有變化，似在意料之中，而又出乎意料之外。看似作者不是刻意經營，而實煞費苦心。與聖歎「生」與「掃」內涵不同。
「犯」與「避」	「文有不與前文相避，而故與前文犯者。不相犯，不見文心之巧也。文有既與前文相犯，又與前文相避者。不相避，不見文心之變也。……夫作文之難，非善避之難，而以犯者避之之難，又非能犯之難，而以避者犯之之難。《琵琶》此篇，既能犯，又能避，欲不謂之才子之文，何可得耶？」（第三十九齣《散髮歸林》總批） 按：「犯」與「避」是古代文論關涉文章技巧時常用到的一對術語。「犯」指故事情節類型的同中有異，「避」指故事情節類型的變化。毛氏所謂「以犯者避之之難」和「以避者犯之之難，」強調同中求異，異中求同，是符合藝術創作的辯證法的。
「伏」與「跌」	「蓋作文之法，不正伏，則下文不現；不反跌，則下文不奇。正處用實，反處用虛。今人但能於實處寫，東嘉卻偏於虛處寫。」（毛第十二齣《奉旨招婿》總批） 按：此法涉及劇作情節結構的前後照應。毛聲山所謂「虛實相生、反正互用之法」，實就情節結構上的「伏」「跌」而言。
借客引主得主棄客之法	「文有層層脫卸者，固歎文章誤我，遂撤卻几上文章，起看壁間圖畫；及看著眞容，遂撤卻圖畫，單玩眞容；因猜不出眞容，便放過眞容，去看標題；及見標題，卻放過畫中之人，專問題詩之人；詩中兼說棄親棄妻故事，牛氏又撤下棄親之事，單辨棄妻之事：此借客引主、得主棄客之法也。」（第三十七齣《書館悲逢》總批） 按：此法揭示劇作情節之間的層遞關係，層層引出核心事件或主旨。與「賓主」強調情節的主次關係不同。

欲合故離因離得合之法	「文有步步跌頓者，見拾來之像，不得不認是爹娘，若但寫其哀，不寫其疑，何同轉到標題？見標題之句，並不指畫中之人，偏指著看畫之人。若但寫其愧，不寫其怒，何由喚出牛氏？趙氏罵其棄妻而怒，牛氏勸其棄妻而亦怒。罵其棄妻而怒者，幾欲以棄妻自認，勸以棄妻而亦怒者，又斷不肯以棄妻自居。惟不肯以棄妻自居，而後趙氏之出愈遲，其鬥筍乃愈緊，牛氏之言愈左，其接縫乃愈捷，此欲合故離，因離得合之法也。文章之妙，備於此矣！」（第三十七齣《書館悲逢》總批） 按：此法實質在於欲擒故縱，從而形成情節上的延宕。
其他	正生之法、倒生之法、順補之法、逆補之法（《金閨愁配》總批）；「虛實相生、反正互用之法」（《聽女迎親》夾批）「正筆」、「閒筆」、「旁筆」、「反筆」等。 按：以上諸法，見於毛聲山對《琵琶記》的具體評析中，或一筆帶過，或借鑒於畫論等，而未作任何理論性的闡釋，暫列於此。

　　綜上可見，毛聲山並不像金聖歎那樣，善於從從戲劇文學中歸納出普適性的文學藝術規律，他所使用的「文法」理論，有的明顯從金聖歎的文法理論轉化而來，如「著意在此而注意在彼」、「播弄」、「『生』與『抹』」等，但毛氏比較注意從實用的角度來使用文法理論，並在對劇作的闡釋中建立起了自己的體系，差可以與聖歎比肩。

　　但與金批《西廂》一樣，毛聲山也是用文章家的眼光批點《琵琶記》的。借用李漁對金批《西廂》評價，可以說：聲山所評，乃文人把玩之《琵琶》，非優人搬弄之《琵琶》也。如關於蔡伯喈望月思家一齣戲，評家聚訟。李贄在蔡伯喈與牛小姐合唱「惟願取，年年此夜，人月雙清」處批道：「此『合』若出蔡生之口，則真不孝子薄幸人矣，不通。」〔註64〕明末戲曲評點家槃薖碩人載《伯喈定本・望月思家》齣眉批中云：「伯喈自成名成姻以後，所唱詞俱是樂中之憂思也。故予所改本，於此中字面極意斟酌。『惟願取年年此夜，人月雙清』，李卓吾幾欲刪此二語，不與伯喈唱。然刪之，則不成【念奴嬌序】矣，予因改為眾唱，則庶幾無礙焉。即如《成姻》一齣『這回好個風流壻，偏得洞房花燭』改為眾唱；《賞夏》一齣金縷唱『碧筒勸，向冰山雪檻排佳宴，清世界幾人見』亦改為眾唱。此類所改，當為千古特見，可破俗□。」〔註65〕蔡伯喈與牛小姐成親後的特定心態應為快樂中飽含憂思，為了準確傳達這一心態，對於帶有歡快色彩的唱詞應如何處理？槃薖碩人不贊成李贄「幾欲刪去」的簡單做法，而是把相關唱詞的演唱方式由獨唱改為眾人合唱。蔡伯喈

〔註64〕〔明〕李贄：《李卓吾先生批評琵琶記》，明萬曆容與堂刻本。
〔註65〕〔明〕槃薖碩人增改：《伯喈定本》，明刻本。

望月思家時，「家」所代表的不僅是年邁的雙親，更有閨中守望的妻子，這份徹骨的思念和愧疚之情，因月圓之夜而被渲染得更加濃烈。而這些他又不能在牛小姐面前直接傾訴出來，而只能表現爲思中有悲、樂中含憂的複雜心態。徐氏的批語確是深得戲曲表演藝術之三昧。

　　而毛聲山則云：「才子之文，隨風起浪，皆成妙致。」「獨至此篇，則處處寫狀元之離愁，即丑、淨口中，亦皆閒閒襯染，其關切本旨，有多於前篇者，豈非以秋月之感人深哉！……然則東嘉之筆，非直才子之筆也，一才子之情爲之耳。」（第二十八齣《中秋望月》總批）聲山所闡釋的顯然是《琵琶記》作爲戲劇文學的內蘊，而不是其劇場演出效果。這是我們在把握毛聲山的戲曲評點理論時應予以充分考慮的。

第三節　明清《牡丹亭》評點的流變

一、從明清《牡丹亭》評點看「情」的潛變

（一）「情之正」：情與理

　　「情」的闡發是明清戲曲批評家熱衷談論的重要話題。湯顯祖《牡丹亭題詞》云：「情不知所起，一往而深。生者可以死，死可以生。生而不可與死，死而不可復生者，皆非情之至也。夢中之情，何必非眞。天下豈少夢中之人耶。」「第云理之所必無，安知情之所必有邪。」〔註66〕

　　湯顯祖言「情」究竟何意？我們來看晚明士人對此問題的看法。

　　王思任在《批點玉茗堂牡丹亭詞敍》中說：

> 若士以爲情不可以論理，死不足以盡情。百千情事，一死而止，則
> 情莫有深於阿麗者矣。況其感應相與，得《易》之咸；從一而終，
> 得《易》之恒。則不第情之深，而又爲情之至正者。〔註67〕

王思任認爲湯顯祖所說的「情」包含不可分割的兩個方面，即情之「深」和情之「正」。杜麗娘因爲情深，才能爲情而死，死而復生，從一而終，「得《易》之恒」。據《序卦傳》：「有天地然後有萬物，有萬物然後有男女，有男女然後有夫婦，有夫婦然後有父子，有父子然後有君臣，有君臣然後有上下，有上

〔註66〕　〔明〕湯顯祖撰，徐朔方箋校：《湯顯祖全集》（北京：北京古籍出版社，1999），頁 1153。
〔註67〕　《湯顯祖全集》附錄，頁 2572～2573。

下然後禮義有所錯。夫婦之道不可以不久也，故受之以《恒》。恒者，久也。」因此，王思任認爲杜麗娘對柳夢梅之死靡他，符合《易》經中關於夫婦倫理恒久的道理。也正因此，他提出「情之至正」的觀點，力圖在情理的溝通上實現二者的統一。

與王思任同時或以後，不少戲曲評點家都就「情之正」的問題加以闡明。如：

陳洪綬《節義鴛鴦塚嬌紅記序》稱讚王嬌娘：「能於兒女婉孌中立節義之標範」，「所以言乎其性情之至也，而亦猶之乎體明天子之廣勵教化之意而行之者也。」〔註68〕

孟稱舜云：「天下之貞女必天下之情女」〔註69〕（《鸚鵡墓貞文記題詞》）。「傳中所載王嬌、申生事，殆有類狂童淫女所爲。而予題之《節義》，以兩人皆從一而終，至於沒身而不悔者也。兩人始若不正，卒歸於正，亦猶孝己之孝，尾生之信，豫讓之烈。」「揆諸理義之文，不必盡合，然而聖人均有取焉，且世所難得者。」〔註70〕（孟稱舜《〈節義鴛鴦塚嬌紅記〉題詞》）

可見，「情歸於正」，或者說，在不違背理的前提下，個體的情感追求是應該肯定的，陳洪綬甚至說：「性情者，理義之根柢也。」〔註71〕（陳洪綬《嬌紅記序》）。「情者性之動也，要歸之正而已，亦何得以不善名之敘」（《二程粹言》卷二《心性篇》，）二程認爲情歸於正是爲善的關鍵，否則，情不正，反過來就會害性。因此，在晚明，陽明心學沾概士人極廣，「情本」論在晚明的大興，實獲益於陽明心學，特別是王學左派的影響，但也要看到，二程「情性」觀的影響，在一些文人心中仍不可小視。如孟稱舜等人或可作如是觀。

陳繼儒更是把《牡丹亭》之「情」導源於《易經》《詩經》。他在《批點牡丹亭題詞》中說：

> 臨川曰：「某與吾師終日共講學，而人不解也。師講性，某講情。」張公無以應。夫乾坤首載乎《易》，《鄭》《衛》不刪於《詩》，非情也乎哉！不若臨川老人括男女之思而託之於夢。夢覺索夢，夢不可得，則至人與愚人同矣！情覺索情，情不可得，則太上與吾輩同矣！

〔註68〕〔明〕孟稱舜：《節義鴛鴦塚嬌紅記》，《古本戲曲叢刊二集》本。

〔註69〕〔明〕孟稱舜：《鸚鵡墓貞文記》，《古本戲曲叢刊二集》本。

〔註70〕〔明〕孟稱舜：《節義鴛鴦塚嬌紅記》，《古本戲曲叢刊二集》本。

〔註71〕〔明〕孟稱舜：《節義鴛鴦塚嬌紅記》，《古本戲曲叢刊二集》本。

> 化夢還覺，化情歸性，雖善談名理者，其孰能與於斯！張長公、次公
> 曰：「善。不作此觀，大丈夫七尺腰領，畢竟罨殺五欲瓷中。臨川有
> 靈，未免叫屈。」〔註72〕

陳繼儒認爲情是人之自然本性，無論「至人」，還是「愚人」，都有自發的情感欲求。同時提出「化情歸性」，用「性」來作爲「情」、「理」溝通的橋梁，表現出心學思潮下把「情」合理化的努力，並力圖實現「情」對理的消解。

徐朔方等學者提出《牡丹亭》「以情反理」，看到了湯顯祖筆下「情」的叛逆性，實質是在宋明理學的範疇內就情理對立而言。〔註73〕鄭培凱先生則認爲：

> 配合《牡丹亭記題詞》的最末兩句「第之理所必無，安知情之所必
> 有邪」來看，顯祖之肯定「情有」，是就世間層次而言的。一旦涉及
> 精神超越層次，杜麗娘所代表的情眞就失去了立足的憑依，在生死
> 究竟這樣的大前提下喪失了震懾人心的光芒。對於顯祖來説，這個
> 情理的糾葛就只能通過「解到多情情盡處」的方式來解決，《南柯記》
> 與《邯鄲記》的創作就是他追尋解決的具體藝術手段。〔註74〕

鄭先生之見啓示我們從更本質的精神的層面去把握湯顯祖的「至情」，並探究他創作「四夢」的潛在心理動機，不乏卓識。

（二）「兒女之情」：情與緣

清初，隨著時代思潮的變化，戲曲評點家們從個人的情感體驗出發，擺脫情理的羈畔，在情與緣的糾葛中發現《牡丹亭》中的「情」之作爲「兒女之情」的可貴，如吳吳山三婦本《牡丹亭·標目》齣批云：「情不獨兒女有也，惟兒女之情最難告人，故千古忘情人必於此處看破。然看破而至於相負，則又不及情矣。」〔註75〕又《圓駕》齣批道：「做人有情，何可勝數。做鬼有情，極是難得也。錢曰：兒女情長人所易，溺死而復生不可有二。世不乏有情人顛倒因緣，流浪生死，爲此一念不得昇天，請勇猛懺悔則個。」

而這種「兒女之情」首先體現於男女情緣的思考。陳同、談則、錢宜在

〔註72〕 蔡毅《中國古典戲曲序跋彙編》（濟南：齊魯書社，1989），頁 1226。
〔註73〕 徐朔方箋校：《湯顯祖全集·前言》，頁 5。
〔註74〕 鄭培凱：《解到多情情盡處——從湯顯祖到曹雪芹》，載《湯顯祖與晚明文化》（臺北：允晨文化實業股份有限公司，1995），頁 333。
〔註75〕 〔清〕陳同、談則、錢宜合評：《吳吳山三婦合評牡丹亭還魂記》（上海：上海古籍出版社，2008），頁 2。按：以下批語凡引自該書者，不另出注。

評點《牡丹亭》時，用大量的筆墨渲染兒女之間的情緣，使「情」的內涵的認識得以較大的拓展。下面，我們把三婦本《牡丹亭》評點文字中，涉及「緣」或「情緣」的批語簡要抄錄如下：

> 一部癡緣，開手卻寫得浩浩落落，方是狀元身份，不同輕薄兒也（《言懷》）。

> 此曲點綴柳姓，與下曲刻畫柳梅，皆非漫設。以因緣從姓名上得來，正須一為寫發。（《言懷》）

> 此段大有關目，非科諢也。蓋春香不瞧園，麗娘何由遊春？不遊春，那得感夢？一部情緣，隱隱從微處逗起。（《閨塾》）

> 青春去了，便非良緣，此語痛極。（《驚夢》）

> 病來畏死，病去生情，一片凡心，是癡緣張本。（《拾畫》）

> 寫柳生情態異常，癡緣將至，見乎四體也。（《拾畫》）

> 麗娘藏春容於石底，原欲等拾翠人也。何以遊客偏多，獨待柳郎窺見？無所解諸，解諸時節因緣。（《拾畫》）

> 《幽媾》云「完其前夢」，此云「夢境重開」，總為一「情」字不斷。凡人日在情中即日在夢中，二語足盡姻緣幻影。（《婚走》）

> 「無奈」二字，是麗娘自己出脫，亦可見人生奇緣不偶，只是不曾志誠。（《婚走》）

從上可見，其一，情和緣是一體的，緣是產生情的前提和基礎，情往往是緣的自然發展。如果不是二人有緣夢中相會，產生愛的情愫，並在現實中去尋找這份神秘而令人刻骨銘心的愛情，就無所謂「情緣」，而二人尋找「情」的過程也是緣分達成的過程。正如《婚走》齣眉批所說的：「《幽媾》云「完其前夢」，此云「夢境重開」，總為一「情」字不斷。凡人日在情中即日在夢中，二語足盡姻緣幻影。」（《婚走》）《拾畫》齣眉批說：「麗娘藏春容於石底，原欲等拾翠人也。何以遊客偏多，獨待柳郎窺見？無所解諸，解諸時節因緣。」其中的原因無法用道理說清楚，這種說不清道不明恰恰是緣的特點。（《拾畫》）其二，緣與志誠密切關聯。杜麗娘傷春一夢而亡，柳夢梅拾春容，臨畫喚之，癡態可掬，柳夢梅的癡情適足以成為女性讚揚的對象。《婚走》出中麗娘對石道姑說自己在冥間聽柳夢梅呼喚不已，「感一片志誠無奈」，是發自內心的感激，卻又不好直接說出。因此，批語說：「『無奈』二字，是麗娘自己出脫，

亦可見人生奇緣不偶，只是不曾志誠。」可以說是抓住杜麗娘熱烈而又矜持的複雜心境，而這種奇緣確實少見，因此，而柳、杜有奇緣而又志誠，實屬幸運了。其三，批語中多處提及「癡緣」二字，給二人的情緣做了最好的注腳。二人最後能獲詔許成婚，也賴此「癡緣」感動皇帝。

其次，「情見於人倫」。《或問》云：

> 夫孔聖嘗以好色比德，《詩》道性情，《國風》好色，兒女情長之說，未可非也。若士言情，以爲情見於人倫，倫始於夫婦。麗娘一夢所感，而矢以爲夫，之死靡忒，則亦情之正也。若其所謂因緣死生之故，則從乎浮屠者也。王季重論玉茗四夢：《紫釵》俠也，《邯鄲》仙也，《南柯》佛也，《牡丹亭》情也。其知若士言情之旨矣。〔註76〕

一方面肯定「兒女情」的合理，另一方面，也體現出清初情理融合思潮在戲曲評點中的折射。洪昇說：「情之根者，理也，不可無。」誠然，觀《或問》重提夫婦人倫即可見此。

（三）「色情」：情與欲

清雍正間吳震生、程瓊夫婦評點《才子牡丹亭》刊行。這是一部對湯顯祖《牡丹亭還魂記》進行箋釋、詮講和評點的專著。「批者在理論上張揚人性，肯定人的情色欲望，無情地批判『昔氏賢文』，尤其是宋明理學的禁欲主義，對男女性意識的自覺提出了許多重要和超前的觀點，是一部以情色論爲基礎來來闡述《牡丹亭》創作思想大膽奇異之作。」（江巨榮、華瑋《才子牡丹亭·導言》）

程瓊針對湯顯祖《原序》批云：

> 生可以死，則格令無如彼何矣：死可以生，則閻君不能理勝矣。此書大指，大概言：色情一事，若非陽法謂辱，則陰譴亦不必及，而歸其罪於天公開花。天公既開花，山野其不罪若輩可知。如外國之俗，嫁娶各別，不聞陰間有罰也。但無色可好，無情可感，而蠢動如畜，以辱人名者，則有譴耳。色至十分，未有淺情者。色情難壞一句，亦要合離看。因色生情，因情見色，其難壞一也。無奇色，而深解情味，則情遂代色，眞如晬面盎背，施於四體，而不可名言者，亦難壞一也。若有五分色，而不解一點情，並其色亦變木偶，即壞之易易矣。佛教全在去妄，而若士獨言色情是眞，即西方亦必

引人以妙好也。〔註77〕

吳震生、程瓊夫婦在《才子牡丹亭》中對湯顯祖所謂的「情」進行大膽的甚至驚世駭俗的顛覆。其「色情」直面作爲人的本性的「情」與「欲」的關係問題。這在戲曲文本中，可謂破天荒第一次。他們認爲：「情爲好色，而不全起於色。情爲得欲，面不全起於欲。『情不知所起，一往而深。』甚乎哉！天若識情由，怕不和天瘦，即如來先須以欲勾牽，而賢文幾於無用。蓋有夙業因焉。拘男女相及差別智者，亦『形骸之論』耳，才人皆交以心，惟蠢類乃交以骸。知心交者，骸交不足數也。但骸交者，雖交，猶不交耳。」〔註78〕他們並非以「欲」否定「情」，而強調的是「欲」的自然而然的狀態。儒家「賢文」所講的大道理畢竟是外在的理性因素，而「欲」存於人的內心，是自然之本性，因此。儒家「賢文」是很難從根本上對「欲」起作用。如果說有作用，那也只是培養出一群表裏不一的「假道學」而已。在具體「欲」念的問題上，吳震生、程瓊夫婦不講求節制「欲」，也不是任由「欲」的泛濫，他們自有自己的邏輯，那就是所謂是純粹肉體的「欲」，還是滲透了人的心靈情感的「欲」，人作爲有情感的動物，應該「交以心」，而不應該「交以骸」。這才是「情」與「欲」的界限，前者是符合人的正常情感欲望的「色情」，後者只能是遭人詬難的「色欲」。而「若俗士只有色欲無色情。」〔註79〕

《才子牡丹亭》標舉的主題是「色情難壞」，吳震生、程瓊夫婦說：

「色情難壞」者，因彼有「色」，而致吾「情」，如願將身作錦鞋，必不肯爲無「色」之人作鞋也。又見有「色」之人，則必欲其致「情」於我，又欲極用吾「情」以侵爲諂，致其必致情於我。知「色情」之「難壞」，則知幸托不肖驅，且當猛虎步，安能苦一身，與世同舉措。不但宋漢齊梁，即僧辯、仁遇及陳皇后，亦屬人區難斷之習。

但有奇「色」，即動奇情，又何知男女哉！〔註80〕

吳震生、程瓊夫婦認爲，因爲「色」而致人陷入「情」，人有「色」，則必然會產生「情」，因此，「色情」作爲人的自然之本性，是很難被禁除的。在此基礎上，他們對歷史上頗有爭議的僧辯、仁遇及陳皇后表示同情，認爲那是

〔註77〕〔清〕吳震生、程瓊：《才子牡丹亭》（臺北：臺灣學生出版社，2004），頁3。
〔註78〕〔清〕吳震生、程瓊：《才子牡丹亭・原序批語》（臺北：臺灣學生出版社，2004），頁2。
〔註79〕《才子牡丹亭》，頁465。
〔註80〕《才子牡丹亭》，頁511。

人的本性所在。「『色』者，物之善攻，『情』者，心之善取也。但使混沌之心不鑿，皆可勉其所未至。無奈「色」者，鑿彼混沌者也。所秉既異，所養又充，令人嗜焉成癖，浩蕩之淫心可復還於混沌乎？」〔註81〕

二、敘事結構批評的嬗變：從「便於場上」到「案頭化」

　　元明以來，敘事文學的崛起，成化後傳奇的蔚興，爲戲曲評點提供了文本資源支持。《牡丹亭》作爲傳奇作品的典範，是「湯學」研究的核心，不僅讀者喜歡讀，廣大批評家對其尤青睞又加。通過對劇作精妙的評點、解讀，不僅挖掘了劇作蘊含的巨大思想內蘊，而且在情節結構的探討上，也取得比較深入而紮實的成果。如馮夢龍《風流夢》總評云：

> 兩夢不約而同，所以爲奇。原本生出場，便道破因夢改名，至三四折後，旦始入夢，二夢懸截索然無味。今以改名緊隨旦夢之後，方見情緣之感。合夢一折，全部結穴於此。俗優仍用癲頭黿發科收場，削去【江頭】【金桂】二曲，大是可恨。

> 凡傳奇最忌支離，一帖旦而又翻小姑姑，不贅甚乎！今改春香出家，即以代小姑姑，且爲認眞容張本，省卻葛藤幾許。又李全原非正戲，借作線索，又添金主，不更贅乎？去之良是。

> 生謁苗舜賓時，旦尚無恙也。途中一病，距投觀時爲時幾何，而《薦亡》一折，遂以爲三年之後，遲速太不相炤，今改週年較妥。

> 眞容叫喚，一片血誠。一遇魂交，置之不問，生無解於薄情矣。《阻歡》折，添【忒忒令】一曲，爲生補過，且藉此懸掛眞容，以便旦之隱身，全無痕迹。

> 原本如老夫人祭奠，及柳生投店等折，詞非不佳，然折數太煩，故削去。即所改竄諸曲，盡有絕妙好辭，譬如取飽有限，雖龍肝鳳髓，不得不爲罷箸，觀者幸勿以爲點金成鐵而取笑也。〔註82〕

這是馮夢龍在改《牡丹亭》爲《風流夢》時，對情節結構等的改動做的總評性文字。由於《風流夢》主要是爲了便於舞臺演出而改編的，因而，馮夢龍

〔註81〕 《才子牡丹亭》，頁510。

〔註82〕 〔明〕馮夢龍：《墨憨齋重訂三會親風流夢》，見魏同賢主編：《馮夢龍全集》(13)（南京：江蘇古籍出版社，1993），頁1049。按：以下評點文字凡出自是本者，不另一一注出。

的總評就帶有舞臺演出說明的性質，在一定程度上，也體現了馮夢龍的編劇理論原則。其一，關目緊湊。馮夢龍將柳夢梅、杜麗娘二夢合爲「一夢」，結構上緊相連接。在《合夢》齣眉批中馮又進一步加以闡明，如，「原稿此折便說出夢來，似與旦夢截然爲二了，今移改名夢梅於旦夢之下，二夢暗合，較在關目。」「生旦姻緣全在一夢，場表白，此是大收拾處，如《琵琶》之〈畫館相逢〉也，不然，二夢沒結末矣。俗或削去，可恨。」其二，減頭緒，忌支離。馮夢龍認爲讓春香一個人兼演兩個角色，就能避免情節的頭緒太累贅，且爲後來認眞容埋下伏筆，一舉兩得。又在老夫人祭奠，及柳生投店等折的處理，同樣體現劇作者刪繁就簡的努力。當然，馮夢龍對有些情節結構的刪並是可以商榷的，如李全等人的戲只是過場戲，但在調劑冷熱等方面並非一無是處，何刪去也？

　　臧懋循把湯顯祖的「四夢」都加以改評，總稱《玉茗堂四種傳奇》。臧懋循不僅對《牡丹亭》原劇的齣目進行大肆刪改，由原來的五十五齣改定爲三十三齣，而且在情節結構的設置方面也有比較大的刪改。列部分批語如下：

　　臧懋循眉批：麗娘本處女，忽作此夢，遂至於死，然何必夢後復睡，露出情實，爲阿母所窺乎？《西廂》老夫人不至「堂前巧辯」時，固不疑鶯鶯有此，予刪之，爲臨川藏拙也。（臧改本第五齣《遊園》）

　　臧懋循眉批：原本遊園後有《慈戒》折，蓋老夫人已覺而責婢女也，予謂爾時尚未尋夢，則麗娘神思不應困倦，至此故削之爲是。（臧改本第五齣《遊園》）

　　臧懋循眉批：又第五有越王臺與韓子才《悵眺》折，第十一有與園公郭槖《僕偵》折，皆屬迂闊，刪之。（臧改本第六齣《謁遇》）

　　臧懋循眉批：原本第十五折在畫春容後，予謂麗娘之畫，蓋自知病必不起，而後爲此，故夫人詰病宜在其先，臨川何贅贅也。（臧改本第八齣《詰病》）

　　臧懋循眉批：魂旦與花神先下，是做法。（臧改本第十三齣《冥判》）

　　臧懋循眉批：此折本在《遊魂》前，今改於後，爲旦上場太數也。（臧改本第十六齣《奠女》）

　　臧懋循眉批：此折宜魂旦先上，敘其來去情緣，故改生曲於後。（臧改本第十九齣《冥誓》）

臧懋循眉批：旦恐爲陳教授所知，遽成親事，同去臨安，此關目之最緊嚴者。（臧改本第二十二齣《婚走》）

臧懋循眉批：傳奇至底板，其間情意已竭盡無餘，獨此折夫妻父子俱不識認，又做一番公案，當是千古絕調。□又：□《琵琶記》□四十四折，□令善謳者□□而奏之必兩晝夜乃□，今改《牡丹亭》三十五折，已□《琵琶》十之八矣，當恐梨園諸人未能悉力搬演，□玉茗堂原本□五十五折，故予每嘲臨川不曾到吳中看戲，雖似輕薄，實則面□。〔註83〕（臧改本第三十五齣《圓駕》）

可見，臧懋循的改評與馮夢龍頗爲相似，他們都是「吳江派」戲曲理論家，且有著比較豐富舞臺經驗，因此，在情節結構的設置上，他們對湯顯祖「排場俱欠斟酌」頗爲不滿，因此做了極大規模的改動，其根本考慮在「便於場上」，以使《牡丹亭》的舞臺效果更理想。

但到了清代，《牡丹亭》評點發生了潛移默化的變化，不僅在「情」的具體要義的理解出現了偏差，甚至背離，而在《牡丹亭》結構藝術批評上，也顯示出自己獨有的特色，當然，這也與評點者的身份或社會思潮密切相關，如吳吳山三婦和程瓊批點中的細緻化趨向和女性視角，與女性的情感細密和感同身受是分不開的。而王文治等則從多留意曲律，則彰顯乾嘉樸學對戲曲評點的潛在影響。這裡我們從吳吳山三婦對《牡丹亭》的結構批評爲例加以剖析。

吳吳山三婦比較注重情節結構的前後照應。如：

《冥誓》齣批：錢曰：以前無數曲折，皆爲逼出立誓。以後無數曲折，皆爲逼出開壙。【鬧樊樓】一支小作關鎖。

《婚走》齣批：陳老之來，爲駭變張本。然小姐因此曲成親事，同赴臨安。以後關目，皆從此生出。

《圓駕》齣批：錢曰：傳奇收場，多是結了前案。此獨夫妻父女，各不相認，另起無限端倪，始以一詔結之，可無強弩之誚。

他們還結合重要關目，加以細緻的分析，如：

楊媽媽斷其聲援之計，已爲安撫逆料。然因此老夫人徑走臨安，得遇小姐，正是關目緊要處。（《移鎮》）

〔註83〕〔明〕湯顯祖撰，臧懋循訂：《還魂記》，明萬曆間刻本。

無油黑坐此處，先寫出嚇人之景，爲驚見埋伏。(《遇母》)

打發石姑落場，只留麗娘獨自玩月，愈使老夫人春香驚疑不定，取境最幽。(《遇母》)

《冥判》《圓駕》是關目陰陽遙對處，故以招花神映帶比擬。細想得傍蟾宮因緣已了，又起風波，老平章果是沒得也。(《聞喜》)

但不管是對情節照應的重視，還是對重要關目的細緻分析，都多是出於劇本的文學層面上的考察，是她們置身於《西廂記》的批評情境後的內心感悟，是心靈和作品交流產生的回聲。她們不諳舞臺，也對《牡丹亭》的具體舞臺效果關注不夠，對她們而言，沉浸在作品的品讀中，是一種莫大的樂趣，她們在其中也許會找到自己的影子，找到屬於青春少女的獨特情感苑圃，藉以排遣生活中的刻板和單調。這也正是三婦本《牡丹亭》敘事結構批評趨於案頭化的根本所在。

第四章　明清戲曲評點對戲曲學的
　　　　理論建構及貢獻

第一節　對戲曲功能和價值的認知

明清時期的戲曲批評對戲曲功能的探討主要集中在戲曲序跋和戲曲評點中。戲曲評點家對戲曲功能的探討，主要涵括戲曲的娛樂功能、教育功能、宣洩功能和審美功能四個方面：

一、娛樂功能

中國古典戲曲向來注重戲曲的娛樂功能及喜劇因素的發掘和表現，這與中國古典戲曲源遠流長的俳優傳統是密切相關的，如中國著名戲曲史家王國維在《宋元戲曲考》中即指出：「後世戲劇當自巫、優二者出」。〔註1〕但由於儒家正統觀念對巫、優的鄙斥，在中國古典戲曲理論批評中，相關的探討並不發達。直到中晚明以來，在徐渭、李卓吾、湯顯祖、陳繼儒、馮夢龍等戲曲批評家的努力下，古典戲曲批評由「劇學」本位逐漸取代「曲學」本位，這時。戲曲批評家們對戲曲「俳諧」的喜劇特徵的認識才日趨深化。如王驥德《曲律·論俳諧第二十七》中指出：「俳諧之曲，東方滑稽之流也。非絕穎之姿，絕俊之筆，又運以絕圓之機，不得易作。著不得一個太文字，又著不得一句張打油。須以俗為雅，而一語之出，輒令人絕倒，乃妙。」〔註2〕又《論

〔註1〕　王國維：《王國維文學論著三種》（北京：商務印書館，2003），頁61。
〔註2〕　〔明〕王驥德：《曲律》，中國戲曲研究院編：《中國古典戲曲論著集成（四）》（北京：中國戲劇出版社，1959），頁135。

插科第三十五》云：「大略曲冷不鬧場處，得淨、丑間插一科，可博人哄堂，亦是劇戲眼目。」〔註3〕可見，王驥德主要是從曲詞、科諢等角度對戲曲的娛樂功能和喜劇性特徵予以探討，並用「以俗爲雅」作爲戲曲創作的實際指南。

阮大鋮《〈春燈謎記〉自序一》：「茲編也，山樵所以娛親而戲爲之也。娛矣，中不能無悲焉者何居？夫能悲，能令觀者悲所悲，悲極而喜，喜若或拭焉、瀚焉矣？要之皆娛，故曰娛也。」〔註4〕阮大鋮指出戲曲具有娛樂身心的功能，但並不排斥悲劇因素的淨化作用，悲至極致而轉而爲喜，則其喜劇效果和娛樂效果會更好。此後，類似的探討並沒有停止，並在實際的戲曲評點中獲得進一步的發展。

「戲」的觀念的提出，就是這一發展流程上的重要一環。丁耀亢在《表忠記》第九齣《分唾》齣批中指出：「戲者，戲也。不戲則不笑，又何取於戲乎？本曲求要笑甚難，故於世蕃香唾盂中取出，以供噴飯。」這裡，丁耀亢認爲中國古典戲曲在本質上不是曲，而是「戲」。丁耀亢批語中所謂的「戲」當然不能簡單理解爲通俗意義上的戲謔，而是有著極爲豐富的內涵。筆者認爲至少包含三個層面：其一，追求雅俗共賞，注重和觀眾的交流互動。丁耀亢在《赤松遊題辭》中云：「元曲必求其穩帖，要使登場扮戲，原非取異工文，必令聲調和諧，俗雅感動，堂上之高堂解頤，堂下之侍兒鼓掌；觀俠則雄心血動，話別則淚眼流涕，乃製曲之本意也。」〔註5〕其二，丁氏認爲，戲曲的外在形式（即劇情或關目設置）應具有喜劇色彩或戲噱性，能夠讓觀眾發笑，如果沒有喜劇色彩，觀眾就不會發笑，那就不能稱之爲戲了。其三，喜劇的內在本旨在於眞實地表現或再現社會生活的痛癢之處，是一種「含淚的笑」。

把戲曲的本質看作是「戲」，承認戲曲具有「俳諧」的特質，這無疑是中國古典戲曲喜劇理論的一次突破。而丁耀亢的喜劇理論因其附著於戲曲文本的特殊批評形態，展現出自己的獨特面目。首先，「戲者，戲也。」丁氏把舞臺表演的娛樂性作爲戲曲的主導功能，徹底擺脫了「曲學」本位戲曲批評的藩籬，對李漁的喜劇理論有一定的啓示意義；相對於金聖歎等「以文律曲」，「戲」的觀念也更接近於對戲曲本質內涵的把握。其次，喜劇情境的建立有

〔註3〕　〔明〕王驥德：《曲律》，中國戲曲研究院編：《中國古典戲曲論著集成（四）》
　　　　　（北京：中國戲劇出版社，1959），頁141。
〔註4〕　〔明〕阮大鋮：《春燈謎記》卷首，明末刻本。
〔註5〕　〔清〕丁耀亢《赤松遊》卷首，《古本戲曲叢刊五集》本。

賴於喜劇手法的運用。丁氏《表忠記》第三齣《佞壽》齣批云：「褒忠則必斥佞，有丑、淨，生、旦始可傳神。至忠孝節義之曲，尤忌板執，易使觀者生倦，故必藉以開笑口焉。」此齣也正是通過趙文華與鄢茂卿在權臣嚴世蕃生辰之日，爭相獻媚以取寵的鬧劇，在舞臺上建立起喜劇情境，引逗觀者發笑；其本旨則是在戲謔中撕破偽裝，暴露生活的痛處或癢處，使觀眾有所警醒。

　　當然，「戲」的觀念的提出並不是空穴來風。首先，這是晚明以來戲曲舞臺表演性和平民審美趣味交互作用的必然結果，是「以俗為美」的時代風尚的表徵。郭英德指出：「當明後期至清初的文人曲家明確地認識到戲曲藝術必須靠觀眾而生存，而戲曲觀眾又有著從『御前』到『愚民』的廣泛性的時候，平民階層的審美心理期待便潛移默化地，但卻強有力地影響著，甚至制約著文人曲家的藝術思維，使他們的傳奇戲曲創作自覺不自覺地適應或轉向於淺、淡、俗的審美趣味，從而稀釋了他們積重難返的深、濃、雅的審美趣味。」〔註6〕其次，「戲」的觀念的提出是時代批評觀念的折射。如李漁《閒情偶寄‧詞曲部‧科諢第五》說：「插科打諢，填詞之末技也，然欲雅俗同歡，智愚共賞，則當全在此處留神。文字佳，情節佳，而科諢不佳，非特俗人怕看，即雅人韻士，亦有瞌睡之時。」而好的科諢「乃看戲之人參湯也。」李漁不僅從觀念，而且從劇場演出的具體技術層面，對戲曲的「俳諧」特質予以較全面的探討。稍晚的戲曲評點家吳棠楨亦道：「余嘗謂作傳奇第一難處是花面腳色，不能令觀場者掀髯捧腹，則雖有關、鄭、白、馬之曲，亦當以嚼蠟置之，然時流強作科諢，往往反遭嘔逆，惟紅友諸劇，雅俗共賞，引人入勝處聞哄堂之聲，所以稱絕。此曲演於端州制幕，觀者無不絕倒，今但披卷讀之，亦不覺為之大噱。」〔註7〕（《空青石傳奇》第十一齣《鬮婚》中【南步步嬌】處眉批）在吳棠楨看來，戲曲如果不能令觀眾掀髯捧腹大笑，即便是元曲四大家關、鄭、白、馬的劇作，亦如同嚼蠟而無味。《念八翻傳奇》第十七齣《男竇》副淨【玉交枝】處呂洪烈題評說：「排場科諢，無過取快一時，至此折，看之無厭，試於掩卷後，靜坐思之，不覺失笑，若得佳梨園摹寫，可認侑白墮百觴。」〔註8〕這些都直接或間接地反映的時代的審美和批評風尚。

〔註6〕　郭英德：《明清傳奇戲曲文體研究》（北京商務印書館，2004），頁155。
〔註7〕　〔清〕萬樹：《空青石傳奇》，清康熙二十五年（1686）粲花別墅刻《擁雙豔三種》本。
〔註8〕　〔清〕萬樹：《念八翻傳奇》，清康熙二十五年（1686）粲花別墅刻《擁雙豔三種》本。

前蘇聯劇評家鮑列夫指出：「藝術家們常常使用最簡單的喜劇性來深化和強化基本的喜劇情境和喜劇性格。」〔註9〕從王驥德到丁耀亢，再到李漁、呂洪烈等人，古典戲曲喜劇特質的演化軌迹是非常明顯的。「戲」的觀念和批評實踐正是以承認戲曲的喜劇性爲前提，以喜劇情境的構建和喜劇性格的塑造爲旨歸，是平民審美趣味和舞臺表演相互促進的必然要求，是符合戲曲藝術表演規律的，是中國古典喜劇理論發展的必然要求。

但在此後的演化過程中，文人戲曲評點家往往側重於藉戲曲以自娛，對戲曲娛人功能的探討並沒有太深入的發展。這可能與時人對戲曲娛樂手段的偏見有關（如認爲淨、丑之喜劇動作或諢語多粗鄙，不登大雅之堂等），也在一定程度上體現了評點批評和實際演出的脫節。這個問題直到今天，仍有其現實性。

二、教育功能

中國古典戲曲特別強調寓教於樂。清代費錫璜指出：「自樂府廢，風教散，朝廟草野，聲音之道不相屬，無以爲教化之源。而俗由此益漓。上自天子公卿，下至里巷小人，莫不聽而悅之者，惟院本。故院本者，聲音之所在，風俗之所關也。」〔註10〕因此，戲曲作爲「風俗之所關」，其教育功能自然成爲關注的重點，而比較突出表現爲以曲爲史的「曲史觀」和傳道勸世的教化觀。

（一）曲史觀

「曲史觀」主張以曲爲史，把戲曲創作作爲記錄、演繹歷史的批評觀念。它是中國古典歷史劇批評的核心批評話語之一。這種觀念的產生可以追溯到中國源遠流長的史傳傳統和「春秋筆法」。而歷史劇也是元、明戲曲家重要的創作題材之一，但這時人們的「史劇」批評意識還不太明顯。直到明清之際，在特定的時代語境下，以曲爲史，似乎成爲歷史劇（或時事劇）作家共同的審美追求。明末闕名評沈嵊《息宰河》傳奇云：「有心世道之人，作深知時務之文，自無寒酸頭巾語，人謂其熟史學，我服其熟邸報，道人胸中眞

〔註9〕　轉引自〔蘇〕普羅普著，杜書瀛等譯：《滑稽與笑的問題》（瀋陽：遼寧教育出版社，1998），頁173。

〔註10〕　〔清〕費錫璜：《鏡香園毛聲山評第七才子書》序，清金陵張元振刻聚錦、三益堂印本。

欲以曲作史。」〔註11〕清初戲曲家孫鬱在《天寶曲史·凡例》中更是明確標榜：「是集俱遵正史，稍參外傳，編次成帙，並不敢竊附臆見，期存曲史本意云爾。」〔註12〕孔尚任《桃花扇凡例》：「朝政得失，文人聚散，皆確考實地，全無假借。至於兒女鍾情，賓客解嘲，雖稍有點染，亦非烏有子虛之比。」由於史學觀念的滲透，「曲史觀」又力圖實現歷史敘事和文學敘事的溝通，從而具備了敘事價值。清代歷史劇作家，如孔尚任、洪昇、丁耀亢、董榕、瞿頡等。在其史劇創作中，正是「以曲為史」，藉曲言志，把戲曲的「寓言」功能（文學敘事）和歷史的實錄功能（歷史敘事）巧妙地搭接、融合在一起，而其共同的指向則是劇作家的精神意趣。因此，這意味著歷史敘事具有雙重取向，既要在客觀層面上發揮政治或道德的社會功能，維護綱常倫理和社會正義，又要在主觀層面上高揚作家的理想、情感和意念。如孔尚任在《桃花扇小引》中說：「《桃花扇》一劇，皆南朝新事，父老猶有存者。場上歌舞，局外指點，知三百年之基業，墮於何人？敗於何事？消於何年？歇於何地？不獨令觀者感慨涕零，亦可懲創人心，為末世之一救矣。」董榕《芝龕記》首齣《開宗》中，張企齋評道：「作者蓋以本朝得統最正，待勝國典禮優厚，度越千古揄揚難盡，取明史季年奇事而歌詠之。知明之所以亡即知國家之所以興，歸重人倫風化，義例森然。」〔註13〕更有以史劇傳心者，而翻案之風亦在劇壇不絕如屢，如周樂清創作《補天石傳奇》等。周樂清指出：史劇並非要一味敷演歷史的本來面目，而是為了傳達劇作者的主觀意念，強調史劇的寓言精神。「倘必欲事事考其正偽，則有《通鑑》、《二十一史》在。無庸較此戲場面目也。余僅為補聲山有志未逮，又何嘗欲以區區頑石塞東南缺陷，聲聞於天耶。」〔註14〕（《〈補天石傳奇八種〉自序》）但其旨歸仍在於使觀眾或讀者在欣賞劇作的同時獲得教益。

（二）傳道勸世

儒家的「詩教」、「風教」觀，在中國的各體文學樣式中都有根深蒂固的影響。戲曲亦然，很早就形成了獨具民族特色的「優諫」傳統。元代楊維楨《鐵崖樂府》有云：「開國遺音樂府傳，白翎飛上十三弦；大金優諫關卿在，

〔註11〕　《且居批評息宰河傳奇》第一齣《教忠》齣批，明末刻本。
〔註12〕　〔清〕孫鬱《天寶曲史》卷首，《古本戲曲叢刊三集》本。
〔註13〕　〔清〕董榕：《芝龕記》，清乾隆十七年（1752）原刻本。
〔註14〕　《中國古代戲曲序跋集》，頁567。

伊尹扶湯進劇編。」元末高明在《琵琶記‧副末開場》中更進一步，大力倡
導戲曲的教化作用：「秋燈明翠幕，夜案覽藝編。今來古往，其間故事幾多般。
少甚佳人才子，也有神仙幽怪，瑣碎不堪觀。正是：不關風化體，縱好也徒
然。　　論傳奇，樂人易，動人難。知音君子，這般另做眼兒看。休論插科
打諢，也不尋宮數調，只看子孝妻賢。驊騮方獨步，萬馬敢爭先。」晚明以
來，出現了「以假為美」、「以幻為真」的文學觀念，強調戲曲虛構性和審美
價值的近代藝術思維，對儒家的「詩教」、「風教」觀帶來一定的衝擊，但傳
統政治倫理模式思維仍支配著文人傳奇作家的文學創作觀念。〔註 15〕同時，
在戲曲評點理論中，也不可避免地打上深深的教化觀念的印記。如：

> 馮夢龍《〈萬事足〉敘》云：「覽斯劇者，能令丈夫愛者明，弱者有
> 立志，勝捧誦佛說怕婆經多多矣。其閨人或覽而喜，或覽而怒。喜
> 則我梅，怒則我邳。孰賢孰不，孰吉孰凶，到衰老沒收成時，三更
> 夢醒，自有悔。」

> 馮夢龍《墨憨齋詳定酒家傭傳奇‧恩詔錄孤》眉批：「君子落得做君
> 子，小人落得做小人，此等傳奇，最可喚醒世人，勸他為善。」

> 杜陵睿水生《祭皋陶弁語》：「雜劇院本，詞家之支流也。然出之有
> 道，要不為無益於世。蓋古之忠臣孝子、義人烈士，事在正史，不
> 但愚氓無由知，即淺學儒士，至有不能舉其姓字者。惟一列之俳場，
> 節以樂句，則流通傳播，雖婦人孺子，皆知稱道之。故雜劇之效，
> 能使草野閭巷之民，亦知慕君子而惡小人，此莊士之所不廢也。」
> 〔註 16〕

> 陳用光《〈脊令原〉傳奇序》說：「曲之感人，捷於詩書，今有至無
> 良者，氣質乖謬，師友弗能化焉。試與之入梨園，觀古人之賢奸與
> 往事之得失，其喜怒哀樂無不發而中者。則曲雖小道，固亦風俗人
> 心之所寄也。」〔註 17〕

綜上可見，馮夢龍、陳用光、杜陵睿水生雖然所處時代不同，身份各異，但
在戲曲的教育功能的認知方面則有內在的一致性和延續性。其一，強調戲曲

〔註 15〕 參見郭英德：《明清文人傳奇研究》第四章《明清文人傳奇作家的文學觀念》
　　　　 （北京：北京師範大學，2001）。
〔註 16〕 〔清〕宋琬：《祭皋陶》卷首，清康熙（1662～1722）刻本。
〔註 17〕 《中國古代戲曲序跋集》，頁 570。

在感發人心方面的特殊功效，認爲觀戲優於純粹的說教，這是其他的文學樣式所難以企及的。其二，在視戲曲爲「小道」、「支流」的同時，強調它的傳道勸世、移風化俗的作用，爲提高戲曲的地位不遺餘力。其三，潛在地把戲曲的虛構性及寓言本質和戲曲的教化功能搭接在一起，體現社會價值評判對戲曲本質特徵潛移默化的影響。從而在一定程度上制約了戲曲的多樣化發展。這種狀況直到「五四」以後，在外來戲劇觀念的衝擊下，戲曲創作及其批評才掙脫了儒家教化的枷鎖，展現出新的面貌。

三、宣泄功能

這裡所謂戲曲的宣泄功能主要就劇作家或戲曲評點家主體而言，這些文人戲曲家或評點家往往有才不遇，或功業無成，生活落寞，不得已而借度曲或批點來爲發泄個體的抑鬱牢騷。

首先，戲曲評點揭示了戲曲作爲劇作家泄導人情、寄託曠懷的載體。如《念八翻傳奇》第八齣《驚別》呂洪烈眉批云：「數語非復墨痕，皆淚痕矣。天下懷瑾握瑜之士，淪落風塵無所遭際，即遇一二憐而物色之者，亦或落落相待，乃田文之恒客，非智伯之國士也。果有知己可死則死之矣，而茫茫六合，鼎鼎百年曾未一見，霞邊之遇虞郎，惟悲失之，即此情事，紅友滿腹牢騷，托之□歌痛哭，豈□爲阮娘作飛鳥依人語哉？」〔註18〕呂洪烈認爲萬樹在這裡並不是單純讓阮娘作飛鳥依人語，而是自己一腔知己無求的大悲傷，無以發抒，特借阮娘之口發而出之。劇作者的這種牢騷痛苦，有時甚至通過怪異的劇情來曲折傳達。如化人遊的故事極爲荒誕，寫浙江何皐遨遊四海知音難覓，東海琴仙爲點化何生，邀曹植、李白、崑崙奴、陸羽、西施、趙飛燕等國色名流與之泛舟渡海，何生入魚腹之國歷劫，頓悟人生虛幻。劇作打破時空，用極爲荒誕的情節來抒發劇作者丁耀亢對現實的失望和憤懑。宋琬《〈化人遊〉總評》說：「《化人遊》非詞曲也，吾友某渡世之寓言，而托之乎詞者也。世不可以莊言之，而托之於詠歌；詠歌又不可以莊言之，而托之於傳奇。以爲今之傳奇，無非士女風流，悲歡常態，不足以發我憂思幻想，故一托之於汗漫離奇、狂遊異變，而實非汗漫離奇、狂遊異變也。知者以爲漆園也，《離騷》也，禪宗、道藏語錄也，太史公自敘也，斯可與化人遊矣。」

〔註18〕　〔清〕萬樹：《念八翻傳奇》，清康熙二十五年（1686）粲花別墅刻《擁雙豔三種》本。

〔註19〕宋琬意識到戲曲類型不同，其用以宣泄的情感也應有所不同，丁耀亢的「憂思幻想」無法在才子佳人戲中展現，只有荒誕戲才是丁氏憤世情感的最佳載體。清末袁蟫在《瞿園雜劇初編自序》裏則說：「聊以戲吾之戲，且與友人之樂戲吾戲者，共覓一消遣之法。」〔註20〕局勢動蕩，何處又是樂土呢？袁蟫正是借戲遣愁，在娛樂中打發不完滿的歲月。

其次，戲曲評點者在評點所建立的情境中獲得情感交流和滿足。陳同說自己在評點《牡丹亭》時：「爽然對玩，不能離手，偶有意會，輒濡毫疏注數言。冬釭夏簀，聊遣餘閒，非必求合古人也。」〔註21〕其實，在評點中，陳同對湯顯祖所說的「至情」，融入了自己的理解，她更注重的是兒女之情，是情與緣之間的糾葛，是對癡情男女的禮贊，因此，她標舉「情」的實質是「兒女之情」，認為：「情不獨兒女有也，惟兒女之情最難告人，故千古忘情人必於此處看破。然看破而至於相負，則又不及情矣。」〔註22〕（三婦本《牡丹亭·標目》）這樣，陳同就在批點《牡丹亭》中建立起獨特的批評語境，並從中獲得極大的樂趣。錢宜、談則繼起而評，亦可作如是觀。無名氏在《〈吳吳山三婦評箋注釋聖歎第六才子書〉凡例》中云：「予生艱苦備嘗，病難畢閱，幸得偷生而至今者，以胸中時挾一遍無字書，自唱自詠，不復計有人世險阻故耳。此一編之救我助我，功良多矣。辛丑歲，周遊江右諸郡通都大邑，得廣接夫賢人君子，親其緒論；復好買未見親書，資所覽擇，遂彙成是編。夫吾輩搦三寸管，宜舒於古眼，不有奇書一卷，何由掃盡萬丈紅塵，躋身霄外。況鹿有蘋，呼群而共食，子又曷敢自私乎哉。」〔註23〕《吳吳山三婦評箋注釋聖歎第六才子書》大體是由書坊主僞託纂輯而成的，可見「三婦評點」在當時也是一個不小的「賣點」。此《凡例》是書坊主自爲或請託的中下層文人所爲。但其中的情感是眞實的。無名氏把此書作爲自遣悶懷、超脫人世險阻的良方。清代醉齋繼主在評點《梅花夢》時云：「得是書時，予適賦鼓盆，大兒子才數齡耳，日惟孤鶴同眠，獨弦自理，房敖根觸，〔註24〕盡是傷心。閒

〔註19〕〔清〕丁耀亢：《化人遊》卷首，《古本戲曲叢刊五集》本。

〔註20〕〔清〕袁蟫：《瞿園雜劇初編自序》，清光緒三十四年（1908）刻本。

〔註21〕〔清〕陳同、談則、錢宜：《吳吳山三婦合評牡丹亭》，清康熙三十三年（1694）懷德堂刻本。

〔註22〕〔清〕陳同、談則、錢宜：《吳吳山三婦合評牡丹亭》，清康熙三十三年（1694）懷德堂刻本。

〔註23〕吳毓華《中國古代戲曲序跋集》》（北京：中國戲劇出版社，1990），頁418。

〔註24〕吳毓華《中國古代戲曲序跋集》作「房敖帳觸」，誤「根」爲「帳」。頁612。

即評贅數言，藉消愁魔病鬼，並無一語道著痛癢，何敢示人。同人愛忘其醜，慫恿錄存，見哂方家，自知不免，諒之諒之。」〔註25〕（《〈梅花夢〉贅言十四則》）這種以評點自遣或自娛的心態並不鮮見。

四、審美功能

戲曲作爲一種藝術樣式，是伴隨著近代敘事思維的崛起而發展、成熟起來的，是文人戲曲家的一種精神需求和心靈的棲息地。

戲曲的審美功能表現在很多方面，比如戲曲排場的獨特設置，演員的唱腔、服裝和戲劇動作，甚至經典的唱詞、對白等，都能給觀眾（或讀者）帶來審美愉悅。限於篇幅，這裡以戲曲評點中關於「夢戲」的探討爲核心，因爲「夢戲」集中體現了中國古典戲曲的獨特審美功能和價值。

首先，「夢」與藝術創作真與幻的同構性。夢本身是虛幻的，但在顛倒黑白的現實社會，人的真實意念壓抑在潛意識中，而以「夢語」的形式表達出來，反而獲得了更真實的體現。古代戲曲家們雖然還不知道有「潛意識」這樣抽象的概念，但對夢的這種獨特性是有比較深刻的認識的，從而在創作中「以戲入夢，以夢爲戲」，在真與幻的情境中，使劇作突破儒家實用主義文學觀，獲得一種超越性和獨特的審美價值。如袁宏道《批點牡丹亭記》第二十八齣柳夢梅與杜麗娘對白，杜麗娘白「不是夢，當真哩」處批曰：「真裏說夢，夢裏說真，顛顛倒倒，怪怪奇奇。」〔註26〕在《臨川玉茗堂批評西樓記》第十九齣《錯夢》中，湯顯祖批道：「越奇越幻，出化入神，不可思議，不可名言，真戲也？真夢也？文至此乎？」袁宏道、湯顯祖認爲「戲夢」營造了奇幻性和真實性相交織的獨特情境。

古代戲曲中涉「夢」者不勝枚舉，湯顯祖認爲雖然所「夢」之事和內涵不同，但其最根本的特徵是一樣的，那就是夢的奇幻性。如他在《玉茗堂批評異夢記》的總評中即指出：「從來劇園中說夢者，始於《西廂‧草橋》。《草橋》，夢之實者也。今世復有《牡丹亭》。《牡丹亭》，夢之幽者也。復有《南柯》《黃粱》，《南柯》《黃粱》，夢之大者也。復有《西樓‧錯夢》。《錯夢》，夢之似幻實真、似奇實確者也。然而總未異也。既曰夢，則無不奇幻，何異之足云！若此傳至環珮詩箋，醒時俱燦然在手，斯足異矣。」〔註27〕清末趙

〔註25〕　〔清〕汪莪庵：《梅花夢》卷首，清光緒十年（1884）成都龔氏刻本。
〔註26〕　〔明〕袁宏道批：《批點牡丹亭記》明崇禎新都蒲水齋校刻本。
〔註27〕　〔明〕湯顯祖批：《玉茗堂批評異夢記》，《古本戲曲叢刊二集》本。

士麟《江花樂府序》亦云：「夢之爲言幻也，劇之爲言戲也，即幻也，夢與戲有二乎哉？」〔註28〕趙氏強調夢與戲相通於「幻」，二者在這方面並無二致。晚明劇作家「以幻爲眞」的文學觀於此可見一斑。

其次，在經典的「夢戲」中，夢往往具有了某種哲學意味。馮夢龍在《邯鄲夢》總評中說：「玉茗堂諸作，《紫釵》、《牡丹亭》以情，《南柯》以幻，獨此因情入道，即幻悟眞。閱之令凡夫濁子，俱有厭薄塵埃之想，四夢中當推第一。世俗以黃粱夢爲不詳語，遇吉事不敢演，夫夢則爲宰相，醒則爲神仙，事孰有吉祥於此者？」〔註29〕馮夢龍揭示了「夢戲」亦眞亦幻的巨大藝術感染力，並注意到「夢」對人悟眞入道的啓示意義。對「夢」的哲學意義予以深刻探討的是金聖歎，他在《草橋驚夢》總批中說：

> 今夫天地，夢境也；眾生，夢魂也。無始以來，我不知其何年齊入夢也；無終以後，我不知其何年同出夢也。夜夢哭泣，旦得飲食；夜夢飲食，旦得哭泣。我則安知其非夜得哭泣，故旦夢飲食，夜得飲食，故旦夢哭泣耶？何必夜之是夢，而旦之獨非夢耶？……傳曰：「至人無夢。」「至人無夢」者，非無夢也，同在夢中而隨夢自然，我於其事蕭然焉耳。……傳曰：「愚人無夢。」「愚人無夢」者，非無夢也，實在夢中而不以爲夢，所有幻化皆據爲實。……蓋甚矣，夢之難覺也！夢之中又有夢，則於夢中自占之，及覺而後悟其猶夢焉。因又欲占夢中，占夢之爲何祥乎？夫彼又烏知今日之占之，猶未離於夢也耶？〔註30〕

限於時代的原因，金聖歎不可能認識到造成崔鶯鶯和張生的愛情悲劇的制度性原因，但憑著藝術的直覺，他對造成人生痛苦的大悲劇是有著切實的體驗，因而他認爲崔、張愛情的合理終點是《哭宴》。而《驚夢》不僅觸動了金聖歎「人生如夢」的心理體驗，也是他以之作爲「立言之體」的最佳範例。金聖歎從「夢」的虛幻性入手，層層剖析，揭示人生的存在不過是天地夢境的展示，不管是「至人」的隨夢自然，還是「愚人」的不以爲夢，都無法超脫夢幻的悲惘。這些都體現了他對現實世界的失望和受佛禪虛無主義人生觀的消極影響。汪荺庵《梅花夢傳奇》第十六齣《結夢》齣批亦云：「自《西廂》以

〔註28〕〔清〕趙士麟：《江花樂府序》，龍燮《江花夢》卷首，抄本。
〔註29〕〔清〕馮夢龍：《墨憨齋重訂邯鄲夢》，見魏同賢主編：《馮夢龍全集》（13）（南京：江蘇古籍出版社，1993），頁1175。
〔註30〕《金聖歎全集·貫華堂第六才子書西廂記》，頁1080～1081。

《草橋驚夢》終篇，傳奇家輒傚之，無目者輒賞之無論，數見不鮮也。言盡而意已止，是夢不如醒也。臨川四種皆夢也，而皆不以夢終，何害其爲古今絕唱乎？此書雖終以夢而全書之意實在文字語言之外，善讀者雖謂之不以夢終而以夢始可也。至其痛哭流涕寄慨遙深而又無人解得者，此章之中則有三句：如云原說是夢，又云但求此夢眞實不虛是也。斯言也，一讀而心酸，再讀而腸斷矣。」〔註31〕

　　再次，夢作爲結構劇作的手段，也獲得了審美價值。如張堅《夢中緣》第四十五齣《後夢》眉批云：「內臣一言，陰麗娟已變生意外矣。此又就夢境中將媚蘭之事亦生變異，皆作者深文微意，故用醒後【清江引】曲以終其旨。蓋此段夢境與內臣傳信一段情事相對，而後半截夢則又特起一峰，以爲全篇收束也，此一夢中兩夢不同處。」「一夢始一夢終，此書正文已完，故直結到塡詞與前沖場【滿庭芳】語意相應。『戲圓』一齣又作者閒心閒筆揮灑成文，爲傀儡場上一博葫蘆耳。讀者須別具心眼乃得。」〔註32〕在張堅看來，夢在劇作結構的起結和波瀾上有不同尋常的意義。胡來照更是把「夢」作爲整本《東廂記》的中心線索。他在第一齣《夢節》齣批中說：「《東廂》全部可一言以蔽之曰：『夢』。首齣開場集唐之『豈夢思』與尾齣下場集唐之『夢覺時』，遙遙緊應，中間一夢再夢：鴛夢紅夢，《租廂》之夢魂顛倒，《劫寺》之夢來何處，《畈空》之自恨成夢，《遙祭》之相期入夢，《童會》之白日疑夢，對師問夢，以至彼此皆夢，仙佛亦夢，明知是夢，而特隨緣隨分的做夢。」〔註33〕可見，「夢」在架構戲曲作品中的價值無疑是極爲重要的。

第二節　戲曲創作學的探討

　　孟稱舜《智勘魔合羅》總評云：「曲之難者，一傳情，一寫景，一敘事。然傳情寫景猶易爲工，妙在敘事中繪出情景，則非高手未能矣。讀此劇者，當知此意。」〔註34〕明清戲曲評點中，關於戲曲創作學的論述是多方面的，涉及戲曲結構、戲曲人物塑造、戲曲語言等。

〔註31〕　〔清〕汪蕅庵《梅花夢傳奇》，清光緒十年（1884）成都龔氏刻本。
〔註32〕　〔清〕張堅：《夢中緣》，清乾隆間刻《玉燕堂四種曲》本。
〔註33〕　〔清〕湯世瀠《東廂記》，清光緒間上海申報館鉛印本。
〔註34〕　〔明〕孟稱舜：《古今名劇合選·酹江集》，《古本戲曲叢刊四集》本。

一、戲曲結構

在明清戲曲家那裡,「布局」和「結構」並沒有本質的區別,都用來代指戲曲的「故事情節」或「情節結構」。元、明戲曲家常習稱之為「關目」,如《新刻魏仲雪先生批評投筆記》第六齣《采椹奉姑》齣批云:「邀射、投豪(毫),俱不辭。如此,又竟往華山,是一葦渡江處。若必辭親,便為蛇足,且亂線索。觀者要識透這關目。」還有的稱之為「煉局」、「布景」或「構局」等。但在元代乃至明初為數不少的曲論或戲曲批評中,戲曲的情節結構卻被有意無意地遺忘或「懸置」一旁,曲評家們更關注的是戲曲音律的和諧,曲詞的本色還是華美等,直到中晚明王驥德、臧懋循等人,才對戲曲的情節結構逐步重視起來,並加以必要的理論探討。如臧懋循在《〈元曲選〉後集序》中明確提出「三難」,即「情辭穩稱之難」、「關目緊湊之難」、「音律諧叶之難」。〔註35〕「關目」位居第二位,表現出以臧氏為代表的明代戲曲批評家在戲曲表演性和文學性之間遊移的複雜心態。

蘇珊·朗格在《情感與形式》中指出:「而當敘述部分被作為作品的中心主題時,一個新的要素就被介紹進來,這個新的要素即情節趣味。它改變了主宰作品思想的完整形式。」〔註36〕雖然,明代戲曲評點家表現出了濃厚的「情節趣味」,但結構布局理論的真正成熟是在清初戲曲評點家手裏完成的。清初曲評家的戲曲敘事理念比明代有了明顯的增強,敘事結構在評點實踐中得到極大的凸顯。

清初戲曲評點家丁耀亢首倡「布局第一」的觀念,並應用於自己的戲曲創作實踐。他在《嘯臺偶著詞例》「詞有三難」條中指出:「一、布局,繁簡合宜難。二、宮調,緩急中拍難。三、修詞,文質入情難。」這裡,戲曲的「布局」(情節結構)已躍升至第一位,丁氏雖然沒有展開論述,但他戲曲敘事結構的濃厚興趣和重視,證明是具有遠見卓識的。大約二十多年後,李漁便在《閒情偶寄》中標舉「結構第一」〔註37〕,認為戲曲「結構」(即總體構思、布局)先於「詞采」和「音律」,並用「造物之賦形」和「工師之建宅」,比喻情節結構的構思在戲曲創作中的基礎性的和決定性的意義,是

〔註35〕 見吳毓華《中國古代戲曲序跋集》,頁 149～150。
〔註36〕 〔美〕蘇珊·朗格:《情感與形式》(北京:中國社會科學出版社,1986),頁302。
〔註37〕 〔清〕李漁:《閒情偶寄》,《中國古典戲曲論著集成(七)》(北京:中國戲劇出版社,1959),頁 7。

作品成敗的關鍵之所在，試圖確立情節結構在戲曲創作中的中心地位。可見，從臧懋循等到丁耀亢、李漁，戲曲敘事結構慢慢實現由隱而顯的轉換，其重要性也日漸得以確認。至於這一轉換的過程及其內在聯繫，一些學者已做初步的探討，如葉長海指出：「臧氏所稱的『情詞』『關目』和『音律』，相當於丁氏筆下的『修詞』『布局』和『宮調』。但他們的排列次序不同，臧氏是『情詞』第一、『關目』第二、『音律』第三。丁氏則是『布局』第一、『宮調』第二、『修詞』第三。丁氏把『布局』置於首先的位置，對後來李漁提出的『結構第一』應該有啓發作用。」〔註 38〕總之，對「布局」、「結構」的重視，是丁耀亢和李漁的共同之處，體現了他們對戲曲文學敘事本質特徵的準確把握，在中國古典戲曲批評史上具有里程碑式的意義。

　　明代曲評家們對戲曲情節結構的整一性、以奇爲美及情節的聯絡照應等做出了深入的探索。（參見第一章第二節）清代是戲曲結構理論集大成的時期，以金聖歎的貢獻爲最大。趙山林評價說：

　　「在金聖歎看來，情節結構的演進應以人物性格的發展作爲內在依據，二者互爲表裏。這種以人物性格的內在邏輯性爲推動力的戲劇結構論，超越了情節結構本身自足的層次，是一種相當深刻的見解，值得予以重視。」〔註 39〕「其中既有高屋建瓴、總攬全局的宏觀把握，又有如李漁所說的『析毛辨髮，窮幽極微』的微觀觀察。」
〔註 40〕

毛聲山的戲曲結構論受到金批的影響極大，在分析的細緻入微方面有自己的特色，如情節結構安排要注意情節之間的因果關係，要抓住關鍵，要曲折而不是平鋪直敘等，毛聲山都做了比較細緻的分析。丁耀亢、李漁等戲曲評點家則對情節結構的單一性、平中見奇等傾注了極大的熱情。

　　首先，情節線索簡單是結構單一性的重要標誌。如丁耀亢在《表忠記》第八齣《盟義》齣批中指出：「《鳴鳳記》以鄒、林（按：鄒應龍、林潤）爲正生者，以其卒收誅嚴之功，而以前後同劾八臣附之，忠愍居首焉。苦於頭緒多，故收拾結束，不能合拍多致紛亂。此齣略出鄒、林，以鳳洲爲盟主，既有同心，至赴義後，始出結劾嚴之局，則線索清矣。一部提掇，全在此齣。」

〔註 38〕葉長海《中國戲劇學史稿》（上海：上海文藝出版社，1986），頁 355。
〔註 39〕趙山林：《中國戲劇學通論》，頁 862～863。
〔註 40〕同上，頁 865。

丁氏認爲《鳴鳳記》把鄒應龍、林潤設置爲正生角色，是因爲要靠他們來收束誅殺嚴世蕃一案，並附以彈劾嚴氏父子的八位大臣，由於線索繁瑣，因此在劇作收煞時出現不合拍的現象，從而導致混亂。而《表忠記》以王世貞（號鳳洲）爲核心，他和鄒應龍、林潤及其他八位大臣同心赴義，終完成誅嚴大業。這樣，全劇的線索非常清晰，收束起來不顯得雜亂。李漁在《秦樓月》第二十八齣《誥圓》眉批中也對劇作「一線到底，一氣如話」〔註41〕的單一性結構特徵大加稱讚。

其次，平中見奇是戲曲結構設置的客觀要求。戲曲情節結構的曲折離奇對曲家和觀眾而言，有著同樣巨大的吸引力，清初曲家亦不例外，如李漁《〈香草亭傳奇〉序》指出「情事不奇不傳。」〔註42〕清初翻案劇的流行亦與戲曲家的求奇求新心理密切相關。吳秉鈞在《風流棒傳奇》第六齣《舟贈》眉批中說：「事不誤不奇，文不曲不勝，但不知紅友從何得此縹緲紆回之思致，豈天台武彝生其肺肝耶？」〔註43〕呂洪烈在《念八翻傳奇》第十八齣《收媛》眉批中云：「男女改妝劇中扭合熟套，揆之於理，大屬荒謬，蓋所爲旦色，俱係名媛，必無雙跌作巨人蹤者，何可互擬耶？此則男改以臥，女改以坐，故意犯大無理之局，而巧化出大有理之文，奇乎不奇，用男改竟無識者，故以脫禍，女改轉有識者，反以獲福，文外之文，奇中之奇。」〔註44〕

但清初有識見的戲曲家並非爲奇而奇，對「神頭鬼面」等盲目求奇、雷同蹈襲現象尤持批判的態度。如樸齋道人《〈風箏誤〉總評》指出：

> 是劇結構離奇，熔鑄工煉，掃除一切窠白，向從來作者搜尋不到處，另闢一境，可謂奇之極、新之至矣！然其所謂奇者，皆理之極平；新者，皆事之常有。近來牛鬼蛇神之劇充塞宇內，使慶賀宴集之家，終日見鬼遇怪，謂非此不足驚人觀聽。詎知家常事中，盡有絕好戲文未經做到耶！是劇一出，鬼怪遁形矣。」〔註45〕

可見，平中見奇、陳中出新才是戲曲家衡文作曲的妙諦。

〔註41〕 〔清〕朱素臣：《秦樓月》，《古本戲曲叢刊三集》本。

〔註42〕 〔清〕李漁：《李漁全集·評鑒傳奇二種》（浙江古籍出版社，1992），第123頁。

〔註43〕 〔清〕萬樹：《風流棒傳奇》，清康熙二十五年（1686）粲花別墅刻《擁雙豔三種》本。

〔註44〕 〔清〕萬樹：《念八翻傳奇》，清康熙二十五年（1686）粲花別墅刻《擁雙豔三種》本。

〔註45〕 〔清〕李漁：《李漁全集·笠翁傳奇十種（上）》（浙江古籍出版社，1992），頁203。

　　這種「平中見奇」觀念的形成，是與戲曲演出的特點和戲曲家本人的戲曲理念相關的。一方面，舞臺演出的長時段性決定了其內容或結構形式必須求奇求新，持續不斷地激發觀眾的觀賞興趣，而同時又要避免「事涉荒唐」，超出他們的期待視野。就舞臺效果而言，既要達到既能「醒人倦眼，豁人悶懷」，又使觀眾「不覺荒唐，但宜稱快」〔註46〕（《空青石傳奇》第十三齣《神裓》中【滾繡球】處眉批），平中見奇確實是不易之秘。另一方面，清初戲曲家大多屈居下層，甚至布衣終身，他們以平易為美，重視世態人情物理。如李漁認為：「王道本乎人情，凡作傳奇，只當求於耳目之前，不當索諸聞見之外。無論詞曲，古今文字皆然。凡說人情物理者，千古皆傳；凡涉荒唐、怪異者，當日即朽。」〔註47〕這是對戲曲一味靠神頭鬼面爭奇鬥勝而不講究結構穿插等不正常現象的反撥，也為當時的戲曲創作擺脫陳陳相因的怪圈指示出一條明徑。

二、戲曲人物塑造

　　明代戲曲評點家們對人物塑造的認識較明初及以前有了一定的拓展，如《鼎鐫陳眉公批評琵琶記》託名「王世貞」的評點家說：

> 綢繆姻緣處，人情曲盡，是東嘉才思縝密。一部《琵琶記》中，排比四十二齣，各色的人，各色的話頭，拳腳眉眼，要各肖其人而止，好醜濃淡，毫不出入，中間抑揚映帶句白問答，包涵萬古之才，太史公全身現出，以當詞曲中第一品無愧也。〔註48〕（《鼎鐫陳眉公批評琵琶記》第十五齣牛小姐道白「我為爹爹做事不停當，以此憂悶」處眉批）

這裡，「王世貞」談及人物塑造真實性的問題，認為這是「人情曲盡」的藝術反映。但其中的「人情」究竟是社會客觀存在的「人情物理」呢，還是劇作家高明的主觀「情理」呢，則比較含糊。孟稱舜《燕青博魚》總評云：「文章之妙，在因物賦形，刻詞曲尤為其人寫照者。男語似女，是為雌樣；女語似男，是為雄聲。他如此類，不可悉數。至曲中尤忌者，則酸腐打油腔也。元人之高，在用經典子史而愈韻愈妙，無酸腐氣。用方言俗語而愈雅愈古，無

〔註46〕　〔清〕萬樹：《空青石傳奇》，清康熙二十五年（1686）粲花別墅刻《擁雙豔三種》本。

〔註47〕　〔清〕李漁：《閒情偶寄》，中國戲曲研究院編：《中國古典戲曲論著集成（七）》（北京：中國戲劇出版社，1959），頁19。

〔註48〕　〔明〕陳繼儒：《鼎鐫陳眉公批評琵琶記》，明書林師儉堂刻本。

打油氣。其大槊也若此劇作燕青語，又粗莽雙精細，似是蓼兒窪上人口氣，固非名手不辦。」提出了塑造人物的傳神寫照原則。

王思任、沈際飛的《牡丹亭》人物評比較早認識到人物的個性化特徵及其豐富性。如沈際飛《牡丹亭題詞》云：「柳生駭絕，杜女妖絕，杜翁方絕，陳老迂絕，甄母愁絕，春香韻絕，石姑之妥，老駝之勘，小癩之密，使君之識，牝賊之機，非臨川飛神吹氣爲之，而其人遁矣。若乃眞中覓假，呆處藏黠，繹其指歸，□□則柳生未嘗癡也，陳老未嘗腐也，杜翁未嘗忍也，杜女未嘗怪也。理於此確，道於此玄，爲臨川下一轉語。」〔註49〕沈際飛認爲，柳夢梅的個性特徵是「駭」而不「癡」，陳最良是「迂」而不「腐」，杜寶是「方」而不「忍」，杜麗娘是「妖」而不「怪」。人物性格既有突出的基調，又有小的變奏，主色調極爲鮮明，而不影響色彩的豐富性。這樣的人物個性特徵才是完滿的，而不是類型化的。沈際飛的戲曲評點實踐充實、豐富了明代人物性格論的理論內涵。

清代戲曲評點中的人物性格論，仍首推金聖歎，他關於塑造人物性格的「心、地、體」及人物組合關係的分析頗爲精闢（詳見第三章的論述）。但在其後，則嗣無來者。「情節趣味」和形式批評主導了清中後期的戲曲評點。

三、戲曲語言

關於戲曲語言是本色還是豔麗，是講求意趣神色還是講求律法，在明代曾產生過激烈的論爭。戲曲評點對戲曲語言的規範是不遺餘力的。如《幽閨記》第十六齣《違離兵火》眉批云：「此等曲都如家常說話，妙，妙！」這是強調曲詞語言本色化的風格特徵。清初戲曲家萬樹在《念八翻》第十九齣《番訂》【打番兒】處眉批中則對湯顯祖《牡丹亭》音律的粗疏加以責難，萬樹說：「僕嘗謂以玉茗之才，便自度此曲（按：【打番兒】），何妨自我作古，而必冒舊號，使名實乖舛乎？且近見時流樂府竟以《冥判》曲爲定格，依而填之，大可噴飯，是使臨川自誤誤人，爲魔圈津梁矣，烏乎可？」萬樹指責湯顯祖「詞情妙千古，而於曲調則多聱牙，」並以其劇作《牡丹亭》、《邯鄲記》中【混江龍】曲爲例，指出其有乖音律，名實不副，同時，也對當時傳奇創作中不辨音律，盲目推崇湯顯祖，因而以訛傳訛的現象進行了針砭。

〔註49〕〔明〕沈際飛：《牡丹亭題詞》，見毛效同編《湯顯祖研究資料彙編》（上海：上海古籍出版社，1986），頁859。

　　戲曲評點中對曲白的關係問題也有比較深入的探討。如孟稱舜《天賜老生兒》總評指出：「此劇之妙，在宛暢入情，而賓白點化處更好。或云元曲填詞皆出辭人手，而賓白則演劇時伶人自爲之，故多鄙俚蹈襲之語。予謂元曲固不可及，其賓白妙處更不可及。如此劇與《趙氏孤兒》等白，直欲與太史公《史記》列傳同工矣。蓋曲體似詩似詞，而白則可與小說演義同觀。元之《水滸傳》是《史記》後第一部小說，而白中佳處直相頡頏，故當讓之獨步耳。」〔註 50〕孟稱舜針對當時流行的先曲後白的觀點進行反駁，認爲元雜劇曲、白之間的關係不是有先有後，而是曲白相生，同出於辭人之手。沈際飛《評點牡丹亭還魂記》引袁宏道語認爲：「凡傳奇，詞是肉，介是筋骨，白、諢是顏色。《紫釵記》止有曲耳，白殊可厭也，諢間有之，不能開人笑口，若所謂介，作者尚未夢見，此卻不是肉屍而何！」〔註 51〕袁宏道用形象的比喻說明了曲、白、介、諢之間是一個有機的整體，白、介、諢有欠缺，劇本的舞臺效果就要大打折扣。

第三節　戲曲鑑賞學的建構

　　《文心雕龍·知音》是中國古代比較早系統論述文學鑑賞的重要篇章，劉勰認爲：「綴文者情動而辭發，觀文者披文以入情；沿波討源，雖幽必顯。世遠莫見其面，覘文輒見其心。豈成篇之足深，患識照之自淺耳。夫志在山水，琴表其情，況形之筆端，理將焉匿？」〔註 52〕這裡，劉勰對讀者從事文學鑑賞的過程，進行生動而形象的揭示，提出「披文入情」的鑑賞理論原則。其實，進行戲曲評點的過程本身就是鑑賞的過程，同樣要求「披文入情」，把握戲曲藝術的要妙之處。孫秋克在《戲曲評點的特點、歷史發展和理論貢獻》中就指出：「就體例和方法而論，戲曲評點概括與具體結合而以具體爲主，鑑賞與批評並行而以鑑賞爲重。」因此，可以說，戲曲評點在有意無意之中，參與了古典戲曲鑑賞學的理論建構，主要涉及戲曲的表演和文學藝術兩個層面。

　　舞臺性是戲曲作爲綜合藝術的首要特徵。客觀而言，對戲曲表演藝術的關注，比較重要的戲曲理論專著有《鸞嘯小品》（明潘之恒撰）、《閒情偶寄》

〔註50〕〔明〕孟稱舜：《古今名劇合選·醑江集》，《古本戲曲叢刊四集》本。

〔註51〕〔明〕沈際飛：《獨深居點定玉茗堂還魂記》卷首《集諸家評語》，明崇禎間刻本。

〔註52〕〔梁〕劉勰著，陸侃如、牟世金譯注：《文心雕龍譯注》（濟南：齊魯書社，1995），頁 587。

的「詞曲部」和「演習部」（清李漁撰）、《劇說》（清焦循撰）、《梨園原》（清黃幡綽撰）、《消寒新詠》（清鐵橋山人、石坪居士、問津漁者合撰）等。在戲曲評點中，對戲曲表演藝術的鑒賞，主要集中於臧懋循、馮夢龍等人改評的曲本中。其他戲曲評本中也略有涉及。

一、戲曲表演藝術鑒賞

（一）演員是舞臺表演藝術的核心

戲曲評點中關於演員表演藝術的探討主要有以下三個方面：

首先，看演員表演是否「情真」。袁晉《玉茗堂批評〈焚香記〉序》云：「蓋劇場即一世界，世界只一情人。以劇場假而情真，不如當場者有情人也，顧曲者猶屬有情人也，即從旁之堵牆而觀聽者，若童子，若瞽叟，若村嫗，無非有情人也。倘演者不真，則觀者之精神不動。然作者不真，則演者之精神亦不靈。〔註53〕」袁晉認為作者、演員和觀者之間是互動的關係，演員表演是否逼真盡情，既受制於劇作本身是否達到藝術的真實，在一定程度上也決定了能否真正打動觀眾的心。馮夢龍《墨憨齋新定灑雪堂傳奇》第二十四折《私閨泣訣》眉批說：「斷弦破鏡與生，俱盡怨憤之極。演者亦應情淚如雨。」馮氏所批雖然類同於「演員舞臺提示」，但也認為演員應很好地用心去體悟劇情，從而在表演中投入自己的一腔真情。

其次，看演員對劇本主旨把握是否到位。馮夢龍《墨憨齋詳定酒家傭》第十齣《變訪王成》眉批說：「此齣王成與前齣文姬，正是合扇兩股文字，存孤精神全在於此，演者不可草草。」所謂「存孤精神」，就是說「存孤」是劇作的主旨之所在，是作者的精神意趣之所在，因此，演員在表演時，首先要能夠吃透劇作的主旨之所在。馮夢龍在《墨憨齋重定三會親風流夢》第十五折《中秋泣夜》眉批說：「人到死生之際，自非容易，況以情死者乎！叮嚀宛轉，備寫淒涼，令人慘惻。俗優草草演過，可恨！」《中秋夜泣》較湯顯祖原劇略有改動，原劇是杜麗娘遊園驚夢後又去尋夢，為情感傷悱惻，一病而亡。這裡寫杜麗娘見月感傷，為情而死，這是全劇的「至情」主旨的展現，對於我們瞭解杜麗娘的心靈世界和個性追求至關重要，因此，馮夢龍對此予以特別提示，要求演員對此加以特別的重視。

〔註53〕〔明〕袁晉：《玉茗堂批評〈焚香記〉序》，《焚香記》卷首，明末玉茗堂評刻本。

　　再次，看演員對角色的理解是否正確。馮夢龍改本《人獸關》第十三折《施濟遭官》眉批說：「有命若全，然說好與遭官不貼，若太直言，又非桂生同來之意，施老又要討流年眞信，又愁說不好。此種心事，須各認腳色描之。」〔註54〕「各認腳色」就是要求對不同腳色的演員要根據其個性特徵，分別予以描摹。而抓住不同腳色演員的個性特徵尤爲重要。如馮夢龍《墨憨齋詳定酒家傭傳奇》第十六折《李固自裁》眉批指出：「演固之死，宜憤多而悲少，此與王蠋死節一例，演者不可苟且。」他在《酒家傭》總評中又說：「演李固要描一段忠憤的光景，演文姬、王成、李燮要描一段憂思的光景，演吳祐、郭亮要描一段激烈的光景。」可見，馮氏認爲李固的個性情感特徵是忠憤，演員必須深刻把握這一個性情感特徵，才能把李固這個人物演活、演好，才能給觀眾帶來美的享受。對那些反面人物，馮氏認爲也不能採取簡單化處理，同樣也要把握其個性情感特徵。他在《墨憨齋詳定酒家傭傳奇》第七折《吳祐罵佞》眉批中指出：「此齣全要描寫吳祐一片義氣，馬融僞儒亦須還他架子，俗優扮宰嚭，極其猥屑，全無大臣體面，便是不善體物處。宰嚭要還他個大臣架子，馬融要還他個儒者架子，方是水墨高手。」馮氏的觀點確有見地，他是從表演和藝術鑒賞的角度來認知劇中的人物，而不是出於一己之好惡。他對人物個性情感特徵的把握有時到了極爲細微的程度，如他在《墨憨齋重定三會親風流夢》第二十三折《設誓盟心》眉批中說：「此折生不怕（杜麗娘之鬼魂），恐無此理，若太怕則情又不深，多半癡呆驚訝之狀方妙，」「此後生更不必怕，但作恍惚之態可也。」這對於演員和觀眾而言，都是一種深刻而細緻的人物分析，眞正深入到了人物的內心世界，從而賦予人物以更大的鑒賞和審美價值。

　　（二）排場的合理性

　　一方面，要注意情節設置合情合理。如馮夢龍改本《人獸關》總評說：「戲本之用開場表白，此定體也，原本逕扮大士一折，雖曰新奇眩俗，然臨於亂矣，況云大士故賜，藏金於負心之人，使之現報以儆世俗，尤爲悖理。今移大士折於贈金設誓之後，爲冥中證誓張本，線索始爲貫串，且戒世人，莫輕賭咒，大有關係。」〔註55〕原本觀音大士一開始就上場宣揚果報（李玉《人獸關》第一

〔註54〕　〔明〕馮夢龍：《墨憨齋訂定人獸關傳奇》，見魏同賢主編：《馮夢龍全集》（13）（南京：江蘇古籍出版社，1993），頁1311。

〔註55〕　〔明〕馮夢龍：《墨憨齋訂定人獸關傳奇》，見魏同賢主編：《馮夢龍全集》（13）（南京：江蘇古籍出版社，1993），頁1277。

齣《慈引》），給全劇套上了一個神示模式的外殼。馮夢龍認爲這悖於情理，因此稍作改動，讓施濟贈金於桂薪，桂設誓犬馬相報，然後讓觀音大士出場證誓（馮本《人獸關》第五折《菩薩證誓》），這樣安排就全劇線索血脈貫通，且有勸世之效。馮氏的改動是正確的，這不僅打破了神示的外殼，還賦予劇作更多世俗化的印記。馮夢龍《墨憨齋重定女丈夫傳奇》第三十一折《海外稱王》眉批說：「虬髯公海外稱王一段氣象，也須敷演一場，豈可抹殺？演此折須文武宮監極其整齊，不可草率，涉寒酸氣。」〔註56〕虬髯客海外稱王不僅爲他離別李靖等人做一收結，而且也有助於其英雄形象的塑造。因此，馮氏認爲這場戲必不可少，並且強調演出場面要配得上虬髯客王者的身份。另一方面，要注意冷熱調劑等問題。這是爲了獲得更好的觀賞效果，也能讓演員適當休息。如金聖歎在《寺警》總批中所謂的「羯鼓解穢」，其實質上指的就是用孫飛虎圍寺、惠明下書的熱鬧場面，來調劑舞臺氣氛。陳繼儒在《牡丹亭丹青記》中亦指出：「冷後鬧場亦不可少。」〔註57〕（《繕備》出批）

（三）曲白可演

臧懋循改本《牡丹亭》第七齣眉批：「麗娘心事到底不能瞞侍兒，故此落場詩最有做，何用集唐哉。」臧懋循的評論中有九條使用了這一術語。周育德將臧懋循所謂的「有做」定義爲「有戲，適合表演」〔註58〕。馮夢龍的改本中也使用了這一術語。如《風流夢》第二十二折《石姑阻懷》眉批：「此段說白極有做，不可草草。」

可見，在臧、馮改本《牡丹亭》中，二人對劇情的起結表現出了極大的關注，而對曲白可演與否的探討，更鮮明地體現出二人對《牡丹亭》作爲舞臺演出本的高度重視，在這一點上，二人表現出與原劇作者湯顯祖戲劇觀念的差異。這是在進行舞臺藝術鑒賞時需要愼重對待的。

二、戲曲文學藝術鑒賞

（一）鑒賞的主體性

戲曲文學藝術的鑒賞是一種主體性的行爲。金聖歎在《驚豔》總批中說：

〔註56〕 〔明〕馮夢龍：《墨憨齋重定女丈夫傳奇》，見魏同賢主編：《馮夢龍全集》（12）（南京：江蘇古籍出版社，1993），頁267。

〔註57〕 〔明〕陳繼儒：《玉茗堂丹青記》，明刻本。

〔註58〕 周育德：《「臨川四夢」和戲曲舞臺》，載《湯顯祖論稿》（北京：文化藝術出版社，1991），頁244。

「夫天下後世之讀我書者，彼豈不悟此一書中，所撰為古人名色，如君瑞、鶯鶯、紅娘、白馬，皆是我一人心頭口頭吞之不能，吐之不可，搔爬無極，醉夢恐漏，而至是終竟不得已，而忽然巧借古之人之事以自傳，道其胸中若干日月以來，七曲八曲之委折乎？」〔註59〕

　　這種主體性鑒賞要求對鑒賞對象有一種超乎尋常的情感浸潤。金聖歎在《酬韻》節批中說：「記得聖歎幼年初讀《西廂》時，見『他不偢人待怎生』之七字，悄然廢書而臥者三四日。此真活人於此可死，死人於此可活，悟人於此又迷，迷人於此又悟者也！不知此日聖歎是死是活，是迷是悟，總之悄然一臥至三四日，不茶不飯，不言不語，如石沉海，如火滅盡者，皆此七字勾魂攝魄之氣力也。先師徐叔良先生見而驚問，聖歎當時恃愛不諱，便直告之。先師不惟不嗔，乃反歎曰：孺子異日真是世間讀書種子！此又不知先師是何道理也。」〔註60〕金聖歎戲曲評點取得很高的藝術成就與其作為鑒賞主體的熱情和自由抒發分不開的。

　　清初另有一位才子張雍敬，他自創自評，也投入了極大的精力。雖然亦步亦趨仿金批《西廂》，但由於《醉高歌》文本成就不高，且張氏是戲曲評點家中時文觀念最嚴重的一位。其品鑒水準和價值自然就大打折扣。如張雍敬《醉高歌‧識畫》云：「圖是對鏡簪花，則美人之目，正凝注鏡中，自不流盼他顧，傳神妙處，楔子中已經道破（按：後接雙行小字「所云須注看，莫旁睞是也」），學士辨識至此，洵是賞鑒家，妙在又將此意隱起，另作關情話頭，而畫之傳神處，反放在言外，真乃是文心縹緲，一片虛明。……主人嘗曰：凡作文不但令善讀者知我用意之所在，要當令不善讀者亦能知我用意所在，方是好文字。若此曲者，直令天下善讀不善讀之人，一齊相視而笑也。」〔註61〕

（二）鑒賞想像和超越

　　「書本的閱讀仍是一種使閱讀的內容進入表現的事件。的確，文學以及在閱讀中對它的接受表現了一種最大程度的自由性和靈活性。」〔註62〕鑒賞的自由為文人戲曲家提供自由馳騁的廣大空間。金聖歎在《聖歎外書序二》中說：「後之人既好讀書，又好友生，則必好彼名山大河、奇樹妙花。名山大

〔註59〕　《金聖歎全集‧貫華堂第六才子書西廂記》，頁893。
〔註60〕　《金聖歎全集‧貫華堂第六才子書西廂記》，頁926。
〔註61〕　〔清〕張雍敬自評：《醉高歌》，清乾隆三年（1738）靈雀軒刻本。
〔註62〕　〔德〕漢斯—格奧爾格‧加達默爾著，洪漢鼎譯：《真理與方法——哲學闡釋學的基本特徵》（上卷）（上海：上海譯文出版社，1999），頁210。

河、奇樹妙花者，其胸中所讀之萬卷之書之副本也。於讀書之時，如入名山，如泛大河，如對奇樹，如拈妙花焉。於入名山、泛大河、對奇樹、拈妙花之時，如又讀其胸中之書焉。」〔註63〕

又《請宴》總批云：

> 然而當其無，斯則真吾胸中一副別才之所翱翔，眉下一雙別眼之所排蕩也。夫吾胸中有其別才，眉下有其別眼，而皆必於當其無處而後翱翔，而後排蕩。然則我真胡為必至於洞天福地，正如頃所云，離於前未到於後之中間三二十里，即少止於一里半里，此亦何地不有所謂「當其無」之處耶。〔註64〕

金聖歎的戲曲評點細密而不乏高論，確實是有「別才」、「別眼」，甚至具有了某些哲學價值。這是「金批」對文學鑒賞的獨特貢獻。

吳棠楨在《空青石傳奇》第十八齣《尼囑》批云：「情之所在，自能結成世界，幻出樓臺，故情人之心事，九天十地，俱無所不通，而文人能以慧舌靈毫，曲曲摹寫。此曲從空結撰，而繡榻精簾、藥爐書案間，悄然一人擁鼻長嗟，一人撫肩絮語，如見其貌，如聆其音，如數其淚珠，簌簌落素袖上。人謂戲場以神鬼猊象為奇，余謂似此曲，層峰迴狀，光怪陸離，乃為真奇耳。」〔註65〕在吳棠楨看來，「情」是戲曲創作和鑒賞的根本保證，這樣才能使劇作情節曲折奇美，產生感發人心的獨特藝術效果。

（三）風格鑒賞

戲曲評點家對曲詞的風格極為關注。孟稱舜《秋夜梧桐雨》總評說：「此劇與《孤雁漢宮秋》格套既同，而詞華亦足相敵。一悲而豪，一悲而豔；一如秋空唳鶴，一如春月啼鵑。使讀者一憤一痛，泫泫乎不知淚之何從，固是填詞家鉅手也。」〔註66〕孟氏用「悲而豪」和「悲而豔」來概括《漢宮秋》、《梧桐雨》曲詞的語言風格，揭示劇作感人肺腑的藝術力量。王世貞評點《西廂》、《琵琶》說：「北曲以《西廂》為冠，是一種龜茲樂，讀之使人飄揚欲飛。南曲以《琵琶》為最，是一道《陳情表》，讀之使人唏噓欲涕。」〔註67〕（《鼎

〔註63〕《金聖歎全集·貫華堂第六才子書西廂記》，頁852。
〔註64〕《金聖歎全集·貫華堂第六才子書西廂記》，頁956。
〔註65〕〔清〕萬樹：《空青石傳奇》，清康熙二十五年（1686）粲花別墅刻《擁雙豔三種》本。
〔註66〕〔明〕孟稱舜：《新鐫古今名劇合選·酹江集》，《古本戲曲叢刊四集》本。
〔註67〕〔明〕陳繼儒批：《鼎鐫陳眉公先生批評琵琶記》，明書林師儉堂刻本。

鐫陳眉公先生批評琵琶記》第二齣齣批）

　　俞同潢《蟾宮操・評林》評云：「元以後院本不下數百種，首推《琵琶》、《西廂》，有化工、畫工之目者；協律比呂，不事雕繪，《幽閨》、《荊釵》其最也。他如《白兔》、《殺狗》，雜以委巷叢談，稍乖大雅；一變而藻繪求工，竟掩本色，《曇花》、《玉合》有譏焉。故場上、案頭互相詆誹。玉茗出而歌壇且俎豆矣，君子猶惜其格律多逾，宮調未確，後此惟《粲花四種》彩繪中頗饒秀逸。近代則洪稗畦《長生殿》質有其文，不失風人之旨。今閱瀛鶴《蟾宮操》，可以繼響東籬，接踵臨川者耶？其情文結構，知音者自解，余特書其大概云。」〔註68〕這是戲曲品鑒，也是對戲曲發展過程及特點的高度概括，有其現實意義。

〔註68〕　〔清〕程鑣：《蟾宮操》，《古本戲曲叢刊五集》本。

結語：明清戲曲評點研究的反思與展望

　　明清戲曲評點同「曲話」和戲曲理論專著一起，構成了中國古典戲曲批評理論的整體框架，是我們建構民族特色戲曲批評理論不可或缺的一環。目前，戲曲評點的深入研究，對中國戲曲批評理論史的深化，乃至對戲曲史研究，都可能帶來意想不到的效果。皮亞傑認為：「認識既不能看作是在主體內部結構中預先決定了的──它們起因於有效地和不斷地建構；也不能看作是在客體的預先存在著的特性中預先決定了的，因為客體只是通過這些內部結構的中介作用才被認識的。」〔註1〕這就啟示我們，在戲曲評點研究方興未艾的當下，既要發揮研究者的主體思維，充分認識到其理論價值的豐富性和可建構性，又要看到戲曲的「類」特徵對評點批評理論研究的制約，在主客觀的對立統一中，把戲曲評點研究推向一個新的高度。

　　首先，要注重戲曲評點形式批評理論的研究。實踐證明，文學批評的深入發展，要求我們通過批評的形式的深度把握來認識這種批評樣式的本質。戲曲評點總體而言是一種講究興會的鑒賞批評，但由於其高度附麗於文本的特點，講究分析的具體性和可操作性，加上文章學的潛移默化的滲透，從而在實際的評點實踐中產生極為可觀的「文法」理論和細部結構分析理論。特別是名家名劇的評點，往往是藝術批評靈感的源泉，同時也是形式批評的集大成者，如金聖歎、毛聲山、孔尚任等人的戲曲評點都有這樣比較鮮明的特色。這就要求我們不能忽視對形式批評理論的研究和發掘。

　　其次，開拓戲曲評點的綜合研究視角。在戲曲評點發展過程中，由於文人、學者、書坊主等的介入，使戲曲評點的形態、類型和理論內涵發生極大

〔註1〕〔瑞〕皮亞傑著，王憲鈿等譯：《認識發生論原理》，北京：商務印書館，1981。

的變化。在這種情況下，固守單一理論批評模式無疑是不明智，也不妥當的。可喜的是，戲曲評點的文本價值、傳播價值乃至文化價值等日漸得到重視。這也爲戲曲評點綜合視角的研究視角的形成和綜合研究提供了啓示。如趙春寧《〈西廂記〉傳播研究》從傳播學這一新的研究視角切入，結合史料的全方位開掘，推進了傳統文學研究不斷地走向深入。

再次，戲曲評點理論資源的思辨和整合。這要求從事戲曲評點研究者不能滿足於傳統的考據之學和當下流行的元素分析法，而要從評點理論中提煉出能發映民族特色的理論觀點和重要概念，然後用一種思辨的眼光來審視理論或術語的內涵和外延，使古老的理論形態煥發新的生機；並在東西方理論資源對話與會通的背景下，努力使戲曲評點參與到民族戲曲理論的建構中來。

此外，戲曲評點文本的整理出版和戲曲評點資料的彙輯，已經提上日程，期待學界、商界和文化部門的有識之士聯合起來，共襄盛舉。

這樣，明清戲曲評點研究有望突破基礎資料不足、方法因循和整體性研究失衡的瓶頸，成爲新一輪的學術增長點。

參考文獻

一、基本文獻

1. 〔梁〕劉勰撰，陸侃如、牟世金譯注，文心雕龍譯注，濟南：齊魯書社，1995。
2. 〔明〕陳繼儒，六合同春，明書林師儉堂刻清乾隆修文堂印本。
3. 〔明〕何璧，北西廂記，明萬曆四十四年（1616）序刻本。
4. 〔明〕何良俊，四友齋叢說，北京：中華書局，1959。
5. 〔明〕胡應麟，少室山房筆叢，上海：上海書店出版社，2009。
6. 〔明〕快活庵批評紅梨花記，明刻本。
7. 〔明〕李贄，焚書　續焚書，北京：中華書局，1975。
8. 〔明〕李卓吾先生批評北西廂記，明萬曆三十八年（1610）虎林容與堂刻本。
9. 〔明〕李卓吾先生批評紅拂記，明萬曆間容與堂刻本。
10. 〔明〕凌濛初校注，琵琶記，明凌濛初刻朱墨套印本。
11. 〔明〕凌濛初校注，西廂記，明天啓間凌濛初刻朱墨套印本。
12. 〔明〕陸容，菽園雜記，北京：中華書局，1985。
13. 〔明〕潘之恒著，汪效倚輯注，潘之恒曲話，北京：中國戲劇出版社，1988。
14. 〔明〕槃薖碩人增改，伯喈定本，明刻本。
15. 〔明〕槃薖碩人增改，西廂定本，明天啓元年（1621）序刻本。
16. 〔明〕且居批評息宰河傳奇，明末刻本。
17. 〔明〕三先生合評元本北西廂記，明崇禎間孔如氏刻本。
18. 〔明〕三先生合評元本琵琶記，明末刻本。
19. 〔明〕沈德符，萬曆野獲編，北京：中華書局，1959。

20. 〔明〕沈際飛，獨深居點定玉茗堂傳奇二種，明崇禎間刻本。

21. 〔明〕沈泰，盛明雜劇（初集、二集），民國間董氏誦芬室重刻本。

22. 〔明〕湯顯祖，玉茗堂還魂記，清乾隆五十年（1785）冰絲館刻本。

23. 〔明〕湯顯祖著，〔清〕陳同、談則、錢宜合評，吳吳山三婦合評牡丹亭，上海：上海古籍出版社，2008。

24. 〔明〕湯顯祖著，徐朔方箋校，湯顯祖全集，北京：北京古籍出版社，1999。

25. 〔明〕王驥德校注，新校注古本西廂記，續修四庫全書本。

26. 〔明〕王思任，清暉閣批點玉茗堂還魂記，明天啟三年（1623）會稽張氏著壇校刻本。

27. 〔明〕王思任撰，任遠校點，王季重十種，杭州：浙江古籍出版社，1987。

28. 〔明〕魏同賢主編，馮夢龍全集，南京：江蘇古籍出版社，1993。

29. 〔明〕吳訥撰，於北山校點，文章辨體，北京：人民文學出版社，1998。

30. 〔明〕新刻魏仲雪先生批評琵琶記，明末刻本。

31. 〔明〕徐奮鵬評，新刻徐筆峒先生批點西廂記，明後期筆峒山房刻本。

32. 〔明〕徐復祚，校正原本紅梨記，明末刻朱墨套印本。

33. 〔明〕徐師曾，文體明辨，北京：人民文學出版社，1998。

34. 〔明〕徐肅穎刪潤，玉茗堂丹青記，明刻本。

35. 〔明〕徐渭評，田水月山房北西廂藏本，明萬曆間刻本。

36. 〔明〕雪韻堂批點燕子箋，明末刻本。

37. 〔明〕葉盛撰，魏中平點校，水東日記，北京：中華書局，1980。

38. 〔明〕佚名撰，康保成點校，鹽梅記，北京：中華書局，2004。

39. 〔明〕元本出相北西廂記，明萬曆三十八年（1610）武林曹以杜起鳳館刻本。

40. 〔明〕袁宏道，批點牡丹亭記，明崇禎新都蒲水齋校刻本。

41. 〔明〕袁宏道撰，錢伯城箋校，袁宏道集箋校，上海：上海古籍出版社，2008 年 4 月第 2 版。

42. 〔明〕臧懋循訂，玉茗堂傳奇四種，明萬曆間刻本。

43. 〔明〕張岱撰，馬興榮點校，陶庵夢憶　西湖夢尋，北京：中華書局，2007。

44. 〔明〕重刻元本題評音釋西廂記，明萬曆二十年（1592）熊龍峰忠正堂刻本。

45. 〔明〕重刻元本題評音釋西廂記，明萬曆八年（1580）毗陵徐士範刻本。

46. 〔明〕重校琵琶記，明萬曆二十六年（1598）秣陵陳邦泰繼志齋刻本。

47. 〔清〕毛聲山評，繪風亭評第七才子書琵琶記，清康熙間刻本。

48. 〔清〕汪莼庵，梅花夢傳奇，清光緒十年（1884）成都龔氏刻本。

49. 〔清〕星堂主人，溫柔鄉，傳鈔本。

50. 〔清〕張堅，玉燕堂四種曲，清乾隆間刻本。

51. 〔清〕洪昇，長生殿，清康熙間稗畦草堂刻本。

52. 〔清〕陳烺，花月痕，清道光七年（1827）家刻本。

53. 〔清〕陳烺，紫霞巾，清嘉慶六年（1801）自刻本。

54. 〔清〕程瑛撰，何鳳奇、唐家祚合注，龍沙劍傳奇，哈爾濱：黑龍江人民出版社，1986。

55. 〔清〕椿軒居士，椿軒居士六種曲，清道光間刻本。

56. 〔清〕丁傳靖，滄桑豔，清光緒三十四年（1908）刻本。

57. 〔清〕董榕，芝龕記，清乾隆十六年（1751）刻本。

58. 〔清〕方成培，雷峰塔，清乾隆三十七年（1772）序水竹居刻本。

59. 〔清〕顧祿，清嘉錄，南京：江蘇古籍出版社，1999。

60. 〔清〕顧森，回春夢，清道光三十年（1850）刻本。

61. 〔清〕觀劇道人，極樂世界，清光緒七年（1881）活字本。

62. 〔清〕管興寶，鏡中圓，光緒二十六年（1900）稿本。

63. 〔清〕歸莊，歸莊集，上海：上海古籍出版社，1984。

64. 〔清〕韓茂棠，軒亭冤，阿英《晚清文學叢鈔》本。

65. 〔清〕韓錫祚，漁邨記，清光緒二年（1876）括郡照水堂覆刻本。

66. 〔清〕和睦州，一江風傳奇，清抄本。

67. 〔清〕洪炳文，警黃鍾，清光緒三十二年（1906）新小說社排印本。

68. 〔清〕胡業宏，珊瑚鞭，清乾隆四十三年（1778）穿柳亭刻本。

69. 〔清〕黃燮清，倚晴樓七種曲，清道光間刻本。

70. 〔清〕黃振，石榴記傳奇，清乾隆三十七年（1772）柴灣村舍刻本。

71. 〔清〕紀蔭田，錯中錯，清道光九年（1829）懷清堂刻本。

72. 〔清〕蔣恩濊，青燈淚，清光緒十六年（1890）黃梅蔣氏樂安官廨刻本。

73. 〔清〕蔣士銓，藏園九種曲，清乾隆四十六年（1781）刻本。

74. 〔清〕金聖歎批，貫華堂第六才子書西廂記，清順治間貫華堂原刻本。

75. 〔清〕金聖歎著，陸林輯校整理，金聖歎全集，南京：鳳凰出版社，2008。

76. 〔清〕瞿頡，鶴歸來傳奇，清刻本。

77. 〔清〕孔尚任，桃花扇，清康熙四十七年（1708）初刻本。

78. 〔清〕李斗，奇酸記，清嘉慶間刻《永報堂集》所收本。

79. 〔清〕李斗撰，汪北平、涂雨公點校，揚州畫舫錄，北京：中華書局，1960。

80. 〔清〕李凱，寒香亭，清乾隆間懷古堂刻本。

81. 〔清〕李文瀚，李雲生四種曲，清道光二十二～二十七年（1842～1847）刻本。

82. 〔清〕李漁，李漁全集，杭州：浙江古籍出版社，1991。

83. 〔清〕梁啓超，新羅馬，清光緒三十年（1904）廣智書局鉛印本。

84. 〔清〕劉世珩，暖紅室彙刻傳劇，揚州：廣陵古籍刻印社，1979。

85. 〔清〕劉廷璣撰，張守謙點校，在園雜誌，北京：中華書局，2005。

86. 〔清〕盧見曾，旗亭記，清乾隆間抄本。

87. 〔清〕盧見曾，玉尺樓傳奇，清乾隆間刻本。

88. 〔清〕毛奇齡，論定西廂記，清康熙十五年（1676）浙江學者堂刻本。

89. 〔清〕毛聲山評，從周等增評，鏡香園毛聲山評第七才子書，清金陵張元振刻聚錦、三益堂印本。

90. 〔清〕潘廷章，西來意，清乾隆四十三年（1778）任以治重刊本。

91. 〔清〕潘廷章，西來意，清康熙十九年（1680）刻本。

92. 〔清〕沈玉亮，鴛鴦塚，清康熙間刻本。

93. 〔清〕宋廷魁，介山記，清乾隆間刻本。

94. 〔清〕湯世瀠，東廂記，清光緒間上海申報館鉛印本。

95. 〔清〕萬樹，擁雙豔三種，清康熙二十五年（1686）刻本。

96. 〔清〕汪宗沂，後緹縈，清光緒十一年（1885）泰州夏氏刻本。

97. 〔清〕王基，西廂記後傳，民國古吳蓮勻廬朱絲欄抄本。

98. 〔清〕王懋昭，三星圓，清嘉慶十五年（1810）刻本。

99. 〔清〕王墅，拜針樓傳奇，清康熙四十八年（1709）貴德堂原刻本。

100. 〔清〕王曦，東海記，清道光十一年（1831）宛鄰書屋刻本。

101. 〔清〕魏熙元，儒酸福，清光緒十年（1884）玉玲瓏館刻本。

102. 〔清〕我佛山人，曾芳四傳奇，清光緒三十三（1907）《月月小説》刊本。

103. 〔清〕吳蘭修，桐華閣校定西廂記，清道光二年（1822）長白馮氏刊本。

104. 〔清〕吳震生、程瓊批評，華瑋、江巨榮點校，才子牡丹亭，臺北：臺灣學生書局，2004。

105. 〔清〕夏綸，惺齋新曲六種，清乾隆十八年（1753）世光堂刻本。

106. 〔清〕繡像妥注第六才子書，清乾隆四十七年（1782）樓外樓刻本。

107. 〔清〕徐鄂，誦荻齋曲二種，清光緒十三年（1887）大同書局石印本。

108. 〔清〕徐昆，碧天霞，清乾隆間貯書樓刻本。

109. 〔清〕徐昆，雨花臺，清乾隆間貯書樓刻本。

110. 〔清〕徐沁，曲波園傳奇二種，清初刻本。

111. 〔清〕徐繡山，鴛鴦劍，清道光十五年（1835）布鼓軒謄清稿本。

112. 〔清〕許善長，碧聲吟館叢書，清光緒間仁和許氏刻本。

113. 〔清〕楊恩壽，坦園全集，清光緒間長沙楊氏刻本。

114. 〔清〕袁蟬，瞿園雜劇初編，清光緒三十四年（1908）刻本。

115. 〔清〕增補箋注繪像第六才子書釋解，清乾隆間致和堂刻本。

116. 〔清〕張錦，新西廂，清乾隆間刻本。

117. 〔清〕張九鉞，六如亭，清道光間賜錦樓刻本。

118. 〔清〕張新梅，百花夢，清嘉慶八年（1803）市隱莊刻本。

119. 〔清〕張雍敬，醉高歌，清乾隆三年，（1738）靈雀軒刻本。

120. 〔清〕張雲驤，芙蓉碣，清光緒九年（1883）刻本。

121. 〔清〕鄭由熙，暗香樓樂府三種，清光緒十六年（1890）暗香樓刻本。

122. 〔清〕周昂，此宜閣增訂金批西廂記，清乾隆十三年（1748）常熟此宜閣刻本。

123. 〔清〕周冰鶴，掙西廂，稿本。

124. 〔清〕周書，魚水緣傳奇，清乾隆二十六年（1761）秋博文堂刻本。

125. 〔清〕朱璐，朱景昭批評西廂記，清抄本。

126. 〔清〕朱素臣校訂，西廂記演劇，清康熙間揚州李書雲秘園刻本。

127. 〔清〕朱尊彝著，黃君坦點校，靜志居詩話，北京：人民文學出版社，1990。

128. 〔清〕鄒式金編，雜劇三集，北京：中國戲劇出版社影印本，1958。

129. 〔清〕左潢，桂花塔，清嘉慶十七年（1812）刻本。

130. 〔清〕左潢，蘭桂仙，清嘉慶七年（1802）藤花書坊刻本。

131. 〔宋〕蘇軾撰，孔凡禮點校，蘇軾文集，北京：中華書局，1988。

132. 阿英，晚清文學叢鈔·傳奇雜劇卷，北京：中華書局，1962，

133. 北京大學圖書館、首都圖書館合編，不登大雅文庫珍本戲曲從刊，北京：學苑出版社，2003。

134. 北京師範大學古籍部，北京師範大學圖書館古籍善本書目，北京：北京圖書館出版社，2002，

135. 蔡毅編，中國古典戲曲序跋彙編，濟南：齊魯書社，1989。

136. 陳旭耀，現存明刊〈西廂記〉綜錄，上海：上海古籍出版社，2007。

137. 程華平，明清傳奇編年史稿，濟南：齊魯書社，2008。

138. 鄧紹基主編，中國古代戲曲文學辭典，北京：人民文學出版社，2004。

139. 董康，誦芬室叢刊，清光緒至民國間刻本。

140. 傅惜華，傅惜華戲曲論叢，北京：文化藝術出版社，2007。

141. 傅惜華，明代傳奇全目，北京：人民文學出版社，1959。

142. 傅惜華，明代雜劇全目，北京：作家出版社，1958。

143. 傅惜華，清代雜劇全目，北京：人民文學出版社，1981。

144. 傅惜華，元代雜劇全目，北京：作家出版社，1957。

145. 古本戲曲叢刊編委會，古本戲曲叢刊初、二、四、九集，上海商務印書館，1954，1955，1958，1964 年影印本。

146. 古本戲曲叢刊編委會，古本戲曲叢刊三集，上海：文學古籍刊行社，1957 年影印本。

147. 古本戲曲叢刊編委會，古本戲曲叢刊五集，上海：上海古籍出版社，1986 年影印本。

148. 郭英德，明清傳奇綜錄，石家莊：河北教育出版社，1997。

149. 侯百朋編，〈琵琶記〉資料彙編，北京：書目文獻出版社，1989。

150. 黃仕忠著，日藏中國戲曲文獻綜錄，桂林：廣西師範大學出版社，2010。

151. 黃仕忠編，日本所藏稀見中國戲曲文獻從刊（第一輯），桂林：廣西師範大學出版社，2006。

152. 季羨林總編，四庫全書存目叢書（子部、集部），濟南：齊魯書社，1995。

153. 金沛霖主編，明清抄本孤本戲曲叢刊，北京：北京線裝書局，1996。

154. 李修生主編，古本戲曲劇目提要，北京：文化藝術出版社，1997。

155. 梁淑安、姚柯夫，中國近代傳奇雜劇經眼錄，北京：書目文獻出版社，1996。

156. 齊森華，中國曲學大辭典，杭州：浙江教育出版社，1997。

157. 秦學人、侯作卿，中國古典編劇理論資料彙輯，北京：中國戲劇出版社，1984。

158. 孫中旺編，金聖歎研究資料彙編，揚州：廣陵書社，2007。

159. 王季思校注，張人和集評，集評校注西廂記，上海：上海古籍出版社，1987。

160. 王利器、王慎之、王子今輯，歷代竹枝詞，西安：陝西人民出版社，2003。

161. 王利器，元明清三代禁燬小說戲曲史料（增訂本），上海：上海古籍出版社，1981。

162. 王秋桂編，善本戲曲叢刊（四、五、六輯），臺北：臺灣學生書局，1987。

163. 王秋桂編，善本戲曲叢刊（一、二、三輯），臺北：臺灣學生書局，1984。

164. 王文章主編，傅惜華藏古典戲曲珍本叢刊提要，北京：西苑出版社，2010。

165. 王永寬主編，中國戲曲通鑒，鄭州：中州古籍出版社，2008。

166. 魏同賢，馮夢龍全集，南京：江蘇古籍出版社，1993。

167. 吳梅，奢摩他室曲叢，上海：商務印書館，1928。

168. 吳書陰，綏中吳氏藏抄本稿本戲曲叢刊，北京：學苑出版社，2004。

169. 吳毓華編，中國古代戲曲序跋集，北京：中國戲劇出版社，1990。

170. 徐扶明，牡丹亭研究資料考釋，上海：上海古籍出版社，1987。

171. 徐國華，臨川戲曲評點研究，北京：中國戲劇出版社，2007。

172. 徐朔方，晚明曲家年譜，杭州：浙江古籍出版社，1993。

173. 張棣華，善本劇曲經眼錄，臺北：文史哲出版社，1976。

174. 趙景深、張增元，方志著錄元明清曲家傳略，北京：中華書局，1987。

175. 鄭振鐸，清人雜劇初集，長樂鄭氏影印本，1931。

176. 鄭振鐸，清人雜劇二集，長樂鄭氏影印本，1934。

177. 中國古籍善本書目編輯委員會編，中國古籍善本書目（集部），上海：上海古籍出版社，1996。

178. 中國戲曲研究院編，中國古典戲曲論著集成，北京：中國戲劇出版社，1982，

179. 朱自清，朱自清古典文學論文集，上海：上海古籍出版社，1981。

180. 莊一拂，古典戲曲存目彙考，上海：上海古籍出版社，1982，

二、研究著作

1. 〔德〕漢斯・格奧爾格・加達默爾著，洪漢鼎譯，真理與方法，上海：上海譯文出版社，2004。

2. 〔法〕狄德羅著，張冠堯、桂裕芳等譯，狄德羅美學論文選，北京：人民文學出版社，2008 年北京第 2 版。

3. 〔韓〕金英淑，《琵琶記》版本流變研究，北京：中華書局，2003。

4. 〔美〕勒內・韋勒克，奧斯汀・沃倫著，劉象愚等譯，文學理論，南京：江蘇教育出版社，2005。

5. 〔美〕浦安迪，中國敘事學，北京：北京大學出版社，1997。

6. 〔美〕蘇珊・朗格著，劉大基等譯，情感與形式，北京：中國社會科學出版社，1986。

7. 〔美〕蘇珊・朗格著，滕守堯、朱疆源譯，藝術問題，北京：中國社會科學出版社，1983。

8. 〔美〕王靖宇，金聖歎的生平及其文學批評，上海：上海古籍出版社，2004。

9. 〔瑞〕皮亞傑著，王憲鈿等譯：《認識發生論原理》，北京：商務印書館，1981。

10. 〔蘇〕霍洛道夫著，李明琨、高士彥譯，戲劇結構，上海：華東師範大學出版社，1981。

11. 〔蘇〕普羅普著，杜書瀛等譯，滑稽與笑的問題，瀋陽：遼寧教育出版社，1998。

12. 〔英〕特雷·伊格爾頓著，伍曉明譯，二十世紀西方文學理論，北京：北京大學出版社，2007。

13. 陳洪，結緣：文學與宗教——以中國古代文學為中心，北京：北京師範大學出版社，2009。

14. 陳洪，金聖歎傳論，天津：天津人民出版社，1996。

15. 陳洪，中國小說理論史（修訂本）。天津：天津教育出版社，2005。

16. 陳竹，中國古代劇作學史，武漢：武漢出版社，1999。

17. 程國賦，明代書坊與小說研究，北京：中華書局，2008。

18. 鄧長風，明清戲曲家考略，上海：上海古籍出版社，1994。

19. 鄧長風，明清戲曲家考略三編，上海：上海古籍出版社，1999。

20. 鄧長風，明清戲曲家考略續編，上海：上海古籍出版社，1997。

21. 丁淑梅，中國古代禁燬戲劇史論，北京：中國社會科學出版社，2008。

22. 丁淑梅，清代禁燬戲曲史料編年，成都：四川大學出版社，2010

23. 方孝岳，中國文學批評　中國散文概論，北京：三聯書店，2007。

24. 方志遠，明代城市與市民文學，北京：中華書局，2004。

25. 馮保善，凌濛初研究，北京：人民文學出版社，2009。

26. 伏滌修，《西廂記》接受史研究，黃山書社，2008。

27. 復旦大學中國古代文學研究中心編，中國文學研究（第九輯），北京：中國文聯出版社，2007。

28. 復旦大學中國古代文學研究中心編，中國文學研究（第十輯），北京：中國文聯出版社，2007。

29. 傅瑾，中國戲劇藝術論，太原：山西教育出版社，2003。

30. 傅曉航，戲曲理論史述要，北京：文化藝術出版社，1994。

31. 高小康，中國古代敘事觀念與意識形態，北京：北京大學出版社，2005。

32. 高宇，古典戲曲導演學論集，北京：中國戲劇出版社，1985。

33. 郭瑞，金聖歎小說理論和戲劇理論，北京：中國文聯出版公司，1993。

34. 郭英德，明清傳奇史，南京：江蘇古籍出版社，2001。

35. 郭英德，明清傳奇戲曲文體研究，北京：商務印書館，2004。

36. 郭英德，明清文人傳奇研究，北京：北京師範大學出版社，2001 年第 2版。

37. 國立中山大學中文系編，第四屆清代學術研討會論文集，高雄：國立中山大學中文系，1996。

38. 胡忌、劉致中，昆劇發展史，北京：中國戲劇出版社，1989。

39. 華瑋，明清女性之戲曲創作與批評（下編）。臺北：中央研究院中國文哲研究所，2003。

40. 華瑋編，湯顯祖與牡丹亭，臺灣：中央研究院中國文哲研究所，2005。

41. 黃季鴻，明清《西廂記》研究，長春：東北師範大學出版社，2006。

42. 黃霖，20世紀中國古代文學研究史（戲曲卷），上海：東方出版中心，2006。

43. 黃仕忠，《琵琶記》研究，廣州：廣東高等教育出版社，1996。

44. 黃鎮偉，坊刻本。南京：江蘇古籍出版社，2002，

45. 江慶柏編著，清代人物生卒年表，北京：人民文學出版社，2005。

46. 蔣星煜，《西廂記》的文獻學研究，上海：上海古籍出版社，1997。

47. 蔣星煜，《西廂記》研究與欣賞，上海：上海辭書出版社，2004。

48. 蔣星煜，明刊本《西廂記》研究，北京：中國戲劇出版社，1982，

49. 敬曉慶，明代戲曲理論批評論爭研究，北京：人民出版社，2010。

50. 李昌集，中國古代曲學史，上海：華東師範大學出版社，1997。

51. 李增波主編，丁耀亢研究——海峽兩岸丁耀亢學術研討會論文集，鄭州：中州古籍出版社，1998。

52. 林崗，明清之際小說評點學之研究，北京：北京大學出版社，1999。

53. 林宗毅，西廂記二論，臺灣：文史哲出版社，1998。

54. 劉繼保，《紅樓夢》評點研究，北京：北京圖書館出版社，2007。

55. 劉尚恒，徽州刻書與藏書，揚州：廣陵書社，2003。

56. 劉水雲，明清家樂研究，上海：上海古籍出版社，2005。

57. 龍協濤編，鑒賞文存，北京：人民文學出版社，1984。

58. 陸萼庭，昆劇演出史稿，上海：上海教育出版社，2006。

59. 陸萼庭，清代戲曲家叢考，上海：學林出版社，1995。

60. 洛地，戲曲與浙江，杭州：浙江人民出版社，1991。

61. 毛效同編，湯顯祖研究資料彙編，上海：上海古籍出版社，1986。

62. 苗懷明，二十世紀戲曲文獻學述略，北京：中華書局，2005。

63. 繆詠禾，明代出版史稿，南京：江蘇人民出版社，2000。

64. 牧惠，西廂六論，臺北：大川出版社，1992，

65. 齊森華，曲論探勝，上海：華東師範大學出版社，1985。

66. 蘇永旭，戲劇敘事學研究，北京：中國戲劇出版社，2004。

67. 孫崇濤，戲曲文獻學，太原：山西教育出版社，2008。

68. 孫琴安，中國評點文學史，上海：上海社會科學出版社，1999。

69. 譚楚材，中國古典戲曲學論稿，瀋陽：春風文藝出版社，1993。

70. 譚帆、陸煒，中國古典戲劇理論史（修訂版），上海：華東師範大學出版社，2005。

71. 譚帆，金聖歎與中國戲曲批評，上海：華東師範大學出版社，1992，

72. 譚帆，中國小說評點研究，上海：華東師範大學出版社，2001。

73. 譚帆，中國雅俗文學思想論集，北京：中華書局，2006。

74. 童慶炳，文體與文體的創造，昆明：雲南人民出版社，1999。

75. 汪超宏，明清曲家考，北京：中國社會科學出版社，2006。

76. 王國維，王國維文學論著三種，北京：商務印書館，2001。

77. 王清原等編纂，小說書坊錄，北京：北京圖書館出版社，2002，

78. 王衛民編，吳梅戲曲論文集，北京：中國戲劇出版社，1983。

79. 王永健，中國戲劇文學的瑰寶──明清傳奇，南京：江蘇教育出版社，1989。

80. 吳梅，顧曲麈談　中國戲曲概論，上海：上海古籍出版社，2000。

81. 吳曉鈴，吳曉鈴集，石家莊：河北教育出版社，2006。

82. 吳新雷，中國戲曲史論，南京：江蘇教育出版社，1996。

83. 吳正嵐，金聖歎評傳，南京：南京大學出版社，2006。

84. 夏寫時，中國戲曲批評的產生和發展，北京：中國戲劇出版社，1982，

85. 謝水順、李珽，福建古代刻書，福州：福建人民出版社，1997。

86. 徐國華、涂育珍，臨川戲曲評點研究，北京：中國戲劇出版社，2007。

87. 許建中，明清傳奇結構研究，鄭州：中州古籍出版社，1999。

88. 嚴敦易遺著，元明清戲曲論集，河南：中州書畫社，1982，

89. 楊寶春，《琵琶記》的場上演變研究，上海：上海三聯書店，2009。

90. 楊義，中國敘事學，北京：人民出版社，2004。

91. 姚文放，中國戲劇美學的文化闡釋，北京：中國人民大學出版社，1997。

92. 葉長海，曲學與戲劇學，上海：學林出版社，1999。

93. 葉長海，中國戲劇學史稿，上海：上海文藝出版社，1986。

94. 余秋雨，戲劇理論史稿，上海：上海文藝出版社，1983。

95. 余英時，士與中國文化，上海：上海人民出版社，2003。

96. 俞為民，曲體研究，北京：中華書局，2005。

97. 張伯偉，中國古代文學批評方法研究，北京：中華書局，2002，

98. 張發穎，中國戲班史（增訂本），北京：學苑出版社，2004。

99. 張庚、郭漢城，中國戲曲通論，北京：中國戲劇出版社，2010。

100. 張庚、郭漢城，中國戲曲通史，北京：中國戲劇出版社，1992。

101. 張國光，金聖歎學創論，鄭州：中州古籍出版社，1993。

102. 張人和，《西廂記》論證，長春：東北師範大學出版社，1995。

103. 章培恒、王靖宇主編，中國文學評點研究論集，上海：上海古籍出版社，2002，

104. 章培恒編，明清文學與性別研究，南京：江蘇古籍出版社，2002，

105. 趙春寧，《西廂記》傳播研究，廈門：廈門大學出版社，2005。

106. 趙景深，曲論初探，上海：上海文藝出版社，1980。

107. 趙景深，中國戲曲初考，鄭州，中州書畫社，1983。

108. 趙山林，中國戲劇學通論，合肥：安徽教育出版社，1995。

109. 趙山林，中國戲曲觀眾學，上海：華東師範大學出版社，1990。

110. 鄭傳寅，中國戲曲文化概論（修訂版）。武漢：武漢大學出版社，2003。

111. 鄭培凱，湯顯祖與晚明文化，臺北：允晨文化實業股份有限公司，1995。

112. 鍾錫南，金聖歎文學批評理論研究，上海：上海古籍出版社，2006。

113. 周妙中，清代戲曲史，鄭州：中州古籍出版社，1987。

114. 張慧劍，明清江蘇文人年表，北京：人民文學出版社，2008

115. 周貽白，中國戲劇史長編，上海：上海書店出版社，2004。

116. 周育德，湯顯祖論稿，北京：文化藝術出版社，1991。

117. 周作人，苦竹雜記，石家莊：河北教育出版社，2002，

118. 朱東潤，中國文學批評史大綱，上海：上海古籍出版社2001。

119. 朱世英等，中國散文學通論，合肥：安徽教育出版社，1995。

120. 朱萬曙，明代戲曲評點研究，合肥：安徽教育出版社，2002，

121. 祝肇年，古典戲曲編劇六論，北京：中國戲劇出版社，1986。

122. 左東嶺，李贄與晚明文學思想，北京：人民文學出版社，2010。

123. 左鵬軍，近代傳奇雜劇研究，廣州：廣東高等教育出版社，2001。

124. 左鵬軍，晚清民國傳奇雜劇考索，北京：人民文學出版社，2005。

三、研究論文

1. 陳旭耀，《槃薖碩人增改訂本西廂記》研究，廣州：中山大學碩士學位論文，2003。

2. 陳旭耀，明刊《西廂記》版本研究，廣州：中山大學博士論文，2006。

3. 陳韻妃，李贄戲曲評點研究，臺灣：國立中央大學碩士學位論文，2009。

4. 丁利榮，金聖歎美學思想研究，武漢大學博士學位論文，2007。

5. 樊寶英，金聖歎形式批評研究，南京：南京大學博士學位論文，2004。

6. 黃慧，《西廂記》金評的敘事理論研究，內蒙古師範大學碩士學位論文，2005。

7. 李金松，《水滸》《西廂》「金批」之研究，南京：南京大學博士學位論文，1999。

8. 李志遠，明清戲曲序跋整理與研究，北京：北京師範大學博士學位論文，2009。

9. 林宗毅，「西廂學」四題論衡，臺灣：臺灣大學博士學位論文，1998。

10. 劉君王告，從《墨憨齋定本傳奇》之改編看馮夢龍作劇觀點及其實踐，臺灣：高雄師範大學博士學位論文，2004。

11. 劉敘武，論毛批《琵琶記》的戲劇思想，南京：南京師範大學，2007。

12. 王燕飛，《牡丹亭》的傳播研究，上海：上海戲劇學院博士學位論文，2005。

13. 翁碧慧，明代戲曲「湯評本」研究，臺灣：臺灣大學碩士學位論文，2007。

14. 徐嫚鴻，明代陳繼儒戲曲評點本研究：以〈六合同春〉爲討論中心，臺灣：國立中央大學碩士學位論文，2009。

15. 張曙光，中國古代敘事文本評點理論研究——以金聖歎評點爲中心的現代闡釋，濟南：山東師範大學博士論文，2008。

16. 張小芳，清代《西廂記》理論批評研究，南京：南京師範大學博士學位論文，2009。

17. 趙天爲，《牡丹亭》改本研究，南京：南京大學博士學位論文，2006。

18. 鄭函，「李卓吾」小說、戲曲評點研究，上海：復旦大學博士學位論文，2005。

19. 周立波，馮夢龍戲曲改編研究，南京：南京大學博士學位論文，2006。

20. 蔡毅，論創作動機的類型，上海師範大學學報（哲學社會科學版），1997，（1）。

21. 陳美林，稿本《秣陵秋傳奇》作者和創作時代考辨，文獻，1988，（1）。

22. 陳維昭，明清戲曲評點的主要形態及其功能，戲劇藝術，2008，（6）。

23. 陳旭耀，《元本出相北西廂記》辨正，文學遺產，2009，（2）。

24. 傅曉航，金批西廂諸刊本紀略，戲曲研究，1986，（29）。

25. 傅曉航，金聖歎論《西廂記》的寫作技法，中華戲曲，1986，（2）。

26. 傅曉航，凌濛初的戲曲批評，上海戲劇，1983，（3）。

27. 高興王番，工書善詩錫厚安，滿族研究，1995，（4）。

28. 郭英德，《牡丹亭》傳奇現存明清版本敘錄，戲曲研究，2006，（71）。

29. 郭英德，論「知人論世」古典範式的現代轉移，中國文化研究，1998 年秋之卷，

30. 郭英德，明清傳奇戲曲敘事結構的演化，求是學刊，2004，（1）。

31. 黃熾，靈犀相通正中肯綮——試論《桃花扇》早期刻本的批評，文學遺產，2007，（2）。

32. 黃霖，論容與堂本《李卓吾先生批評北西廂記》，復旦學報（社會科學版），2002，（2）。

33. 黃霖，最早的中國戲曲評點本。復旦學報（社會科學版），2004，（2）。

34. 黃強，略論凌濛初戲曲理論中的『自然』說，戲曲論叢，蘭州大學出版社，1989，（2）。

35. 黃仕忠，日本所藏稀見戲曲經眼錄，文獻，2003，（1）。

36. 黃仕忠，元明戲曲觀念之變遷——以《琵琶記》的評論和版本比較爲線索，藝術百家，1996，（4）。

37. 江興祐，凌濛初不是《幽閨記》的評點者——兼與趙紅娟先生商榷，浙江社會科學，2005，（4）。

38. 江興祐，論吳人評點《長生殿》，浙江學刊，2003，（3）。

39. 金登才，金聖歎論戲劇衝突，戲劇論叢，1984，（1）。

40. 李天道，論金聖歎的文學鑒賞論，四川師範大學學報，1987，（2）。

41. 李兆忠，文學批評的對象、視角和方法，文學評論，1984，（6）。

42. 李志遠，馮夢龍曲論佚文及其意義，戲曲研究，2008，（2）。

43. 林鶴宜，晚明戲曲刊行概況，戲劇藝術，1993，（3）。

44. 林文山，評《金西廂》，戲曲藝術，1985，（3）、（4）。

45. 林宗毅，金批《西廂記》的內在模式及其功過——兼論戲曲「分解」說，漢學研究，1997，（2）。

46. 劉召明，馮夢龍的戲曲導演藝術，上海大學學報（社會科學版），2006，（2）。

47. 陸林，「才名千古不埋淪」：金聖歎精神風貌和批評心路簡論，江蘇社會科學，2009，（1）。

48. 陸煒，中國戲劇觀念的歷史演進，戲劇藝術，1986，（1）。

49. 么書儀，明人批評《西廂記》述評，中國古典文學論叢，北京：人民文學出版社，1984，（1）。

50. 么書儀，西廂記在明代的「發現」，文學評論，2001，（5）。

51. 轟付生，論晚明文人評點本的價值和傳播機制，復旦學報（社會科學版），2003，（5）。

52. 轟付生，論晚明戲曲演出的傳播體系，藝術百家，2005，（3）。

53. 齊森華、譚帆，中國古代戲曲理論的邏輯演進，社會科學戰線，1987，（3）。

54. 齊森華，金聖歎的戲曲評點淺探，大學文科園地，1885，（5）。

55. 佘德餘，金聖歎小說戲曲評點理論的文藝心理學價值，北方論叢，1989，（6）。

56. 佘德餘，王思任戲曲批評，戲劇藝術，1999，（4）。

57. 蘇涵，中國古代戲曲文章學價值重估，藝術百家，2004，（3）。

58. 孫崇濤，古代江浙戲曲刻本述考，浙江師範大學學報（社會科學版），2009，（3）。

59. 孫崇濤，中國戲曲刻家述略，戲曲藝術，2005，（2）。

60. 孫秋克，論戲曲評點的特點、歷史發展和理論建樹，雲南藝術學院學報，2004，（2）。

61. 孫書磊，陳繼儒批評《琵琶記》版本流變及其真偽辨正，上海戲劇學院學報，2008，（3）。

62. 孫書磊，試論晚明文論話語下的《牡丹亭》批評，戲曲研究，2007，（1）。

63. 譚帆，金聖歎戲曲人物理論芻議，文學遺產，1987，（2）。

64. 譚帆，戲曲評點研究之檢討，中國文化報，1999-2-25（3）。

65. 田根勝，戲曲評點與明清文藝思潮，藝術百家，2004，（3）。

66. 涂育珍，論《牡丹亭》文人評點本的「文體」自覺，藝術百家，2007，（5）。

67. 涂育珍，試論明代湯評本的戲曲評點特色，戲劇文學，2007，（1）。

68. 王璦玲，晚明清初戲曲審美意識中情理觀之轉化及其意義，中國文哲研究集刊，2001，（19）。

69. 王省民、黃來明，《牡丹亭》評點的傳播學意義，四川戲劇，2008，（6）。

70. 王曉家，《桃花扇凡例》釋義，戲劇藝術，1981，（1）。

71. 王燕平，戲曲古籍與戲曲研究的互動關係，藝術百家，2006，（7）。

72. 王穎，清代特殊的文學現象：戲曲與八股的契合，南京師大學報（社會科學版），2008，（3）。

73. 王永健，「從此看去，總是別有天地」——《桃花扇》批語初探，藝術百家，2001，（4）。

74. 王永健，論吳吳山三婦合評本《牡丹亭》及其評語，南京大學學報，1980，（4）。

75. 文革紅，毛聲山批評《第七才子書琵琶記》「浮雲客子」序作者考，蘇州

大學學報（哲社版），2008，（3）。

76. 吳承學，評點之興——文學評點的形成和南宋的詩文評點，文學評論，1995，（1）。

77. 吳子林，金聖歎與吳中文化，浙江學刊，2005，（3）。

78. 吳子淩，對話：金聖歎的評點與英美新批評，浙江社會科學，2001，（2）。

79. 徐克文，試談中國傳統的文學批評形式——評點，遼寧大學學報，1983，（3）。

80. 楊立元，創作動機形態論，河北師範大學學報（哲學社會科學版），2000，（1）。

81. 葉紀彬、李松揚、武振國，明清人物性格理論初探，文藝理論研究，1997，（6）。

82. 俞爲民，孟稱舜的戲曲創作論，南京大學學報（哲學·人文·社會科學），1996，（3）。

83. 張安祖，孤本明傳奇《綠袍記》考述，文獻，2003，（4）。

84. 張軍，金聖歎的心態與文學批評，湖北經濟學院學報，2004，（4）、（5）。

85. 張利群，論中國古代批評範疇的類型特徵，文藝理論研究，2000，（4）。

86. 張人和，《西廂會眞傳》「湯顯祖沈璟評」辨僞，社會科學戰線，1981，（2）。

87. 張偉、潘峰，明代八股論評對戲曲評點的影響，山東社會科學，2009，（12）。

88. 張小芳，《西來意》撰者潘廷章生平考，中華戲曲，2009，（1）。

89. 張小芳，《西廂記》評本《西來意》之兩種刊本。文獻，2009，（4）。

90. 張小芳，周昂《增訂金批〈西廂〉》戲曲美學思想評析，南京師大學報（社會科學版），2009，（5）

91. 趙紅娟，淩濛初評點《幽閨記》及與沈璟交遊考，浙江社會科學，2004，（6）。

92. 趙山林，《琵琶記》與古代曲論的幾個重要命題，東南大學學報（哲學社會科學版），2008，（3）。

93. 趙山林，中國古典戲劇學的歷史分期與理論框架，華東師大學報（哲學社會科學版），1996，（5）。

94. 鄭志良，袁於令與柳浪館評點「臨川四夢」，文獻，2007，（3）。

95. 周妙中，江南訪曲錄要（二）。文史（第十二輯），北京：中華書局，1981。

96. 周妙中，江南訪曲錄要，文史（第二輯），北京：中華書局，1963。

97. 周永忠，論孟稱舜的戲曲理論——以《古今名劇合選》序及評點爲視點，廣西大學學報（哲學社會科學版），2006，（2）。

98. 朱恒夫，論雕蟲館版臧懋循評改《牡丹亭》，戲劇藝術，2006，（3）。

99. 朱恒夫，清代戲曲抄本敘錄，文獻，1997，（4）。

100. 朱萬曙，「李卓吾批評」曲本考，文獻，2002，（3）。

101. 朱萬曙，明代戲曲評點：批評話語的轉換，文藝研究，2007，（10）。

102. 朱萬曙，明代戲曲評點的形成與發展，東南大學學報（哲學社會科學版），2000，（4）。

103. 朱萬曙，評點的形式要素與文學批評功能——一明代戲曲評點爲例，中國文化研究，2002 年夏之卷，

104. 祝肇年，怎樣評價金人瑞的文學理論——兼談金批〈西廂記〉，文學遺產增刊（第九輯），北京：中華書局，1957。

附錄一　明清戲曲評點存本名錄

【說明】

1、本表主要依據朱萬曙《明代戲曲評點研究》附錄一《明代戲曲評點本存本目錄》（初編）、李修生《古本戲曲劇目提要》、郭英德《明清傳奇綜錄》、陳旭耀《現存明刊本〈西廂記〉綜錄》、趙春寧《〈西廂記〉傳播研究》附錄一《現存明清〈西廂記〉刊本》、王永寬《中國戲曲通鑒》、金英淑《〈琵琶記〉版本流變研究》等文獻資料，並盡可能見原書或縮微膠片，在此基礎上編製而成。因明清兩代戲曲評點本數量繁多，失檢或舛誤之處在所難免。

2、《初集》～《五集》依次指《古本戲曲叢刊初集》～《古本戲曲叢刊五集》。

3、目前筆者所知戲曲評點存本約 352 種，其中明代戲曲評點存本約 172 種，清代戲曲評點存本超過 180 種。可分為五個階段：

 （1）萌芽期（明萬曆元年（1573）至明萬曆三十八年（1610）前後），約 26 種；

 （2）繁興期（明萬曆三十八年（1610）前後至明末清初），約 146 種；

 （3）鼎盛期（清初至清雍正十三年（1735）），超過 55 種，其中《第六才子書西廂記》評點本約 17 種和《第七才子書琵琶記》評點本約 7 種各按 1 種計入；

 （4）延續期（清乾隆元年（1736）至清嘉慶二十五年（1820）），超過 57 種，其中《第六才子書西廂記》評點本不少於 21 種按 1 種計入；

 （5）餘勢期（清道光元年（1821）至清末），超過 68 種。

（1）萌芽期（明萬曆元年（1573）至明萬曆三十八年（1610）前後）

序號	戲曲評點本名稱、卷數	刊刻者	現存評本（含刻本／抄本／稿本／影印本）	評點者	藏地／備註
1	重訂元本評林點板琵琶記二卷	書林熊成冶種德堂	明萬曆間刻本		上圖（？）
2	新刻考正古本大字出像釋義北西廂二卷	金陵胡少山少山堂	明萬曆七年（1579）金陵少山堂刻本		日本成簣堂文庫
3	重刻元本題評音釋西廂記二卷	毗陵徐士範	明萬曆庚辰（八年，1580）毗陵徐士範刻本		國圖、上圖
4	重刻元本題評音釋西廂記二卷	書林熊龍峰忠正堂	明萬曆壬辰（二十年，1592）書林熊龍峰忠正堂刻余瀘東校本		國圖、上圖
5	新鐫出像附釋標注趙氏孤兒記二卷	金陵世德堂	明萬曆金陵世德堂刻本，《初集》據之影印。		
6	新刊出相附釋標注拜月亭記二卷	金陵世德堂	明萬曆金陵世德堂刻本，《初集》據之影印。		
7	新刊重訂出相附釋標注裴度香山還帶記二卷	金陵世德堂	明萬曆金陵世德堂刻本，《初集》據之影印。		
8	新刊重訂附釋標注出相伍倫二卷全備忠孝記	金陵世德堂	明萬曆金陵世德堂刻本，《初集》據之影印。		
9	新刊重訂出相附釋標注賦歸記二卷	金陵世德堂	明萬曆金陵世德堂刻本，《初集》據之影印。		
10	新刊重訂出相附釋標注裴淑英斷髮記二卷	金陵世德堂	明萬曆金陵世德堂刻本，《五集》據之影印。		
11	新鍥重訂出相附釋標注驚鴻記題評二卷	金陵世德堂	明萬曆金陵世德堂刻本，《二集》據之影印。		
12	新鐫出像注釋李十郎霍小玉紫簫記題評二卷	金陵世德堂	明萬曆二十四年（1596）		大連
13	新刊重訂出相附釋標注節義荊釵記（殘上卷）		據明萬曆十三年（1585）世德堂刻本影鈔本		
14	新編目連救母勸善戲文三卷	高石山房	明萬曆十年（1582）高石山房刻本，《初集》據之影印。		
15	重校北西廂記五卷	秣陵陳邦泰繼志齋	明萬曆二十六年（1598）		
16	重校琵琶記二卷	秣陵陳邦泰繼志齋	明萬曆二十六年（1598）		
17	重校紅拂記二卷	秣陵陳邦泰繼志齋	明萬曆二十九年（1601）金陵繼志齋刻本		國圖

（續表）

18	重校玉簪記二卷	秣陵陳邦泰繼志齋	明萬曆繼志齋刻本，《初集》據之影印。		
19	重校十無端巧合紅藥記二卷	秣陵陳邦泰繼志齋	明萬曆繼志齋刻本，《三集》據之影印。		
20	李卓吾先生批評北西廂記二卷	虎林容與堂	明萬曆庚戌（三十八年，1610）夏虎林容與堂刻本	李卓吾	國圖
21	李卓吾先生批評琵琶記二卷	虎林容與堂	明萬曆間容與堂刻本，《初集》據之影印。	李卓吾	國圖
22	李卓吾先生批評幽閨記二卷	虎林容與堂	明萬曆間容與堂刻本，《初集》據之影印。	李卓吾	國圖
23	李卓吾先生批評紅拂記二卷	虎林容與堂	明萬曆間容與堂刻本	李卓吾	國圖
24	李卓吾先生批評玉合記二卷	虎林容與堂	明萬曆間容與堂刻本，《初集》據之影印。	李卓吾	國圖
25	元本出相北西廂記二卷（王、李合評）	武林曹以杜起鳳館	明萬曆庚戌（三十八年，1610）	王世貞、李卓吾	國圖
26	李卓吾批評合像北西廂記二卷	書林遊敬泉	明萬曆間	李卓吾	日本天理圖書館

（2）繁盛期（明萬曆三十八年（1610）前後至明末清初）

序號	戲曲評點本名稱、卷數	刊刻者	現存評本（含刻本／抄本／稿本／影印本）	評點者	藏地/備註
1	新校注古本西廂記六卷	香雪居	明萬曆甲寅（（四十二年，1614）序刻本	王驥德校注	國圖等
2	田水月山房北西廂藏本五卷		明萬曆間刻本	徐渭	國圖、南圖
3	重刻訂正元本批點畫意北西廂五卷		明萬曆辛亥（三十九年，1611）刻本	徐渭	國圖
4	鼎鐫陳眉公先生批評西廂記二卷	蕭騰鴻師儉堂	明萬曆戊午（四十六年，1618）孟冬序刻。	陳繼儒	上圖
5	李卓吾先生批評西廂記二卷	潭陽劉應襲	明萬曆間	李卓吾	美國伯克萊加州大學東亞圖書館
6	李卓吾先生批點西廂記真本二卷	西陵天章閣	明崇禎庚辰（十三年，1640）仲秋序刻。	李卓吾	國圖等
7	李卓吾先生批點西廂記真本二卷		明崇禎刻本	李卓吾	浙圖
8	新訂徐文長先生批點音釋北西廂記二卷		明後期刻本	徐渭	國圖

（續表）

9	新刻徐文長公參訂西廂記二卷	潭邑書林歲寒友	明後期潭邑書林歲寒友刻本	祐卿評釋	國圖
10	北西廂五卷		明崇禎辛未（四年，1631）序刻，明延閣主人訂正。		國圖、上圖等
11	湯海若先生批評西廂記二卷	蕭騰鴻師儉堂	明崇禎間	湯顯祖（託名）	上圖
12	三先生合評元本北西廂記五卷	固陵孔氏彙錦堂	明崇禎間孔如氏刻本	李卓吾、徐文長、湯顯祖合評	國圖、北師等
13	鼎鐫西廂記二卷	蕭騰鴻師儉堂	明後期遞修重印本。明書林師儉堂刻本	陳繼儒（託名）	國圖
14	硃訂西廂記二卷，首一卷		明末朱墨套印本	孫鑛（託名）	國圖
15	新刻徐筆峒先生批點西廂記二卷	筆峒山房	明後期筆峒山房刻本	徐奮鵬	國圖
16	西廂定本二卷		明天啓辛酉（元年，1621）序刻本	槃薖碩人	國圖
17	西廂清玩定本二卷		明後期刻本	槃薖碩人增改	上圖
18	新刻魏仲雪先生批點西廂記二卷		明後期刻本	魏浣初	國圖
19	新刻魏仲雪先生批點西廂記二卷	古吳陳長卿存誠堂	明崇禎間陳長卿校刻本	魏浣初	國圖等
20	西廂會眞傳五卷		明後期刻三色套印本	沈璟批訂，湯顯祖批評	上圖
21	西廂記五本	烏程凌濛初	明天啓間凌濛初刻朱墨套印本	凌濛初校注	國圖
22	張深之先生正西廂記秘本五卷		明崇禎己卯（十二年，1639）序刻本，《初集》據之影印	張深之	
23	鼎鐫陳眉公先生批評琵琶記二卷	書林師儉堂	明師儉堂刻本	陳繼儒	國圖
24	鼎鐫琵琶記二卷	書林師儉堂	明師儉堂刻本	陳繼儒	國圖
25	硃訂琵琶記二卷		明後期刻朱墨套印本。	孫鑛	日本內閣文庫
26	新刻魏仲雪先生批評琵琶記二卷		明末刻本	魏浣初	國圖

（續表）

27	新刻魏仲雪先生批評琵琶記二卷	書林余少江	明書林余少江刻本	魏浣初	國圖
28	三先生合評元本琵琶記二卷		明末刻本	李卓吾、徐文長、湯顯祖合評	國圖
29	琵琶記四卷	淩濛初	明淩濛初刻朱墨套印本	淩濛初	國圖、北師
30	伯喈定本二卷	槃薖碩人	明刻本	槃薖碩人	國圖
31	詞壇清玩琵琶記二卷	明槃薖碩人改定抄本			槃薖碩人	日本東京大學
32	批點牡丹亭記二卷		明崇禎新都蒲水齋校刻本	袁宏道	國圖
33	還魂記傳奇二卷		明安雅堂刻本	王思任	北大
34	清暉閣批點玉茗堂還魂記二卷		明天啓三年（1623）會稽張氏著壇校刻本。	王思任	國圖
35	獨深居點定玉茗堂傳奇二種		明崇禎間刻本	沈際飛	國圖
36	徐肅穎刪潤《玉茗堂丹青記》二卷		明刻本	陳繼儒	國圖
37	牡丹亭四卷		明泰昌元年（1620）刻朱墨套印本，《初集》據之影印。	茅瑛、臧懋循	
38	柳浪館批評玉茗堂還魂記二卷		明天啓間柳浪館刻本	柳浪館	臺灣圖書館
39	柳浪館批評玉茗堂紫釵記二卷		明刻本，《初集》據之影印。	柳浪館	國圖
40	柳浪館批評玉茗堂南柯夢記二卷		明刻本	柳浪館	國圖
41	邯鄲夢記三卷		明刊朱墨本，《初集》據之影印	臧懋循等	
42	玉茗新詞四種		明萬曆間刻本	臧懋循改評	國圖等藏
43	曇花記		明朱墨套印本	臧懋循改評	日本內閣文庫藏
44	李卓吾先生批評古本荊釵記二卷		明刻本	李卓吾（託名）	國圖
45	李卓吾先生批評浣紗記二卷		明刻本	李卓吾（託名）	國圖

46	李卓吾先生批評錦箋記二卷		明刻本	李卓吾（託名）	國圖
47	李卓吾先生批評金印記二卷		明刻本	李卓吾（託名）	上圖
48	李卓吾先生批評無雙明珠記二卷		明刻本	李卓吾（託名）	大連
49	李卓吾先生批評焚香記二卷		明刻本	李卓吾（託名）	首圖
50	李卓吾先生批評玉簪記二卷		明末新都青藜館刻本	李卓吾（託名）	上圖
51	李卓吾先生批評繡襦記二卷		明刻本	李卓吾（託名）	臺灣「中圖」
52	李卓吾先生批評香囊記二卷		明刻本	李卓吾（託名）	臺灣「中圖」
53	李卓吾先生批評鳴鳳記二卷		明刻本	李卓吾（託名）	臺灣「中圖」
54	刻李卓吾先生批評紅拂記二卷	游敬泉		李卓吾（託名）	上圖
55	紅拂記四卷	吳興淩玄洲	明末吳興淩玄洲校刻朱墨套印本，《初集》據之影印。		
56	玉茗堂批評異夢記二卷		明萬曆戊午（四十六年，1618）序刻本，《二集》據之影印。	湯顯祖	
57	玉茗堂批評焚香記二卷		明末刻本，《初集》據之影印。	湯顯祖	
58	玉茗堂批評節俠記二卷		明崇禎刻本，《初集》據之影印。	湯顯祖	
59	玉茗堂批評種玉記二卷		明崇禎刻本，《二集》據之影印。	湯顯祖	
60	玉茗堂批評新著續西廂升仙記二卷		明崇禎來儀山房刻本，《初集》據之影印。	湯顯祖（託名）	
61	湯海若先生批評浣紗記二卷	怡雲閣	明崇禎怡雲閣刻本，《初集》據之影印。	湯顯祖（託名）	
62	玉茗堂批評紅梅記二卷		明末刻本，《初集》據之影印。	湯顯祖（託名）	
63	新鐫全像曇花記		明萬曆間浙江翁文源刻本	題湯海若批評	國圖
64	寶晉齋明珠記二卷		明刻清初讀書坊重修本	湯顯祖（託名）	國圖

（續表）

65	寶晉齋鳴鳳記二卷		明刻清初讀書坊重修本	湯顯祖（託名）	國圖
66	寶晉齋繡襦記二卷		明刻清初讀書坊重修本	湯顯祖（託名）	國圖
67	臨川玉茗堂批評西樓記二卷		明末刻本	湯顯祖	國圖
68	湯海若先生批評紅拂記	秣陵陳邦泰繼志齋	明萬曆間	湯顯祖（託名）	上圖
69	鼎鐫陳眉公先生批評幽閨記二卷	書林師儉堂	明書林師儉堂刻本	陳繼儒	國圖
70	鼎鐫幽閨記二卷	書林師儉堂	明書林師儉堂刻本	陳繼儒	國圖
71	鼎鐫紅拂記二卷	書林師儉堂	明書林師儉堂刻本	陳繼儒	國圖
72	鼎鐫玉簪記二卷	書林師儉堂	明書林師儉堂刻本	陳繼儒	國圖
73	鼎鐫陳眉公先生批評玉簪記二卷	書林師儉堂	明書林師儉堂刻本	陳繼儒	大連
74	鼎鐫繡襦記二卷	書林師儉堂	明書林師儉堂刻本	陳繼儒	南圖
75	陸采《明珠記》二卷	書林師儉堂	明書林師儉堂刻本	陳繼儒	南圖
76	袁於令《西樓記》二卷	書林師儉堂	明書林師儉堂刻本	陳繼儒	中國藝術研究院戲曲研究所
77	徐肅穎刪潤《玉合記》二卷	書林師儉堂	明書林師儉堂刻本	陳繼儒	國圖
78	徐肅穎刪潤《異夢記》二卷	書林師儉堂	明書林師儉堂刻本	陳繼儒	國圖
79	徐肅穎刪潤《丹桂記》二卷	書林師儉堂	明書林師儉堂刻本，《初集》據之影印	陳繼儒	
80	雲水道人《玉杵記》二卷	書林師儉堂	明書林師儉堂刻本	陳繼儒	美國國會圖書館
81	陳與郊《麒麟罽》二卷		明萬曆海昌陳氏原刻本，《二集》據之影印。	陳繼儒	國圖
82	劉還初《李丹記》二卷		明刻朱墨套印本，《五集》據之影印。	陳繼儒	
83	六合同春十二卷		明書林師儉堂刻清乾隆修文堂印本	陳繼儒	北大

(續表)

84	仇池動天李西廂藏本		明崇禎間九宜齋刻本		南圖
85	新刻袁中郎先生批評紅梅記二卷		明崇禎間三元堂刻	袁宏道（僞託）	北大
86	徐文長《四聲猿》四卷		明萬曆四十三年鍾人傑刻本	袁宏道	上圖
87	四聲猿四卷		明崇禎間九宜齋刻	澄道人	南圖
88	鼎鐫鄭道圭先生評點紅杏記二卷		明天啓間潭陽黃氏存誠堂刻本	鄭道圭	國圖
89	快活庵批評紅梨花記二卷		明刻本		國圖
90	曇花記四卷		明末刻朱墨套印本	臧懋循改評	國圖、日本內閣文庫
91	且居批評息宰河傳奇二卷		明末刻本	且居	南京師大
92	刻李九我先生批評破窯記二卷		明書林陳含初刻本，《初集》據之影印。	李九我	
93	楊東來先生批評西遊記六卷		明萬曆四十二年刻本，《初集》據之影印。	楊東來	
94	魏仲雪批評投筆記二卷		明萬曆存誠堂刻本，《初集》據之影印。	魏浣初	
95	譚友夏、鍾敬伯批評綰春園傳奇二卷		明末�麟齋刻本，《二集》據之影印。	譚友夏、鍾敬伯	
96	譚友夏批點想當然傳奇二卷		明崇禎刻本，《初集》據之影印。	譚友夏	
97	繡襦記四卷		明末刻朱墨套印本，《初集》據之影印。		
98	初陽子《校正原本紅梨記》四卷		明末刻朱墨套印本，《初集》據之影印。		
99	葉憲祖《四豔記》四卷		明刻本，《二集》據之影印。	茁蘭居士	
100	寰宇顯聖公《新編孔夫子周遊列國大成麒麟記》二卷		明萬曆間刻本，《二集》據之影印。		
101	孫鍾齡《東郭記》二卷		明萬曆四十六年（1618）原刻本，《二集》據之影印。		
102	孫鍾齡《醉鄉記》二卷		明崇禎三年（1630）刻本，《二集》據之影印。		

（續表）

103	朱京藩《小青娘風流院傳奇》二卷	明崇禎間德聚堂刻本，《二集》據之影印。	明道人	
104	路迪《鴛鴦縧傳奇》二卷	明崇禎刻本，《二集》據之影印。	醉竹居士	
105	孟稱舜《二胥記》二卷	明崇禎刻本，《三集》據之影印。	「洵倩龍友氏評點」	
106	許衡《筆耒齋訂定二奇緣傳奇》二卷	明崇禎十六年刻本，《三集》據之影印。		
107	西泠長《泊庵芙蓉影》二卷	明崇禎刻本，《二集》據之影印。		
108	張琦《明月環傳奇》二卷	明崇禎《白雪齋五種曲》本，《二集》據之影印。	集豔主人	
109	張琦《靈犀錦傳奇》二卷	明崇禎《白雪齋五種曲》本，《二集》據之影印。	集豔主人	
110	張琦《鬱輪袍傳奇》二卷	明崇禎《白雪齋五種曲》本，《二集》據之影印。	集豔主人	
111	張琦《金鈿盒傳奇》二卷	明崇禎《白雪齋五種曲》本，《二集》據之影印。	集豔主人	
112	蝴蝶夢二卷	明崇禎間拄笏齋刻本，《三集》據之影印。		
113	研雪子《識閒堂第一種翻西廂》二卷	明末刻本，《三集》據之影印。	傻道人	
114	吳炳《綠牡丹傳奇》二卷	明崇禎金陵兩衡堂刻《粲花齋新樂府》所收本，《三集》據之影印。	牡丹花史	
115	吳炳《療妒羹記》二卷	明崇禎金陵兩衡堂刻《粲花齋新樂府》所收本，《三集》據之影印。	鶌鶋子	
116	吳炳《西園記》二卷	明崇禎金陵兩衡堂刻《粲花齋新樂府》所收本，《三集》據之影印。	西園公子	
117	吳炳《情郵傳奇》二卷	明崇禎三年（1630）原刻本，《三集》據之影印。		
118	吳炳《畫中人》二卷	明崇禎間原刻本，《三集》據之影印。	畫隱先生	
119	新鍥節義鴛鴦塚嬌紅記二卷	明崇禎刻本，《二集》據之影印。	陳洪綬	

120	張玉娘閨房三清鸚鵡貞文記二卷		明崇禎刻本，《二集》據之影印。	寓山主人祁彪佳	
121	評點鳳求凰二卷		明末刻本，《二集》據之影印。		
122	懷遠堂批點燕子箋二卷		明末刻本，《二集》據之影印。		
123	雪韻堂批點燕子箋二卷		明末刻本		
124	詠懷堂新編勘蝴蝶雙金榜記二卷		明末刻本，《二集》據之影印。		
125	麗句亭評點鴛鴦棒樂府二卷		明末烏衣巷刻本		上圖
126	麗句亭評點花筵賺樂府二卷		明末烏衣巷刻本		國圖
127	墨憨齋新灌園傳奇二卷		明末《墨憨齋十種傳奇》本	馮夢龍改評	國圖
128	墨憨齋詳訂酒家傭傳奇二卷		明末《墨憨齋十種傳奇》本	馮夢龍改評	上圖
129	墨憨齋重訂女丈夫傳奇二卷		明末《墨憨齋十種傳奇》本	馮夢龍改評	上圖
130	墨憨齋重訂量江記傳奇二卷		明末《墨憨齋十種傳奇》本	馮夢龍改評	上圖
131	墨憨齋重訂精忠旗傳奇二卷		明末《墨憨齋十種傳奇》本	馮夢龍改評	上圖
132	墨憨齋重訂雙雄傳奇二卷		明末《墨憨齋十種傳奇》本	馮夢龍改評	上圖
133	墨憨齋重訂夢磊傳奇二卷		明末《墨憨齋十種傳奇》本	馮夢龍改評	上圖
134	墨憨齋重訂西樓楚江情傳奇二卷		明末《墨憨齋十種傳奇》本	馮夢龍改評	上圖
135	墨憨齋訂定萬事足傳奇二卷		明末《墨憨齋十種傳奇》本	馮夢龍改評	上圖
136	墨憨齋新定灑雪堂傳奇二卷		明末《墨憨齋十種傳奇》本	馮夢龍改評	上圖
137	墨憨齋重訂邯鄲夢傳奇二卷		明崇禎間墨憨齋刻本	馮夢龍改評	上圖
138	墨憨齋訂定人獸關傳奇二卷		明崇禎間墨憨齋刻本	馮夢龍改評	國圖
139	墨憨齋重訂永團圓傳奇二卷		明崇禎間墨憨齋刻本	馮夢龍改評	國圖

（續表）

140	墨憨齋重訂三會親風流夢二卷		明崇禎間墨憨齋刻本，《初集》據之影印。	馮夢龍改評	國圖
141	新鍥古今名劇柳枝集二十六卷		明崇禎刻本，《四集》據之影印。	孟稱舜	
142	新鍥古今名劇酹江集三十卷		明崇禎刻本，《四集》據之影印。	孟稱舜	
143	盛明雜劇三十卷		明崇禎二年（1629）刻本	沈泰等	國圖
144	盛明雜劇二集三十卷		明崇禎刻本	沈泰等	國圖
145	※鹽梅記二卷	漱玉山房	明刻本	峨冠子總評	日本山口大學圖書館棲息堂文庫
146	薛旦《續情燈》二卷	繡霞堂	明崇禎間繡霞堂刻本	古懷民	上圖

（3）鼎盛期（清初至清雍正十三年（1735））

序號	戲曲評點本名稱、卷數	刊刻者	現存評本（含刻本／抄本／稿本／影印本）	評點者	藏地/備註
1	貫華堂第六才子書西廂記八卷	貫華堂原刻	清順治間	金聖歎	上圖、山西圖書館
2	毛西河論定西廂記五卷	浙江學者堂	清康熙十五年（1676）	毛奇齡	國圖
3	西來意（又名元本北西廂記、夢覺關）四卷，前一卷後一卷		清康熙十九年（1680）	潘廷章	國圖
4	西廂記演劇二卷	揚州李書雲秘園	清康熙間	李書雲、汪蛟門等	上圖
5	繪風亭評第七才子書琵琶記六卷			毛綸等	國圖等
6	鏡香園毛聲山評第七才子書十二卷，首一卷	金陵三益堂	清康熙間	從周等增評	上圖、國圖等
7	薛旦《醉月緣》二卷	繡霞堂	清初繡霞堂刻本	古懷民	上圖
8	薛旦《鴛鴦夢》二卷	介壽堂	清初介壽堂刻本，《三集》據之影印	墨仙氏	
9	朱英《鬧烏江》二卷	田氏玉嘯堂	清順治間七年（1650）序刻本，殘存上卷。	田大奇	日本東京大學東洋文化研究所
10	智達《歸元鏡》二卷		清順治九年（1652）或稍後，初刻本		

（續表）

11	丁耀亢《化人遊》10出	野鶴齋	清順治五年（1648）野鶴齋序刻本，《五集》據之影印	宋琬等	
12	丁耀亢《表忠記》二卷		清順治十六年（1659）序刻本，《五集》據之影印	丁耀亢	
13	浣霞子《雨蝶痕》二卷	朗潤齋	清順治年間朗潤齋刻本，《五集》據之影印	薛宷等	上圖
14	李漁《憐香伴》二卷		或即在順治二年（1645）頃	玄洲逸叟	國圖
15	李漁《風箏誤》二卷			樸齋主人	國圖
16	李漁《意中緣》二卷		當在笠翁居杭十年間（1648～1657）	禾中女史	國圖
17	李漁《蜃中樓》二卷			壘庵居士	國圖
18	李漁《奈何天》二卷		當在笠翁居杭十年間（1648～1657）	紫珍道人	國圖
19	李漁《玉搔頭》二卷		作於清順治十二年（1655）	睡鄉祭酒	國圖
20	李漁《比目魚》二卷			秦淮醉侯	國圖
21	李漁《凰求鳳》二卷		作於清康熙五年（1666）	西泠梅客	國圖
22	李漁《慎鸞交》二卷		當在清康熙六年（1667）前不久	匡廬居士、雲間木叟	國圖
23	李漁《巧團圓》二卷			莫愁釣客（杜濬）、睡鄉祭酒	國圖
24	王鑨《秋虎丘》二卷		清康熙十五年（1676）序刻本，《三集》據之影印	朱士曾、門人張圻參評	
25	王鑨《雙蝶夢》二卷		清初刻本，《三集》據之影印	朱士曾	
26	尤侗《鈞天樂》二卷	聚秀堂	清康熙間聚秀堂原刻《西堂全集·西堂樂府》所收本，《五集》據之影印		
27	裘璉《女崑崙》二卷		清是亦軒抄本，《五集》據之影印	裘璉	
28	萬樹《風流棒》二卷	粲花別墅	清康熙二十五年（1686）粲花別墅刻《擁雙豔三種》本	吳秉鈞	國圖

（續表）

29	萬樹《空青石》二卷	粲花別墅	同上	吳棠禎	國圖
30	萬樹《念八翻》二卷	粲花別墅	同上	呂洪烈	國圖
31	朱素臣《秦樓月》二卷	文喜堂	清康熙間文喜堂刻本，《三集》據之影印	李笠翁	
32	徐沁《載花舲》二卷		清康熙間《曲波園傳奇二種》所收本	鹿溪居士	國圖、北大等
33	徐沁《香草吟》二卷		清康熙間《曲波園傳奇二種》所收本	李漁	國圖、北大等
34	徐石麒《珊瑚鞭》二卷		舊抄本，《五集》據之影印	袁於令	
35	黃周星《人天樂》二卷		清初刻本，《三集》據之影印		
36	洪昇《長生殿》二卷	稗畦草堂	清康熙間稗畦草堂刻本	吳人	國圖
37	孔尚任《桃花扇》二卷		清康熙戊子（四十七年，1708）初刻本	孔尚任	國圖
38	吳吳山三婦合評牡丹亭還魂記二卷	懷德堂	清康熙三十三年（1694）懷德堂刻本	陳同、談則、錢宜合評	上圖、南圖藏原刻。國圖等有夢圓印本
39	才子牡丹亭，不分卷		清雍正間刻本	吳震生、程瓊	國圖
40	呂履恒《洛神廟》二卷		清康熙間刻本，《五集》據之影印	查慎行	
41	張雍敬《醉高歌》一卷	靈雀軒	據郭《綜錄》考張雍敬卒年應在康熙五十八年之前，故該劇評點亦在其前。現存清乾隆戊午（三年，1738）靈雀軒刻本	張雍敬	中國藝術研究院戲曲研究所資料室
42	黃鉽《四有堂裏言》不分卷		傳抄本，《五集》據之影印	陳燦、汪上薇、呂璟烈、丁有庚	
43	程鑣《蟾宮操》二卷		清康熙間刻本，《五集》據之影印	沈西川	
44	王墅《拜針樓》一卷	貴德堂	清康熙四十八年（1709）貴德堂原刻本。	楊天祚	國圖
45	朱瑞圖《封禪書》六卷，存目一卷	秘奇樓	清康熙間秘奇樓刻本，《五集》據之影印	古虞東山下人（朱勳）	

（續表）

46	蒼山子《廣寒香》二卷	書帶草堂	清康熙間書帶草堂刻本，《五集》據之影印	寒水生	
47	雙溪鷹山《芙蓉樓》二卷	叩缽齋	清叩缽齋原刻初印本，《五集》據之影印	同人評校	
48	星堂主人《溫柔鄉》二卷，存上卷		傳鈔本	瘦石山人、率真居士	國圖
49	沈玉亮《鴛鴦塚》不分卷，八折		清康熙間刻本		國圖
50	新都筆花齋《雙龍墜》二卷，僅存上卷		清初筆花齋刻本		國圖
51	趙開復《鸚鵡夢記》（存下卷十五齣）		清初刻本		國圖
52	鄒式金編《雜劇三集》三十四卷	鄒式金	清順治間刻本	鄒式金	國圖等
53	張潮《筆歌》二卷		清刻本	吳綺、孔尚任、顧天石、徐松之、崔青岵、鄭扶曦	天一閣
54	《清人雜劇初集》	鄭振鐸	長樂鄭氏影印本		
55	《清人雜劇二集》	鄭振鐸	長樂鄭氏影印本		

（4）延續期（清乾隆元年（1736）至清嘉慶二十五年（1820））

序號	戲曲評點本名稱、卷數	刊刻者	現存評本（含刻本／抄本／稿本／影印本）	評點者	藏地/備註
1	此宜閣增訂金批西廂記四卷，末一卷，首一卷	常熟此宜閣	清乾隆十三年（1748）	周昂	北大
2	增補箋注繪像第六才子書釋解八卷	致和堂	清乾隆間致和堂刻本	吳吳山三婦參評	國圖、北師等
3	西來意	潘廷章	乾隆四十三年（1778）任以治重刊本		國圖
4	繡像妥注第六才子書六卷，卷首一卷	樓外樓	清乾隆四十七年（1782）	鄒聖脈妥注	國圖
5	玉茗堂還魂記二卷	冰絲館	清乾隆五十年（1785）冰絲館刻本	王文治	國圖、上圖、北師等
6	蔡應龍《新制增補全琵琶重光記》二卷		清乾隆間刻本，《五集》據之影印	蔡應龍改評	

（續表）

7	夏綸《無瑕璧》二卷		清乾隆十八年（1753）世光堂刻《夏惺齋新曲六種》本	徐夢元	中國藝術研究院戲曲研究所資料室等
8	夏綸《杏花村》二卷		同上	同上	同上
9	夏綸《瑞筠圖》二卷		同上	同上	同上
10	夏綸《廣寒梯》二卷		同上	同上	同上
11	夏綸《南陽樂》二卷		同上	同上	同上
12	夏綸《花萼吟》二卷		同上	同上	同上
13	張堅《夢中緣》二卷		清乾隆間刻《玉燕堂四種曲》本	楊古林	國圖等
14	張堅《梅花簪》二卷		同上	柴次山	國圖等
15	張堅《懷沙記》二卷		同上	沈大成	國圖等
16	張堅《玉獅墜》二卷		同上	張龍輔	國圖等
17	李凱《寒香亭》四卷		清乾隆間懷古堂刻本	范梧	浙圖
18	董榕《芝龕記》六卷		清乾隆十七年（1752）原刻本	唐英等	國圖等
19	曹錫黼《頤情閣五種曲》（雜劇五種）		清乾隆二十一年（1756）刻本		國圖
20	周書《魚水緣》二卷	博文堂	清乾隆二十五年（1760）博文堂刻本	海上竹軒主人	國圖等
21	黃振《石榴記》四卷		清乾隆三十七年（1772）柴灣村舍刻本		國圖、北大等
22	韓錫胙《漁村記》二卷	妙有山房	清乾隆間妙有山房原刻本	湘岩居士（韓錫胙）	中國藝術研究院戲曲研究所資料室等
23	徐昆《雨花臺》二卷	貯書樓	清乾隆間貯書樓刻本	崔桂林	國圖、浙圖等
24	徐昆《碧天霞》二卷	貯書樓	清乾隆間貯書樓刻本	常庚辛	國圖
25	蔣士銓《空谷香》二卷		清乾隆四十六年（1781）刻《藏園九種曲》本	高文照	國圖等
26	蔣士銓《桂林霜》二卷		同上	張三禮	國圖等
27	蔣士銓《雪中人》不分卷		同上	錢世錫	國圖等
28	蔣士銓《臨川夢》二卷		同上	錢世錫	國圖等
29	蔣士銓《香祖樓》二卷		同上	羅聘	國圖等
30	蔣士銓《采樵圖》12齣		清乾隆間刻本	羅聘	國圖等
31	宋廷魁《介山記》二卷		清乾隆間刻本		國圖等

（續表）

32	和睦州《一江風》二卷		清乾隆間精抄稿本	枕碧山房主人校閱及評	國圖
33	胡業宏《珊瑚鞭》二卷	穿柳亭	清乾隆戊戌（四十三年，1778）穿柳亭刻本	王嵩齡	中國藝術研究院戲曲研究所資料室
34	朱夰《玉尺樓》二卷		清乾隆間刻本		國圖等
35	盧見曾《旗亭記》三卷		清乾隆二十四年己卯（1759）雅雨堂刻本	盧見曾	國圖等
36	方成培《雷峰塔》二卷		清乾隆三十七年（1772）序水竹居刻本	方成培	國圖等
37	王筠《繁華夢》上下二本		清乾隆四十三年（1778）懷慶堂刻本	王元常	國圖等
38	王筠《全福記》二卷		清乾隆間懷慶堂刻本	王元常	國圖等
39	呂公博《彌勒笑》二卷		清乾隆四十六年（1781）稿本	畛溪釣者	河南私藏；國圖存上卷
40	張錦《新西廂》二卷		清乾隆間刻本	范建杲	國圖
41	左潢《蘭桂仙》二卷	藤花書坊	清嘉慶壬戌（七年，1802）藤花書坊刻本	程秉銓	國圖等
42	左潢《桂花塔》二卷		清嘉慶十七年（1812）刻本	筠亭山人	國圖
43	沈少雲《一合相》二卷		舊抄本，《五集》據之影印	蔣山樵者	
44	張新梅《百花夢》二卷	市隱莊	清嘉慶癸亥（八年，1803）市隱莊刻本	高山桃	國圖
45	瞿頡《鶴歸來》二卷	秋水閣	清嘉慶間秋水閣原刻本	周昂、瞿頡	國圖等
46	陳烺《紫霞巾》二卷	陳烺	清嘉慶辛酉（六年，1801）自刻本	東村氏	國圖
47	王懋昭《三星圓》八卷		清嘉慶庚午（十五年，1810）尺木堂刻本	沈德林	國圖等
48	董達章《琵琶俠》二卷	半野草堂	清嘉慶壬申（十七年，1812）半野草堂刻本	仲振奎	浙圖等
49	李斗《歲星記》二卷		清嘉慶間刻《永報堂集》所收本	立堂老人等	國圖
50	李斗《奇酸記》四折二十六齣		清嘉慶年間刻《永報堂集》所收本	防風館客	國圖
51	程煐《龍沙劍》二卷	世瑞堂	清世瑞堂珍藏抄本	江右夢熊釣叟、浙西二吾居士	黑龍江齊齊哈爾市圖書館

（續表）

序號					
52	張錦《新琵琶》四卷		清嘉慶四年（1799）貯書樓刻本	范建杲	旅大圖書館。
53	蔡廷弼《晉春秋》二卷		清嘉慶五年（1800）太虛宅刻本		國圖等
54	仲振履《雙鴛祠》一卷		清嘉慶二十五年（1820）刻本		國圖
55	方輪子《柴桑樂》八齣		稿本		南京圖書館
56	《達觀記》二卷		抄本		上圖
57	戴春龍《雙奇遇》二卷		抄本	煙江柯讀劻宸氏	中國藝術研究院戲曲研究所資料室

（5）餘勢期（清道光元年（1821）至清末）

序號	戲曲評點本名稱、卷數	刊刻者	現存評本（含刻本／抄本／稿本／影印本）	評點者	藏地/備註
1	桐華閣西廂記不分卷	長白馮氏刊桐華閣校本	清道光三年（1823）	吳蘭修校訂	國圖、上圖、北大、華東師大等藏。
2	西廂記		清抄本	朱璐	
3	楊葆光手評本牡丹亭			楊葆光	
4	陳烺《花月痕》二卷		清道光丁亥（七年，1827）家刻本	陳烺	國圖
5	紀蔭田《錯中錯》二卷		清道光九年（1829）懷清堂刻本	徐西雲	國圖
6	王曦《東海記》一卷		清道光十一年（1831）宛鄰書屋刻本		國圖
7	陳鍾麟《紅樓夢傳奇》八卷	廣州漢青齋	清道光十五年（1835）廣州漢青齋刻本	俞思謙	國圖、北大
8	徐繡山《鴛鴦劍》一卷		清道光十五年（1835）布鼓軒謄清稿本		國圖
9	黃燮清《茂陵弦》二卷		清道光間刻《倚晴樓七種曲》所收本	瞿世瑛	國圖、北師
10	黃燮清《帝女花》二卷		同上		國圖、北師
11	黃燮清《脊令原》二卷		同上		國圖、北師
12	黃燮清《鴛鴦鏡》一卷		同上		國圖、北師
13	黃燮清《桃溪雪》二卷		同上	李光溥	國圖、北師

14	黃爕清《居官鑒》二卷		同上		國圖、北師
15	周樂清《補天石傳奇》八卷八種		清道光十七年（1837）序刻本	同人參評	國圖
16	徐鶴孫《秣陵秋》十五齣		清道光二十年（1840）抄本	吳溫叟	南圖、南京師大
17	沈受宏《海烈婦》二卷，卷首一卷		清道光二十一年（1841）梅花庵刻本	樊圃老人	國圖、社科院文學研究所
18	李文翰《紫荊花》二卷		《李雲生四種曲》本，清道光二十二年至二十七年（1842～1847）	賀仲瑊等	國圖
19	李文翰《胭脂舃》二卷		同上	張筬	國圖
20	李文翰《銀漢槎》二卷		同上	周騰虎	國圖
21	李文翰《鳳飛樓》二卷		同上	錫淳	國圖
22	顧森《回春夢》二卷	三鱣堂	現存清道光庚戌（三十年，1850）三鱣堂刻本	王元常	國圖、北師
23	椿軒居士《金榜山》四卷		道光間刻《椿軒居士六種曲》所收本		國圖
24	椿軒居士《鳳凰琴》二卷		道光間刻《椿軒居士六種曲》所收本		國圖
25	椿軒居士《雙龍珠》二卷		道光間刻《椿軒居士六種曲》所收本		國圖
26	張九鉞《六如亭》二卷		清道光間賜錦樓刻本	雲門山樵	國圖等
27	※約園居士《靈山會》		據清咸豐五年（1955）清稿本影印本		
28	孫塽《錫六環》二卷		清光緒四年（1878）孫學蘇抄本，《五集》據之影印		
29	黃爕清《玉臺秋》二卷	瓊笏山館	清光緒七年（1881）瓊笏山館刻本	楊葆光	國圖、北師
30	觀劇道人《極樂世界》		清光緒七年（1881）聚珍堂活字印本	試香女史	國圖
31	張雲驤《芙蓉碣》二卷		清光緒九年（1883）刻本	王以愍	國圖
32	魏熙元《儒酸福》二卷	玉玲瓏館	清光緒十年（1884）玉玲瓏館刻本	倪星垣、汪繩武	國圖
33	汪蕅庵《梅花夢》二卷		清光緒十年（1884）成都龔氏刻本	鳳仙博士	國圖

（續表）

34	汪宗沂《後緹縈》一卷		清光緒十一年（1885）泰州夏氏刻本	夏嘉穀	國圖
35	許善長《瘞雲岩》二卷	碧聲吟館	清光緒十一年（1885）碧聲吟館刻《碧聲吟館叢書》所收本	停雲逸客	國圖、北師等
36	許善長《風雲會》二卷	碧聲吟館	同上		國圖、北師等
37	許善長《茯苓仙》一卷	碧聲吟館	同上		國圖、北師等
38	許善長《靈媧石》一卷	碧聲吟館	同上		國圖、北師等
39	許善長《神仙引》一卷	碧聲吟館	同上		國圖、北師等
40	許善長《胭脂獄》一卷	碧聲吟館	同上		國圖、北師等
41	徐鄂《誦荻齋曲》（二種）		清光緒十三年（1887）大同書局石印本	秦本槙、楊彥深	國圖
42	蔣恩澂《青燈淚》二卷		清光緒十六年（1890）黃梅蔣氏樂安官廨刻本	葉襄等	國圖
43	楊恩壽《理靈坡》一卷		清光緒間長沙楊氏坦園家刻《坦園全集》所收本		國圖、北師等
44	楊恩壽《麻灘驛》一卷		同上	曾傳均	國圖、北師等
45	楊恩壽《姽嫿封》一卷		同上	魏式曾	國圖、北師等
46	楊恩壽《桃花源》一卷		同上	吳錦章	國圖、北師等
47	楊恩壽《桂枝香》一卷		同上		國圖、北師等
48	楊恩壽《再來人》一卷		同上	毛松年	國圖、北師等
49	※丁傳靖《滄桑豔》二卷		清光緒三十四年（1908）刻本	張士瑛	國圖
50	湯世瀠《東廂記》四卷，首一卷		清光緒間上海申報館鉛印本	胡來照	國圖
51	鄭由熙《雁鳴霜》一卷八齣	暗香樓	清光緒十六年（1890）暗香樓刻《暗香樓樂府三種》本	心香居士	國圖

52	鄭由熙《霧中人》一卷十六齣	暗香樓	同上	志道人	國圖
53	鄭由熙《木樨香》一卷十齣	暗香樓	同上	湖上醉漁	國圖
54	管興寶《鏡中圓》二卷		清光緒二十六年（1900）稿本	董標	北大
55	洪炳文《警黃鍾》一卷十齣		清光緒三十二年（1906）新小說社排印本	洪炳文	國圖
56	周冰鶴改定《挣西廂》一卷		未刊稿本		浙圖
57	《孤山夢詞》十二齣		舊抄本		浙圖
58	章慶恩《鏡圓記》一卷		舊抄本		浙圖
59	王基《西廂記後傳》四卷		民國古吳蓮勻廬朱絲欄抄本	袁子才（託名）	國圖
60	我佛山人《曾芳四傳奇》三齣		清光緒三十三年（1907）《月月小說》刊本	儀隴山農	國圖
61	梁啓超《新羅馬》六齣		清光緒三十年（1904）廣智書局鉛印本	捫虱談虎客（韓孔廠）	國圖
62	韓茂棠《軒亭冤》八齣		上海小說支賣社光緒年間石印單行本	山陰杞憂生	
63	《西廂引墨》		清光緒間朱墨稿本	戴華使	
64	陳祖昭《瓮中天》一卷十齣		清光緒間舊抄本	朱鳳毛	山東圖書館
65	陳栩《桃花夢》十六齣		清光緒二十六年（1900）杭洲大觀報館刊本	華痴石	
66	陳栩《桐花箋》九齣		清光緒末年《著作林》刊本	鶼影	
67	劉鈺《海天嘯》傳奇（雜劇八種）		清光緒三十一年（1905）《小說林》初版排印本	贅農	
68	太瘦生《防城血》二卷二十齣		清光緒三十四年（1908）安雅報局鉛印本	夢梅庵主	復旦大學圖書館

附錄二　部分明清戲曲評點家
（已知籍貫）一覽表

【說明】：此表是就目前已知籍貫的 150 位戲曲評點家而言（因萌芽期中，書坊主的作用不可忽視，故亦視爲戲曲評點家）其中：萌芽期戲曲評點家 12 人；繁興期戲曲評點家 38 人；鼎盛期戲曲評點家 40 人；延續期戲曲評點家 32 人；餘勢期戲曲評點家 28 人。隨著研究的深入，此表的內容相應補充完善。

	姓　名	生　卒　年	籍　貫	功名	字、號	備　　註
			萌芽期戲曲評點家（12 人）			
1	謝世吉	不詳	江右			堂名「逸樂齋」
2	陳邦泰	不詳	江蘇秣陵		字大來。	書坊主
3	唐繡谷／唐晟	不詳	江蘇金陵			書坊主
4	徐士範	不詳	江蘇毗陵		名逢吉，字士範，號企陶山人。	書坊主
5	熊龍峰	1573～1620	福建建陽			書坊主
6	熊成冶	不詳	福建建寧		字沖宇。	書坊主
7	游敬泉	不詳	福建建陽			書坊主
8	葉柳沙	不詳	安徽休寧	進士	葉時新，字惟懷，號柳沙。	
9	陳昭祥	不詳	安徽休寧			
10	徐渭	1521～1593	浙江山陰	諸生	字文長，號天池，又號青藤道人、田水月等。	

11	李卓吾	1527～1602	福建晉江	進士	名贄，號卓吾，又號篤吾、宏甫，別號溫陵居士。	
12	王世貞	1526～1590	江蘇太倉	進士	字元美，號鳳洲，又號弇州山人。	官至南京刑部尚書。
繁 興 期 戲 曲 評 點 家 （38 人）						
姓　名	生卒年	籍　貫	功名	字、號	備　　註	
13	湯顯祖	1550～1616	江西臨川	進士	初字義少，改字義仍，號海若，又號海若士，一稱若士，晚年號繭翁。自署清遠道人。所居名玉茗堂、清遠樓。	
14	徐奮鵬	1560～1642	江西臨川		字自溟，別號筆峒生、槃蕅碩人等。時稱「筆峒先生」。	
15	魏浣初	不詳	江蘇常熟	進士	字仲雪	明萬曆四十四年（1616）進士。
16	沈際飛	不詳	江蘇昆山		字天羽，自署震峰居士。	
17	馮夢龍	1574～1646	江蘇長洲	貢生	字猶龍，一字子猶，別署顧曲散人、龍子猶、姑蘇詞奴、墨憨子、墨憨齋主人等。	曾任壽寧知縣。
18	袁於令	1592～1674	江蘇吳縣	諸生	原名晉，字令昭，後名於令，字韞玉，號鳧公、籜庵，別署幔亭、幔亭峰歌者、幔亭仙史、白賓、吉衣主人等。	降清後官至荊州知府，後因忤上意罷官。晚年佻達如少時。
19	王世懋	1536～1588	江蘇太倉	進士	字敬美，別號麟州。	世貞弟。嘉靖三十八年（1559）進士，累官太常寺少卿，好學善詩文。
20	陳繼儒	1558～1639	江蘇華亭	諸生	字仲醇，號眉公，又號麋公。	
21	黃嘉惠	崇禎間	安徽休寧		字長吉，別署如道人等。	崇禎間徽州府著名書商，以校刻文史戲曲名聞當時，所刻多名善本。

（續表）

22	李廷機	1542～1616	福建晉江（今泉州）	進士	字爾張，號九我。	累官至禮部尙書兼東閣大學士，卒諡「文節」，入祀學宮。
23	鄭道圭	萬曆、啓禎	福建晉江（今泉州）	進士		
24	袁宏道	1568～1610	湖北公安	進士	字中郎，號石公，又號六休。	萬曆進士。官吏部郎中。
25	譚友夏	1586～1637	湖北竟陵（今天門）	舉人	名元春，字友夏。	「復社四十八友」之一。
26	鍾惺	1574～1624	湖北竟陵（今天門）	進士	字伯敬，號退谷。	萬曆進士。官至福建提學僉事。
27	王驥德	？～1623	浙江會稽		字伯良，一字伯驥，號方諸生，別署方諸仙史、秦樓外史、玉陽生、玉陽仙史。	
28	孟稱舜	1599～1684	浙江會稽	諸生	字子塞，或作子若、子適，別署小蓬萊臥雲子、花嶼仙史。	
29	王思任	1574～1646	浙江山陰	進士	字季重，號謔庵，又號遂東。	萬曆進士，曾任九江僉事。順治三年，紹興城破，絕食而死。
30	陳洪綬	1598～1652	浙江諸暨	監生	字章侯，號老蓮、悔遲。	善書畫。
31	孫鑛	1542～1613	浙江餘姚	進士	孫月峰名鑛字文融，月峰是他的號。	官至南京兵部尙書。
32	臧懋循	1550～1620	浙江長興	進士	字晉叔，號顧渚山人。	官至國子監博士。
33	淩濛初	1580～1644	浙江烏程	副貢	又名淩波，字玄房，號初成，別署即空觀主人。	官至徐州通判。
34	茅暎	不詳	浙江歸安（今吳興）			茅元儀弟
35	沈泰	不詳	浙江杭縣（今杭州）		字林宗，別署福次居主人。	
36	卓人月	1606～1636？	浙江仁和（今杭州）	貢生	字珂月，號蕊淵。	
37	徐翽	生年與卓人月相近，卒年不詳。	浙江仁和（今杭州）		又名士俊，字三有，號野君，別署紫珍道人。	

	姓名	生卒年	籍貫	功名	字、號	備註
38	汪枟	不詳	浙江武林（今杭州）		字彥雯。	
39	沈士俊		浙江杭州		字孟英。	
40	沈士伸		浙江杭州		字季英。	
41	黃士佳		浙江杭州		字仕喬。	
42	張佩玉		浙江杭州		字君珊。	
43	張鵬舉		浙江杭州（錢江）		字叔薦。	
44	王璣		浙江杭州		字辰三。	
45	黃之堯		浙江杭州		字堯臣。	
46	竹笑居士		浙江杭州			
47	朱煒		浙江杭州		字孟弢。	
48	張亦臨		浙江杭州		字無疆。	
49	張深之	？～1642	山西沁水		名道濬，以字行。	世襲錦衣衛僉事，先升任鎮撫司僉事指揮同知，後升任都督同知。郭濬諸人參加了校刻。
50	祐卿	不詳	山西平陽（？）			

鼎盛期戲曲評點家（40人）

	姓名	生卒年	籍貫	功名	字、號	備註
51	金聖歎	1608～1661	江蘇長洲	諸生	名采，字若采，明亡後改名人瑞，字聖歎。一說本姓張，名喟。	
52	杜濬	1611～1687	湖北黃岡（寓江寧）	太學生	原名詔先，字於皇，號茶村，別署睡鄉祭酒。	明崇禎間太學生。明亡後，寓居江寧。參見沈新林《「莫愁釣客」考》（《文獻》1988.3）
53	徐松之	1617～1690	江蘇吳江		徐崧，其字松之，號矓庵。	
54	毛綸	同時或稍晚於金聖歎	江蘇長洲		字德音，號聲山。	

（續表）

55	毛宗崗	1632～1709後	江蘇長洲		字序始，號子庵。	參見陳翔華《毛宗崗的生平與〈三國演義〉毛評本的金聖歎序問題》（《文獻》1989.3）
56	裘璉	1644～1729	浙江慈溪	進士	字殷玉，號蔗村，別署廢莪子，學者稱爲「衡山先生」。	康熙進士。授翰林院庶吉士，旋以年老乞歸。曾參與纂修《大清一統志》。
57	朱勳	？～1829	江蘇靖江		字晉階，號虛舟，別署東山下人。	
58	鄒式金	1596－1677	江蘇無錫	進士	字仲愔，號木石、香眉居士。	
59	顧彩	1650～1718	江蘇無錫		字天石，號補齋，別號夢鶴居士。	
60	虞魏		江蘇無錫		字玄洲，號玄洲逸叟	
61	薛寀	1598～1663	江蘇武進	進士	字諧孟，號歲星。	崇禎三年（1630）進士，仕至開封知府，明亡後出家爲僧，更號米堆山。
62	丁耀亢	1599～1669	山東諸城	拔貢	字西生，號野鶴，自稱紫陽道人、野航居士等，後又稱木雞道人。	官至福建惠安知縣。
63	宋琬	1614～1673	山東萊陽	進士	字玉叔，號荔裳，別署二鄉亭主人。	曾任浙江按察使、四川按察使。見《清史列傳》卷七十「本傳」
64	李漁	1611～1680	浙江蘭溪（後移居金陵）		原名仙侶，字謫凡，改名漁，字笠鴻，後字笠翁，別署笠道人、隨庵主人、新亭樵客、湖上笠翁、覺世稗官等。	
65	潘廷章	1612～敘	浙江海寧		字美含，號梅岩，又號海峽樵人。	
66	吳綺	1619～1694	江蘇江都	貢生	字園次，號豐南、聽翁，又號紅豆詞人。	
67	毛奇齡	1623～1716	浙江蕭山		一名甡，字大可，號初晴，又號西河。時稱西河先生。	康熙十八年（1679）召試博學鴻詞，授翰林院檢討，與修《明史》。

（續表）

68	李書雲	順康間人	江南江都	進士	名宗孔，別號秘園	
69	汪蛟門	1640～1688	江南江都	進士	汪懋麟，字季角，號蛟門。	著有《百尺梧桐閣集》二十六卷
70	孔尚任	1648～1718	山東曲阜	諸生	字聘之，又字季重，號東塘，別署岸堂、雲亭山人。	歷任國子監博士、戶部主事、廣東司外郎等。
71	費錫璜	1664～？	四川新繁（僑居江都）		字滋衡。	《清人詩集敘錄》卷十八。有《掣鯨堂詩集》。
72	汪文著		安徽歙縣（流寓江都）			
73	吳舒鳧	1657～1704年後	浙江錢塘	太學生	名儀一，別名吳人，字琇符，更字舒鳧，號吳山，晚署芝塢居士。	
74	陳同	不詳	安徽黃山		字次令。	吳舒鳧妻
75	談則	不詳	廣東清溪		字守中。	吳舒鳧妻
76	錢宜	不詳	浙江錢塘			吳舒鳧妻
77	吳秉鈞	約康熙時在世。	浙江山陰		字琇青，別署琇青道人、琇青子。	著有《課鵝詞》。
78	吳棠禎	不詳	浙江山陰		字伯憩，號雪舫，別署雪舫溪漁。	
79	呂洪烈	不詳	浙江姚江		字清卿，號藥庵。	
80	吳震生	1695～1769	安徽歙縣	貢生	字長公，祚榮，號可堂，別署武封、南村、笠閣漁翁、玉勾詞客等。	入貲爲刑部主事，不久辭官還鄉。
81	程瓊	生年不詳，約卒於雍正間	安徽休寧		字飛仙，晚號定君、轉華夫人、瓊飛仙侶、無涯居士。批《才子牡丹亭》時自署「阿傍」。	
82	沈灝		浙江錢塘		字西川。	
83	查慎行	1650～1727	浙江海寧	進士	初名嗣璉，字夏重，號查田；後更名慎行，字悔餘，別署初白老人、他山老人、煙波釣徒。	康熙四十二年（1703）進士，授翰林院編修。
84	朱士曾	不詳	浙江山陰		字敬身，號鑒湖魚子、越州髯僧。	舉博學鴻詞。工詩善書法。

（續表）

85	張雍敬	不詳	浙江秀水（今嘉興）		字珩佩，一字簡庵，別署風雅主人、簡暗道人。	布衣。精通天文，曆算之學，著有《定律玉衡》十八卷。擅長畫花木，草蟲，筆墨精工細緻。
86	陳燦		浙江山陰		字止耀。	
87	汪上薇		浙江山陰		字治子。	
88	呂璟烈		浙江山陰		字友柏。	
89	丁有庚		浙江山陰		字遠辰。	
90	田大奇		江右			

<table>
<tr><td colspan="7" align="center">延 續 期 戲 曲 評 點 家 （32 人）</td></tr>
<tr><td></td><td>姓　名</td><td>生卒年</td><td>籍　貫</td><td>功名</td><td>字、號</td><td>備　　註</td></tr>
<tr><td>91</td><td>楊古林</td><td></td><td>江蘇江寧</td><td></td><td></td><td></td></tr>
<tr><td>92</td><td>唐英</td><td>1682 ～ 約 1755</td><td>遼寧奉天（今瀋陽）</td><td></td><td>字俊公，一字雋公，號叔子、陶人，別署蝸寄居士、蝸寄老人。</td><td>隸漢軍正白旗。精於窯事，製器甚精，世稱「唐窯」。</td></tr>
<tr><td>93</td><td>張三禮</td><td></td><td>大興</td><td></td><td>字椿山。</td><td></td></tr>
<tr><td>94</td><td>王嵩齡</td><td></td><td>直隸天津</td><td></td><td></td><td>工書法。江西臬司。</td></tr>
<tr><td>95</td><td>周昂</td><td>1732～1801</td><td>江蘇常熟</td><td>舉人</td><td>字千若，號少霞。</td><td>官寧國訓導，晚年著述自娛。著《中州全韻（一名《此宜閣天籟》）、《此宜閣詩鈔》等。</td></tr>
<tr><td>96</td><td>瞿頡</td><td>1742～1818 年後</td><td>江蘇常熟</td><td>舉人</td><td>字孚若，號菊亭，別署琴川居士、琴川蒼山子、秋水閣主人。</td><td>歷官酆都知縣。</td></tr>
<tr><td>97</td><td>張龍輔</td><td></td><td>江蘇嘉定</td><td></td><td></td><td></td></tr>
<tr><td>98</td><td>沈大成</td><td>1700～1771</td><td>江蘇華亭</td><td></td><td>字嵩峰，號學子、沃田。</td><td>黃達《一樓集》卷十七。生卒年另一說見《清代文人生卒年表》357 頁腳注。</td></tr>
<tr><td>99</td><td>王興吾</td><td>？～1759</td><td>江蘇華亭</td><td></td><td>字宗之。</td><td>《國朝耆獻類徵初編》卷五十八</td></tr>
<tr><td>100</td><td>羅聘</td><td>1733～1799</td><td>安徽歙縣（僑居揚州）</td><td></td><td>字遯夫，號兩峰，別署衣雲、花之寺僧、蓼洲漁父等。</td><td>畫家。</td></tr>
</table>

101	仲振奎	1750～1811	江蘇泰州	監生	字春龍，號雲澗，別署紅豆山樵。	
102	李斗	？～1818	江蘇儀徵	諸生	字北有，號艾塘，別署畫舫中人、防風館客。	
103	王文治	1730～1802	江蘇丹徒	進士	字禹卿，號夢樓。	清代書法家。官至雲南臨安知府。
104	方成培	乾隆時人	安徽歙縣		字仰松，別署岫雲詞逸。著《詞榘》。布衣終生。	
105	徐夢元	1693～1770	浙江錢塘		字端木，號徐村。	
106	柴次山		浙江錢塘			
107	沈德林		浙江上虞			
108	高文照		浙江武康		字東景。	
109	范梧		浙江鄞縣			
110	錢世錫	1733～1795	浙江秀水（今嘉興）	進士	字慈伯，號百泉、雨樓。	官翰林院檢討。有《籜山老屋詩集》。事具光緒《嘉興府志》卷五十二。
111	韓錫祚	1716～1776	浙江青田	舉人	字介屏，號湘岩，別署少微山人、妙有山人。	曾升任安慶、松江、蘇州知府。所至皆有政聲。
112	蔡應龍	不詳	浙江清溪（今淳安）		字潛莊，號吟顛，別署玉麈山人。	
113	二吾居士		浙西			
114	鄒聖脈	1691～1762	福建連城		字宜彥，號梧岡。	布衣。清初著名啓蒙讀物《幼學瓊林》作者之一。
115	陳烺	1743～1827	福建閩縣（今福州）	舉人	字士輝，號東村，別署榕西逸客。	官德化訓導，不半載病歸，授徒自給。
116	謝逢泰		江西南昌		字蒼厓。	
117	夢熊釣叟		江右		號夢熊子。	
118	盧見曾	1690～1768	山東德州	進士	字抱孫，號澹園，別號雅雨山人。	
119	范建杲		山東濟南		字秋塘。	
120	常庚辛		山西蒲？		字位西。	

（續表）

	姓名	生卒年	籍貫	功名	字、號	備註
121	崔桂林		山西蒲坂		字燕山，號蒲坂散人。	
122	王元常	乾隆時人	陝西長安	進士	字南圃。	官武清知縣。有《西園瓣香集》。

餘 勢 期 戲 曲 評 點 家（28人）

	姓 名	生卒年	籍 貫	功名	字、號	備 註
123	錫淳		北京	進士	字厚安，一名錫縝。博爾濟吉特氏。	咸豐六年進士。隸滿洲正藍旗。曾拜駐藏大臣。《清史稿》有傳。（詳見高興璠《工書善詩錫厚安》，滿族研究1995年4期）
124	張篯	1793～？	直隸磁州	進士	字述之，號彭齡、雨香。	《道光十五年乙未科會試同年齒錄》。官歷商州知州。
125	魏式曾	1809？～？	直隸臨榆	舉人	字鏡餘，一字敬輿。	官澧州知州，升至永順知府。
126	王基	不詳	江蘇吳縣		字太御，號梅庵逸叟。	善繪畫、弈棋，亦知音律。
127	楊葆光	1830～1912	江蘇婁縣（今松江）	諸生	字古醞，號蘇盦，別號紅豆詞人。	官龍遊、新昌知縣。有《蘇盦集》。
128	秦本楨		寶山		字眉聲。	
129	周騰虎	1816～1862	江蘇陽湖	諸生	字韜甫、弢夫。	有《餐芍華館集》。
130	夏嘉穀		江蘇泰州		字少舫。	
131	朱璐	道光間	安徽合肥	諸生	字景昭。	
132	張士瑛		安徽合肥		字東甫。	
133	瞿世瑛		浙江錢塘		字良玉，號穎山。	藏書家。編有《清吟閣書目》，著有《清吟閣詩一鈔》。
134	葉襄	？～1655	浙江錢塘	諸生	字菘友。	書畫家。
135	汪繩武		浙江錢唐		字薇伯。	
136	李光溥		浙江仁和		字儉才。	
137	俞思謙		浙江海寧		字秉淵，號潛山。	
138	倪星垣		浙江蕭山		字蓮舟。	
139	洪炳文	1848～1918	浙江瑞安	貢生	字博卿，號楝園，別署祈黃樓主、悲秋散人、雪齋主人、慕忠堂主人等。	

（續表）

140	陳用光	1768～1835	江西新城	進士	字碩士，一字實思。	官至禮部左侍郎，提督福建、浙江學政。嘗為其師姚鼐、魯仕驥置祭田，以學行重一時，假歸，病卒。工古文辭，著有《太乙舟文集》八卷，及《祔被錄》等，並傳於世。
141	趙繼曾		江西九江			
142	胡來照		古埠		字鑒空。	
143	曾傳均	1827～1811	湖南善化		字茶村，號文劭。	楊恩壽《坦園文錄》卷十一墓誌銘。
144	賀仲瑊	1798～1847	湖南善化	進士	字美恒，號葛山。	鄧顯鶴《南村草堂文鈔》卷十五《墓誌銘》。
145	毛松年	1840～？	湖南長沙	舉人	字萱蔭，號季卿。	《同治十年辛未科會試同年齒錄》。
146	吳錦章		湖南長沙			曾任湖南巡撫。
147	王以慜	1855～1921	湖南武陵（今常德）	進士	字子捷，號夢湘、檗塢。	王乃徵：墓誌銘《碑傳集三編》卷四十一。歷官江西知府。辛亥國變後棄官歸田，曾充《清史稿》協修。有《檗塢詩集》等。
148	吳蘭修	約1821年前後在世	廣東嘉應（今梅縣）	舉人	字石華。室名「守經堂」、「桐花館」。	嘉慶戊辰舉人。官信宜訓導。
149	韓孔廠		廣東番禺			
150	楊彥深		廣東茂名		字淪靈。	

附錄三　明清戲曲評點資料選輯

一、《三先生合評元本琵琶記》二卷四十二齣**明末刻本**

　　藏國家圖書館（縮微膠片，索書號 15114），四冊裝。正文首頁署「明湯若士先生、李卓吾先生、徐文長先生合評」「元高則誠編」。批點形式有齣末總批、眉批、少量旁批等。

　　各齣齣批如下：

卷　上

第一齣《副末開場》　　無齣批。

第二齣《高堂慶壽》

　　湯若士評（簡稱「湯評」）：父願子得官，姑願婦得子，而生旦口吻畢肖，情詞兩絕。

　　李卓吾評（簡稱「李評」）：今人但要萬兩黃金，那要一家安樂；然無黃金，那得安樂也！斯言雖淺，有裨事實。

　　徐文長評（簡稱「徐評」）：慶賀席上請張太公來，方有張本。

第三齣《牛氏規奴》

　　湯評：惜春太煩褻，可刪，況且家政素嚴，安得有此丫頭，不象，不象。

　　李評：只這煩簡不合宜，不及《西廂》、《拜月》多矣。

　　徐評：院子說白，古麗有文，今人不能及。

第四齣《蔡公逼試》

湯評：張老不過是外人，如何絮絮叨叨要蔡生去，致使父母餓死，而成
其為不孝之名，亦該以花面扮之。

李評：今世上只有蔡公，再無蔡婆矣。蔡婆真聖母也。

徐評：看「八十餘」三字大不通，婦人豈有五六十歲生子之理。

第五齣《南浦囑別》

湯評：凡【鷓鴣天】後不得用落場詩，俗添者謬。

李評：公婆、太公先去，夫婦復留連宛轉，情詞俱絕。

徐評：情至，情真至。蔡母已極勝蔡公萬倍，若五娘之不忍別常情耳。

第六齣《丞相教女》

李評：牛也會擇壻，也會教女，今世不如牛者固多。

湯評：看前齣姥姥也不是老成人矣，教他教訓小姐，大失斟酌。

徐評：傷春是丫頭心事，豈敢對老爺說，然花面不得不然。

第七齣《才俊登程》

李評：【八聲甘州】，此曲立極

湯評：點綴旅況，丹青不及。

徐評：訪姓問表，相逢處似不可缺，但各陳學識，一股腐臭語，則今人
無此俗筆矣。

第八齣《文場選士》

李評：戲則戲矣，倒須似真，若真者反不妨似戲也。今戲者太戲，真者
亦太真，俱不是。

徐評：南呂【生查子】止有引子，並無過曲，然引子止有四句，下二句
乃其換頭也，諸本刻為過曲，惑於八句耳。

湯評：用舉子戲謔則可，若用試官戲謔欠通。

第九齣《臨妝感歎》

李評：此齣填詞太豐，殊少斟酌，所以遜《西廂》《拜月》也；若「輕移
蓮步」後便字字逼真。

湯評：天下只是一個真，譬如「翠減祥鸞」等語，縱說得如花似錦，也
是隔靴搔癢文字，何莫不然。

徐評：古風中「錯途」二字出杜詩，一本作「錯違」，不知來歷也。

第十齣《春宴杏園》

李評：說白並曲毫無文理，且鄙俚繁雜，似此齣琵琶亦不應如此玷耳。

第十一齣《蔡母嗟兒》

李評：狀元子原濟不得饑，不如菽水承歡，無終天之恨耳。必欲三牲五鼎，真俗人之見也。

湯評：曲好白好關目好，專用蔡婆罵處尤見作手。

徐評：觀五娘勸解處，公婆兩不傷，深得幾諫之法。孝婦也，聖婦也！

第十二齣《奉旨招壻》

徐評：上有聖旨，下有媒妁，獨不曰父母之命乎？欲不告而娶，丞相真牛也。

第十三齣《官媒議親》

李評：到此娶親已經年歲矣，尚說他青春年少，則古人三十而娶之語亦不可憑，緣何？赴試之時渠母已八十餘矣，天下豈有婦人五六十歲生子之理。

湯評：齊家方可治國，糟糠下堂，風斯下矣。若果出自聖旨，未免傷風敗俗。

第十四齣《激怒當朝》

徐評：一榜中豈無一人足為丞相女壻者，必欲蔡生再婚，以小姐為人側室，真牛也。

第十五齣《金閨愁配》

李評：可憐今人俗氣，有女兒不想嫁人的理，只管把來挨與狀元，都是牛也。

湯評：小姐見識絕勝丞相。此齣關目甚妙，而曲亦真切。

第十六齣《丹陛陳情》

李評：當時若有聖君賢相，自當著他迎養，何有許多說話？伯喈亦當自著人迎養，奈何不能也？

湯評：先辭官再辭婚，井井有條，而曲更情深入致，《琵琶》關目，此齣甚大。

徐評：用二【啄木兒】【三段子】，一【歸朝歡】，古體也。近本誤將【三

段子】「做官」以下分為二曲，【歸朝歡】末三句作【尾聲】，則調俱不全矣，今改正。

第十七齣《義倉賑濟》

李評：讀此處，則伯喈不孝不義之名皆張老累之也，吾不德之而恨之。

湯評：坊本作趙將投井遇蔡公救之，蔡公老年饑餒，豈能復出道途也？

徐評：曲極悲傷之致，如離鴻之奏，但白多繁俚不堪，且既不顧其饑，寧顧其寒？尤少斟酌。

第十八齣《再報佳期》

李評：若狀元畢竟不肯，牛也無如之何，觀此則知其推詞都是假也。

徐評：此齣獨簡可取。

湯評：一心掛兩頭，掛著甚麼？新者乎？舊者乎？

第十九齣《強就鸞凰》

徐評：詞多佳麗，白覺繁雜。

第二十齣《勉食姑嫜》

湯評：從來信被謗、忠見疑，無天可訴，所以孝婦含冤三年大旱。

徐評：唉（按：疑為「喫」）糟喫糠不難，喫婆怨氣更難。

李評：觀此則蔡婆真合扮淨矣！

第二十一齣《糟糠自厭》

李評：一個蔡婆送在張老身上矣，真蔡氏仇人也！

湯評：情真語真，令人一字一血，當與湘淚淒楚千古。

徐評：身作佳壻，母喪溝渠，不知在珠圍翠繞中曾作一惡夢否？

卷　下

第二十二齣《琴訴荷池》

湯評：對景傷情，關目絕佳矣！但今日不妨對牛氏說知了，何必支吾！

李評：曲妙在點景，白妙在含吐。

徐評：古云琴瑟和諧，只是七絃；今若十四絃，未免宮商錯亂。

第二十三齣《代嘗湯藥》

李評：曲與白竟至此乎？吾不知其曲與白也，但見蔡公在牀，五娘在側，

啼啼哭哭而已。神哉，技至此乎！

湯評：不喫藥不喫粥，俱為糟糠婦，讀至此真山花落盡子規啼矣。

徐評：張公既成伯喈不孝之名，而不律五娘以守節，隨波逐流，真小人也！

第二十四齣《宦邸憂思》

湯評：曲詞宛轉深至，的是自言自語聲口，此等筆意後人莫及矣！

李評：既恐帶麻執杖，又怕老牛得知，畢竟先與閻王做下文書，方好等得你。

徐評：難道差一人省親老牛也來禁你！《琵琶》寫盡伯喈不孝耳。

第二十五齣《祝髮買葬》

李評：如「剪頭髮」這樣題目，真是無中生有、妙絕千古。

湯評：「餐糠」、「剪髮」俱在空裏出奇，「餐糠」之意寓於「糟糠婦」句；「剪髮」之意寓於「結髮薄倖」句，尤貼切有味。

徐評：本局是賣髮，若不以髮與張公，便無收煞，此處妙絕。

第二十六齣《拐兒紿誤》

湯評：如此假書，絕無破綻，騙子亦是高手，但父親筆迹也不認得，竟以金珠付之，何疏略至是！

李評：世上只有官長騙百姓，百姓騙官長，奇特！

徐評：家書上並不敢題起牛府事，也是良心發見。

第二十七齣《感格墳成》

李評：十爪築墳，豈不與剪髮買棺同一奇想！

湯評：文章妙境，每每寄之於鬼神，若只用太公助葬，便與助棺重複。

徐評：此齣創意甚奇，只為下文尋壻張本。若非神意，而一婦人長往千里，豈不是妄想！

第二十八齣《中秋望月》

李評：蔡生此時應做愁悶之狀，夫人必然疑問，【念奴嬌序】後還該用些界白便有情。

湯評：摹出四人口氣，宛然如詰，非絕世聰明者不能。

徐評：淒涼情調，富麗聲口，兩極其致。

第二十九齣《乞丐尋夫》

李評：或謂，趙五娘孝則孝矣，賢則賢矣，「乞丐尋夫」一節，亦覺不甚好看。非也。如今婦人只爲不肯乞丐，做壞了事，貪個小好看，做出個大不好看來，豈不深可痛哉！

湯評：【三仙橋】二曲不特傳二親之神，並傳五娘之神，神妙不可名狀。

徐評：此生出畫眞容一段，爲後面相逢張本，節節相生，絲絲璧合。

第三十齣《瞷詢衷情》

李評：世上有這等怕丈人的女壻，好笑，好笑！丈人還是個牛，女壻狗也不值。

湯評：好個賢夫人，所謂犂牛之子駪且角也。

徐評：寧餓殺爹娘，不敢惱了丈人，一向辭婚原來是假。

第三十一齣《幾言諫父》

李評：曾有人說：牛生麒麟，意不信之。今觀牛女，果然，果然！

湯評：辨駁剴切，節孝兩全，而蔡生反畏牛如虎，眞裙釵所笑。

徐評：數聲牛喘，丙丞相必訝而問。

第三十二齣《路途勞頓》

李評：宴樂新婚，使糟糠如此出醜，宋弘必唾而罵之。

湯評：得此亦點綴路途悽慘矣。

徐評：汗背。○短兵相接，不用琵琶詞更勝。

第三十三齣《聽女迎親》

李評：看此齣牛之罪全擔伯喈身上去了。

湯評：牛之轉念甚佳，宜其被此文錦。

徐評：夫人畏傍人之責，而蔡生不顧後世之譏，眞巧妻伴拙夫也。

第三十四齣《寺中遺像》

李評：俗云：赤身戴冠子，忍餓放生錢，品斯下矣。不意二賊一件敝衣不在女客面上撒漫也，品更下矣！

湯評：琵琶抄化固爲出醜，然所歌俱孝行事，姑以此解之。

徐評：遺失眞容作相會關目，大妙！

第三十五齣《兩賢相遘》

李評：無心對有心，益見牛夫人之聖。而五娘以言試之，雖是精細，未免小人之腹矣。此亦大老婆常態也，呵呵！

湯評：尋婦人服事公婆，以此相會。五娘把言語寫在書房，以此打動伯喈。關目甚好。

徐評：眞是兩賢，豈相厄哉！

第三十六齣《孝婦題真》

李評：此齣雅致可愛，曲亦俏潔。

湯評：【醉扶歸】每句首加增虛字，唱的有情。然首句雖成句，似不合韻。

徐評：使妻如此，情何以堪！

第三十七齣《書館悲逢》

湯評：父母之年不可不知也，乃曰「早知你形衰耄」耶？

李評：慘殺！

徐評：伯喈忘卻糟糠，五娘自疑棄婦，牛夫人一番作合，何與押衙、崑崙，眞欲拜倒！

第三十八齣《張公遇使》

李評：得此一齣，見張老之有始終，眞蔡公之死生交也，庶少贖逼試之罪。

湯評：張老責人，情理皆到。今人見人家子弟榮貴者，便滿口奉承，爲他諱過，那得如此梗直！

徐評：全傳都是罵府，此尤罵得痛快。

第三十九齣《散髮歸林》

李評：老牛欲認五娘爲女，還是相度；若今日丞相，安肯以小姐爲人做妾乎？

湯評：丞相非是不賢，只爲捨不得兒女，實至情也。看此相離相別，孑然一牛，十分淒楚。

徐評：【一撮棹】今皆用於【催拍】後，不知用於【三字令】後尤妙。

第四十齣《李旺回話》

李評：一人叩門一人開門，是草廬寒舍□□堂堂相府，如此冷落耶，不

通，不通！

湯評：五娘、小姐的宜旌表，安得與蔡生並□（按：應爲「旌」字）。

徐評：此齣最冷淡，演者須緊湊著眼乃妙。

第四十一齣《風木餘恨》

後半闕。

二、《李卓吾先生批評繡襦記》二卷四十一齣 明刊朱墨套印本

藏日本東北大學，一冊裝。眉欄鐫評，有圖。正文題《李卓吾批評繡襦記》，卷首附錄前題《李卓吾先生批評繡襦記傳》。此本卷首總評缺首頁，據東洋文庫藏本補入。

繡襦記總評：

> 據唐白御史《李娃傳》，此婦有大識見、大主張、大經濟，男子所不如也。夫何一經法葦之手，裝點出許多惡態，如馬板湯之類，裝腔拿班，種種惡態，不可言盡。及考殺馬煮湯，乃元學士王元鼎與妓女順時秀事迹，不干元和、亞仙之事，所稱點金爲鐵，非耶？《玉玦》主抑青樓，《繡襦》反之，相傳薛君受青樓之賂，特與鄭若庸相反者也，但媌奴姓李，亞仙亦姓李，今評兩家傳奇者，又姓李。李姓者，不爲妓女，則爲和尚，大難爲太上老君也已。客曰：若況老君，又有一姓李道士矣！放筆大笑。

眉批、齣批擇其要者如下：

卷　上

第二齣《正學求君》總批：今人說起樂道德，無不以爲笑柄，豈知也曾厭利科舉來。○極可笑者，是三家村裏，利科舉人，不過地無朱砂，以赤土充之耳，彼竟忘其爲赤土矣。○請先生還需自家作主，安可以家人之稱揚、老婆之贊襄，遂易初念乎？鄭老可鑒也。○到今日，甚至有以乳母薦先生者，可發大痛。

第四齣《厭習風塵》【黑麻序】前眉批：便是娼婦、海棠化工肖物，妙！妙！

第五齣《載裝遣試》【少年遊】前眉批：曲豪。

第六齣《結伴毘陵》【甘州歌】前眉批：如此則俗矣。

第七齣《長安稅寓》【霜天引】前眉批：畫。

第九齣《述葉良儔》【柔順歌】前眉批：畫齣動人模樣。

第十九齣《詭代儌居》總批：曲到絕妙處矣，真化工，非人工也。

第二十齣《生折鴛鸞》【金錢花】前眉批：曲甚自在。總批：歌曲都大雅不群。

卷　下

第二十一齣《墮計消魂》【六么令】前眉批：曲好。○癡子，然卻是好人。（按：鄭元和）總批：曲大好，句句見成，字字自在，到家矣。

第二十二齣《歌郎競技》總批：曲都直率。

第二十三齣《得覓知音》總批：好個知音。

第二十五齣《責善則離》總批：打死也是一時之怒，人情或有之，若既死之後，略無父子之情，則可恨矣。大抵天下惟要好名色的人最無情，最慘毒。

第三十五齣《卻婚受僕》齣總批：曾學士議婚，來興歸主，都有關目，甚好！甚妙！

第三十六齣《偕發劍門》總批：亞仙忕妝腔，反覺可厭。

三、《伯喈定本》二卷三十齣 明後期筆峒山房刻本

藏國家圖書館（縮微膠片，索書號 13124），四冊裝。正文首頁署「詞壇清玩」「檠薖碩人增改定本」。欄櫃鐫評。書口上方鐫「伯喈定本」。雙邊單線，半頁八行，行十八字；說白則用小字，為十六行，行十七字。眉欄甚大，批語甚夥。附刻《新增陳妙常改妝》一齣，惟不全。批語中出現的版本有「元本」、「俗本」、「近本」、「京本」、「閩本」、「浙本」、「徽本」、「吳本」、「古本」等。

《伯喈〔註1〕總題》

眉批：父不從其就養之意，君不從其辭官之意，相不從其卻昏（婚）之意。「三不從」是此記大關鍵。

齣末總批：檠薖碩人評曰：凡傳奇首折提總語，須句句担力，字字筋節，即如春秋書法一般。迺此記首，從來諸本俱云「極富極貴牛丞相」，傳中於富

〔註1〕　此本皆作「伯皆」，今統作「伯喈」。

貴何干？又云「施仁施義張廣才」，「仁義」二字，不免疊用矣。又云「有貞有烈趙貞女」，此傳迺論孝敬，非論貞烈也。又云「全忠全孝蔡伯喈」，恐蔡邕當此句不起。此傳雖特假託邕名，即當肖邕。實按邕之為人，失身於董卓，大為不忠；即有孝名，恐非千古定論。但邕文人也，曾有事於漢史，茲予於槃薖館中改云「蔡學士名昭史籍」，此一句打發他去，足矣。至云「牛太師強招門婿，張廣才義恤鄰家」，語皆隮實，而煞句云「趙貞女教撥琵琶」，以要到琵琶一字上來，似為得之。觀場者，其以予言為然否？

《強婚成配》

結尾處眉批：槃薖碩人云：此齣移掇前二段來，一見女之不敢強，一見生之不欲赴，正是鑄散金以成片，且覺體局關映之妙，至攀桂步蟾宮，以□□□□在一字二字上改換以見生之寓意，又在背唱、眾唱上關目，以見事之垂情，可謂改得全美矣。

《祝髮葬親》

起首處眉批：原本《咽糠》《嘗藥》二齣非不見作者之情至，動觀者之心傷，世間奉演梨園，多是華堂樂事，而雙親繼沒已為太慘，況又以咽糠亡乎？俱存而不論，止於《祝髮》齣內，且白，表出公婆婆繼沒緣故。若觀者必欲求備，則自有東加（嘉）原本在，而尋而演也。

結尾處眉批：槃薖碩人云：李卓吾批點琵琶記，極愛《咽糠》《嘗藥》《祝髮》三齣之曲白，謂其情至而語若說齣自然也。予刪《咽糠》《嘗藥》二折蓋亦王裒廢詩之意，非敢顧削東嘉也，然又存《祝髮》《土葬》二齣者，蓋無此則關會前後事體不切矣。觀者其知之。

《望月思家》

結尾處眉批：槃薖碩人曰：伯喈自成名成姻以後，所唱詞俱是樂中之憂思也。故予所改本，於此中字面極意斟酌，「惟願取年年此夜，人月雙清」李卓吾幾欲刪此二語，不與伯喈唱。然刪之，則不成【念奴嬌序】矣，予因改為眾唱，則庶幾無礙焉。即如《成姻》一齣「這回好個風流壻，偏稱洞房花燭」改為眾唱；《賞夏》一齣金縷唱「碧筒勸，向冰山雪檻排佳宴，清世界幾人見」亦改為眾唱。此類所改，當為千古特見，可破俗□。

《瞞情吐真》

結尾處眉批：槃薖碩人：東嘉元本，傳流日遠，無可查考，此齣之曲本

爲後人俗唱，於虛字斡旋處，信口妄增，多於意義不通，今逐一想其語意而改正之，識者當知之。按《七步餘談》有云：「解大紳與客道：怎做得楊子雲閣上災，不若淵明歸去來，尤工。客曰：「惜爲桓靈以後事耳。大紳曰：鐘乳三千輛，金釵十二行，非牛僧儒（孺）事乎？客曰：雖然，亦東嘉千里之一曲也，何以再爲云云。予閱斯語，莫說改竄文字，即訂改亦傳一詞，亦非易事。

《風木餘恨》

張太公唱【憶多嬌】這一縷香雲能值幾文，可憐孝婦，捨身葬墳塋。老夫看此一髮係千鈞。（下道白：「只爲游子貪名利，致使佳人失舊容」云云）

眉批：遺頭髮、囑柱杖及琵琶曲乃此傳奇部中大關節處，乃通部至此末端，並無點綴照映，殊無味。且傳中既設立個張廣才之名，亦不止特有賑貧之義也。今槃阿館人新增此三段意，不惟是通部關節大意，而且多警世之思，教人之意。

張太公唱【憶多嬌】這一根枯桐，到有何用，養兒不孝，碧玉也成空，老夫看此一步念衰翁。（下道白云云）

眉批：設一碑以生出一大議論，則《琵琶記》之可傳，當正在處之新增者矣。

張太公唱【憶多嬌】這一片玄石，堪記舊蹟，生受饑寒，刻石有何益，老夫寫此一字一淚滴。（下道白「世人空自樹榮觀，諛詞立石事非常，我縱寫在貞碾上，何如琵琶一曲傳」云云）

眉批：此數語較上兩段語，尤有深味，奇絕！奇絕！

設出立碑一事以規蔡邕之立身忠君，具見長者之言，且緣此而言得書不忠不孝之語以收一部傳奇之旨。一部傳奇得此段議論，而增重矣，觀其（者）詳味之。

到此又爲邕一救轉，應完得全部之意，妙甚，妙甚！

合唱【餘文】……從今打破塵中網，大家共把綱常扶，槃阿館內有眞語，何羨那紫誥來帝都。

眉批：了了上人云：凡著書修古者，每多自寓之意，今觀槃阿館人所改《西廂》、《伯喈》，末端其意有在哉。

齣末批語：槃阿館人讀舊《琵琶記》，至盧墓受封等事，掩卷而歎曰：此何異今人家？生不能左右承懽，而親沒後飯僧修焚以示榮觀乎？且東嘉編局至此，殊欠精神，如剪髮、囑杖、彈琵琶，此局中極大關節處，而元本於蔡、趙

與張公相會時，並不言及，且張公徒作慶賀榮歸語，不惟俚俗可厭，其謂全部真脈何？今增「示髮」以結前趙女賣髮之案，蓋張公原存此正欲留以示蔡君也：增「囑杖」以了前蔡公受杖之案，且見存先人遺囑而死者不可欺也；又增「立碑」書「字」等意，則大有意義存焉。蓋蔡邕趨赴董卓不免失身於權貴，而於忠義有歉矣，且後至罹於刖而以盆死，則毀傷父母之遺體保身之義安在哉？茲借張公之口以規蔡君，料蔡君無辭也，至於改書忠孝字樣，以完收全部傳奇之旨。又以見士人立身行事，即山林野老自有不泯之公論在天壤間也，可不懼耶？然則爲蔡君者，宜如何？此折中張老有白云：「大丈夫行事須要自斷，就是朝廷有命，宜以孝親爲重，何況事由相府，時有所違逆，不過壞我官爵，終不成殺我性命。此言至矣，至矣！嗟夫！此部傳奇特假蔡邕之名，邕未必實有是棄親失養之事也，但今既據傳奇以論邕，則不得不詳責之矣。

蒼琅子曰：予適槃阿館，見槃阿館人所改訂蔡伯喈琵琶記，讀至《風木餘恨》一齣，其所增加語甚多，意甚善，極有裨於風教，每讀一句，即爲之一擊節，歎曰：「此不惟作東嘉之功臣，而綱常論理之誼爛然宇宙間者必是言也。因而語館人曰：至此而全部之意已收，且教人之旨已備，可以止矣。館人曰：予意亦欲止此，但恐觀塲者泥於俗見，必須有欲以榮封團圓爲美觀耳。予曰：公已賣陽春白雪，又欲兼折楊黃花乎？予讀君所改《西廂記》，意亦欲從草橋驚夢一齣而止，後又以便俗之故，不得已而續以捷報榮歸等齣焉。予固知非槃阿內窩歌本意也，今君於琵琶記末路亦得無執此例耶？館人曰：里耳多也，予不敢辭巴人之唱，姑備於後。

《孝感天恩》

齣末批語：詳玩《琵琶記》全部，至盧墓與張公相會，即可以了當，然以通部皆係悲詞，而末以懽會煞之，亦從俗見也。但查各本所載榮封團圓處，曲白並鄙陋，不堪觀聽，而意義亦似淺短矣，想東嘉精力已悉注於前簡，而此則聊且作了事語耶？予茲悉爲改訂，然猶未見爲全璧也，識者自辨之。

碩人薖中碩人志

四、《柳浪館批評玉茗堂還魂記》二卷（上卷殘去二十九至三十一齣，

下卷殘去末齣部分）明天啓間柳浪館刻本

藏臺灣圖書館。卷首無序。

評點形式：眉批（手寫體）；齣批。

　　全劇除第一齣、第四十二齣、第四十三齣及殘缺各齣外，均有齣批。錄部分齣批如下：

第五齣《延師》

　　總評：即「女為君子儒」一句，已鑿破混沌竅。作者聰明一至於此。

第七齣《閨塾》

　　總評：摹畫丫頭頑皮、先生腐氣、小姐知事，色色入神，色色入畫，更妙處是小姐仍帶稚氣，妙極妙極！

第八齣《勸農》

　　總評：今世上尚有勸農太守，未知和尚曰只有催糧知縣耳。

第十齣《驚夢》

　　總評：說人說不出之情，畫人畫不出之景，透徹骨髓矣。

第十四齣《寫真》

　　總評：如此耽情，緣何不死；如此耽情，又緣何不生！

第十七齣《道覡》

　　石道姑說千字文

　　眉批：只是一部千字文，便成天花亂墜，臨川臨川，何天傳語……（按：與茅暎批本近似。）

第十九齣《牝賊》

　　總評：賊婆偏會吃醋，凡吃醋的都是賊婆。嗚呼！世上嫉賢害能的，遍地都是，又何怪乎賊婆？未知師曰：賊者，害也；婆者，陰也。凡陰害人者，是賊婆也。笑笑。

第二十齣《鬧殤》

　　總評：情之一事，真生死概也。有此死，即有彼生；有彼生，又有此死。如何是了期！要斷生死，先斷此情為是。

第二十一齣《謁過》

　　總評：秀才只消無恥，也是進身之路，就是假寶也自然售了。今世上有幾箇真識寶回回。

第二十七齣《魂遊》

總評：生生死死爲情多，此一語便可傾翻一大藏矣。詞人也乎哉！詞人也乎哉！

第三十二齣《冥誓》

總評：不難爲郎而死，難在爲郎而生。今之情人有生耳，何能死？有死耳，又何能生？生不能死，死不能生。總是情未眞耳。情眞自是生者可死、死者可生。

第三十四齣《問藥》

總評：諢都佳，說醫處，亦按理，非漫作者。

第三十六齣《婚走》

總評：「情根一點是無生債」，此語乃了生死秘訣，今之生而死、死而生者，都爲有這點情根在，豈獨杜麗娘一人而已乎！臨川說到此，不詞人已乎？

第三十七齣《駭變》

總評：柳郎聞是掘墳賊，但此後又不止掘墳了，只恐石縫也要掘開。敘事逼眞，畫出腐儒忠信。信家也。

第四十八齣《遇母》

總評：相會處極有觀目。作手！作手！

第五十三齣《硬考》

總評：柳郎原是情癡人，一毫世務不曉，非老丈人無情也。若此齣曲，妙已入神矣。

五、《玉茗堂批評紅梅記》二卷三十四齣 明末刻本

藏國家圖書館，《古本戲曲叢刊初集》據之影印。正文首頁題《玉茗堂批評紅梅記》，首載署「太原王稚登撰」之《敘紅梅記》，並有《紅梅記總評》。

評點形式：總評；眉批；齣批；抹

紅梅記總評：

裴郎雖屬多情，卻有一種落魄不羈氣象，即此可以想見作者胸襟矣。

境界紆迴宛轉，絕處逢生，極盡劇場之變。大都曲中光景，依稀《西

廟》《牡丹亭》之季孟間。而所嫌者，略於細筍鬥接處，如撞入盧家及一進相府更不提起盧氏婚姻，便就西席，何先生之自輕乃爾！此等皆作者所略而不置問也。上卷末折《拷伎》，平章諸妾跪立滿前，而鬼旦出場一人獨唱長曲，使合場皆冷，及似道與眾妾直到後來才知是慧娘陰魂，苦無意味。畢竟依新改一折名《鬼辯》者方是，演者皆從之矣。下卷如曹悅種種波瀾，悉妙於點綴，詞壇若此者亦不可多得。

卷　上

第一齣《提綱》無齣批。

第二齣《泛湖》總評：慧娘不避似道竟顧裴生，大有意思，大有膽量。

第三齣《慈訓》總評：此亦常套

第四齣《殺妾》總評：慧娘既為賈似道妾，自然該殺。用調甚雜。

第五齣《折梅》總評：稗恭（按：郭稗恭）甚腐，煞盡風情。

第六齣《虜圍》總評：小戲緊。

第七齣《瞥見》總評：此處又被平章瞧見，覺小姐甚容易見否。

第八齣《詢婢》總評：小戲緊倬。

第九齣《充壻》總評：裴生單要老婆全無本事，可笑可笑。

第十齣《誘禁》總評：裴生特被眾奴擁去見平章，無一言排解就戀館事，
　　　　何也？○如此延師，如此坐館，可發一笑。

第十一齣《私推》總評：小姐面皮特老，老堂防範忒疏。

第十二齣《夜走》總評：三個婦人逃走，好大膽，好大膽。

第十三齣《幽會》總評：余作還魂傳奇，此折最似之。

第十四齣《抵揚》總評：老、貼旦口中，雖不必文，亦不該太俗。

第十五齣《謀刺》總評：為何直到此時遣刺？

第十六齣《脫難》無齣批。

第十七齣《鬼辯》總評：此折大不得體，還該照新改的演。○裴生情性嫌
　　　　其太憨，小姐頭面嫌其太露。○此部情節都新，曲亦諧俗，但
　　　　《解難》似張生，《幽會》似夢梅耳，雖然有此情節，有此詞曲，
　　　　亦新樂府之白雪也。

卷　下

第十八齣《探姻》總評：還該倩人說說。

第十九齣《調婢》總評：小戲不惡。

第二十齣《秋懷》總評：寫閨怨亦宛而多情。

第二十一齣《怨聚》總評：此折中有二件事，覺零碎否？

第二十二齣《遣杭》總評：老嫗甚愚。○這姓曹的哀求一個老婆又要說法
　　　　　　房子，可笑。

第二十三齣《城破》總評：淨諢語直刺世情。

第二十四齣《忿宴》總評：生日方做，死信沓來，這個生日做得不暢。

第二十五齣《劫奸》總評：秀才原是有用的。○這本卻動得暢。

第二十六齣《得耗》總評：借房遇著曹悅，妙甚！

第二十七齣《應試》總評：考試每屬此等，然此折頗新快。

第二十八齣《促歸》總評：那姓曹的可笑，人又不愛你，為何只管要吃
　　　　　　天鵝肉，癡子，癡子。

第二十九齣《改粧》總評：難中寄食也，該感激了，但老媽自家沒正經，
　　　　　　輕與小兒曹戲耍，惹此閒氣。

第三十齣　《尋遇》總評：曲白都宛轉有情。

第三十一齣《夜晤》總評：細膩有情，雖不脫套，亦不落套。

第三十二齣《速訟》總評：李公幫襯甚妙，不該是花面腳色，小姐可以
　　　　　　免提。

第三十三齣《空喜》總評：空喜妙甚，皆文人波瀾處。

第三十四齣《完姻》總評：此等結束甚妙，生旦相見不十分吃力，相會
　　　　　　亦不吃力，到底不曾傷筋動骨，使文情、戲眼委曲有致，可
　　　　　　謂劇場之選。予用林於閣句付之梓。

六、《毛西河論定西廂記》五卷二十折 誦芬室重校影印本

　　藏國家圖書館（索書號33107），四冊裝。正文首頁題《西廂記》，署「西
河毛姓字大可論定並參釋」。首載署「時康熙丙辰仲春延陵興祚伯成氏清泉主
人題」之《序》。卷末有「正名：小琴童報喜信，老夫人悔姻緣。杜將軍大斷
案，張君瑞兩團圓。」及「總目：張君瑞巧做東床婿，法本師住持南禪地。

老夫人開宴北堂春，崔鶯鶯待月西廂記。」

評點形式：齣前批；夾批

《西廂記》卷之一

「西廂記」三字，目標也。元曲未必有正名題目四句，而標取末句，如雜劇有《城南柳》，固題目末句曰「呂洞賓三度城南柳也」。此名《西廂記》，因題目末句曰「崔鶯鶯待月西廂記」也。推此，則明曲之譌，如徐天池《漁陽三弄》，而題目末句曰「曹丞相神仙入洞」者，不知凡幾矣，特目列卷末，今誤列卷首，如南曲間演例，非是。

原本不列作者姓氏，今妄列若著若續，皆非也，說見左。

或稱《西廂》爲王實甫作，此本涵虛子《太和正音譜》也。涵虛子爲明寧王臞仙，其《譜》又本之元時大梁鍾嗣成《錄鬼簿》。故王元美《厄言》亦云：「《西廂》久傳爲關漢卿作，邇來乃有以爲王實甫者。」

明隆、萬以前，刻《西廂記》者，皆稱《西廂》爲關漢卿作，雖不明列所著者，然序語悉歸漢卿，如金陵富樂院妓劉麗華刻《口授古本西廂》在嘉靖辛丑，尚云「董解元、關漢卿爲《西廂傳奇》」，而海陽黃嘉惠刻《董西廂》在嘉、隆後，尚云「《董西廂》爲關漢卿本所從出」，且引「竹索纜浮橋」等語，爲漢卿襲句，則久以今本屬關矣，但《正音譜》載元曲名目，其於漢卿名下凡載六十本，而不及西廂，不可解也。

或稱《西廂》是關漢卿作王實甫續，他不可考。嘗見元人詠《西廂》詞，其《滿庭芳》有云：「王家好忙，沽名弔譽，續短添長，別人肉貼在你腮頰上，」又【煞尾】云：「董解元古詞章，關漢卿新腔韻，參訂西廂有的本，晚進王生多議論，把《圍棋》增」，則是在元時已有稱王續關者，但今按《西廂》二十折，照董解元本填演，其在由歷不容增《圍棋》一關目，而在套數又不容於五本之外特多此一折也。且《圍棋》一折，久傳人間，亦殊與實甫所傳雜劇手筆不類，則意漢卿亦曾爲《西廂記》，有何人王生者增《圍棋》一折，故有此嘲，實則漢卿《西廂》，非今所傳本，王生非實甫，增一折亦非續四折也。故詞隱生云：「向之所謂王續關者，則據元詞王增關之說，而傅會之者也；今之所謂關續王者，則即向時王續關之說而顛倒之者也。」此確論也。

或稱《西廂》爲王實甫作，後四折爲關流卿續，此見明周憲王所傳本。又《點鬼薄》目標實甫名則云「張君瑞鬧道場，崔鶯鶯夜聽琴，張君瑞害相思，草橋店夢鶯鶯」，標關漢卿名則云「張君瑞慶團圓」。故徐士範《重刻西

廂》則云：「人皆以爲關漢卿，而不知有王實甫，蓋自《草橋》以前作於實甫，而其後則漢卿續成之者也」。且《厄言》亦云：「或言實甫作至草橋夢止，或言至『碧雲天』止。」於是，向以爲王續關者，今又以爲關續之，眞不可解。

《西廂》作法，斷不得止『碧雲天』者。元曲有院本，有雜劇，雜劇限四折，院本則合雜劇爲之，或四劇，或五劇，無所不可，故四折稱一劇，亦稱一本。「碧雲天」者，第四本之第三折也，而謂劇本有止於三折者乎？若其不得止《草橋》者，《西廂》關目，皆本董解元《西廂》，草橋以後，原有寄贈、爭婚以至團圓，此董詞藍本也。元例傳演，皆有由歷，由歷一定，即李白嚇蠻本傳所無，張儀激秦與史乖反，亦不得不照由歷，所謂主司援題者授此耳。今由歷在董，未止何敢輒止焉。且院本雖合雜劇，然仍分爲劇，如《西廂》仍作五本是也，但每本之末必作【絡絲娘煞尾】二語繳前啓後，以爲關鎖，此作法也。今《西廂》第一本煞尾已亡，第二、第三、第四本猶在也，第四本煞尾云：「都則爲一官半職，阻隔得千山萬水」，此正起末劇得官、報喜之意，而謂夢覺即止，作者閣筆耶！且《西廂》閨詞也，亦離合詞也，不特董詞由歷不可更易，即元詞十二科中有所謂悲歡離合者，雖白司馬《青衫淚》劇云亦必至完配而後已，公然院本而離而不合，科例謂何？

《西廂》果屬王作，則必非關續。按關與王皆大都人，而關最有名，嘗仕金，金亡，不肯仕元，雖與王同時，而關爲先進，關向曾爲《西廂》矣，惡晚進者增一折而紛紛有詞，豈有復爲後進續四折乎？且今之據爲王作者，以《正音譜》也，若據《正音譜》，則並無可爲續者。按《譜》所列，每一劇必注曰一本，一本者四折也，今實甫《西廂》記下，明注曰五本，則明明實甫已全有二十折矣，且兩人成一本，元嘗有之，如馬東籬《岳陽樓》劇，第三折花李郎，第四折紅字李二；范冰壺《鸚鵡裘》劇第二折施君美，第三折黃德潤，第四折沈拱之，類然皆有明注，此未嘗注曰後一本爲何人也。凡此皆所當存疑，以俟世之淹雅有卓識者，今不深考古而妄肆褒彈，任情刪抹，且曰若編若續，若佳若惡，若是若否。嗟乎！吾不知之矣。

參釋曰：董解元《西廂》爲搊彈家詞，其人仕金章宗朝爲學士，去關、王百有餘年，而時之爲《西廂》者宗之。今董本俱在也，碧筠齋、徐天池輩，不經見董詞，初指今所傳本爲董西廂，則尤謬誤甚者，古之不易考每如此。

《楔子》（按：參釋後，夫人【仙呂·賞花時】、旦兒【么】，從略）

楔子，楔，隙兒也。元劇限四折，倘情事未盡則從隙中下一楔子，此在

套數之外者，故名楔。他本列此在第一折內，固非；若王伯良以楔為引曲，尤非也。一曲不引四折，況元劇有楔在二、三折後者，亦引曲耶？

※老夫人上場報家門大意

他本或稱外扮老夫人，科例也，此不屬扮色者，以本與杜皆外扮，恐雜出相混，故任其扮演，此與惠明不署扮色正同，若張為正末而俗稱生，則入南曲鬠色矣，原本之不可更易如此。

元曲中皆有參白，一名帶白，唱者自遞一句所稱帶云者是也，一名挑白，旁人問一句作挑剔是也。碧筠齋、王伯良諸本，將曲中參白一概刪去，作法蕩然矣。

參釋曰：填詞科，主司定題目、由歷、宮調、韻腳外，士人填詞若賓白則照科抄入，不事雕飾，至明曲而文甚矣，臧晉叔訾梁伯友《浣紗》、梅禹全《玉盒（合）》諸本，無一散語，為非詞例，良然。

第一折

※正末張生【仙呂‧點絳唇】、【混江龍】

參釋曰：此自訴行徑也。蠹魚，似即蠹魚般也。

※正末【油葫蘆】【天下樂】

參釋曰：此指點遊歷由，四曲總是一節。

※正末【上馬嬌】

首二句似嘲誚語，不知是忖量語，言此是寺裏，非關情地也，誰道這寺裏便遇此也。（後略）

偏字斷作一字句，調法如此，然字斷而意接。……況元曲句法，以讀斷而意不斷為能事。（後略）

參釋曰：「正撞著」至此「遇神仙」統言遇鶯耳，「宜嗔宜喜」至下曲「侵入鬢雲邊」分寫容飾，「未語人前」到「花外囀」寫言語，「行一步」至「晚風前」寫步履，後曲則又從步履翻覆接入，章法秩然。

※正末【後庭花】

承上曲並賓白來。首二句一斷，勿說體輕，只答白「怎知」一問，言何由知之，知之以芳徑耳，且「休題」以下，卻又從芳徑上寫出一層，言不待眼角留情也，只此芳徑中有心事焉。何也？其踪遷延不忍遠也。及到入門處，

因門有櫳，剛此一步差遠耳，餘俱不然，芳徑具在也。心事如此，卻又剛於入門時打一照面，豈非眼角留情乎？因此風魔了也。

※正末【柳葉兒】

參釋曰：自前曲「歸洞天」至末，總是一節。

《蕭氏研鄰詞說》（按：雙行小字）柳煙雀喧梨花塔影，去後景也；蘭麝留香，珠簾映面，去後像也；春光眼前，秋波一轉，去後情也；開府牆高，梵王宮遠，去後思也。

※正末【寄生草】

參釋曰：首二句猶乍遠乍近，疑聲疑臭，至接三句則惝恍無定矣，故下直以神物擬之。

※正末【賺煞】

參釋曰：於佇望勿及處又重提「臨去」一語，於意為回復，於文為照應也。

又參曰：元人作曲，有鳳頭、豬肚、豹尾諸法，此處重加抖擻，正豹尾之謂。

第二折

※正末【中呂·粉蝶兒】

湯若士曰：只求一看者，大抵初時亦祇作如是想耳。

※正末【石榴花】

參釋曰：「大師」至「月朗」一段是敘家世，「小生」以下連下二曲則借寓之意。

※正末【小上樓】

「把小張」勿作「有主張」。此是假調笑為顧題處，然亦私語如此。

※正末【么】

總只欲近西廂耳，然故作數折，波瀾無際。「不要」二句言不須爾爾，「怎生」三句言如何得爾爾，「靠主廊」三句此皆可爾，「則休題」一句不可爾。

參釋曰：「怎生」是商量之詞，與他處不同，「南軒」「東牆」借引「西」字；「主廊」「耳房」，皆近西廂者。

※正末【脫布衫】【小梁州】

參釋曰：三曲俱寫紅。【脫布衫】寫紅舉止言詞之妙；「可喜」二句，寫紅妝束之雅；「鶻伶」三句，寫紅俊眼。

※正末【么】

參釋曰：此曲全在首句，蓋藉此與多情姐姐，作一照顧耳。舊解作惜紅，且云有得隴望蜀之意，可鑒矣。

※正末【快活三】

參釋曰：接上「豔妝」作調笑語，為下迎問張本。

※正末【朝天子】

答賓白，言前言不為過也。往來禪室無非好事，我此一言豈好模樣，如師者亦將怒耶？將煩惱了甚唐三藏耶？況事有可疑尚倔強耶？

※正末【四邊靜】

參釋曰：此節預擬鬧道場也。

※紅辭出，生紅對白至「正末云『這相思索害也』」。

參釋曰：前「崔家女」三曲，只調笑以起此一問。故夫人寬嚴、僮僕有無皆在紅口中傳出，自有步驟。今或誤見坊本梅香來說勾當下，有本云「老夫人治家嚴肅，並無男子出入」諸語，便謂前三曲是巧為探問法，則此處複出不成理矣，烏知前白是場外人竄入者耶？

※正末【哨遍】

參釋曰：此至末，因紅語而反覆惘悵以作結也。

※正末【耍孩兒】

言初以為遠，今更遠也，與詩餘「平蕪盡處是青山，行人更在青山外」意同。「幽客」是幽閨客也。言本欲傳情而夫人之嚴又早如此。

王伯良曰：怨恨俱著鶯。言夫人恐女心之蕩，見燕鶯而生怨恨也。

參釋曰：幽客，王本作「遊客」，謂張自指，甚謬。

※正末【五煞】

此又一轉，言鶯之所以憚夫人者也，則是少年性氣不耐受耳，倘得我親傍，時雖初間不耐，到一親傍後試看何如。蓋其所以有性氣者，終是未得情

耳，倘得情，夫人且不憚，何性氣耶？

參釋曰：「看邂逅」句，是虛住語；「終則是」句，是隔接語。他本「終則」作「纔到」，字形之誤。

※正末【四煞】

且夫人亦過慮耳，我豈妄想耶？郎才女貌正相當也。必如所慮，將直待眉淡尋敵，春去思阮耶？晚矣。我非敢自誇，實相當也。

「仿」即「彷彿」，勿作「訪」。「豈妄想」俗作「空妄想」，非。

參釋曰：此三曲反覆紅語，緊承上回頭一望，老母威嚴二意以申其纏綿之情，步步轉變。

※正末【三煞】

參釋曰：此復作形容者，因前過緊切，此是放慢一步法。

※正末【二煞】、【尾】

參釋曰：「院宇」一節，回顧借寓，正見章法。「乍相逢」一語，宜入第一折而結在此者，為下折見鶯地，與「比初見時龐兒越整」句相應。

第三折

※正末【越調‧鬥鵪鶉】、【紫花兒序】

參釋曰：「玉宇」至「鶯鶯」，揣其必至之情；「一更」至「無形」，預為不至之計。二曲作一節。

又參曰：董詞「玉宇無塵，銀河瀉露」《㑳梅香》劇「靜無人悄悄冥冥」，《蘇小卿》劇「怎和他等等潛潛」，又董詞「張生微步漸至鶯庭」等，俱成語。

※正末【金蕉葉】

參釋曰：此合下曲俱寫鶯語。

※正末【小桃紅】

此曲詞最俊妙。首四句接科白燒香長吁來，「剔團圞」以下，總作一掉，言明月如許又無障翳，只空庭散香曲欄長歎，便使我懷悵然也。

參釋曰：寫燒香只此一節。

※正末【禿廝兒】、【聖藥王】

參釋曰：二曲實寫酬和也。

※正末【絡絲娘】

參釋曰：諸曲至末皆寫鶯去惆悵意。

※正末【綿搭絮】

此又提清且兒回顧下一關目。

第四折

※正末【雙調‧新水令】、【駐馬聽】

參釋曰：起調整麗，元人所謂「鳳頭」也。月影、瑞煙，是實拈句；雲蓋海潮、春雷風雨是借擬句。《楞嚴經》「佛發海潮音，遍告同會」。

※正末【沉醉東風】

參釋曰：「和尚每」或作「佛囉」，則與禱告復矣，或從和尚下添一「佛」字，尤謬。

※正末【雁兒落】、【德勝令】

參釋曰：二曲寫鶯，下曲寫看鶯者。

又參曰：王本以「苗條」加「滿面」句上，「妖嬈」加「一團」句上，顛倒不合。「苗條」言秀且軟也，不拈面。

※正末【喬牌兒】、【甜水令】、【折桂令】

參釋曰：初云大師「凝眺」，後又云「難學」，似矛盾，不知以「凝眺」之師能假覆以慈悲之臉，故難學也。

又參曰：曲中如老的、小的、村的、俏的、添香待者、執磬頭陀與貪看鶯鶯諸語，俱出董詞。

※正末【錦上花】、【么】

參釋曰：二曲別一波瀾，在章法之外。

又參曰：《百花亭》劇「他那裡筆鑲鐸」，以喧聲似鑲鐸耳，然舊解真作鑲鐸之聲，便不是。

※正末【碧玉簫】

參釋曰：前以頭陀懊惱寫看鶯，此以沙彌哨眺寫了事，固自不同。

※正名

參釋曰：好事即道塲也。他本以「問」作「懷」，非。

西廂記卷之二

第五折

※旦兒【仙呂‧八聲甘州】、【混江龍】

參釋曰：「能消」句，用趙德麟詞，「雨打」句用秦少游詞，「無語」句用孫光憲詞，「人遠」句用歐陽修詞，「風飄」句用杜詩，若怕黃昏、羅衣褪、掩重門、手捲珠簾、目送行雲諸語，又俱出董詞。

※旦兒【那吒令】、【鵲踏枝】、【寄生草】

參釋曰：此折章法頗奇，鶯與惠分兩截，鶯又分兩截。此以前為綿邈詞，以後為急搶詞。

又參曰：諸本以「外人早噴」列「客人倒褪」後，以「吟的句兒」列「念的字兒」後，俱不合。

※旦兒【六麼序】、【么】

參釋曰：「風聞胡雲」二字句；「那廝每」，襯字。

※旦兒【後庭花】、【柳葉兒】

參釋曰：歡郎本討厭子息，而日愛弟親後代孫，使今人為此必作如許認真矣，古人賦子虛耳。後本生中探花而曲白中又時稱狀元一例。

※惠明【正宮‧端正好】

參釋曰：刷帽袒衫正批覆妝束，而俗注以毾音丟，遂至扮演家必去帽卸衫而後已，解誤之流弊乃爾。

※惠明【滾繡球】、【叨叨令】

（前略）二曲一氣轉折，殊妙，俗注謂極狀其不辨葷素，則索然矣，始知古文須細心體會，莫草草也。

參釋曰：二曲反覆寫好殺意，以後七曲則實從寄書作鋪張耳。

※惠明【白鶴子】、【二煞】、【一煞】

參釋曰：偽古本以「砍」為「勘」，比也。王伯良又以「髑髏」為「撒樓」，為用己之頭勘之，則天下無有以比頭為武藝者，且以腳蹴頭撞分技力大小，尤屬無謂，作偽之不審度如此。

※惠明【耍孩兒】、【二煞】

參釋曰：俗本以【耍孩兒】曲名，俱混作【白鶴子煞】，又僞古本以「欺硬怕軟」曲列前，俱非是。

楔　子

※惠明【仙呂・賞花時】、【么】

院本例有楔子，已見前解，俗不識例，並不識楔子，妄刪此二曲，遂致如許科白而不得一楔子，殊爲可怪。若以二曲爲俚，則白中書詞俚惡，百倍於曲，此正作者故爲賣弄處，今不敢刪白而獨刪曲，何也？且曲白互見，意不複出，故坐視不救護罪朝廷諸語不見於書而傳之惠明口中，今諸本既刪二曲而又增「朝廷知道其罪何歸」數語於「小弟之命」之下，則前後不接，明係周旋補入，而反稱古本，何古本之不幸也。且二曲雖俚，其詞連調絕語排氣轉處眞元人作法三昧，即末句將已寄書意急作一照顧亦殊俊妙，祗俗本誤重與爲傳譽，遂有妄改「邊庭」爲「關城」、「捷書」爲「歌謠」者，不知「邊庭」本書詞，「捷書」非凱歌，不容改也。且後本楔子，俚惡特甚，靈犀一點，與楚襄王先在陽臺上，殊不是西廂俊筆，皆不蒙刪，而獨刪此，豈此亦漢卿續耶？

第六折

※紅【中呂・粉蝶兒】、【醉春風】
　　參釋曰：二曲爲開宴原始也。李昌齡《因話錄》：孫承祐，吳越王妃之兄，召諸帥食，水陸咸備，舊注以「水陸」爲「水陸道場」，不合。

※紅【脫布衫】
　　參釋曰：自此至【滿庭芳】曲，皆散寫赴宴情形，並開宴大意。

※紅【滿庭芳】
　　參釋曰：僞古本有以此曲列【四邊靜】後者。

※紅【四邊靜】
　　此又預擬爲合歡之詞。（以下略）
　　參釋曰：《中原音韻》載此曲，刪去襯字，彼以立譜故耳。

※紅【耍孩兒】、【四煞】、【三煞】、【二煞】
　　參釋曰：數曲申請命也。「安排慶」，今本作「安排定」爲是，但原本不

容改耳，或曰：「安排」猶現成，言現成之慶喜也，亦通。

第七折

※旦兒【雙調・五供養】、【新水令】

次曲頂上言惟合殷勤，所以扶病起妝梳也，不然還臥耳。臥承賓白中「病」來。「警覺」指紅喚，此以撒嬌處見殷勤意，最妙。

※旦兒【喬木查】

「你看這」至「當酬賀」止，皆折紅調己語，妙在一句不承認。蓋此時紅刻意調新人，而新人刻意推撇，大妙。且正爲下文諱親作勢。盲者不識，便謂鶯認實做夫人與？相思與？臉兒宜梳妝矣。

參釋曰：諸本「知他」下有「我」字，或竟認作韻腳，而天池生又以「他我」爲「你我」之解，不知「他」不得稱「你」，且天下豈有七句【新水令】耶？

※旦兒【慶宣和】

此下三曲，諸本將【甜水令】生唱一曲互爲顛倒，反以【慶宣和】和【雁兒落】、【德勝令】三曲屬生唱，而以【甜水令】屬鶯唱。王伯良諸君因其有誤，遂將【甜水令】一曲亦不作生唱，則餼羊盡去矣。院本原有參唱例，只此三曲非是耳。

參釋曰：那者，那移不前也，倒趄退步也。鶯甫覷而生已覺，生突至而鶯又不前，寫初見，關目宛然。若作生唱，則自稱秋波不合，且生無見鶯誑倒之理。原本之不可改如此。

※旦兒【雁兒落】

此元詞呼襯法，每句著呼襯數字，詞例如此。「荊棘列」，即「荊棘律」，猶冰兢也。（後從略）

※旦兒【德勝令】（略）

※正末【甜水令】

此曲參生唱，於忙中反寫鶯二比，且與上【雁兒落】彼此摸（模）寫，最有意趣，他本將生唱錯註，反以此爲鶯唱，覺鶯寫張生，於粉頸蛾眉、芳心星眼、檀口並低微朦朧諸語多少不合。

※且兒【折桂令】

參釋曰：「斷復」，筠本作「斷後」，字形之誤；「傴僂」，《五代史・漢臣傳・劉鈺》謂李鄴等曰：「諸君可謂傴僂兒矣。」

※且兒【喬牌兒】

參釋曰：此後雜作惆悵語也。

※且兒【離亭宴帶歇拍煞】

是調多三句對，調法如此。（以下釋略）

參釋曰：「毒害的甚（恁）麼」，指夫人說亦通，但上二句作追訴語則微不合耳。「恁」勿作「怎」。

第八折

※且兒【越調・鬥鵪鶉】、【紫花兒序】

參釋曰：「做了個」或作「做了會」，言情郎愛寵只一會兒也，亦通。

※且兒【小桃紅】

此承賓白「月闌」來，借作感歎，言從人間觀之，鎖玉容於繡幃者，怕有人調弄耳，想嫦娥有誰共耶？既無人共而猶似我之羅幃數重，若惟恐心動而圍之以闌，此可怨也。「怨天公」三字攙入在急句中，與漢武《瓠子歌》「燒蕭條兮，噫乎何以御水？」於急句中攙「噫乎」二字同。元詞每稱「天」為「天公」，如「天公肯與人方便」類，俗作「天宮」，謂自怨於天宮，不通。裴航無夢月事，此但頂有「誰共」句耳。

※且兒【天淨沙】、【調笑令】

二曲暗寫琴聲。後一曲（按：【禿廝兒】）明寫琴聲，至【聖藥王】，則又寫琴意，漸轉入曲弄矣。此一步近一步法。「步搖」，步而搖之也。古飾有步搖冠，亦以此得名。「雙控」，雙引也，或改「雙鳳」以古鈎式有鳳頭者耳。

※且兒【禿廝兒】、【聖藥王】

參釋曰：伯勞惡鳥好獨宿，燕則向宿而背飛，故取以喻離別。

※且兒【東原樂】

參釋曰：數曲皆深悲極怨之詞。

※且兒【綿搭絮】

此曲從窗內外寫出怨來。「榥」俗作「棍」，字形之誤；「賦」或作「赴」字聲之誤；「疏簾」二語，亦本董詞。

※旦兒【拙魯速】

既恨其急遽，又云「怕恐」，是既煩惱又怯也。（後為串講釋義，略）

參釋曰：「摑縱搓挪而散之」、「摑就搓挪而成之」，皆元詞習語。

西廂記卷之三

楔　子

※按：紅【仙呂・賞花時】針線無心不待拈……。從略。

第九折

※紅【仙呂・點絳唇】

參釋曰：自此至害相思作一段，為兩人相思原始耳。

※紅【混江龍】

「伸志」只作「奮志」解，若以得鶯為張之志，則「謝」字不合矣。

參釋曰：文章有用，頂一封書來；天地無私，頂便興師來，言除暴亦天意也。「一個價」二句，連下曲作一氣。「糊突」解見後第二十折。

又參曰：「滅門絕戶」句，亦元詞成語，如《蝴蝶夢》劇「那裡便滅門絕戶了俺一家兒」，勿訝其俗。

※紅【村裏迓鼓】

此於未叩門時預寫一段。「多管」二句寫其睡起時也，二句呼應，言似乎和衣睡起者。何也？只看他前襟之褶径，則非坐褶可知也。「孤眠」三句，寫其寂寥，「澁滯」二句，寫其憔悴，俱不用韻，祇以「伏待」、「臉兒」作韻，調法如此。末句總結，正點問病意，言不病亦死耳。

參釋曰：「潤破」勿作「濕破」，此用董詞「把紙牕兒潤破」，見君瑞披衣坐語。《㑳梅香》劇：「潤破紙牕兒偷瞧」。

※紅【元和令】

參釋曰：五瘟使，俗作「氳氳使」，氳是平聲字，與曲調不合。

※紅【勝葫蘆】、【么】

參釋曰：「可憐見小子」，「子」字是韻，俗作「小生」，非。

※紅【後庭花】、【青哥兒】

　　參釋曰：「喜怒」其間勿斷，七字句也，俗於「喜怒」上添一「看」字，與「覷」字重矣。

　　又參曰：「拂花箋」數語，及「顛倒寫鴛鴦字」，俱用董詞。

※紅【煞尾】

　　徐天池曰：紅娘諸曲，多掉弄文詞，而文理每不甚妥貼，正模寫婢子情態，用意如此。

　　參釋曰：首二句用董詞：「沈約一般，潘安無二」。

第十折

※紅【中呂・粉蝶兒】

　　此一折絕大關鍵。首二曲寫鶯初起時，是曉閨之絕豔者。「風靜」二句相承語，惟風靜故簾閒，惟簾閒故香燒，此從外看入者，故以「啓朱扉」承之，「絳臺金荷」承燭盤也。既曉而銀釭猶燦者，閨房多停燭，猶吳宮詞「見日吹紅燭」也。彈即揭也，將彈煖帳先揭軟簾，方漸入次第也。「玉斜橫」則「釵嚲」，「雲亂挽」則「髻偏」。日高而目未明，故嬾然，統是意中語，今或以「暢好嬾」爲向鶯語，爲鶯怒之由，則不知紅當日何以必唱【醉春風】曲使鶯得聞也。《洛神賦》「明眸善睞」，不明眸以矓朧言。「半晌」三句亦祇是嬾，而繼以長歎，則其情可知耳。

　　參釋曰：「梅紅羅軟簾」，以梅紅之羅爲之。《翰墨全書》載：元時上牋表者，以梅紅羅單紋封裏，即此。

※紅【普天樂】

　　不曰曉妝而曰晚妝，以宿妝來經理也；前言「雲亂挽」髻偏故也，此言「烏雲散」則髻解將理矣；又曰「亂挽起雲鬟」，則因見簡帖而又倉卒縮結也。此正模畫入阿堵處，而不知者以爲重複，何也？

　　湯若士曰：「則見」三句，遞伺其發怒次第也；「皺眉」將欲決撒也；「垂頭」又躊躇也；「變朱顏」則決撒矣。

　　參釋曰：此私寫其見簡之狀也，「則見」三句，亦用董詞「低頭了一晌，讀了又尋思」諸語。

※紅【快活三】

參釋曰：「你不慣」，句不斷而意斷，勿一氣下，不然似鶯眞慣矣。王解分鶯不慣看，紅不慣寄，增出二字，又非語氣。

※紅【朝天子】、【四邊靜】

病患以下皆使氣語言。何必太醫也，只恁足矣，且亦何必問病也，既怕調犯，則萬一破綻，大家不安，遑問甚病乎？只賺人上竿而掇梯看之足矣。此以反激爲使氣語，最妙。初最愛王伯良解，但過於奧折，且曲白不對，又與爾時情理稍有未合，今並參之。

王伯良曰：我之寄書，非爲張也，怕調弄之久，夫人偶覺，你我何安耶？故每爲汲汲以成其事，正爲你我所謂爲楚非爲趙也。若彼病勢之危何足問哉？掇梯賺人固吾本事耳。

參釋曰：陳大聲詞「風風雨雨，攛斷得病兒重。」

※紅【小梁州】、【么】

參釋曰：「我爲你」一氣至「佳期盼」止。「我爲你」，「我」字，紅自指也，俗改「他」爲「你」，指生，不通。

※紅【小上樓】、【么】

此盡情辭生也，數曲極見頓挫之妙。（後略）

參釋曰：「招伏」即供招，勾頭即勾牒，多見元詞，俗本作「招狀」，僞古本作「勾當」，俱非。

※紅【滿庭芳】

參釋曰：「龜麻團線怎透針關」，亦方語，言放不過也，或作「怎過」，遂有訛作「縱過」者，「縱」、「怎」，字音之轉。

※紅【耍孩兒】、【四煞】、【三煞】

數曲反覆悵鶯，兼慫恿生也。（後略）

參釋曰：「媚汝」或作「浼汝」，或作「美語」，皆字聲之誤。「甜言」頂別樣親來，「傷人」頂取次看來。

※紅【尾】

參釋曰：佛家以圓成爲證果。

第十一折

※紅【雙調・新水令】、【駐馬聽】、【喬牌兒】

參釋曰：首二曲晚閨最佳，【喬牌兒】曲合寫張、鶯，【攪箏琶】曲單寫鶯。「淡黃楊柳帶樓鴉」，賀方回詞。「賢聖」解見第一折，此以「日不下教賢聖打日」，用董詞「不當道你個日光菩薩沒轉移，好教賢聖打」語。

※紅【攪箏琶】

此曲單指鶯言。（後略）

參釋曰：「巧樣日詐」，偽古本作「乍」，非董詞，「不苦詐打扮燕子鶯兒」，見張小山詞，俗作「燕侶鶯儔」，非。《百花亭》劇：「成就他燕子鶯兒」。

※紅【沉醉東風】

參釋曰：「那裡」，不曾也。「摟慌」一段，亦用董詞「你便做摟慌敢不開眼。」

※紅【喬牌兒】、【甜水令】、【折桂令】

「淡雲」三句，參差對。「垂簾」下，如垂簾之下。「謙洽」，和洽也，勿作「浹洽」。《香錢奴》劇：「沒半點和氣謙洽。」

參釋曰：「淡雲」三句，頂賓白「助成親」來；「妖滴滴」三句，頂上曲「休猜做」來；「俺這般」四句，是譖生語；「打疊起」四句，是慫恿生語。

※紅【錦上花】、【么】

所以不害怕者，爲其眞相許無差繆也，不意如此也。四「一個」與前【沉醉東風】兩「一個」相應。陋君改去兩「一個」，自誇獨得，而不敢改此四「一個」，何也？卻早四句遂借生自誇語調寫之。

《西廂》譜《會眞》耳。三五之召，《會眞》自訴其意，此正胡然胡然處。近有盱衡抵掌者，斷謂見簡已前，怒紅之肆，召生已後，恨生之愚，則《會眞》未嘗有開簡前幾曲子也。若謂《會眞》作法，須仿《崑崙奴傳》爲之，則小說家亦須著律令矣。李卓吾評《西廂》了無是處，而獨於此折云「若便成合，則張非才子，鶯非佳人」，最爲曉暢。《會眞》之奇亦祇奇此一阻耳，且即此一阻，亦並無他意，忽然決絕，即倏然成就，是故奇耳。必欲盱衡抵掌，強爲立說，而刪改舊文，無一字本來。嗟乎！亦獨何也？

※紅【清江引】

（前略）徐天池，謂以酸嘲生，謬。

參釋曰：此頂賓白慫恿語而又嘲之。

又參曰：《埤雅》云：「木瓜於熟時，鏤紙作花粘之，以溺嘆其上，得露日之氣乃紅，其花如生，名花木瓜」。

※紅【雁兒落】、【德勝令】

參釋曰：第十七折有「有意訴衷腸」語，定知非「中長」。

※紅【離亭宴帶歇拍煞】

此雜嘲之而勸其已也。（後略）

參釋曰：「措大」亦作「醋大」，與「酸丁」同。宋藝祖謂桑維翰：「措大賜與十萬貫，則塞破屋子矣。」「淫詞兒早則休」諸語用董詞。「晴乾」即晒乾，北詞。

正末道白，下場詩：「桂子閒中落，槐花病裏看」。

他本或以「休也」作「休矣休矣」，與上押韻，如此則又不當贅「回書房」一句矣，總是改本定無妥處。

第十二折

※紅【越調・鬥鵪鶉】、【紫花兒序】

二曲作一節，數鶯之負生也。（後略）

參釋曰：元詞無正字，故「跌窨」亦作「疊窨」。碧筠齋稱為古本，而以「窨」作「害」，此何說也？

※正末【調笑令】

院本凡四折內，必用一折參他人唱，此定體也。他本改俱作紅唱，反失體矣。且「功名」二句，與「秀才家」語，俱與紅語氣不合。凡改舊文，並無有一得當者，人亦何苦必為此也。

詞家重頓挫，故既寫生病，便爾極筆描寫，此作詞之法。必欲盯衡抵掌，謂生病不極，則鶯必不至。嗟乎！《會真記》何嘗著太醫診脈看病耶？

參釋曰：若此曲作紅唱，則「好教撒唔」與上曲「不曾得惩」意複出矣。「撒唔」猶言做弄，今南人調人猶有稱「唔人」者，或改作「掇浸」，反稱古本，可恨！

※紅【鬼三臺】

此紅以調笑為疑詰語。（後略）

參釋曰：「傻人」即「傻科」、「傻儸」，解見第六折。

※紅【禿廝兒】

　　參釋曰：「布衾瑤琴」即起下「鴛鴦枕翡翠衾」一調。

※紅【綿搭絮】

　　參釋曰：他本以「眉似」為「眉黛」，以「眼如」為「眼橫」，如許拖累。

※紅【么】

　　對賓白慢言謝也，仍恐未必然也。（後略）

　　參釋曰：「敢教恁」諸本誤以「敢」作「管」，遂使解者以「沉吟」、「追尋」為想像，會合繚繞，不妥。

※正名：老夫人命醫士，崔鶯鶯寄情詩。小紅娘問湯藥，張君瑞害相思。

　　兩次傳簡何以不複，此處頗費措置，作者著眼俱在下一折內，如初次約生，下一折是跳牆，則於訕怨中盡情相許，以起下不成就意；二次約生，下一折是合歡，則於驚疑中盡情撇脫，以起下成就意。總是抑揚頓挫之法。

西廂記卷之四

楔　子

※紅【正宮・端正好】因姐姐玉精神花模樣……

　　此調本仙呂宮，然元詞多標正宮不拘，王伯良疑其有誤，竟改仙呂，正坐不解耳。說見卷首。

第十三折

※正末【仙呂・點絳唇】、【混江龍】

　　先著「佇立」句，後入「夜深」，以立階之久也；若「倚門」則僅從立階後漸向內耳。

　　參釋曰：前七曲一節，後十曲一節，俱極刻劃。「答孩」即「打孩」，助詞。「身心一片」數語俱出董詞。

　　王本註：青鸞，西王母事；黃犬，陸機事。

※正末【油葫蘆】、【天下樂】

　　參釋曰：「不如不遇傾城色」，見白樂天詩。「人有過」數語正酷寫欲撇不下意。「則索倚定門兒手托腮」出董詞，此正與前作照應，而王伯良指為重，何也？

蕭孟昉曰：前疑一會，等一會，悔一會，撇一會，此又等一會，猜一會，步步轉變。

※正末【那吒令】、【鵲踏枝】、【寄生草】

三「他若是」重呼疊喚。「石沉大海」，亦元詞習語，如《蝴蝶夢》劇「我則道石沉大海。」前云「倚門」，此又云「倚窗」，漸反入內，不惟照應，兼爲下科白敲門作地步也。「寄語」句起下曲也。「恁的般」二語轉「怎得個」二語，又轉「空調」三語，又轉「安排」二語，又轉「想著」，這已後又轉，凡五轉皆思前想後語。

參釋曰：太平車，牛車也。董詞：「欲問俺心頭悶打頦，太平車兒難載」。

又參曰：「寄語多才」是虛擬語，王解爲對紅說，何故？

※正末【元和令】、【上馬嬌】、【勝葫蘆】、【么】

參釋曰：「不良」猶可憎，與董詞「不良的下賤人」不同。

※正末【寄生草】

參釋曰：「稔色」解見第四折（按：稔色，豐於色者，指鶯。）「乍見」、「不見」、「得見」極纏繞以起下句「何時」徹詞，與是必應。

第十四折

※紅【金蕉葉】

參釋曰：言當檢舉也。「我著你」二句，頂賓白「夫人問」來，故緊接「問著此」句，或改「問著此」爲「若知道」，便是難解。

※紅【鬼三臺】、【禿廝兒】、【聖藥王】

參釋曰：「休將恩變仇」是紅主意，與下「大恩人怎做敵頭」相應，但此先借作生語，爲起下法，最妙。

※紅【小桃紅】

此接賓白「羞」字來嘲鶯，大妙。（後略）

「月在柳梢頭，人約黃昏後」，用朱淑貞詞。

※紅【么】

此嘲生，與前曲作對。（後略）

參釋曰：「銀樣蠟槍頭」與後本「人樣蝦駒」一例，以句意相似耳。碧筠

本竟以「銀樣」為「人樣」，不通。

第十五折

※旦兒【正宮・端正好】、【滾繡球】

「怨歸去」，歸京師也。時生寄居咸陽，故云「慢慢行」，與「快快隨」對。馬在前故行慢，車在後故隨快，不欲離也。或作「運運行，快快隨」，運亦慢意，快便無理。「迴避」謂告退。「破題」謂起頭，言相思才了，別離又起也。「聽得道」四句雖對，鍛是轆轤語，言初聽一聲去便已不堪，況將望見長亭耶，是可恨也。

參釋曰：此折凡三截。首至【叨叨令】將赴長亭時語；「下西風」到「長吁氣」饞時語；「霎時間」至末，別時語。

※旦兒【上小樓】、【么】

「稔知」二語較前「恰告了相思迴避」二語又進一層，言別離之難也。「年少」以下又承別離來，言薄情始多離棄，全不想我輩情深，非是之比不容離也，然且今必離者，得無謂與相國作婿不招白衣，必夫榮妻貴而後已耶？以我言之，但得並頭已足矣，何必爾爾也。此節從來誤解，致使鶯口中突作無理誇語，可笑已極，而陋者又復盱衡抵掌，謂從來妻以夫貴，而此則夫以妻貴。嗟呼！哀家梨已蒸食久矣。

參釋曰：此怨生將離也。「前夜」、「昨暮」承合歡，「今日」承離愁。「稔知」或作「恰知」便淺矣，「卻元來」下俗增「比」字，不通。

王伯良曰：並頭蓮，同枕諢語也。《謝天香》劇：「咱又得這一夜並頭蓮」。

赤文曰：為相國婿，便夫榮妻貴，不惟作者無此陋詞，鶯亦無此穢語，且通體轉折俱斷續不合，不知向來何以能耐此二語，不一體貼也。《西廂》詞世人能誦而不能解，其中多有未安處，經此論定，俱渙若冰釋，謂非此書之厚幸不可矣。文章有神，千古文章，自當與千古才子神會。西河之降心為此，或亦作者有以陰啟之耳。

※旦兒【滿庭芳】（略）

（按：論中關於諸本以紅娘把盞白移【滿庭芳】後，而以紅勸鶯飲一口湯兒移【滿庭芳】前，導致「則曲白不接」。略。）

※旦兒【快活三】、【朝天子】

參釋曰：東坡詞「蝸角虛名，蠅頭微利，算來著甚乾忙」。

※旦兒【四邊靜】

（前略）「有夢難尋覓」帶逗後折。

※旦兒【要孩兒】、【五煞】、【四煞】、【三煞】、【二煞】、【一煞】

諸曲皆絕妙好詞也。層見錯出，有緒無緒，俱臻妙境。「未飲心先醉」、「留戀應無計」諸句，並用董詞；「一春魚雁無消息」，用秦少游詞；「金榜無名誓不歸」，應賓白；「各淚眼愁眉」，指生與己也，俗作「閣不住」，則與愁眉有礙矣；「來時甚急」，承「車兒快快隨」言；「去後何遲」，從「懶上車兒內」作一遞問，直起下曲「大小車兒如何載得起」句。此元詞暗度金針之法，從來誤解。

屏侯曰：若「去後何遲」作恨歸去遲解，於義不合，今作逆問意。則「甚急」「甚」字即作因甚之「甚」亦得，但下曲只答得「去後」一句耳。

※旦兒【收尾】

此緊承上曲，言四山如圍，一鞭已遠，塞滿人間煩惱矣，是車有多少堪載此耶？所以遲遲，所以懶上也。

參釋曰：結句與李易安詞「只恐雙溪舴艋舟，載不起許多愁」意同。

第十六折

※正末【新水令】

元詞多以驚夢寫離思，如《梧桐雨》、《漢宮秋》類，原非創體，況此直本董詞毫無增減，謂《西廂》之文青出於藍可也。必欲神奇懷悅，謂《西廂》能作鄭人蕉鹿之解，吾不知之矣。嗟乎！癡人之不可說夢乃爾。

劉麗華曰：旅舍魂驚，春閨夢斷，此篇躒語。

※旦兒【喬木查】、【攪箏琶】、【錦上花】、【么】

院本參唱例，解已見前。陋者不解，袛拾得北曲不遞唱一語，遂以為無兩人互唱之例，致改生在場上聽，且在場內唱，千態萬狀。嗟乎！古詞之遭不幸一至於此。

參釋曰：「別離已後」數句，與【攪箏琶】本調不合，第二十折亦然，要是字句不拘者，說見卷首並第二十折。

※旦兒【甜水令】、【折桂令】

　　參唱例說已見前，俗不識例，又拾得元曲遞唱一語，遂依回其間，或註三曲是生唱，或解三曲是生代鶯唱，無理極矣。《記》中每本有參唱，雖最愚者亦宜自明，但拾元曲只一人唱一語守為金科，無怪乎天池生作《度翠柳》劇以南北間調屬一人唱而恬不知非也。「廢寢忘餐」一曲，又以相思離愁比較，言別離比之相思似乎較勝，以相思無著花開花謝，任其榮落，此則有著矣。何也？以成親故也。但才成親而陡別離，又甚難堪耳。俗解「猶是較爭」為相思猶可，則「又甚傷嗟」，「又甚」二字無語氣矣。兩折內比較相思與離愁凡四見，各不同。初曰「相思迴避，破題別離」，一止一起也；繼曰「稔知相思滋味，別離更增十倍」，是離愁甚於相思也；又繼曰「愁懷較些，思量又也」，是離愁仍舊是相思也；此曰「猶較爭些，又甚傷嗟」，似離愁較勝於相思，而驟得離愁，則又甚也。每轉每深，愈進愈勝。俗注謂此曲俱作別後說，奧曲無理。古文之似順而難明每如此。

　　「想人生最苦離別」十餘句，俱元習語，似集詞然者。凡作詞重韻腳，既入其押，則彼此襲切腳語，以意穿串，謂之填詞。唐人試題以題字限韻亦然。今人不識例，全不解何為習語，何為切腳夫，便欲刪改舊文，此何意也。

　　參釋曰：元劇車遮韻多與比折語同。「瓶墜釵折」用白樂天詩。「生則」二句，用毛詩。

　　※旦兒【水仙子】

　　參釋曰：此卒子與飛虎不涉。「硬圍」句借引相形起耳。俗認賓作主，遂至扮演家皆以飛虎入夢，謬甚。

　　※正末【鴛鴦煞】

　　徐天池曰：「除紙筆代喉舌」，言今夜相思，非紙筆以記，則此恨無從說與鶯。蓋為下折寄書地也。

西廂記卷之五

楔　子

　　※正末【仙呂·賞花時】相見時紅雨紛紛點綠苔。

　　參釋曰：李賀詩「桃花亂落如紅雨」。

第十七折

　　※旦兒【商調·集賢賓】

此懷遠詞也。（後略）

參釋曰：隱隱，俗作「穩穩」，字形之誤。

※旦兒【掛金索】

此曲寫憔悴，是元詞排調語。

《蕭氏研鄰詞說》：四句兼比賦。「榴花睡皺芙蓉紐寬」，此賦也；「衣淚濕而斷線如珠，柳眉顰而秋花減盡」，此比也。

參釋曰：李易安詞「簾卷西風，人比黃花瘦」。

※旦兒【金菊花】

此曲接書後曲，開書又後曲，念書步驟甚細，故未開書已前純是寫怨，見書以後，然後略及捷音耳。「無語低頭」二句，自摸語，似掭彈家詞，最妙，此尚得《董西廂》遺法，近不能矣。

參釋曰：「書在手」句，正描清科白「接書」二字。「書在手」勿斷，一句下。

※旦兒【醋葫蘆】

此曲單拈「開書」二字，因開時而想其修時，因己有淚而想其亦有淚，且不特修時有淚也，其未修之先應先有淚矣，且不特臆度也，寄來之書淚點固自有者。開時之淚新痕也，修時之淚舊痕也，新痕將舊痕湮透矣。我淚一重愁，見其有淚又一重愁，非以一愁爲兩愁乎？或謂鶯與張各愁爲兩重，則是以兩地爲兩重矣。「兀自」他本作「古自」，古兀同，解見前。

參釋曰：秦少游詞「新啼痕舊啼痕」。

※旦兒【么】

參釋曰：掭，掭搜喬樣也，與「傷」同。《李逵負荊》劇：「暢好是忒掭搜」。俗解作攙扶，大繆（謬）。劉虛白詩：「猶著麻衣待至公」。唐宋試士處，俱有此名。

※旦兒【後庭花】、【青哥兒】

（前略）因琴及詩，是因主及客法，以聯詩、聽琴，從前二大關目也。（後略）

參釋曰：「怨慕難收」，似用「孟子怨慕也」句，指舜皇事。

又參曰：元詞亦有「怎肯孤負了有疼熱的惜花心，生疎了沒包彈的畫眉

手」，與「生疏了弦上手」語同。

※旦兒【醋葫蘆】

總囑精細，與下折「傾倒藤箱子」一曲功力悉敵，元詞本色率如此。（後略）

參釋曰：總囑似單重衣服，下折【耍孩兒】曲同此。

※旦兒【金菊香】

參釋曰：舊解人不至，則盼望情絕，故云「早晚休」如此則「長安望來」又不接矣。「人不見水空流」，見秦少游詞。

※旦兒【浪裏來煞】

此以病與愆期二意囑咐作結，與前「添些證候話不應口」二意照應，首二句一斷，言病也。（中間略）「啜賺」句別起一氣至末，言愆期也。（後略）

參釋曰：煞曲俱擬致生語，妙在全不及「得官」一句，且結出「悔」字，若反以得官爲恨者，一何俊也！董詞諸曲原如此。「悔教夫婿覓封侯」，見王昌齡詩。

第十八折

※正末【中呂·粉蝶兒】

參釋曰：此與前折作對偶，俱用虛寫，蓋未合以前則以傳書遞簡爲微情，既合以後，又以寄物緘書爲餘思，皆作者阿堵也。

※正末【迎仙客】

參釋曰：「若不是」二語，是未接書時，擬議如此。

※正末讀：「闌干倚遍盼才郎，莫戀宸京黃四娘。病裏得書懷舊事，窗前覽鏡試新妝」。

杜詩：「黃四娘家花滿溪（蹊）」。後凡指狹斜皆可稱黃四娘，猶晚唐人稱「謝秋娘」也。《記》中唱和傳遞詩凡九首。

參釋曰：「懷舊事」俗改「知中甲」，既不對，又不雅，可恨！

※正末【滿庭芳】

此亦詠物詞，與前折各一機杼。（後略）

※正末【快活三】

此曲一氣直下到「至不得蒲東寺」止，總訴其急欲歸而不能歸之情也。（後略）

參釋曰：「雨零風細夢回時」，本七字句，俗添兩「兒」字，則「風兒細」似韻腳矣，數語最絮聒。客舍清冷，又得風雨，風雨之餘剛值夢回，傷心可數耶，故曰「多少」。

※正末【賀聖朝】

此曲雖係黃鍾宮調，然與中呂商調本自出入。此正答「休別繼良姻」一囑，只「鶯鶯意兒」二句與【賀聖朝】本調不合，似有錯誤。金在衡疑此曲為竄入，而王伯良竟刪之，則妄甚矣。元詞作法，必有參白，參白一刪，勢必刪曲，何者？以曲中回應盡無著耳。伯良頗識詞例，亦曾取元劇參白一探討耶，豈有通本參白一筆刪盡而猶欲分別曲文定是否者。卷首所謂以曲解曲，以詞覈詞，真百世論詞之法也。「想鶯鶯」二句另起，起下曲收拾寄物，正元詞三昧，但其文似有誤耳。今悉原本，不敢增易，以俟知者。

※正末【耍孩兒】

首曲結寄物，末曲結寄書，次曲申結歸期不應口一囑，三曲申結「休別繼良姻」一囑，章法秩然。觀此益信前白與曲之不得刪矣。「傾倒」或作「頓倒」，或作「顛倒」，皆字形之誤。「須索用心思」俗作「用意取包袱」，既不叶，又難解，大謬。「高擡」二句，正申上意，言衣架、包袱之不當，所以須箱也。北人稱「掛」曰「擡」。「因而」，解見第九折，祇及衣服者，舉一以概餘耳。

參釋曰：一曲祇一意，反覆纏綿，此是元詞本色。第自《草橋》以前，微有不然，故如出二手，但不得明指為何人作耳。若過為陞降，極訾續貂，則又豈知音者耶？

※正末【四煞】

「恰新婚」三句，言甫婚而即離，則懷歸極矣。「昨宵個春風桃李花開夜」，言昨新婚時秋夕也，而翻似春夜。「今日個秋雨梧桐葉落時」，言今客寄時正春候也，而翻似秋日。其愁如是，自身遙心邇，行坐思歸，而猶疑歸其不應口，何也？此申結「冷清清」（按：【快活三】）至「蒲東寺」（按：【朝天子】）節。

參釋曰：「春風桃李」二句白樂天詩。「心邇身遐」見本傳鶯鶯書。

※正末【三煞】

「天高地厚」二語，鶯情無盡也。「燭灰蠶老」二句，感鶯無盡也。情感如是而猶疑爲棄夫妻繼別姻，何也？此申結「浪子官人」（按：【朝天子】）至【賀聖朝】節。

參釋曰：「春蠶到死絲方盡，蠟燭成灰淚始乾」，見李義山詩。

※正末【二煞】

此節結寄書，純用反語起下曲，言不聞黃犬，不傳紅葉，不逢驛使，所以去國之久，歸心之切，凭欄之遠也，一氣注下。煞尾與第十五折作法相近，此正著望童不至時說，或又驚曰：琴童才至，便云不遇梅使，不知爾在夢中我在夢中矣。

參釋曰：黃犬，陸機事；紅葉，於祐事；驛使，范曄事。

※正末【尾】

此承上來，言始以不得書而致病，今人至而書亦竟至，則始何其可憂，今何其可喜也。「投至得」又作一轉，言收雖可喜，然病亦幾危矣。「引人魂」與「害鬼病」對，俗本作「引魂靈」，誤。

第十九折

※淨鄭恒與紅娘對白。

此打匹科調也。元詞原有打牙譚匹調，例院本中所必有者，況鄭恒鬧哨藍本董詞又不得不爾，此原在文章套數之外別一眼目。

※紅【天淨沙】、【小桃紅】

參釋曰：二曲敘前事也。「半萬兵屯寺門」本六字句，或作「屯合」，或作「賊兵」俱非。「火急修書信」，屬文之速也。「言而有信」，能踐退兵之語也。

又參曰：「若不是」「怎得俺」兩兩叫應，俗本或無「怎得俺」字，而王本並刪「若不是」，則無解矣。

※紅【金蕉葉】、【調笑令】

參釋曰：「肖」字著立人是「俏」字，餘見下白。

※紅【禿廝兒】、【聖藥王】

參釋曰：信口噴，噴或作噴，不合。《藍采和》劇：「都作了狂言詐語，

信口胡噴。」

※紅【麻郎兒】

參釋曰：「出家兒」，僧家通稱，「兒」勿作「的」。「慈悲」二句，暗指成就此事意。「橫死」二句，借哨鄭語反見本之能知人又知事意。

※紅【么】

參釋曰：「軟款」係元習語，徐本改「願款」，無據。

※紅【絡絲娘】

參釋曰：元詞有「家生哨」。「軀老」，調侃身也。「老」是襯字，如眼爲「淥老」類。《爭報恩》劇：「爭覷那喬軀老」。

※紅【收尾】

「佳人有意郎君俊」調之也。元詞以「稱羨」爲「喝彩」。下二句正喝彩也。偷香在下風，傳粉在左壁，則采可知矣。此打匹之最雋者。徐天池云：「蓋嘲拾鴛之已殘也。」「喝采」俗作「嗑來」，字形之誤。

※夫人、淨、潔（僧）、杜淨軍等白

參釋曰：張中第三名探花，此又云「張生敢是狀元」（按：淨語），後折亦稱「新狀元」，似矛盾，不知此正撒浪作子虛語處，不可不曉。

第二十折

※正末【雁兒落】、【德勝令】

唐周昉有仕女圖。漢《張敞傳》「走馬章臺街」。「君子斷其初」元詞成語。

※正末【慶東原】

參釋曰：「不明白」連「展污」讀，言豈不分明展污了耶，亦通。「人物」俗作「時務」，非。

※紅【喬木查】

參唱例已解見前。但鶯紅參唱外，只下場雜數曲爲眾唱，此院本科例，更無有參外、淨等諸爨色者。

梁伯龍曰：一句一斷，咄咄逼人，眞元人本色。

※旦兒【沉醉東風】

參釋曰：此曲用董詞：「比及夫妻每重相遇，各自準備下千言萬語，及至

相逢，卻沒一句。

　　※正末【落梅風】

　　　自蒲至京，訴去時事，但「來到」或作「去到」，反泥。

　　※紅【甜水令】、【折桂令】

　　　「那廝本意」至「名譽」，一氣下，句斷而意接，言為此說者他本意欲塗抹俺門楣也。（後略）

　　　參釋曰：「人樣蝦駒」，舊注謂猶俗言蝦兒樣人，指戚施，不能仰者。《太平樂府》高安道詞：「靠棚頭的先蝦著脊背」。

　　※旦兒【雁兒落】、【德勝令】

　　　參釋曰：「護身符」指殺賊言。《岳陽樓》劇：「則這殺人的須是你護身符」。「有權術」頂上曲來。「征西」二句是有權，「孫龐」二句是術。「啜賺」，誆騙也，解見第十七折。

　　※鄭觸樹身死，夫人允親，諸道白。

　　　鄭死科同悉藍本董詞以完曲歷，實有不得不然者。董詞「鄭恒對眾，但稱：『死罪！非君瑞之愆，我之過矣！倘見親知，有何面目！』今日投階而死」諸語，正與此間科白字字廓填，而陋者必病詬作者為忍心。田父見伯嗜，烏得不切齒不孝耶？

　　　院本凡收場必有演說一篇在孤等口中，今亡之矣。慶喜筵席正演說臨了一句，俗本入夫人口中，固非，而偽古本稱杜為孤，仍無演說，此處但當以饎羊存意可耳。

　　※正末【沽美酒】、【太平令】

　　　「若不是大恩人」二句，接上「托賴眾親故」來。「得意也當時題柱」，「得意也」三字直貫下句，「題柱」用相如題橋事。以別時「青雲有路」諸語，曾題過不得第不歸也，故此言得意處，以當時題柱正足酬配合之意，不然白衣女婿辱莫相國，何以成就耶？蓋從來相國之女配夫必新狀元、花滿路然後可也。所以既賴眾親又賴得第也。

　　　參釋曰：椒圖形似螺，以性好閉，故銅鐶像之，尸子云「法螺蚌而閉戶」是也。然似有品制，非泛列者。如《牆頭馬上》劇「身為三品官，戶列八椒圖」類。

又參曰：張初稱探花，而此稱狀元。說見前，今或改作新探花、新花滿路，拘極。

※眾唱【錦上花】四海無虞皆稱臣庶⋯⋯

此是樂府結。例如天子「壽萬年」、「延年萬歲期」等所謂亂也。即此猶見漢魏後樂府遺法。

※正末旦兒【清江引】

此亦元詞習例。如《牆頭馬上》劇亦有「願普天下姻眷皆完聚」類，但此稱「有情的」，此是眼目，蓋概括《西廂》書也，故下曲即以「無情的鄭恒」反結之。

觀勅賜句，益知當時必有敕義演說一篇作結，惜已軼耳。

※【隨煞】則因月底聯詩句，成就了怨女曠夫，顯得那有志的君瑞能，無情的鄭恒苦。

獨拈聯詩，從所始也。且亦見古來行文者不尚周到意。此以君瑞、鄭恒雙收，董詞反單收鄭恒，更奇。「無情」頂上曲「有情」一掉作結，如神龍頭尾，或改「無情」作「無緣」，彼必以鄭非無情，但無分耳，不知情不如是解也。《會真記》不明云：「登徒子非好色者耶。」

諸本【清江引】下無下場科注，而以此曲為眾唱，此不然者，豈別有雖念例耶？餘說見前。

參釋曰：諸本有「幾謝將軍成始終」一詩，又或有「蒲東蕭寺景荒涼」一詩，俱係後人詠《西廂》而誤入之者，又或無總目四句，俱非原本。

七、《鏡香園毛聲山評第七才子書》十二卷四十二齣，首一卷_{清康}熙金陵三益堂刻本

此本凡十二冊裝，國家圖書館普通古籍室藏本存十冊（缺第三、四冊）。卷首有署「成都費錫璜拜書」之《自序》。正文首頁題《鏡香園毛聲山評第七才子書》，署「高東嘉琵琶記原本，甓湖從周西文訂閱，古歙汪文蓍參校」，版心上鐫「七才子書」，評點形式為夾批或齣批。書中彙集了李卓吾、王鳳州、徐文長、湯若士、魏仲雪、毛聲山父子等人的評點，帶有集評性質。參與增評的有從周、費錫璜、汪文蓍等。

按：北師大圖書館古籍室亦藏此本，冊數及版式與國圖藏本略同，惟卷

首無費《序》，且有數處缺頁。另：福建圖書館藏清康熙金陵聚錦堂梓行的《鏡香園毛聲山評第七才子書》爲十二卷首一卷，六冊，版心有「聚錦堂」字樣，卷首有費《序》。

費錫璜批語如下：

《囑別》（第五齣）

費滋衡曰：只「分情破愛，虧心短行」八字，中郎明以後事攝入，自爲供招矣。西文特據理鞫情，非橫爲羅織也。

《教女》（第六齣）

費滋衡曰：只從「不出」二字著眼，便見作者命篇用意，不是漫然。（按：太師云：「婦人不可出閨門」）

《俊途》（第七齣）

費滋衡曰：西文看諸名寓意處不知者，疑爲附會，知之者信爲確切。

《試中》（第八齣）

費滋衡曰：疏明寓意處精細深密，不沒作者之用心。

《春宴》（第九齣）

費滋衡曰：寫來字字俱爲伯喈誇張，看來字字俱是伯喈破綻，大是奇事。

《詔婚》（第十齣）

費滋衡曰：中郎之共逆於卓相，實因卓相之求共於中郎。於太師媒婆、院子口中特將「共」字吐出，大爲著眼。

《妝歡》（第十一齣）

費滋衡曰：伯喈重名，卻是無實之名；五娘也重名，卻是有實之名。同一名也，而眞假在所當辨矣。

《媒議》（第十二齣）

費滋衡曰：只從「心熱」二字，看出伯喈用心曲折，如見肺肝。

《嗟兒》（第十三齣）

費滋衡曰：公婆以饑寒生詬誶，五娘以支撐作排解。國家有此擔荷人，豈是易得。

《激怒》（第十四齣）

費滋衡曰：家有妻房，述於院子口中，而反不見於表辭之中，伯喈以欺嫚激怒為成就，復何說之辭？

《愁配》（第十五齣）

費滋衡曰：無玉種藍田。伯喈之虛名無實，早被窺覷洞徹矣。

《陳情》（第十六齣）

費滋衡曰：《詔婚》、《媒議》、《激怒》、《陳情》、《勸赴》、《新婚》、《就道》等處，寫中郎之被徵辟也，始辭終就，忻熱隱忍傷懷形情，無不被作者抉膜透隨（髓）勾出。故陳情者，陳家中親老妻嬌，辭官辭婚之情也，而妙於文中已不覺自陳其戀官戀婚、宛轉將就之情矣。

《奪糧》（第十七齣）

費滋衡曰：只看蔡公五娘口中，各說幾個「死」字，幾個「難」字，伯喈便已罪狀分明。

《勸赴》（第十八齣）

費滋衡曰：伯喈認定君相藉口，故曰「擺不脫」；送將來，又曰「名利韁鎖，鳳鸞拘束」。媒婆卻認定伯喈是假，故指為「故推」，笑為「拋捨」，且隨順其口中之言，以隱作譏諷曰「只說道無如之奈何」，真是微妙！

《姑疑》（第十九齣）

費滋衡曰：五娘至此，不覺沖口說出一「恨」字，真是無可奈何時也。

《就婚》（第二十齣）

無費評。（按：齣末有一「終」字樣）

《厭糠》（第二十一齣）

費滋衡曰：寫一家悲苦，妙都與伯喈之歡樂反照，真如雙鏡之互為掩映也。

《賞夏》（第二十二齣）

費滋衡曰：寫炎熱炙手之時，忽插冰山雪罏之句，真不啻冷水澆背矣。

《湯藥》（第二十三齣）

費滋衡曰：侍奉母疾，衣不解帶者，伯喈之事也。今作者奪之歸於五娘，

其罪伯喈也深矣。

《邸思》（第二十四齣）

費滋衡曰：只「怕」與「不敢」三字，便是伯喈自說衷腸，自講眞情也，怪不得其愁悶如海矣。

《髮教》（第二十五齣）

費滋衡云：若以「髮」字看，只一剪髮，便已割斷結髮恩情矣。若以「法」字影看，剪法正以設法，賣法適以全法。看看大義，愈覺《春秋》旨趣凜然。

《紿誤》（第二十六齣）

費滋衡曰：丞相以爵位騙伯喈，伯喈以名望騙丞相，拐兒又以家書，乘間抵隙，串騙於其間。此即大騙小騙之層疊次第也。俗譚於拐兒之外，又演小騙，眞是畫蛇添足，架疊無休矣。

《孝感》（第二十七齣）

費滋衡曰：伯喈行孝不眞，便父母可以凍餓至死；五娘行孝眞，便猿虎可以畜生效力。眞假關頭，豈不相去萬里。

《賞月》（第二十八齣）

費滋衡曰：日視當前之月卻心懸萬里之人，說雙而有不盡雙之人，說清而更有不常清之月，都覺仇恨縈懷，身心安頓不下也。

《丐尋》（第二十九齣）

費滋衡曰：「描眞」爲「認眞」作地，尋夫爲顧主生情，信是至理不刊。

《得情》（第三十齣）

費滋衡曰：寫牛女之力任勸諫，正嘲伯喈不知勸諫也。使牛女早知其事，伯喈歸家久矣。正是反形伯喈之隱忍逗遛也。

《義諍》（第三十一齣）

費滋衡曰：寫牛女之義諍而不畏死，正以反形伯喈之不能義諍，由於畏死之心重也。其奈終不免死何。

《途歎》（第三十二齣）

費滋衡曰：能認眞，則路途可以相信；不能認眞，則父母妻子且在難信矣。何況遠而君臣之際乎？作者用意獨深。

《空迎》（第三十三齣）

費滋衡曰：寫牛相之易於轉移，正甚（？）伯喈之不能義諍也。李旺迎親全以功歸夫人，不以名歸伯喈矣。

《拾真》（第三十四齣）

費滋衡曰：既成風顛，安能脫得懊惱，欲寫相會。先從彌陀會上引入，方見鬥筍之妙，不是泛泛塗抹也。

《賢遘》（第三十五齣）

費滋衡曰：未見伯喈，正在疑神疑鬼，先見牛氏已說得情投意投，宜乎命題之爲《賢遘》也。

《題真》（第三十六齣）

費滋衡曰：看他心思暗織，宛轉縈回，拿得定處又難拿定。夫婦如此，何況君臣。

《認真》（第三十七齣）

費滋衡曰：易《書館相逢》之舊目，題作《認眞》，名色看來卻處處入理，且層次分明不混。

《掃墓》（第三十八齣）

【按《散發歸林》以下至第四十二齣四齣曲文內容及評語全同《繪像第七才子書》，係本無評或書商截取配成】

八、丁耀亢《化人遊》不分卷，十齣清順治五年（1648）野鶴齋序刻本

藏中國社會科學院文學研究所圖書館，《古本戲曲叢刊五集》據之影印。正文首頁題《化人遊詞曲》，署「野航居士漫著」。卷首有署「順治戊子（五年，1648）萊陽玉叔甫宋琬題之《總評》。

評點形式：總評、齣批。

總 評

《化人遊》非詞曲也，吾友某渡世之寓言，而托之乎詞者也。世不可以莊言之，而托之於詠歌；詠歌又不可以莊言之，而托之於傳奇。以爲今之傳奇，無非士女風流，悲歡常態，不足以發我憂思幻想，故一托之於汗漫離奇、狂遊異變，而實非汗漫離奇、狂遊異變也。知者以爲漆園也，《離騷》也，禪

宗、道藏語錄也，太史公自敘也，斯可與化人遊矣。

順治戊子萊陽玉叔甫宋琬題

齣批如下：

第一齣《買舟逢幻》

何生說：如今世上找不出我這一班人來。此語眞可痛哭，不必做《絕交論》。　　吳陵陸玄休（？）評

第二齣《徵友追姝》

須知追豔一段俱是遊仙詞，一點油粉氣用不得，中間諸姬出脫甚妙。

眾客各開生面，世代年譜，一語寫出，良工苦心矣。王陽金多，扮花臉，毒口欺李杜，自是世情；又說李杜此輩原是死不得的，此語入微。

第三齣《仙舟放遊》

《放遊》爲此曲正折，淋漓忼爽，使人起舞。如此快遊，必當有吞舟一劫，至聯句射覆，可補入漢唐列傳無復辨。　　張詞臣評

第四齣《吞舟魚腹》

奴與客靠不得，到波浪掀天時廼見。松耶柏耶？亦疾用客之不詳。

捨大舟，上小舟，有擇利趣便念頭，鯨將軍到矣。

何生大叫天黑，像臘月三十日光景，怕人，怕人！腹中聽得吹打，不是從前害怕。臨崖撒手，可作實法會，？翁老婆心，怕世人耳根頑鈍，須吹吹打打搬演若此。齊放下夜壑之舟可以不負。　　丘海石評

第五齣《幻中訪幻》

何生以魚腹爲華胥足矣，又何須覓屈子賦騷耶？橘中老人笑之固宜。

內云此後再無問津之人，作者渡世熱腸不覺露出。文情之幻，漆園通帝矣。　　丁野鶴評

老鯨可恨，卻將一舡人吞入黑海，何物屈生，廼欲竟葬此腹中耶？　　丘柴村評

第六齣《舟外尋舟》

逐癯海上，沉舟腹中，哀樂之事自然不同。才出魚腹，便唱一套【耍孩兒】，即此是超凡根器。　　丘海石評

第七齣《再晤仙源》

鯨魚化爲古刹，孤舟化爲煙巒，西子化爲雲水道冠，何生聲色妄緣，一時頓盡矣。　　宋玉叔評

第八齣《知津得渡》

簡妙！

第九齣《龍舟仙緣》

何生魚腹中本領，卻被老鯨插科演出，太白明月一詩，又得老鯨幫襯，乃知吞舟一案，大是慈悲接引，眞堪爲太白騎之而遊天上矣，良是良是。

鍾一士評

諸客已厭龍宮珠玉，復有抽及龍女之想。何物何生，敢煩入幕耶？抽豐客此輩多多。　　張詞臣評

第十齣《舟歸蓬海》

舟返仙源，如□從前鬧熱。此是煩惱菩提，撥數千年之尤。同堂數見，野航□史不妨傀儡，冰壺就中，華木隨身，□□□□□道力。　　海石

九、丁耀亢《表忠記》二卷三十六齣清順治十六年（1659）序刻本

藏上海圖書館，《古本戲曲叢刊五集》據之影印。正文首頁題《新編楊椒山表忠蚺蛇膽》，署「容城縣教諭琅琊丁耀亢編，忠愍裔孫金容楊遠條校」。

評點形式：齣批。　　丁耀亢自評。

上　卷

第一齣《開場》：無批。

第二齣《矢忠》

按：《楊氏全集・年譜》內忠愍自述其苦學後之致身君國，實從《學道稽古》中來，故當以此齣爲立忠之始。

第三齣《佞壽》

評：褒忠則必斥佞，有丑、淨，而生、旦始可傳神。至忠孝節義之曲，尤忌板執，易使觀者生倦，故必藉以開笑口焉。且小人逢迎，有甚於此者。

第四齣《飯牛》

評：飯牛出於《忠愍實錄》，所以見其高，苦而隨寓自得之樂，內插入鳳洲邂逅一段，愈見生動。其始終生死之交，實訂於此。

第五齣《忤奸》

評：桂洲，《明史》中賢相也，分宜以私忿讒殺之，人神共憤，故首以此定嵩之獄焉。後忠愍修本，群公同義，皆由於此。用北調頗合聲律，一洗南靡。

第六齣《哭表》

評：按：忠愍參嵩疏，首云徐學詩、沈煉，已先參之矣，及閱《皇明法傳錄》內，載煉父子參嵩父子十惡，後之被禍甚於忠愍，至痛哭《出師表》。野史詳之，故附入。

第七齣《侵邊》：無批。

第八齣《盟義》

評：《鳴鳳記》以鄒、林（按：鄒應龍、林潤）為正生者，以其卒收誅嚴之功，而以前後同劾八臣附之，忠愍居首焉。苦於頭緒多，故收拾結束，不能合拍多致紛亂。此齣略出鄒、林，以鳳洲為盟主，既有同心，至赴義後，始出結劾嚴之局，則線索清矣。一部提掇，全在此齣。

第九齣《分唾》

戲者戲也，不戲則不笑，又何取於戲乎？本曲求耍笑甚難，故於世蕃香唾盂中，取出以供噴飯。

第十齣《保孤》

評：朱裁，義僕也，當與東漢李善並傳，《鳴鳳記》載之甚詳，故不忍遺，以度令之為人役者，又使桂洲有後，見天道不絕善人之後也。作至此，人覺淒然酸鼻，或觀者不免矣。

第十一齣《辱佞》

評：保孤既令人悲，不接以快心之齣，則神氣不揚，故有沈青霞辱世蕃一案。然不辱蕃華，又何以為青霞乎？按《皇明法傳錄》，有陸炳邀沈於嚴席，面辱世蕃之事，原非添設。

第十二齣《馬市》：無批。

第十三齣《憂國》

評：按：《忠愍年譜》，王公遴者，死友也，臨難託子，獄中結姻，不避禍，不棄貧，所謂死生節義之交，至王公而罕儔矣。官至工部尚書，享年耄耋而終，至歿期，夢忠愍來相迎。朋友一道，可忽乎哉？忠愍曾孫老儒，諱維新，即王公孫甥，述其事如此，今年七十五矣。

第十四齣《前疏》

評：此齣俱以原疏爲粉本，一段不遺，頗有臨募（摹）合律之巧。

第十五齣《射像》

評：此出沈青霞小傳，以此賈禍，不忍泯其狂直。

第十六齣《謫遇》

評：《鳴鳳記》有《遇夏》一齣，乃作驛中相贈託書，事頗同，但詞與關目俱欠生動，故以南北調暢之。

第十七齣《梟鸞》

評：鸞不梟，無以快桂洲與椒山之憤也。《明史》戮屍，不足昭法，故使嚴用計行誅，亦以見小人之反覆，權利不可以久固耳。觀者至此快心，當浮一大白。

第十八齣《化番》

評：按：《年譜·自述》，在狄道，開煤窯，禁徵褐，悉如此齣，至立學校，引水興利等政，則先生實有經濟未得少抒，徒以死忠自見，亦可悲矣。先生之蒞吾諸者，百二十年，亢（按：丁耀亢）產於諸，私淑久而得官於容，爲先生繪其生面，豈偶然哉？聞之諸人傳曰：先生將赴南都時，與一老生相別，命沽酒一杯永訣，自謂此行爲國除奸，未必復見，然則殉義之志久決矣。諸之老孝廉劉鬥酌，諱元化，以洛川令終，今年八十五，謂亢言如此。公祠在諸邑西門內，亂後圮，碑存焉。

下　卷

第十九齣《醮警》

評：詞曲而無益於天人國家者，不作可也。神道設教，爲報復奸相章本。

蓋王法暗而天道彰，理應如是。

第二十齣《毒譖》

評：此全部中冷局也。如畫家點綴遠山，映帶不可少。後來鳳洲家禍、沈煉族殃，由此數小人譖成，以見得禍之本。諂諛信可畏哉！

第二十一齣《修本》

評：此齣舊□關目生動，故至今梨園頻演，就其舊而略新之，如光弼入子儀軍，壁壘不移旌旗變矣。

第二十二齣《後疏》

評：此亦《鳴鳳》舊齣，全摹《琵琶》「辭官」，太依樣葫蘆，可厭，然詞用原疏，非名手不能。傳爲弇州點竄，故存之。

第二十三齣《託子》

評：按：《年譜・自記》云：難中故有舊姻，告絕者多矣，惟王公不畏權禍，以子女同盟，卒而未聞分宜之能揶揄也，宦至司空，而享耄耋之壽，人之有命，豈盡爲人謀哉！吾此作，多爲君臣朋友立鑑，故特出之。

第二十四齣《揮膽》

評：一部生氣全在此齣。據《年譜》《實錄》，載有應養虛、丘秉文者，皆提牢吏，當時服冕張蓋，無一不畏嚴如虎，環視而不敢救，且下石焉。曾二吏之不若。蓋有樹（椒）山，即有二吏；有桂洲，即有朱裁，有義之勇，固不管人之貴賤也。世之視此二吏者何如哉！《年譜》內更有數人，不及載。

曲至此，多摹《琵琶》，慘澹經營，純用元人句矣。

第二十五齣《代夫》

評：此疏載《忠愍集》中，使得達御前，安知無以緹縈而減刑者。時文華方掌銀臺，呼天何益乎？無此齣，不見元配之節義，並不見權奸之布置。

第二十六齣《割股》

評：按：李思榮以同年而操刃，與黃衣入夢而療疾，皆《年譜》自錄。人之無良，天之有鑒，盡此矣。天能憐樹（椒）山之痛，濟以藥，不能救樹（椒）山之刑，似不如以病卒於獄中爲得也。然不刑無以成樹（椒）山之忠，無以滿嚴之惡，則死而不傳，何若刑之爲烈也。道窮數盡天若退焉罔聞，至百年後，天乃大彰。此天之所以不可測歟？

第二十七齣《謀殺》

評：《年譜》載：下獄年餘，屢讞而不批決，群奸畏謀之敗也，故借別獄伏殺之，奸謀亦巧哉！

第二十八齣《赴義》

評：此齣直而難折，閣（擱）筆者經句，易於重複前齣而無意味，故以《年譜》歷述生平，即忠愍一小傳也。後二曲，頗得慷慨從容之妙。是夜夢公來謝。

第二十九齣《天變》

評：曲至《赴義》，曲終矣。觀者扮者，色若死灰，堂上堂下，幾無生氣，鼓聲哀而不起也，飲者涕而欲傾也。奈何是用急以《天變》而警之，滿堂神鬼即引忠愍歸天，觀者之神一變，乃急出鄒、林爲誅嵩之結局，而座客始快。

第三十齣《驚別》

評：久無旦角，連用大江東去，與易水不還苦爲題縛，今照《鳴鳳》舊本，出鄒君隱夏孤一段，以結夏局，以起鄒義，故朋友一倫，所以補君臣之不及處。

第三十一齣《亂聚》

評：全部借夏、沈以佐楊之正義，亦不可專結楊而漏沈夏也。作者妙在補天，況有野史而可無終始乎？如各爲一局，又墮紛亂，而正義反鬆，此齣一齣而三收之，頗有剪裁湊合之妙，則下五齣，直結本傳矣。

第三十二齣《感夢》

評：君臣朋友之遇合，皆天也。鄒、林去椒山十餘年，乃補其未了之案，夢與神交，有自然感應之理焉，非作曲者粉飾也。在友爲義，即在臣爲忠，此作專爲朋友，結《同盟》一折，理有然耳。

第三十三齣《冥捉》

評：此忠愍之衣錦完聚也。不大壯其威靈，無以泄滿堂之悲憤。內夏、沈俱冥聚一堂，理有宜然者。至此而三公之結局全矣，當浮以金谷酒數醉，看趙鄢（？）鞭背。

第三十四齣《陽誅》

評：鄒、林二疏，簡處不複，得體裁之法，有此【耍孩兒】，忠愍含笑入

地矣。

第三十五齣《題墓》

評：弇州一代才人，榮辱可傳千古，忠愍碑銘，皆出其手，亦足令光生泉壤矣。《題墓》一齣，以結飯牛之盟，臣忠友義兩無負焉。

第三十六齣《贈廕》

評：末結歸重於表忠御序而頌美本朝者，既見盛典之不朽，亦已順天心，彰王道也。堂堂序論皆忠愍之見徵於天者，彼嚴、趙諸子安在哉？灰飛煙滅，止見其愚橫貪癡，供鐵檜之瓦擊耳。

容城教諭丁耀亢拜紀

十、萬樹《風流棒傳奇》二卷二十六齣 清康熙二十五年（1686）粲花別墅刻《擁雙豔三種》本

藏國家圖書館（索書號 SBA03496），四冊裝。正文首頁署「陽羨紅友山農萬樹編次，古越琰青道人吳秉鈞題評」。

評點形式：眉批。

卷　上

第一齣《情略》

※末【木蘭花】

眉批：風流跌蕩，疑是郭舍人後身，嘗讀紅友《資齊鑒》一曲，莊莊乎言之，謂可羽翼經傳，孰知其詼諧出謫乃能如此，大言小言無乎不可，至此曲而夭矯神奇，吾不得而測其涯涘，惟籌燈朗吟拍案叫絕而已。

第二齣《詩醉》

※生荊瑞草【正宮引子·喜遷鶯】年華十九，尚鑿破青天，巾角如舊，甕酒之餘，囊琴而外，蛛塵襯滿床頭，天既教人不蠢，天又教人不醜，因甚底遣千般孤悶打散風流。

眉批：冲場一引，擺脫幾許灰塵，劈破幾評窠臼，試問當世文人有閱此而不心豔神飛，必欲竟讀者乎？

※生【過曲·錦纏頭】甚來由，被文章賺英雄白頭（以下較長，有曲有白，

從略）

眉批：破荒奇論（按生白：「若說講究聖賢心性之學，也全然與八股無干」），不顧驚破腐儒之膽，然最確，亦最暢。蓋學究家謂不八股不通理，則周、程、張、朱自何而爲理學；謂不八股不通文，則韓、柳、歐、蘇自何而爲文人。請以此名詞療其痼見。

第三齣《赴潯》（略）

第四齣《闈鬧》

※生【過曲‧桂枝香】空舲灘畔，寒宵秋半，怕聽他津鼓霜鉦，怎捱這金爐香幔，恁閒愁萬般閒愁萬般，惹的他寸懷繚亂，連我也難禁腸斷，若得遇了小姐，同病相憐，免不得共悲酸（大哭介）呵呀，我那小姐嘎，吹簫爭得同騎鳳，窺鏡堪憐獨舞鸞。

眉批：人謂塡詞貴清眞而忌香豔，然各有所取，如世以《西廂》、《琵琶》二曲分鑣並騁，而《西廂》未嘗不清眞，《琵琶》未嘗不香豔，似此等曲可謂兼擅矣。

※生在號房內摹想以詩入贅
眉批：摹狂態極眞亦極幻，此虎頭頰上添毫手也。

第五齣《駭狂》（略）

第六齣《舟贈》

※生【北折桂令】
眉批：事不誤不奇，文不曲不勝，但不知紅友從何得此縹緲紆回之思致，豈天台武彝生其肺肝耶？

※內喚白
眉批：仔細極冷處點綴，俱有理有情，此非紅友不能。

第七齣《賺札》
眉批：蹇公固是憐才，童同綽覬覦自是小人所不免，所苦者荊、謝遭此魔頭耳，然好事多磨，自古如此，凡功名遇合無不皆然，達者正不徒以此作兒女情事戲場局面觀也。

第八齣《疑妄》（略）

第九齣《旅病》

眉批：嘗見紅友《念八翻》詐瘋一曲，不禁擊節，此劇忽幻出眞瘋，所謂愈出愈奇，總認定一個「情」字是眞，則眞瘋假瘋無乎不佳。紅友未嘗瘋過，何以能描寫至此，但恐道學先生，謂此便是紅友病耳。文（？）伯曰：如此說，則紅友還是假瘋，這位道學先生，乃是眞瘋。相與大噱。

第十齣《春顛》

※生【北正宮・端正好】

眉批：瘋中景況離奇荒誕，九天九地無不可供其泛濫，此則妙在語語是瘋，卻語語不離本性中事，譬如撒酒瘋人，漸入化境內外，而口中話，皆心頭事也。妙得瘋境，妙入瘋理。

※生【脫布衫】

眉批：人之讀元曲者，往往謂爲嚼蠟，此僅染指淺嘗，豈解其美？紅友曲於元人入門而登堂窺奧者，故能得其神髓，非僅優孟衣冠也。

第十一齣《倩療》

※小旦倪菊人【過曲・醉扶歸】

眉批：心心相照，一針不移，一絲不漏，紅友眞善言情哉！

又此齣眉批：一個病矣，又一個因病而病，情事遙相對照，文峰並峙，乃兩下隔絕，正當水窮山盡時，忽一個霍起齋，從天而降，其後多少搏挪，多少跌宕，就從一「病」字結撰出來，天下之奇，莫奇於此。吾謂蜃樓海市奇矣，乃轉瞬即空，此文之奇，可以常玩於几席之間，可以時現諸氍毹之上，斯爲眞奇！

又此齣眉批：荊謝受童呆之魔，似佳人才士，厄運應爾爾矣，卻有一連又有一霍爲之呵護，是知情之正者，魔所不能勝，天下有不能遂其情而惟魔是然者，蓋必非情之正也。

第十二齣《述情》

眉批：本意是欲醫荊生，而先請一阿多爲陪客，文便不板滯；又本欲醫阿多，而先請一張老之子爲陪客，其變化活潑，如雲如龍，何得而擬之。且阿多之病即從扮春生出本地風光，不假別尋枝節，至其鐵槌一笑，妙得醫家三昧，文亦團花簇錦，閱者心曠神怡。

第十三齣《鬼婚》（略）

卷　下

第十四齣《証奸》（略）

第十五齣《椎靖》

※雜鬼兵【北尾】

眉批：詞家以一結爲最重，故周挺齋諄諄言之，近見膚湊復談者比比皆是。吾於紅友諸曲見其尾句，無不韻絕，眞有「江上數峰」、「秋波一轉」之妙。

第十六齣《悞瞽》

※丑能文【過曲‧懶畫眉】

眉批：能文口中，公然來得，不像假才女，余曰：天下偏是假才人口中分外來得，反強假話眞才人也。

※生誤瞽見能文，疑即林風小姐，寫書推家中有事。

眉批：忽作一閃，下即突起奇峰，觀此曲者，試於此掩卷靜思，後當作何牽縮，恐即悉索枯腸不能改後幅之奇也。

第十七齣《怒逃》

眉批：此折正寫林風遭閃，大不堪事，而故作此種臨婚熱豔之局於前，以反襯後之悲憤，觀其所述二曲（按：【中呂過曲‧粉孩兒】、【紅芍藥】）不嫌絮絮追語，正見其滿懷暢遂之意，且經童姓一哄之後，此番抱穩萬分，平昔幾許心事，無可相告，今已事成，不覺對梅香鳴其得意，作者直從此處體認，故不顧繁縟而爲此詞，不然未出閣人，豈肯便出口評騭新郎乎？

第十八齣《擊竊》

※淨飛飛兒白：「才人情性無猜外，壯士心腸有軟時」。

眉批：荊、霍相遇，可一言行矣，又得此一驚一解，文情不滯，且不惟結前遭殺之案，而天下眞才人，即異域粗鹵漢，如飛飛者，亦憐愛之。表飛飛正以表茶郎也。更以折尾，作店婆一笑，前閱十（時）當場坐客爲之?堂，尤爲匪夷所思。（按：生跳逃，撞到正撒溺之店婆，店婆欲調戲之，實爲俗趣。）

第十九齣《嫗泄》（略）

第二十齣《再誆》（略）

篆二十一齣《錯招》

※末林風之父白：「前日荊生棄了謝家的親，今日我家也有此事，眞個奇怪」。

　　眉批：從來傳奇關目極忌狂重，此劇故意弄險，再作逃婚，而宛轉逗出下文，移花接木之巧，以結童賴公案，有此龍梭鳳杼，方製成無縫天衣。

第二十二齣《釋訛》

※小生蹇爲修【過曲‧一封書】

　　眉批：行文繁簡得宜，自有妙諦，此折妙在用簡，應上啓下，幾許關鍵，只數筆點明，若俗筆則葛縢無限矣。

第二十三齣《懲兇》（略）

第二十四齣《佯償》

　　眉批：天之報施惡人，非天意之酷也，原是人所自掙，觀童賴可見。

第二十五齣《閨剖》

※旦【前腔】愧淺學未堪頑頡……種種漏風聲，爲何這個人兒背地話情節。

　　眉批：四曲仿《拜月》，而情文幽折，結句閃卸迴環，龍靈蜃幻，難測其奇。

※老旦【前腔】這情事定須分別……只便宜了那個人兒太饕餮。（按：娶雙美。）

　　眉批：若以傳奇陳例，至末折各各說明，則三家鼎足，懷疑剖不勝剖，作者之筆，閱者之眼，不免忙殺。此乃於團場之前，著此一番詮釋，筆墨精采，心目開朗，而字字圓活，節節靈通，使各家俱已透徹，單剩一茶郎狂癡人，累著疑團中，留爲尾折一笑，且兩旦何從面剖，卻於前已伏「賴女相訪」此爲答拜，並非勉強相合，又以童事卸去能文，不使在場礙手，始信曼倩卿宜以滑稽而得□也。

第二十六齣《打喜》

※生【過曲·梁州新郎】
　　眉批：此折關目，可以想得矣，然茶郎作何狂，兩旦作何假，連嫗作何收拾，一部精神於此結穴，再四思之，實難措筆，而不知紅友之繡腑花毫，描摹點染，有如此兩大篇新雋文字也，即此可見龍門手筆之奇，不得以詞曲小道目之。

※【尾聲】
　　眉批：誰家無棒，但恐不風流耳，安得造物主人，欽依紅友新定條例，多生幾個有福氣書生出來，不使如此錦繡文章終作戲場空話。

十一、萬樹《空青石傳奇》二卷二十九齣清康熙二十五年（1686）粲花別墅刻《擁雙艷三種》本

　　藏國家圖書館（索書號 SBA18725），四冊裝。正文首頁署「陽羨紅友山農萬樹編次，山陰雪舫溪漁吳棠楨題評」。
　　評點形式：眉批。

卷　上

第一齣《情譜》

※末【滿庭芳】
　　眉批：開宗數語，已覺新雋軼倫，可見紅友繡吻瀾翻，具足辯才無礙。

第二齣《脅石》（略）

第三齣《聾誤》

※旦鞠書仙【前腔】縮繡，不許愁人不瘦。
　　眉批：「縮繡」二字新極，可當一幅曉春圖。

第四齣《鵲和》

※生鍾青【醉宜春】

眉批：讀粲花《情郵》諸折，如遊武彝群岫，曲曲入勝。紅友設景運筆，委婉無窮，信哉！無忌酷似牢之。

※生道白

眉批：自此著魔入夢矣，然揆之於理，原是不錯，而孰知天公弄巧，偏出人意料之外哉！

※生【瑣窗繡】

眉批：疑信相生，愈轉愈深亦愈俊。

※生【東甌蓮】

眉批：低徊蕩颺，情致嫣然，似此數曲，真可前麾玉茗，後掃幔亭。

第五齣《墜箋》

※生遺箋下

眉批：借相爭失箋，起後無限波折，似此文心，幾於剖發鏤塵矣。

第六齣《祝構》

※小旦步珊然【過曲·梁州新郎】

眉批：詞家所重，本色當行，每患以駢脂砌粉，釀卻本地風光，如此等曲，自應堂皇瑰奇而能出以婉秀之筆。彼祭魚點鬼之流當卻退三舌（舍）。

第七齣《屏覘》

※小丑曲眉月遊庵，為生所見。

眉批：曲氏突如其來，致真真假假無數曲折，疑有海市蜃樓之幻，而細按之則閨閣中實有此情事，非若近日傳奇家矢意鑿空而於理卻違者。

第八齣《代絏》（略）

第九齣《雋覓》（略）

第十齣《姆辨》（略）

第十一齣《闍婚》

※副淨曲善【南步步嬌】

眉批：余嘗謂作傳奇第一難處是花面腳色，不能令觀場者掀髯捧腹，則

雖有關、鄭、白、馬之曲，亦當以嚼蠟置之，然時流強作科諢，往往反遭嘔逆，惟紅友諸劇，雅俗共賞，引人入勝處聞哄堂之聲，所以稱絕。此曲演於端州制幕布，觀者無不絕倒，今但披卷讀之，亦不覺爲之大噱。

第十二齣《農酣》

※外鞠躬【混江龍】
　　眉批：紅友之曲原從沉酣於元詞而出，故其所著北調，或正本雜劇，或散套小令，皆能得古人神韻，而精考字句，分別正襯，毫忽不苟，其所校各譜，嗣即問世，余謂即此劇本便可奉爲玉律金科，至於用意遣詞，妙得深淺濃纖之度，如此套曲，蒼茫浩淼，戞玉□金，非大手筆不能辦，即起實甫、東籬於九京，亦當擊節歎服。

※二野老【農家樂】
　　眉批：此紅友自度腔，奏之如聞《擊壤》。

※野老【前腔】
　　眉批：往余在山右，曾作藐姑射仙劇，以仙女奏華嚴曲，用字（？）母法唱之，和以笙璈，極爲可耳，此曲亦加定拍數，口授諸伶云。　　紅友識

※一野老【前腔】
　　眉批：四曲（按：【農家樂】四曲）妙在俱係北方農家之景，蓋鞠公北人，若村農唱出南方曲，便不合矣，即此可見作者心細如髮。

第十三齣《神襬》

※淨穢迹金剛【滾繡球】
　　眉批：神頭鬼面，近日詞家所尚，然硬掘強插，一無針線，此則以關合通部，而醒人倦眼，豁人悶懷，不覺荒唐，但宜稱快。且俗手於此，必於前出金剛，述三人因緣前定，奉大士法旨撮合等語，以爲提綱，便落窠臼可厭矣。

第十四齣《拾珍》

※生【南呂過曲·一江風】
　　眉批：是燕都入西山景況。

※生【前腔】

眉批：登場者身墮雲霧，展轉入幻妙矣，而觀場者卻是眼光雪亮，總不模糊。紅友一管毛錐，眞如利器，故欲於千滕萬葛中試之。（按：生前誤珊然姓曲，此又以爲姓鞠）

第十五齣《庸叛》（略）

卷　下

第十六齣《述笑》

※旦【下山虎】

眉批：鍾情之本原起於憐才，若專爲兒女之私，非情之正矣，今因憐男子之才而並及女子（按：步珊然）之才，又因憐女子之才，而並及女子（按：步珊然）之貌，方是惺惺惜惺惺，書仙一片熱腸須於此看出，不徒作他劇男女倡和例也。

※旦【五般宜】

眉批：柔腸百轉聲淚俱飛，僕本恨人，讀之黯然腸斷。

※旦【鬥蛤蜊】（按：從老旦口中聽說曲家招鍾生爲婿）

眉批：驚疑怨爐，一時並生，何以爲情，知其魂欲化矣。

第十七齣《賡紿》（略）

第十八齣《尼囑》

※小旦唱【商調引子‧鳳凰閣】、【過曲‧二郎神】、【前腔】諸曲

眉批：情之所在，自能結成世界，幻出樓臺，故情人之心事，九天十地，俱無所不通，而文人能以慧舌靈毫，曲曲摹寫。此曲從空結撰，而繡榻精簾、藥爐書案間，悄然一人擁鼻長嗟，一人撫肩絮語，如見其貌，如聆其音，如數其淚珠，簌簌落素袖上。人謂戲場以神鬼猙獰爲奇，余謂似此曲，層峰回洑，光怪陸離，乃爲眞奇耳。

※小旦唱【集賢賓】、【前腔】

眉批：近日演劇俱崇尙熱鬧，歌者怯歌，作者亦懶作，每以熟爛一二曲，草草應赴，不知情緒纏綿，烏可數語而竟，況抽獨繭，織天杼，惟恐其幅之不廣且長也，豈同假道學之書，汙耳厭聽者哉。況新劇登場，惟優人是節，而案頭翻閱必不可以「趨時」二字，文其駑來也。紅友詞，動輒洋洋灑灑數

千百言，而讀之惟恐其盡，人或疵其太繁，於時蹊未合，不亦儓父乎？

　　※小丑梅香白「小姐，這是新科舉人的《序齒錄》」

　　　眉批：忽插入《齒錄》一段，似為閒筆，而縹緲奇峰，來從天際，煙雲變化，直出尋常楮墨之外，豈非奇文。

　　第十九齣《阻闈》（略）

　　第二十齣《商援》

　　第二十一齣《暢彈》

　　※小生進士石谷城【仙呂引子・鵲橋仙】

　　　眉批：此折照應首折語，而鏗鏘鐺塔，擲地金聲，不啻讀古名臣奏議。

　　第二十二齣《剖盟》

　　※旦【漁燈兒】莫不是老蒲團半偈拈花，莫不是兔園叟野曲塗鴉，莫不是木蘭院詩籠碧紗，莫不是魚軒曾駕，錦迴文重畫錐沙。

　　　眉批：白傳云「鶯語花底滑」、「泉流冰下難」惟此足以當之。

　　第二十三齣《醫諢》

　　※淨醫生【越調過曲・水底魚兒】妙手郎中，師巫術又通，江湖走遍，有名王撮空，有名王撮空。

　　　眉批：此折若復以石療目，文情既板，又嫌復矣，而目既得療，又不可不點明，乃借一諢作出路，妙得章法，於此可悟作文機軸。

　　第二十四齣《奸窺》（略）

　　第二十五齣《邊靖》

　　※齣首處

　　　眉批：紅友喜談兵，蓋其先大夫於明末究心邊事，嘗著《兵鏡》一書，紅友齠齔庭趨時，即耳而讀之，故至今心有所會，此雖戲場伎倆，而隱隱逗出小范胸中矣，至其文勢文情，皆謝朓驚人語。所訂定入作平上去，絲毫不苟，尤為偉觀。余嘗見人云作詞曲但須語工，何必拘拘於腔韻。余曰：信如君言，則牌名韻府，俱可廢矣，何為詞曲乎？故每於紅友所填，不能不為傾倒。

第二十六齣《綸訛》

※齣首處
　　眉批：功成歸配，傳奇之能事畢矣，閱者神情亦將觀止矣，茲復起一奇案，以顛倒因緣，幻成末幅無窮勝覽，此豈脛翼可擬。紅友於文，其猶龍乎？

第二十七齣《賜嬪》

※小生石谷城【錦纏道】
　　眉批：此後一折，用以陪末一折，而此折又先以陪下二折，機杼之妙，如出天孫，或謂此折爲贅，演時裁之，此三家村老學究強作能事語也，況從來劇譜未有連三花燭者，於此正見鑄局神奇新雅處。

※小生【古輪臺】
　　眉批：曲至於此，安得不推爲騷雅宗盟。

第二十八齣《醮考》

※小丑曲眉目【北耍孩兒】
　　眉批：嬉笑成文，滑稽立傳，紅友前身，殆漢之歲星，宋之奎宿乎？

第二十九齣《鼎圓》

※【餘文】情人害作多情盡，多少情苗天使枯，惟願取今古情人都向我筆
　　底甦。
　　眉批：通部大主意，通部總結語，和盤托出，閱至此，如身到龍華會中矣。

十二、萬樹《念八翻傳奇》二卷二十八齣清康熙二十五年（1686）桀
　　　　花別墅刻《擁雙艷三種》本

　　藏國家圖書館（索書號 SBA18725），四冊裝。正文首頁署「陽羨紅友山農萬樹編次，姚江藥庵居士呂洪烈題評」。
　　　　評點形式：眉批。

第一齣《翻案》

※末上場詩：「人世原同傀儡棚，衣冠優孟善言情，興觀解得風人旨，何必
　　空爭道學名。」

眉批：鑿空而行，脫盡三百年窠臼。

※末【念八翻】

眉批：自開闢以來，陰陽變化，離奇杳渺，莫可究極，而造物者有一大把柄在手，從此施設，可以出之逾新，久而弗竭。何爲把柄？則「翻」之一字而已。若無此一法，將自古迄今天地人物，俱成鐵板死數，人人可以由此度彼，因前測後。頭上碧翁翁，竟是雷同蹈襲，依樣葫蘆矣。惟其能翻，故生物不測，靈變則生，腐滯則死，此自然之理也。紅友從團蒲悟出，借寶帚寫來，天道人事，無所不翻。傳奇之奇，於此觀止。

第二齣《聞豔》

※生虞柯【仙呂引子・望遠行】風邊玉影，人說前身香令，燕頷鳶肩，怕
　　不粉互金省。但要蜀綺輕彈，有個秦簫巧應，才趁我芙蓉人鏡。
　　眉批：爾雅風流，眞謝家初日芙蓉之筆。

※副淨扮程宗伊【前腔】新安宗敬，金溪宗靜……
　　眉批：（有一段痛詆濂洛關閩諸學之流弊，略）余平生痛疾此類，不能斧鑿，常願以筆誅，讀此劇既愛其刻畫之工，復快其鉏鑱之暢，始而髮指，繼而頤解，終則拍案叫絕，急呼奚奴浮一大白。

第三齣《救俠》

※末郭有心報家門。

　　眉批：劈空造出，而若確然有此事，儼然見此人，佛云：「一句惟心造。」閻浮提自無始迄今，所有種種幻相，便爲種種實諦，豈惟戲場片席地，目爲蜃氣樓臺。

※外虞卿雲【前腔換頭】苜蓿秋肥天馬，相傳出渥窪……
　　眉批：莊生寓言，浩淼無際，而於天下爲無益之書，此亦從空結構而言言，顧切中時勢，紅友懷抱英奇，未獲展布於此，可窺其經濟一班（斑）。

第四齣《借史》（略）

第五齣《讀文》

※生【瓦漁燈】

　　眉批：飄蕭宛轉，如聞鸞噦鳳鳴，不作人間凡響，而語語雙關，人蝶風

致嫣然。

第六齣《議觸》

※淨寇源【前腔換頭】

　　眉批：每讀河套一折，深喜其賓白宏恢而曲乃淺鄙，且多失律，如此昌明博大之詞，仍覺其高華秀潤，故爲可貴。

※外【尾聲】

　　眉批：詞隱謂凡用一牌名四曲者，俱不用尾，因以《琵琶》此尾，爲後人所增。余謂此語亦太執矣。不用尾者可以不必用也，非云必不可用也，豈「衷腸悶損」四曲，後尾亦宜刪乎？紅友遵譜最嚴，而於此又復變化，其見適與余合。

第七齣《獄候》

※小丑鮑不平上場報家門。

　　眉批：古來義概俠腸，往往出於鄙人賤子，蓋其秉彝眞性，未曾被富貴薰燒，文章剖鑿耳，故此輩行事，反有勝於衣冠者，讀此爲之憮然。

第八齣《驚別》

※生【白練序】

　　眉批：倚窗密坐，啜茗焚香，兩才（生與小旦阮霞邊）相遇，兩心相照，實有如許景味，今於此片楮上宛然如聽喁喁兒女聲。

※小旦【醉太平】

　　眉批：紅友瓶口素緘，並不爲雌黃月旦，於此未免，思俊不禁，然亦可爲若輩砭針，豈得以臧否爲過。

※小旦泣云：「蘇小門前柳空羈，馬眞娘墓上，草絮啼鴉，眞個可憐人也。

　　眉批：數語非復墨痕，皆淚痕矣。天下懷瑾握瑜之士，淪落風塵無所遭際，即遇一二憐而物色之者，亦或落落相待，乃田文之恒客，非智伯之國士也。果有知己可死則死之矣，而茫茫六合，鼎鼎百年曾未一見，霞邊之遇虞郎，惟悲失之，即此情事，紅友滿腹牢騷，托之□歌痛哭，豈□爲阮娘作飛鳥依人語哉？

第九齣《商騙》（略）

第十齣《女竄》（略）

第十一齣《途結》（略）

第十二齣《代殭》

※外【入破】……

眉批：【入破】一套，向以辭朝爲高會，然其用韻龐雜不爲無瑕，紅友前製《玉雙飛傳奇》全用支思，以叶結尾之至二字，可爲無憾矣，此又以齊微入譜，亦無一字不精當，而屏胭謝粉，專用白描，純是一片空靈，浮動紙上，蓋其筆有神力，無施不可，效東嘉，則竟東嘉矣，若《玉雙飛》四十齣則全用空神，更爲奇絕。

※鮑不平云應將夢卒屍首抛城外，以免生疑。

眉批：鮑君此時數語，恰中當時情理，閱者但喜其防患周至，而不知已暗度下方畸人一段大文字矣。針線愈巧愈密，愈爲天然。

※外【出破】

眉批：此時虞公最難爲情，最難爲語，而能體貼措詞至此。【出破】數句，更爲入妙，若以常言觀之，則不知良工心苦矣，「而已」二字尤見人工絕而天巧來。

第十三齣《甦語》

※鮑不平還魂

眉批：還魂之事，傳奇久爲習套，然古來貞臣烈媛，精忱感格，事誠有之，勿謂荒唐也。況此尤爲近理。

第十四齣《彙計》（略）

第十五齣《防露》

※小旦【商調引子‧繞池遊】

眉批：只此三言，可括一部《花庵詞選》。

第十六齣《僞瘋》

※旦祝鳳車【牛鬥鵪鶉】

眉批：詐諷，自元人作蒯通、孫臏劇已有之，近有移之閨媛，爲《豔雲

亭》曲者，以守貞之女而屈身丐辱，大傷風雅。紅友諸作，皆於香秀中不失雅道，所以爲名貴可寶也。至於北調乃其淵源所自，但矢口無不擅場，而考之句逗音響，又如研京煉都者，則有作文妙訣，不過熟之一字而已。

※旦【紫花兒序】

眉批：無一字不嶄新，無一字不仍舊。

※旦【東原樂】

眉批：前半從眞入幻，此卻從幻入眞，讀此二曲不泫然淚下，非情人也。（按【東原東】【綿答絮】二曲）

第十七齣《男竄》

※副淨【玉交枝】

眉批：排場科諢，無過取快一時，至此折，看之無厭，試於掩卷後，靜坐思之，不覺失笑，若得佳梨園摹寫，可認侑白墮百觴。

※小旦【川拔棹】

眉批：即一蒙汗藥，授受數番，於此結穴，埋伏照應，行文妙諦也，而當其妝授之時，實不解想及於此，文情眞如長吉鬼才。

第十八齣《收媛》

※老旦扮高龍頭【前腔】

眉批：男女改妝劇中扭合熟套，揆之於理，大屬荒謬，蓋所爲旦色，俱係名媛，必無雙趺作巨人蹤者，何可互擬耶？此則男改以臥，女改以坐，故意犯大無理之局，而巧化出大有理之文，奇乎不奇，用男改竟無識者，故以脫禍，女改轉有識者，反以獲福，文外之文，奇中之奇。

第十九齣《番訂》

※忒克多（按：吐番酋長巴哈兔之子）【打番兒】

眉批：義仍先生，詞情妙千古，而於曲調則多警牙，吳中老伶師加以剪裁、垛疊之功，方可按拍，故《牡丹》劇非有秘本授受不能登場，即如《花判》一折，所謂【混江龍】者，與原調全不相合，雖其才情茂美，奈與音律徑庭何。至《邯鄲》【打番兒漢】一曲，亦名爲【混江龍】，尤風馬牛矣。今梨園登演，另製腔譜，坑塹擷落，頗亦可聽，然謂爲可聽則可，謂爲【混江

龍】則不可。僕嘗謂以玉茗之才，便自度此曲，何妨自我作古，而必冒舊號，使名實乖舛乎？且近見時流樂府竟以《冥判》曲爲定格，依而填之，大可噴飯，是使臨川自誤誤人，爲魔圈津梁矣，烏乎可？僕以時人喜聆【打番】一曲，因采其平仄判爲此折，但不敢署作【混江龍】而直以【打番兒】名之，聊以取諧俗耳，非故蹈訛襲謬也。其引，舊亦訛傳曰【降都春】，更可笑，故只題爲引，後亦爲北【尾】云。紅友識。

第二十齣《識主》

眉批：本欲屈曲以結構下文，而情理恰當，絕無牽扭，鑄局之妙，非凡筆所及。

第二十一齣《禪憒》（略）

第二十二齣《誑奸》（略）

第二十三齣《疏剖》

※黃門官【過曲・駐馬聽】

眉批：文有賓主，此折方畸人是主，而借寇大生爲客陪之；又以方畸人、寇大生是主，而借副淨、末二客陪之。乃一則以殿成補試結前，作賦起後分闈；一則以番亂發師應前預料，起後成功，並皆賓中之主，絕非清閒人來作陪客。若尋常戲場，扯淡生活也。

第二十四齣《羅逢》（略）

第二十五齣《互謙》

※高龍頭成爲門生，虞柯反成房師。

眉批：師生一翻最爲新創，而宛轉湊合，斧鑿無痕。蓋天下絕無之事，而寫之則爲天下必有之事理，故吾謂紅友曲如《水滸》，本無他奇，只奇在明明說謊，卻明明有此。

第二十六齣《屠兇》

眉批：天理雖然不容，人事可謂算絕，道學人經濟，原來如此。

第二十七齣《剿捷》

眉批：此處收拾鮑不平耳，忽著此一段達觀之言，如夜半聞鐘，令人深省，故紅友之曲，人以爲筆墨歌舞之事，余則以之當經疏禪書讀也。

第二十八齣《雙成》

※【尾聲】從來月老心情板，勸天下弄空頭的風流可刪，那裡有這好移動
　　的紅絲為君綰。

　　眉批：一部書罵盡假道學而終以守正戒淫、道學語結之，紅友可為真道
學哉！而或者謂詞曲非道學所作。為此說者，其亦程道脈之流歟？

十三、朱素臣《秦樓月》二卷二十八齣 清康熙間文喜堂刻本

　　藏國家圖書館，《古本戲曲叢刊三集》據之影印。正文首頁題《秦樓月》，
署「吳門朱素臣編次，湖上李笠翁評閱」。

　　評點形式：總評；眉批。李漁批點。

卷　上

第二齣《論心》

※小生袁皓【朱奴兒】

　　眉批：極知己友忽作極不知己語，然又是極知己語。兩人才思衷曲於此
已見一班（斑），雖一折中對答閒曲，而一部文字已槩之矣。

※落場詩

　　眉批：通本集句俱極自然無斧鑿痕。

第三齣《淚弔》

※旦陳素娘【滾繡毬】

　　眉批：一個小青只認杜麗娘，是癡情對偶，一個素素只認真娘作風塵知
己，兩人如見其情。

第四齣《癡訪》

※生呂貫道白

　　眉批：素素有意而弔，呂生無意而遊，遂生出無數情癡，姻緣巧合，真
娘孰謂非月老耶？

第七齣《懲惡》

※齣首處

眉批：《懲惡》一齣直是一篇《循吏傳》，覺沈瑀、董宣去人未遠。

※小生【北寄生草】

眉批：文字快心，威風刮面，三尺氄氄中凜凜有生氣。

第八齣《邂逅》

※旦【玉抱肚】

眉批：要緊關目卻做得細膩端莊，便不落妖淫窠臼。

第十一齣《忠諫》

※末【風入松】

眉批：《忠諫》一折乃一本中極頓挫文字，大有波瀾，呂生遂而不去，真是貴介書生，不愧名門子弟，然讀者至此不覺廢卷驚疑，將謂呂生為薄情乎？為君子乎？為兒戲乎？

第十二齣《密誓》

※旦【小桃紅】

眉批：妙絕關目，極冷極趣。

※丑【江頭送別】

眉批：呂生得見素素，原因老陶花案之傳，今日定情，來此一番胡哄，雖是餘文，更見周密頓挫，於冷處得情，作者細心，覽者勿以閒事慢然置之。

卷 下

第十六齣《賺試》

※生【前腔】

眉批：「佳人難再得」是茂陵劉郎英雄兒女之言，沒要緊功名干卿何事，痛哭奇文，真正情種，這回搔著老僧癢處。

※生【啄木兒】

眉批：《紅梨記》以鬼花賺試，適見寡情，此則直以至情，感動功力百倍花婆。

第二十一齣《誤覓》

※齣首處。

　　眉批：此齣原本所無，笠翁新增。

※生【出破】

　　眉批：一結。笠翁自謂不讓古人，何如，何如？

第二十二齣《全節》

※齣首處。

　　眉批：此齣亦笠翁新增，聊取悅於世人之耳目，非於原文有所損益也。
笠翁自記

第二十六齣《閨晤》

※旦【鶯集御林春】

　　眉批：平言淡語只如白話，此詞家最上白描手。

※旦【前腔】

　　眉批：敘事井井，而措詞簡淨，與《幽閨·拜月》一折不相上下。

第二十八齣《誥圓》

※外道白。

　　眉批：結齣《秦樓月》詞，乃一部書大關節也。

※生、小生、旦念詞。

　　眉批：好排場，好收場，雖是逢場作戲，依然不怒不淫，更妙在一線到
底，一氣如話，不似時劇新本作女扮男妝、神頭鬼臉通套也，遠則可方《拜
月》，近亦不讓《西樓》，几案氍毹並堪心賞。此必傳之作。

總評一

　　人所不易得者情，情之不易得者真。偶閱維揚女子與天水先生倡和諸什，
如春蠶吐絲，悽惻纏綿，信乎青樓有人，黃閣無人，得不令章臺柳、薛校書
專美於前，一時侈為奇遇，千載傳為佳話。余慨焉羨之，寄語天水先生，宜
速置之金屋，勿令久困花營，負此有情物也。　　　女士龔靜照識

總評二

　　深情宛轉，幽意纏綿，如讀江淹《恨賦》，使人自然淚下，的是小青一流

人物。至其《弔眞》一闋，久已傳誦人間，則又當與西陵蘇小之句，並垂千古矣，讀竟歎服。　　女士王端淑識

十三、孔尙任《桃花扇》四卷四十齣，試一齣續一齣 清康熙戊子（四十七年，1708）初刻本

藏國家圖書館。《古本戲曲叢刊五集》據之影印。評點形式：總批、齣批、眉批等。孔尙任自評。

上 本

卷 一

試一齣《先聲》

首一折《先聲》，與末一折《餘韻》相配，從古傳奇，有如此開場否？然可一不可再也。古今妙語皆被俗口說壞，古今奇文皆被庸筆學壞，愼勿輕示俗子也！

第一齣《聽稗》

傳奇首一折，謂之正生家門。正生，侯朝宗也。陳定生、吳次尾，是朝宗陪賓，柳敬亭是朝宗伴友。開章一義，皆露頭角，爲文章梁柱。

此折如龍升潭底，虎出林中，稍試屈伸，微作跳擲。便令風雲變色，陵谷遷形。觀者須定神斂氣，細看奇文。

第二齣《傳歌》

傳奇第二折，謂之正旦家門。正旦，李香君也。楊龍友、李貞麗，是香君陪賓。蘇崑生是香君業師，故先令出場。前折柳說賈髴西鼓詞，奇文也。此折蘇教湯若士南曲，妙文也。皆文章對待法。

曲白溫柔豔冶，設色點染，恰懷香君相稱。

第三齣《鬨丁》

此一折，乃秀才發難之始。秀才五，而次尾稱雄；公子三，而定生號長。皆以攻阮鬍之奸也。朝宗之姻緣，遂以逼而成。

秀才之打阮也，於場上做出；公子之罵阮也，於白中說出。看文章變換法。

此折曲白，俱自《史記》脫化。慷慨激昂，如見鬚眉。奇文也。

奇部四人，偶部八人，獨阮大鋮最先出場，為陽中陰生之漸。

第四齣《偵戲》

此折曲白，俱自《左傳》脫化。擬議頓挫，如聞口吻，妙文也。

第五齣《訪翠》

《訪翠》一折，即與《鬧榭》正對。《訪翠》在卞玉京家，玉京後為香君所皈依；《鬧榭》在丁繼之家，繼之後為朝宗所皈依。皆天然整齊之文。

第六齣《眠香》

陪席清客三，而繼之為冠冕；妓女三，而玉京為領袖，皆於此折出場。柳與蘇所稱伴友業師者，偏不在場。陪賓之龍友、貞娘，雖早出而早下，是何等幻筆！曲白整練，排場齊楚，堂堂正正之文也。一本《桃花扇》，托端於此。

第七齣《卻奩》

秀才之打也，公子之罵也，皆於此折結穴。侯郎之去也，香君之守也，皆於此折生隙。五官咸湊，百節不鬆，文章關捩也。

第八齣《鬧榭》

未定情之先，在卞家翠樓；既合歡之後，在丁家水榭。俱有柳、蘇，一有龍友、貞娘，一有定生、次尾，而卞、丁兩主人俱不出場，此天然對待法也。

《鬧丁》之打，《偵戲》之罵，甚矣！繼打罵之後，又驅逐之，甚之甚者也。皆為《辭院》章（按：原文如此）本。姻緣以逼而成，姻緣又以逼而散也。

以上八折，皆離合之情。左部八人，未出蔡益所，而其名先標於第一折；右部八人，未出藍田叔，而其名先標於第二折。總部二人未出張瑤星，而其名先標於開場，直至閏折始令出場，為後本關鈕。後本二十八、二十九、三十折，三人乃挨次沖場，自述腳色，匠心精細，神工鬼斧矣！

第九齣《撫兵》

興亡之感從此折發端，而左兵又治亂之機也。淋漓北調，當擊唾壺歌之。

卷　二

第十齣《修札》

此一折，敬亭欲爲朝宗說平話，龍友來報寧南之變。後一折，崑生欲爲香君演新腔，龍友來報阮鬍之誣，皆天然對待之文。至於曲之爽快，別有靈舌。

第十一齣《投轅》

此《投轅》一折，與後《草檄》一折對看者，《投轅》是柳見寧南，《草檄》是蘇見寧南，俱被捉獲而謁見不同，是對待法，又是變換法。

曲白爽口快目，極舌辯滑稽之致。古人發汗已頭風者，此等文字也。

第十二齣《辭院》

左右奇偶，男女賢奸，皆會此折。離合之情，於此折盡矣，而未盡也。興亡之感，於此折動矣，而未動也。承上啓下，又一關鈕。

第十三齣《哭主》

興亡大案，歸於寧南，蓋以寧南心在烈帝也。正滿心快意，忽驚魂悸魄，文章變幻，與氣運盤旋。

第十四齣《阻奸》

賢奸爭勝，未判陰陽。此一折，治亂關頭也。句句曲白，可作信史。而詼諧笑罵，筆法森然。

第十五齣《迎駕》

此折有佞無忠，陰勝於陽矣。描畫擁戴之狀，令人失筆。史公筆也。

第十六齣《設朝》

前半冠冕端嚴，後半鼠狐遊戲，南朝規模定於此折矣。一篇正面文字，卻用側筆收煞，何等深心！

第十七齣《拒媒》

南朝用人行政之始，用者何人？田仰也。行者何政？教戲也。因田仰而香君逼嫁，因教戲而香君入宮。離合之情，又發端於此。三清客，三妓女，齊來湊拍。接前聯後，照顧精密，非細心明眼不能領會。

第十八齣《爭位》

元帥登壇，極高興之舉；而爲極敗意之事。朝中軍中，無處不難；佞臣忠臣，無人可用。此興亡大機也。有侯生參其中，故必費筆傳出。傳出者，傳侯生也。

第十九齣《和戰》

有爭必有和。爭者，四鎮也。和者，侯生也。又須費筆傳出，亦傳侯生也。

第二十齣《移防》

和不成則移之，移高兵並移侯生，侯生移而香君守矣。男女之離合與國家興亡相關，故並爲傳出。

閏二十齣《閒話》

《哭主》一折，止報北京師之失，而帝后殉國，流賊破城始末，皆於此折補出。雖補筆也，寔小結場法。

張道士、蔡益所、藍田叔皆下本結場之人，而此上本末折，方令出場，筆意高絕。又兩結場，皆是中元，皆鬼神之事。又全折，但用科白，不塡一曲，是異樣變化文字。

下　本
卷　三

加二十一齣《孤吟》

此齣全用詞曲。與《閒話》一齣相配，《閒話》上本之末，《孤吟》下本之首。

第二十一齣《媚座》

上本之末，皆寫草創爭鬥之狀，下本之首，皆寫偷安宴遊之情。爭鬥則朝宗分其憂，宴遊則香君罹其苦。一生一旦，爲全本綱領。而南朝之治亂繫焉。

香君一生，誰合之，誰離之，誰害之，誰救之，作好作惡者，皆龍友也。昔賢云：善且不爲，而況於惡？龍友多事，殊不可解，傳中不即不離，能寫其神。

第二十二齣《守樓》

《桃花扇》正題本於此折。若無血心，何以有血痕；若無血痕，何以淋

灕痛快成四十四折之奇文耶。

《卻奩》一折寫香君之有爲，《守樓》一折寫香君之有守。

傳奇中多有錯娶，亦屬厭套。此折錯娶，卻是新文。

第二十三齣《寄扇》

一折北曲，不硬不湊，曰新曰婉，何關馬之足云。今無曲子相公，誰能咀其宮而嚼其徵耶？

借血點作桃花，千古新奇之事。既新矣，奇矣，安得不傳？既傳矣，遂將離合興亡之故，付於鮮血數點中。聞《桃花扇》之名者，羨其最豔、最韻，而不知其最傷心、最慘目也。

第二十四齣《罵筵》

賞梅一會，逼香君改嫁；看雪一會，選香君串戲。所謂羣居終日，言不及義，好行小慧也。譜此二折者，非爲馬阮宴遊之數。爲香君操守之堅也。卞玉京、丁繼之是香君、侯郎皈依之師。兩人翻然早去，從此步步收場矣。

《罵筵》一折比之《四聲猿·漁陽三弄》尤覺痛快。《鬧丁》、《偵戲》之辱，僅及於阮，非此一罵，而馬竟漏網。

第二十五齣《選優》

此折寫香君入宮，與侯郎隔絕，所謂離合之情也。而南朝君臣荒淫景態，一一摹出，豈非興亡之感乎？

周、雷二公被逮，南朝大獄也。雖非正傳，則於行樂之時，亦先爲說出。凡題外閒文，皆有源委，讀《桃花扇》都當處處留神也。

第二十六齣《賺將》

高傑之死本不足傳，而大兵從此下江南，則興亡之大機也。況侯生參其軍事，不爲所信，致有今日，則侯生實關乎興亡之數者也。安得不細細傳出？

第二十七齣《逢舟》

此問彼答，左呼右應，各有寒溫，各有心情。一折之中，千備百衲，合而成之，乃天衣無縫。豈非妙文！

此折全用驚、喜、哭、笑，錯落成文。

第二十八齣《題畫》

《寄扇》北曲一折，《題畫》南曲一折，皆整練出色之文。熟讀熟吟，百

回千遍，破人鬱結，生人神智。《風》耶？《雅》耶？《離騷》耶？《西廂》耶？《四夢》耶？吾不能定其文品矣。

對血迹看扇，此桃花扇之根也。對桃花看扇，此桃花扇之影也。偏於此時，爲桃源圖，題桃源詩，此桃花扇之月痕燈暈也。情無盡，境亦無盡，而藍田叔即於此出場，以爲皈依張瑤星之伏脈。何等巧思！

第二十九齣《逮社》

逆黨挾仇，復社罹殃，南朝亡國之政也。此折俱從實錄，又將阮鬚得意驕橫之態，極力描出。如太史公志傳，不加貶刺，而筆法森然矣！

卷　四

第三十齣《歸山》

此折稍長，緣審獄、歸山是一日事，早爲刑官，晚爲高隱，朝野之隔，不能以寸，提醒熟客最切也。此折最難結構，而能脫脫灑灑，遊刃有餘。

第三十一齣《草檄》

崑生之投寧南，與敬亭之投寧南，花樣不同，各有妙用：敬亭說書之技顯於武昌，崑生唱曲之技亦顯於武昌。梅村作《楚兩生行》，有以也。寫崑生突如而來，寫敬亭倏然而去，俱如戰國先秦時人鬚眉精神，忽忽驚人，奇筆也！

第三十二齣《拜壇》

前之祭丁，今之祭壇，執事者皆老贊禮也。諸生未打，老贊禮先打；百官不哭，老贊禮大哭。贊禮者，贊天地之化育也。作者深心須爲拈出。

馬阮看花快意之時，雷電自天而下，一時無所措手足，已喪奸人之膽矣。至於成敗則天也。《桃花扇》每折開闔，皆用此法。讀者著眼。

第三十三齣《會獄》

前崑生之落水，今敬亭之繫獄，皆爲侯生也。而皆與侯生遇，所謂奇緣奇事。傳奇者，傳此耳。而周、雷寃案，即於此折補結。折中曲調妍妙，愈忙愈閒，愈苦愈趣，非見道之深，不能爾。

第三十四齣《截磯》

摹寫左、黃二帥，各人心事，各人身分，各人見解，絲毫不同。而皆無傷人情，不礙天理。是何等筆墨！眞可爲造化在手矣。

敬亭仗義而去，崑生篤義而守，皆爲寧地也。所謂楚兩生。

袁臨侯、黃仲霖，俱歸結於何騰蛟處。繁枝冗葉，漸次芟除。一部《桃花扇》始終整潔。

第三十五齣《誓師》

寫史公忠義激發，神氣宛然，寫揚兵慷慨踴躍，聲響畢肖，一時飛山倒海，流電奔雷。雄暢之文也。

三私聽，三怨恨，三傳令，三不應，三哭勸，三悔罵，三歡呼，三大笑，俱以三次照應成文。筆墨愈整齊，情事愈錯落。

第三十六齣《逃難》

七隻〔香柳娘〕，離奇變化。寫盡亡國亂離之狀。

君相奔亡，官民逃散，或離城，或出宮，或自楚來，或入山去，紛紛攘攘，交臂踵足。卻能分疆別界，接線聯絲，文章精細，非人力可造也。

第三十七齣《劫寶》

此折獨無下場詩。將軍已死，離發咽嗚之歌耶？南朝四鎮，高傑，庸將也；二劉，叛將也；黃得功，名將也。此折乃其盡節之日，看其聞報時如此忠，見帝時如此敬，奪駕時如此勇，畢命時如此烈，寫盡名將氣槩。

明朝亡國爭此一時，所倚者四鎮也。高已自取殺戮，二劉今爲叛賊，黃則養賊在家，販帝而去。春秋之責，黃能免乎？

南朝三忠，史閣部心在明朝，左寧南心在崇禎，黃靖南心在弘光。心不相同，故力不相協。明朝之亡，亡於流寇也。實亡於四鎮也。四鎮之中，責尤在黃。何也？黃心在弘光，故黨馬阮，黨馬阮故與崇禎爲敵。與崇禎爲敵，故置明朝於度外。末云：明朝天下送在黃得功之手，誅心之論也！

桃花扇，乃李香君之面血所染。香君之面血，香君之心血也。因香君之心血，而傳左寧南之胸血，史閣部之眼血，黃靖南之頸血。所謂血性男子，爲明朝出血汗之力者，而無如元氣久弱，止成一失血之病。奈何？

第三十八齣《沉江》

傳閣部之死，筆墨如此靈活，恰好贊禮相值。前在壇前哭死難之君，今在江邊哭死節之臣，皆值得一哭也。

左寧南死於氣，自氣也；黃將軍死於刃，自刃也；史閣死於溺，自溺也。三忠之死，皆非臨敵不屈之義而寫其烈烈錚錚，如國殤陣歿者，豈非班、馬

之筆乎！

　　侯生在閣部之幕，閣部盡節，侯生哭拜，亦是奇逢，而四人出獄情事，即於此折帶出。既歸結陳、吳，侯、柳入山之路，歷歷分明。奇極，巧極！

第三十九齣《棲真》

　　香君投玉京，不必做出。侯郎投繼之，細細做出。皆筆墨變化法。

　　此折侯郎與香君覿面千山，用險筆也。後折侯郎與香君轉頭萬里，用幻筆也。險則攀躋無從，幻則捉摸難定。所謂智譬則巧也。

第四十齣《入道》

　　離合之情，興亡之感，融洽一處。細細歸結，最散最整，最幻最實，最曲迂，最直截。此靈山一會，是人天大道場。而觀者必使生、旦同堂拜舞，乃為團圓。何其小家子樣也。

　　全本《桃花扇》不用良家婦女出場，亦忠厚之旨。

續四十齣《餘韻》

　　水外有水，山外有山，《桃花扇》曲完矣，《桃花扇》意不盡也。思其意者，一日以至千萬年不能彷彿其妙。曲云曲云，笙歌云乎哉？科白云乎哉？

　　老贊禮乃開場之人，仍用以收場。柳在第一齣登場，蘇在第二齣登場，今皆收於續齣。徐皂隸即首齣之徐公子也。先著其名末露其面，一起一結，萬層深心。索解人不易得也。

　　贊禮、漁樵，或巫歌，或彈詞，或弋腔，天空地闊，放意喊唱，以結全本《桃花扇》。《關雎》之亂，洋洋乎盈耳哉！

　　續四十齣三唱收煞，即中庸末節，三引詩云，以詠歎之意也。興於詩，立於禮，成於樂，豈非近代一大著作。

　　天空地闊，放意喊唱，偏有紅帽皂隸嚇之而逃。譜《桃花扇》之筆，即記《桃花源》之筆，可勝慨歎。

十五、張雍敬《醉高歌傳奇》一卷十二折（第一至三劇，每劇四折，仿《西廂記》另有三楔子）清乾隆戊年（三年，1738）靈雀軒刻本

藏國家圖書館（索書號 332581）正文首頁題《醉高歌傳奇》，署「風雅主人填詞」，「簡闇道人評點」。有題目：金鶯兒眞點春風面。正名：賈伯堅詞寄醉高歌。

評點形式：正文前有總論，正文中有夾批，齣後有齣末批。

總論部分：

元人雜劇止有四折，其題目正名，止各一句，至《西廂記》乃用四劇十六折，而題目正名，於篇首既總立四句，每劇又各立四句，且叶之以韻。蓋既變糉（雜）劇而爲傳奇，則其體制自不得不與之俱變，然細按之實有未妥，如以「張君瑞巧作東床婿」爲題目，是矣，而開口說法本，是豈可以爲題目耶？以「崔鶯鶯待月西廂記」爲正名，是矣，而老夫人一句，豈可以爲正名耶？其未妥者一。且篇首既有題目正名，則一部傳奇，大義已該括於此，無容又分出四個題目，四個正名也。其未妥者二。若謂劇中每折各有其意，則一劇四折之中折折皆可爲題目，亦皆可爲正名，乃以兩折派作題目，兩折派作正名。其未妥者三。題目正名既有一十六句以應一十六折，則必挨其次第，使名目一一皆與篇合方可。今按第一劇中《鬧齋》爲第二折，而「小紅娘傳好事」乃作第三句；《聯吟》爲第三折，而「崔鶯鶯夜燒香」又作第二句。其未妥者四。此等處，人以其無關於傳奇之工拙，往往忽略，殊不知此政（正）體裁所在，不可不辨也。今此傳題目正名，止用二句，以復元人之舊，分爲三劇，以仿實甫之體，每折則各以二字名之，知近代南曲傳奇之例，會古今南北而酌定之，庶得其當已。

十六、星堂主人《澄懷堂偶輯溫柔鄉傳奇》二本四十二折清鈔本

國家圖書館藏（縮微膠片，索書號 09308）一冊裝。正文首頁題《澄懷堂偶輯溫柔鄉傳奇》，署「星堂主人編次，同社瘦石山人、率眞居士評閱」。

評點形式：齣末批

上本《楔子》

灝川曰：吾兄初作此劇，於開場第一人，苦思無以得之，因悟文家有溯

流尋源之法則，始成。《板橋記》者，非目擊時事之余澹心乎？雖立言本意未必因此而採其緒餘，何可遂忘其本哉！因借用之而耳目間遂不覺一新云。

升東曰：雪苑侯朝宗也，香風則李香之謂，又顧眉生嫁龔芝麓，芝麓後為尚書，而眉生死，芝麓哀之，作《白門柳傳奇》行於世。此二事實皆澹心所及見，故以之引起本事，原非泛設。

第一折《榭宴》

主人云：余素未諳宮商，何敢強為解事，杜撰一調以貽高明之筆耶，但思依古作樂又多為今人不解，因將古樂之名冠諸時曲之上，非敢輕言反古也。第以諸名士諸美人俱非碌碌隨時者，所以存風雅之意也，知我者諒之。

灝川曰：武公，主也；余、楊、方三人，其陪客也，故先登場。至於蕭伯梁雖未見其面，而必先出其名，若李、顧二美人，頓、張二清客，皆有關本劇之人，遂隨手出之。而李十娘又為葛嫩之線索，頓老、張魁為王月之始終。惟眉生不係傳中人物，故曲中露一王月，篇末露一葛嫩，又是《史記》合傳之例。

升東曰：蔡香君一事，是傳中緊要關目，故借李十娘曲中一描，又借張魁口中暢言之，此文家埋根法也。又恐自露斧鑿痕，因借眉生曲中為葛嫩一照，遂代便收卷眉生，兼出履祥以為末折張本。凡此皆慘澹經營處，讀者當細玩其苦心。

第二折《盒會》

灝川曰：此折蒞香為主，而董、顧諸美人皆其陪賓也，乃李十娘則藏之不令出者，亦猶上折蕭伯梁僅出其名而不肯直露其面也。至於李大娘與上折楊龍友原非本折人物，一則為離部正主，一則為月娘陪賓，後文各有見地，似乎借用，然實係下本結局之人，不可不令登場，此又前後一大章法。

升東曰：《桃花扇》劇中於燈船實寫，於盒會虛寫，此則虛寫燈船，實寫盒會，人皆知其善避也，而不知後文《奸窺》折中又虛描一盒子會，《魁芳》折中更實寫一燈船，特變換其筆，令人不覺耳，至於子夜而歌《玉樹》一曲（按：【玉樹後庭花】），又皆摹仿《桃花扇》，但彼寄意興，其道蓋不相謀耳。

第三折《邁月》

灝川曰：此折孫王始合之機也，孫王既合，則生旦必分，然前篇既已一訪葛嫩矣，此處似難住手，看他先借頓老貪財，後用伯梁贈馬，曲曲轉出。

樓前一遇來，遂令武公目繫心牽，斷不能捨已見之微波而求未見之葛嫩矣，卻又恰中情事，故妙。至若頓老之沮蕥香，更難著筆，觀其或以情言，或以地言，而高擡聲價，一語早爲嫩姐占高地步，故下文《歡諧》折中乃有頓老坐位也，不然前既痛詆，後來何以自解，此亦文家善於迴護之處。

升東曰：王月既出，則顧媚勢難復見者，恐其混也，蓋因前二折不用此人，則文情寥落，若移用他角，又苦無其人，故於方來時即寫一去字，更於後文《遴玉》折中明書其既去，則此人不復登場，並非遺漏，此固有目者所共知也，然其意亦苦矣。

第四折《眠花》

灝川曰：此折與下本《歡諧》一折最易相犯，蓋武公先納月娘，後納嫩姐，事即相類，斷難分別，今試將兩折合觀，彼則磊落光明，此則溫柔旖旎，不第無一人一事之相同，抑且無一字一句之相仿，然亦不過順其已然之勢，故不見穿鑿之病。

升東曰：文有乍合而忽若使之離者，若此折之新歡正美乃有遊湖之是也。夫雪洞一波傳中未明言其故，主人代爲繹之，而諸公之覽勝探奇，想亦昔日所必有耳。然不急出則其勢不緊，或又疑武公豪俠，必不說謊。夫既已武公也，亦何可博一笑也。

第五折《奸窺》

灝川曰：此折香、月初見而必以葛嫩陪寫者，主人蓋爲《閨醋》一折作地也，夫上文自《盒會》一折久不見蕥香之面矣，欲徑置之似乎太漏，然或突然出之亦覺無根，況借龍友之說媒以見王、葛之迥別，一切線索實伏於此，讀者不可不知。

升東曰：香君窺伺之奸，若寫於出山之後，則文無波折，況香君實關本傳，又不可不早露其面乎，或又疑此折後半詞多媒嫚，不知主人欲寫王月之身分，不得不寫香君之唐突，若在葛嫩一邊，則不忍如此矣，且此折爲淨丑描寫，又何莊重之有。

第六折《豪隱》

灝川曰：雪洞一隱，雖傳中實事，然不描寫雪洞之如何，不幾爲文中一贅疣乎？看他先寫山莊，後寫雪洞，而月兒感激之深，不覺形於口角，是又反照下文法也。

升東曰：【風雲會四朝元】一曲，別劇用之每以一人單唱，此則生旦平分，不知有合於套數否，然其詞句則承接一線。

第七折《冠筵》

灝川曰：此折似乎憑空插出，不知獻忠之肆虐寔月兒見殺之由，使不於月兒得意之時先露其面，則後文《廬警》一折何能直出其人乎？故借二姬之遭毒手先為月兒作一影子，而獻忠之陰狠早已和盤托出，以補他劇之未傳，洵非無意。

升東曰：或言傳奇風雅之餘，不宜有此慘毒之事，則是事之常者可傳，事之變者竟不傳乎？況此折劇立意不僅主於風雅而寔主乎節義，古來寇賊之塗毒，人民之慘死，孰有若明末者欤？故凡有關於節義者，原不僅春花秋月怡人性情而已，當必有疾風暴霆令人不忍卒讀者，此類是也。至於鄭、吳二將為下文收煞之人，左、黃二將為本劇穿插之線，遂藉此一齊點出，又皆作者埋根立柱之法。

第八折《閨醋》

灝川曰：此折所謂照應之法也，但照應而旁引他事與本傳不能關合，亦徒費筆墨，何足貴乎？看他從《眠花》、《豪隱》二折遙遙伏伏線，見得武公之於玉月許多豪邁多情之處，喧傳兩院直令嫩兒心灰氣苦，雖欲不醋而不可得。不第一訪之神脈聯而不斷，即下文《出山》、《薦美》二折之根亦伏於此，可知並非虛設。

升東曰：龍友作伐一節，不過如畫家之烘染法，兼應《奸窺》折中長橋偶遇一事，並非著意，故隨手撇開也，然觀則梁數語，有令人竦然動念者，宜乎嫩兒不允，龍友亦不復言耳。由是觀之，後文主盟必以歸之，則梁誠非無故也。

第九折《出山》

灝川曰：武公於此折出山矣，雖由於眾人之邀請，而必先著月娘慫恿一筆者，蓋傳中諸人惟有月娘最難著筆，若寫得太壞則有礙武公，寫得太好又礙嫩姐，唯此喜繁華而厭岑寂，已寫出月娘風塵之性未改也，然後文一案遂伏於此。

升東曰：上文《豪隱》一折已寫盡山莊雪洞之景矣，此處又著意渲染之，然卻是名士、美人一番樂事，並非山林枯槁氣象，所以於傳奇之中，另闢一窠臼也。

第十折《遴玉》

灝川曰：詞場考士，陋規也。自《琵琶記》《四聲猿》以曲代文，識者謂其真似戲矣，然用以考較美人則又雅而實切。品定花案陳事也，自《占花魁》《慎鸞交》去寔即虛後，人又譏其太掛漏矣，然用此以寔寫考事，則又實陳而不翻新。至於一人一曲無不各肖其人，並將後來結局隱隱寫出，更不止四題風雅，可以香人齒頰也。

升東曰：四人各奏一曲，排場已極熱鬧，而又恐其不熱鬧也，又添四前後陪寫之，更添數人於白中代敘之，恍見當日濟濟多人，不是寥寥數輩也，至於科諢原所不免，亦僅從俗為之，卻又妙不傷雅，他若葛嫩、李香一賓一主，正是文中之眼，又恐人渾圇看過，又借則梁口中提破，便覺賓主晰然不為所混。

第十一折《魁芳》

灝川曰：此折絢爛極矣，然只套用《桃花扇》三色燈船故事耳，但彼處立意不在燈船，故實寫仍如虛寫，此折意在畫船，故虛寫不得純用實寫，蓋不烘天震地，則逼下文不緊，試觀【朝天子】三曲純是妒口妒聲，可見花臺一會，即是禍根。

升東曰：武公、月娘至此得意已極，若無蔡香君一事，將何底止乎？故於此伏覘覦之謀而下文遂順渡流而渡矣，或咎武公治容誨淫有以致此，何異癡人說夢。

第十二折《謀豔》

灝川曰：此折狐朋狗黨有陰無陽，月兒之魔頭漸至矣，故有香君之夢以兆之，又不止預伏下文也。

升東曰：本折科諢似猶未能免俗，但滿場淨丑腳色，又可強作莊語乎？讀者諒之。

第十三折《繡悅》

灝川曰：此折乃第一結穴也，既結《邁月》《眠花》數折之案，又伏《移情》《觖望》數折之根，乃極力摹寫月兒神思恍惚之處，以為下折張本。若夫始以帕贈，終以帕還，自成一線，故不費餘力，能令上下兩截一齊搖動也，至後文之玩帕又其餘波也。

升東曰：是折雖係孫、月結案，寔乃蔡、胡正文，故白中三疏，一敘補

謫實近事，一伏起官遠脈，又因復任之故，遂寫溫旨迴護，凡此皆為下文地也，若鄭之龍奏升副將，固屬陪筆，然「建撫楊」三字早埋文驄遷撫之根矣，至於邊才一本，或謂其厚誣古人，不知明帝晚年頗忌朝臣，要員多由內除，此寔見於《談往》一書，亦非漫無所據而云云也。

第十四折《賂龜》

灝川曰：此折或無張魁一線，必至藉重徐、馬，不第看低武公，亦必多費筆墨，故不若借用張魁，並連徐、馬兩邊一齊照到。

升東曰：張魁之引全以勢利二字，行之然又偏重利字，關合本題，看下場一詩便見。

第十五折《移情》

灝川曰：此折點題，只用「微笑」二字，可見婦人女子眼孔甚淺，一見阿堵盈前，不覺破涕為笑，理誠有之，但較之李娃與母同謀計遣鄭生，後因良心忽現始用繡褓裹歸，不亦大相懸殊耶？然彼受榮封，此遭慘死，亦各有幸不幸耳，知者休刻責之。

升東曰：若令王龜在家，必致兵連鍋結，何時已耶，故不獨張魁算到，作者亦算到也，至於香君之得以飄然徑去，實因不蒙嚴譴之故，讀此愈覺上文放鬆之妙。

第十六折《觖望》

灝川曰：此折乃王、葛二姝過脈也，故用頓老鎖住，上文即以澹心開出下局。蓋王月一案以頓始即以頓終，猶之以帕起，以帕結也。若澹心本不為葛嫩作伐，然遊院一勸實出澹心，故不得不歸功於其人也。

升東曰：武公之為人甚屬剛正，不以大義折之則其心不降，而又恐其過激也，故又以諢語解之，此皆描寫頓老之老奸巨滑處，其實得挽即挽，不欲重累筆墨耳，但觀武公始而思繼而怒，又繼之而笑，其胸中浩浩蕩蕩之處乃是英雄本色。

第十七折《薦美》

灝川曰：此折純是閒閒引起，若有心若無心，極盡離合之致，蓋武公之於嫩姐，久矣不復置念，十娘雖念之以有月兒亦難啓口，只用澹心一引便輕輕後合湊卯，孰謂澹心功在十娘以下哉！

升東曰：運化洗竹洗桐，妙在無痕，至用墨蘭回顧眉生，然後引出本題，

深合傳中閒話之意，蓋此篇別用一種風雅這筆，雖待兒口中亦別有許多雅致。可見，伐柯之詩，並不許俗人濫觴也，一笑。

第十八折《阻緣》

灝川曰：此折不過為《謁院》一事作一波折耳，蓋上文既已豎訂會期，便竟順流而渡，不第無此文情，且令後文如何布置也，不得已而撰出此折，又藉以影射下本「參幕」一事，足見武公英才，不待艱難險阻始露頭角。

升東曰：馬士英是與本傳無關之人，一令出場必費照應，故使之場內相見方不礙手，又借中軍口中明露訛言之故，不僅見武公料事如神，所以為後文脫身而回之地也。或謂武公不宜屈已往謁，又謂是時督撫尚非瑤草，不知此折本係太虛浮，空中樓閣，原無一些寔事耳。

第十九折《搜墅》

灝川曰：合觀後文，月兒之受禍慘矣，於此更深創之，不第下折難以脫身，亦無此情理，故使之小小受挫，遂輕輕放過也。

升東曰：描寫妒婦情態總不離一淫字，蓋千古妒婦，無不為淫起見，故雖極力詼諧，無非人情所必有耳。

第二十折《謁院》

灝川曰：此折乃生旦將合之機也，然將合不可以不一離，故使之當面錯過，皆極力頓挫之筆也，至於保兒一段雖覺可刪，乃欲擡高葛嫩身分，不得不借旁人口中一描耳。

升東曰：自《遴玉》《魁芳》以後，文氣頗覺平淡，況劇中於南京景物無不隨時敷演，可獨缺中秋、上巳兩番勝遊耶？故此折極寫中秋夜月，而上巳則於《餘音》折中虛描，蓋因《桃花扇》劇內已詳寫之，亦行文避熟之故也，而文氣亦因之絢爛矣。

第二十一折《復任》

灝川曰：此折原為廬州伏案，而又補敘李小大一事以為□本收場張本，蓋李小大是本劇線索，所以通孫、月兩處之藥信。故胥生必為醫士，且又關合寔事，不同造撰也。至於上下兩本盡用此人收場，又自成一大章法耳。

升東曰：尼庵一事補《搜墅》一折，末段追舟一事亦收《搜墅》一折，中段蓋亦神龍掉尾之法耳，不然前既如此勢焰，至此乃遂借院子獻計輕輕收科，全不費手。

十七、方成培《雷峰塔傳奇》四卷三十四齣清乾隆三十七年（1772）

　　序水竹居刻本

　　藏國家圖書館（縮微膠片，索書號 SB04156），四冊裝。內封題「乾隆壬辰新鐫」「雷峰塔傳奇定本」「水竹居藏板」。正文首頁題《雷峰塔傳奇》，署「岫雲詞逸改本」「海棠巢客點校」。首載方成培乾隆辛卯《自敍》，《題辭》若干，有署「茹亭弟洪筆泰之《跋》。

　　評點形式：齣批。

卷　一

第一齣《開宗》

　　【臨江仙】引子渾括大綱，清空一氣，如銅丸走坂，洵是絕妙好詞。舊本或以韋馱尊者演說家門，大失體裁。（按：末【臨江仙】西子湖光如鏡淨，幾番秋月春風，今來古往夕陽中，江山依舊在，塔影自淩空。　　多少神仙幽怪，相傳故老兒童，休疑豔異類齊東，妄言姑妄聽，聊復效坡公。）

第二齣《付缽》

　　世尊登壇，爲世俗耳目所習見，今不另開生面，欲存其舊也，然以佛起必須以佛結之，《佛圓》一齣意本於此。

第三齣《出山》

　　遣詞命意，務期與人相稱，總在不卑不亢之間。慘澹經營，大都如是，解人自能理會。曲中從花落說到出山，深達十二因緣之義。

第四齣《上塚》

　　「雖處公門，頗稱好義」八字，早爲《避吳》《捷婚》兩齣埋根，此是文家關鍵，勿忽略看過。

第五齣《收青》

　　白氏本屬子虛，青兒原不必求其恰合，今仍舊本機杼而潤色之，究竟落想不高，然亦無庸另譜。

第六齣《舟遇》

　　詞曲賓白，盡情竭致。

第七齣《訂盟》

透漏停頓處可味。

第八齣《避吳》

《舟遇》、《訂盟》劇中複敘兩遍，後來李仁又敘一遍，而各不相犯，此妙全從《左》、《國》得來，中間放走一著，理所難行，情所應有，脫卸頗輕便。若舊本公然呈首，後來又靦顏受封，殊不可爲訓。匪獨兩番刺配，文法合掌堪嫌矣。

此折前舊有《出差》一齣，刪之。

第九齣《設邸》

一味插科打諢，原可不存，若爲交代許宣到蘇，何難後出一筆帶過。/但藉此爲正腳色惜力，亦院本之一法。

第十齣《獲贓》

似此詫異事，我亦不信，難怪官府狐疑，但難得不疑其誑，而直疑爲妖。正贓已獲，便不深究，豈弟君子民之父母，不其然乎？

卷　二

第十一齣《遠訪》

白氏顯是支吾，何事始疑終合，大抵總爲貪癡，不能一刀割斷耳。劇中描寫處，正示人以愛水昏波，把持不易也。非遇老古椎寸鐵殺人手段，許生其殆哉！

第十二齣《開行》

此只是文家枝葉。敷衍處仍其舊貫，略薙繁蕪，故無足觀。

破落門牆忽然華麗，明係妖邪，破綻卻輕輕被他瞞過。匪獨當局者迷，抑亦禍來神昧。

第十三齣《夜話》

增此一齣，通身靈動。起伏照應，前後包羅，有瀚衍瀠洄之致，又足見人方寸間蔽錮雖深，而本體之明未嘗盡喪。清夜中有此一番情景，曲則盡態極妍，白則句斟字酌，洵是《西樓錯夢》得意之筆。

第十四齣《贈符》

旁人指點，忽然儆醒，此懼禍常情，後來候又迷惑，固是操持之難，亦見色魔之險，可危可畏！

第十五齣《逐道》

凡事有眞知灼見，亦當量力爲之，觀道士之取辱，可爲好事者鑒。然其利濟之心不可沒也。

第十六齣《端陽》

瑣處傳神，俚中見雅，此白氏多情吃苦之始徵也。

第十七齣《求草》

此齣如陽羨鵝籠，幻中之幻，原本徒取鬧而已。施之以麗藻，被之以清辭，始是文人遊戲，俗子未易辦此。

卷　三

第十八齣《療驚》

只是找足上文，無出色處，然「燈昏」數言描寫逼眞，許宣甦後白氏最難着語，「芳盟」四句斟酌恰當。

　　（按：貼小青【集賢賓】凄涼獨倚小窗幽，恨無端貪酌新篘，飛禍驚心皆自取，看牙牀魂魄悠悠。燈昏暗守，心惻惻數盡了譙樓更漏。娘娘呵，去已久，求仙草未知得否！　　旦【玲瓏貓兒墜】芳盟沒齒結綢繆，休憂，和你恩愛大妻，總恩情如舊。）

第十九齣《虎阜》

隨意寫來，情景如畫，【二郎神】一曲景仰化城，興哀壚墓，正見其有宿根處。　　此折前舊本有《盜巾》、《飾巾》、《出差》三齣，俱刪之。（按：第十九齣生【二郎神】權消受，澹秋容遙山碧瘦，陣陣天香雲外逗，歎眞娘有墓，闔閭劍去空丘，不及那宅捨珣珉鍾梵奏，化城開千秋似舊，（合）頻回首，好林泉笙歌到處勾留。）

第二十齣《審配》

過文耳。筆墨亦簡淨。　　此折前原有《審問》一出，亦從刪。

第二十一齣《再訪》

文法最忌雷同，而此齣特與《遠訪》相犯者，見情魔纏擾如葛藤滋蔓，未易斬除也，然相犯中正自參差有變化在。

第二十二齣《樓誘》

以修蛇之蘗而抱死鼠之潔，非取閒中打諢，後來懺罪生天正根於此。妖能若是，不謂之妖可也！河間婦眞人妖耳。

第二十三齣《化香》

此與《再訪》二折原本極爲繁蕪，覽之頭日爲痛，此乃廓清止於武事也。

第二十四齣《謁禪》

用起下文，無奇特處。

第二十五齣《水鬥》

白氏情瀾不定，何難激水興波。事幻而理甚眞，筆致極爲酣暢。

原本中只此一齣，曲白可觀，雖稍爲潤色，猶是本來面目，識於此，不欲攘其美也。

第二十六齣《斷橋》

將離復合，文字妙境，【玉交枝】三闋曲折盡情。

第二十七齣《腹婚》

敘事簡淨。白氏掩飾處神情吻合。

第二十八齣《重謁》

舊本許生恬然受鉢而去，太覺無心。稍一轉移，情理俱盡。

第二十九齣《煉塔》

【引子】至【梁州序犯】全用倒跌法。「橫波秋靜」一曲情景如畫，唐賢詩云「莫向樽前奏花落，涼風只在殿西頭」，旨哉斯言！　【朱奴插芙蓉】兩闋悲愴淋漓，情文兼至，風神骨格直逼元人。「赭色」數句宛然雷峰塔也。結用益、周公事，更奇。（按：外法海【普天帶芙蓉】【普天樂】鎭妖氛，來塔院。使威神，探流電。煽騰騰赭色新燔，危岌岌欲倒彌堅。【玉芙蓉】施宏願，爲眾生衛扞，向西湖湊成十景夕陽邊。）

第三十齣《歸真》

用《維摩經》「法喜爲妻，慈悲爲女」語，以渲染癡兒。三句義是妙義，文眞妙文。「湖光如澱」一曲語語雙關，此是文章三昧，匪獨樂府爲然，作者不翅（啻）金針拈出矣。　舊有《剪髮描容》一折，贅甚，亟芟之。（按：【皂袍罩黃鶯】【皂羅袍】（外）試問那湖光如澱，何以金沙鋪地，功德池邊，

林分寶樹影初圓，迦陵唱處笙歌賤【黃鶯兒】（生）不須歎，繁華一瞬，【合】喜心空及第得歸閒。）

第三十一齣《塔敘》

前後照應，文法之常，讀此齣愈令人思《夜話》之妙。

第三十二齣《祭塔》

此折最難描寫，凡令人無著筆處，篇內字字如從祭者心坎中流出，【太師引】三曲，尤為化工，妙處《琵琶記》不能過也。（按：小生許宣之子唱【太師引】、【太師引犯】、【前腔】）

第三十三齣《捷婚》

「掌中」兩句風趣，「榮華」兩句真摯。（按：小生【天下樂】整絳綃衣，謝深恩撫育非容易，掌中珠更憐比翼，子侄仍兼子婿，【背介】榮華正歡還暗悲，驀忽地天屬來心裏。）

第三十四齣《佛圓》

收盡通篇，滴水不漏，擷三乘之要義，耀五色而相宣，雄佛綿麗，法密機圓，令我有觀止之歎。

十八、《新西廂》二卷十六齣清乾隆間刻本

藏國家圖書館（縮微膠片，索書號 SB16347），二冊裝。正文首頁題《新西廂》，署「陽城張錦菊知氏填詞，男翰颺藻庭氏正編，濟南范建杲秋塘氏詳定，王瑤臺蓬山氏校閱」。題有「正目：張君瑞佛性慈悲，崔鶯鶯閨儀慎守，老夫人智識奇才，小紅娘慧聯佳偶。」

評點形式：齣批、眉批、夾批、旁批（後兩種數量少）

出批如下：

第一齣《旅遊》

張生登場即以琴書相隨，固是省筆，但突如其來終無根蒂，而遙指黃河自負亦非本地風光，今當場檢點琴囊書笈卸弦分卷，吟詠入神，且琴為後三齣引線金針，尤宜於首齣透出，而調用【鳳凰閣】與凰求鳳、鳳求凰疊用鶯聲，悉非泛設情景，細心讀之始見才人心目手筆，迥非尋常輕掉之文，至於詞意之工，曲文之妙，淘盡陳腐而獨標新穎，雖誦以還幾奪元人之席。　　　杲讀

第二齣《課女》

吟詩作字學繪清談，一則見夫人之誨之正，一則見鶯鶯之孝之才，非姑息之慈，無思春之語，相國家風凜然可見，而阿紅數語尤足見柳公逐婢恥侍牙郎也，才子筆百倍畫家筆矣。　　　皋讀

第三齣《借廂》

此折乃係過場文字，不沾滯為妙，寫寺景，答禪機，崔家事情不過口角一帶而已，文情絕世。　　　呆讀

第四齣《驚艷》

此為吃緊一折，蓋兩美覿面之際最難著筆。如輕描淡寫，與《驚艷》無關；若崔、張互提，則失鶯鶯身分。必得夫人、鶯鶯、紅娘自知，但做好事，拈香禮佛，無旁顧，無亂言，藏事而退。而張生旁觀之，揣摩之，贊羨之，追慕之，方見大家舉止，才子心情，若一味眉批目勾挑，直是鬧齋惡習。觀夫人之令關掩山門，而十調中張生口吻風流端整，大得樂而不淫之妙，而曲文警策新雋絕倫，洪西泠同浴一劇未能比此神勁也。　　　呆讀

此折凡十二闋，以【點絳唇】起，【賺煞尾】結，套法又為一變，猶之柳州集中忽見一篇長公文字，迥然各別，然新雋警策，筆力相同，使讀者但知其妙，並忘其為柳為蘇，益見作者才大之妙。　　　原本此齣套亦如之，神勁處誠不多讓，誰謂古今人不相及耶？　　　呆再讀

第五齣《琴心》

此折似易而難，偏能以難為易。若張生援琴而挑，鶯鶯聽琴而蕩，如文君相如故事，何難暢筆為之，亦甚易也。正在不涉於此，而卻要寫琴，心不能捨琴，偏欲歸於正，是以難也。遇庸手填之，難免枯澀之誚，即泛寫月下彈琴風景，亦不免隔靴搔癢之譏。今則自譜新聲，心薄求鳳之曲而賞其古調，意憐孤鳳之音，彈者無心，聽者無意，知音隔面，落落大方。而六調中愛之贊之，神露言外，竟有水到渠成之趣，是何以難為易至此耶？蓋即《驚艷》折中手段，純用旁敲側擊法也，《驚艷》張生唱者凡十調，此折鶯鶯唱者凡六調，而六調之典雅清新，折折出人心意。或以為典故太多，填詞不宜，殊不知填詞不敢用典者概為平仄所縛耳，如此折與《課女》折曲詞之工，亦唯西泠與文長能之，區區笠翁何可望其肩背。　　　呆讀

第六齣《寺警》

此折飛虎兩調（按：【清江引】、【麼篇】，法本三調（按：【雙聲子】、【滴漏子】、【歸朝歡】）短兵相接，匆遽中情景如繪，且只渠魁與老僧登場，亦頗省事，文筆老潔，文氣豪壯而尤多趣語，饒見閒姿。　　呆讀

第七齣《哭柩》

崔家柩與張家琴均不可不寫之物，亦不宜過寫之事也。此折雖非實事，純用空描，而以空筆寫實情，尤難討好，讀其詞意悲壯，不挫賊鋒以勢以時除死再無別法，眞一幅貞烈圖也。　　呆讀

第八齣《慰憂》

《停柩》、《借廂》，無心邂逅也；《寺警》、《哭柩》，見義必爲也。寫崔家母女之貞，亦不可脫卻張生之品，若原書所作張生翻以飛虎爲了恩人，是眞狂且狠徒，其居心與飛虎何異，今隨筆寫來而貞烈義勇情懷悉露紙上，而筆力勁潔尤與相稱，或以爲【雙勸酒】、【步步嬌】與後之【急三槍】三調可省，殊不知若非《寺警》以前崔張各不相問，至此陡然一見，不能不通姓氏里居也，而夫人疑杜將軍未必肯來，亦是匆促中情理，而張生又不得不破其疑耳。大凡才子臨文必愼，好謀而成，我輩細心以觀，未可率爾雌黃其口。

呆讀

第九齣《破賊》

此折惠明之去，杜帥之來，紛紛繞場，雷轟電掣，若彼此互唱，未免碎零，今七調統以惠明開口，而杜帥僅一白而已，最爲簡淨，而詞曲壯激不減元風，似此塡詞當於四傑中高分一座矣。　　呆讀

洪西泠《長生殿・偵報》一折套調相同，然前五闋音韻較靡，於此後二闋寫得有聲有色，更爲高出一級。彼寫祿山，此寫飛虎，成風殺氣迴不相侔，若易地傳神，尤不知我□□公健筆作何掀天揭地之詞也。　　呆再讀

第十齣《請宴》

《西廂》原本以紅娘爲引線，今於《請宴》後七折始用著他，固見此宴未請以先，原無干涉，爲紅娘留身分，亦是爲崔氏存家範也。然張生才貌英雄早入阿紅之眼，詞曲不即不離，最爲妙筆，而六調香豔之口，溫存之心，躍於紙上，【尾聲】尤爲深情語，讀者平心靜氣，自能領略得來。　　呆讀

第十一齣《賴婚》

此折如直寫賴婚，則置夫人於何地；不寫賴婚，則此後再無文字。況夫人曾經口許，侍婢復以口傳，張生之心固以爲成就之事，乃忽爾中變，最難得詞，觀其夫人於張生未來之時即軟語商之於女，其意亦以女心之早許矣，竟不意秉禮之言出於閨稚，而功名成就月老到門又似直截痛辭聲氣，是以夫人無策，面問嬌兒，而羞澀鶯聲巧以筆訴，總欲見夫人之正，小姐之端，即如自訴詞中直以前意訴之，有何不可，何必九轉（按：鶯鶯唱【九轉貨郎兒】）層層從初生鋪敍到底（按：眉批批從【二轉】始，述鶯之初生、童幼、既長、女工、才學、遭禍、義烈、姻事）。才人用心正如仙機未可輕解，至筆力超脫，用典隨心，九轉深沉，尤爲傑構，而張生袖詞而歸又省當場搶白，此一篇虛靈文字也，切不可囫圇讀過。　　呆讀

第十二齣《前候》

詞曲清麗，直勝元人，至寫紅娘一片柔腸忽想妙策，亦與張生見義勇爲者同一肝膈，若非見其垂死情景，則並此索文之舉（按：紅向生索佳文）亦無大家風範流露毫端，較之原本意同而致別也。　　呆讀

第十三齣《後候》

既云《後候》，候之便不同前，若庸手爲之，非擬權詞以慰其心，必貽束貼以冀其愈。初不知權詞如何收場，束貼斷難私寄，掩卷設想，除非紅豆顆顆療相思，而寓芳心之未冷也。況鶯鶯見字生憐，商於待婢，而阿紅報恩爲重，急切慈恩，因有紅豆之貼，總不肯一筆涉於淫迹，是作書人用心愼處，詞意沉摯纏綿，而以瀏亮之筆寫出，更覺動人心目矣。

傳奇與院本不同，舊《西廂》尚有南北之分，蓋插科打諢，院本添減有之，或因接場換場與歇喉偷調，不能不爲一過搭也。至於本記道白自當仍歸官韻，不應以蘇白方言溷入，此笠翁醜態，時近所尚，似此傳世之書非同風流鬧場之劇耳。　　呆讀

第十四齣《拷紅》

《驚豔》驚鶯鶯也，《拷紅》拷紅娘也。何以拷紅而目之曰《拷豔》？蓋拷紅而鶯鶯之豔事亦成紅中有豔，故以拷豔目之也。然鶯鶯之端嚴自愛，老夫人所深知，此日之拷紅，亦只疑於紅耳。觀【不是路】一闋，矢口先將鶯鶯撇開一面，便是得手文字。而張生之字亦可不觀，許姻之言亦由他去，所謂樞機在手，全身隨之矣。總之，張生才貌經濟久爲夫人所心賞，而聯姻之

舉亦所心允,特被鶯鶯秉禮之詞無端隔住,是以見此遣詞之慘,仍聽侍婢之謀,不然何老夫人顛倒由人,反覆如是。文人用意不知幾費經營,而讀者心粗氣浮,或加指摘,是殆未解身入局中,凝神細想耳。詞曲純用狡獪之筆,尖利之鋒,正見紅娘聰慧女兒,其於此事思之爛熟,故隨口道來,悉中肯綮(綮),妙文妙筆,恐實甫見之亦當避舍也。　　　呆讀

第十五齣《哭宴》

《哭柩》死別,《哭宴》生離。死別者可以同聲一哭,生離者必當各有傷心。體四人之情,作四人之語,刺刺情語而以文筆出之,一字一句不可移易,使讀者見淚出痛腸,並非強墜,才人心孔,七竅玲瓏。　　　呆讀

第十六齣《驚夢》

寫《驚豔》易,寫《驚夢》難,豔驚於色,夢驚於空,空即是色,色即是空,色色空空,大費手筆,文如麻姑撒豆、天女散花,霹靂一聲,空空大界。作者精空禪子耶?慧業文人耶?莊誦以還,五體投地。　　　呆再拜讀

十九、王懋昭《三星圓》四集八卷一百零四齣清嘉慶庚午（十五年，1810）尺木堂刻本

　　藏國家圖書館（索書號 SB16385），十六冊裝。內封題「嘉慶庚午鐫」「三星圓」「板藏尺木堂」。版心下方鐫「踵武堂書」。《例言》後為題詩或詞。繡像 16 幅。末載沈德林《總評人評說》及胡崑元、沈履謙、潘靜遠、潘燮元、張鏞、王濱等之《題三星圓傳奇》。署「梅軒自述」之《演戲慶壽》置於其後。

　　評點形式:《總評人評說》;每齣下場詩前多有齣評,題作「評曰:×××」。

總評人品說

　　畫家肖像貴肖其神,詩家詠物貴詠其情,傳奇亦如之。故凡傳君子,傳小人,傳閨閫,於其人之相貌聲音也,情性行事也,莫不胥有以傳之。古人謂詩中有畫,畫中有詩,而吾謂神情之俱得,亦傳奇中有詩畫。予觀《三星圓》一書,其畫家乎?其詩家乎?而揣摩郭文龍之正、錢可發之和、陳六三之趣,與夫祖功迂而張炳執,天豹凶而盧杞奸,殆猶景雲寺之地獄變相,可化屠漁,《烏樓曲》之可泣鬼神也。若陳祖德之於兄,可謂悌而義矣,然孝而敏者張繼良,秀而勁者陳宗勉,勇而仁者郭有威,錯綜寫來,非猶一幅水宮

圖，魚龍出沒於波濤，覓成佳句者，騎欵段，背錦囊，以顯名士風流哉！至於明如袁氏而能斷，賢如應氏而有守，與聰慧受愚之蘭英，異已；才如鳳眉而好德，健如鸞哆而見機，與輕浮致禍之秀蓮，異已。此又如蛺蝶圖之寫生有致，飛舞蹁躚，文辭之逸麗，嫣然落花依草之姿也。噫！其神其情，傳奇之無殊詩畫也，誰曰不然。聞之六朝以後無畫，三唐以後無詩，自元以後無傳奇，何也？顧長康、張僧繇之輩，畫龍致雨，畫鷹逐鳩，妙手通神，後世丹青家，安能及之。李杜之詩，光芒萬丈，與摩詰、襄陽等共鳴其盛，五代及宋，氣格卑靡而罔繼矣。傳奇雖曰小技，而元之高、王諸書，膾炙人口，欲歌欲泣，非亦精靈所在，為兩間不朽之業乎？今以《三星圓》較之，未知何如，然其規勸高明，點醒愚昧，立意措詞，於世實多裨益，若第如詩畫之得神得情，猶其小焉者已。　　　己巳花朝同里沈德林漫說。

二十、我佛山人《曾芳四傳奇》三齣。清光緒三十三年（1907）《月月小說》刊本

國家圖書館藏（索書號 XD5859:1），一冊裝。評點形式：齣批。

第一齣《標目》

儀隴山農曰：余昔往梨園聽歌《西廂》、《紅梨》諸劇，索其副墨，輒點竄原書過半，詞句如鬼匿書，不可驟睹，詢其故，蓋不如是，不能使官商赴節也，惟玉茗《還魂記》、稗畦《長生殿》及吾家《藏國九種》，則歌者不敢易一字，蓋三先生精於音律，屬稿時，已迴腸蕩氣，三伐三洗，必詞與律協其鏗鏘而後已。此外則填詞與按拍分派，落落然不相合。作者乃填詞一派，若按拍譜之，未必能如是琅然可誦也。

元明諸曲本，標目惟填兩詞：一渾寫，一敘事而已，用韻不一律，未免單簡。作者此齣，用兩個閒人聯合起來，殊覺動目，然實從孔雲亭《桃花扇》奪胎。

第二齣《涎美》

儀隴山農曰：吾家藏園有云：詩有別才，填詞亦有別才。詩別才在於氣味，填詞別才在神韻。近人亦有云：詩如元裝大禪師，要守定他的戒律；填詞如孫悟空，只要弄得精明，無所往而不可。此言實可作藏園「氣味神韻」四字鐵板注腳。作者此齣，寫曾芳四涎美，可謂神極韻極。或曰：但未免唐

突鄧七妹。不知若不唐突鄧七妹，如何寫得出曾芳四之醜態，且作者且深恐唐突鄧七妹，故於【寄生草】曲中，特下「玉貌照人寒」五字，寫得凜然不可犯，為鄧七妹爭盡十分身分，寫得十分清白。

　　【步步嬌】一曲，最難著筆，蓋羌無故實也。讀罷如聽珊珊步虛聲。

　　作者此出以填詞論，奄有玉茗神韻，惟後六段未免有點賊手段，所幸者不傷事主耳。或曰：此作者深心也，寫賊頭賊腦之曾芳四，自然要用點賊手段，不然，試看寫鄧七妹何曾有一句偷來。

第三齣《勸嬌》

　　儀隴山農曰：傳奇詞旨，首重本色，所謂自然天籟感人最深，如《琵琶記·描容》一齣有云：「若要描描不就，暗想像教我未描先淚流」。又云：「便是他孩兒怕也認不出他當初父母，縱不認得是蔡伯喈昔日的爹娘，須認得趙五娘近日的姑舅。」字字句句，情深文明，傳奇家奉為金科玉律，然而不能學也。其次則重渲染，宜明豔，宜自然，忌晦澀，忌牽強。此齣【刮古今】第二段頗有天籟，餘亦渲染有致。

　　麥媼料流氓有強搶婦女事，而先欲擁護兩姑娘，可謂卓識，鄧七妹不聽其姊言而聽此媼言，亦可謂卓識。

　　鄧七妹自述「不知書史慚班女」。是鄧七妹一不識字人也。麥媼自述「常聽我家老頭兒說公堂案」云云，又說「這教做應盡的義務。」是麥媼亦一不識字人也。不識字人而有此卓識，可敬！

　　麥媼之卓識，在能詗奸，而尤在於善鄰。鄧七妹之卓識在能避禍，而尤在能親仁。《記》曰：親仁，善鄰，國之寶也。即此兩端，亦足以傳。

　　外人常以吾國閉錮其婦女於室為陋俗，觀此齣鄧餘氏云：「難道從今後，裹足在閨門，」是明明不欲閉錮其女矣，而姦人即從而生心，雖欲不閉錮之不得也。或曰：是閉錮之舊習階之屬也。吾獨曰：是吾國從無教育，無名譽道德心階之屬耳。

　　大凡熱心人做事，每不暇熟思審計，其起人敬以此，其遺人憾亦以此。此齣寫鄧六姑亦一熱心人，假使鄧七妹迫於感情，遽信其言，則後患何堪設想。

　　此齣第二段科白「俺此後欲待不出門，難免老娘勞動，欲待再出門，又難免匪人侮弄」，確是小兒女性真未漓的計較。

　　此齣之麥媼，實扮老旦，而作者標一「雜」字，不過為閱者醒目計耳，

初非有軒輊於其間也。

　　按：鄧、麥同居，爲一樓一底，此齣科白云云，爲排場計，不得不如此也。試觀向來傳奇家，雖敘一茅簷蔀屋、華門圭竇之事，亦必內外鼇然。蓋不如是，則有侷天促地之勢。固不得膠柱鼓瑟出之也。苟必以膠柱鼓瑟出之，則此「勸嬌」一齣，豈作者曾窺其閨闥耶？不然何知綦詳也。毋亦點染之術耳。

致　謝

　　本書是在我博士學位論文的基礎上略加修改而成，權作是對愛我的人和一段特殊歲月的懷念和致謝！

　　感謝恩師李眞瑜教授！讀博三年，先生之風，藹如也。拙文從定題到草成，得益於先生之處頗多，只是由於自己的怠惰，論文遠遠沒有達到先生最初的要求，想來不免愧惶！

　　感謝恩師陳惠琴教授不棄，系列門牆，示以學術門徑，攻碩三年，唏噓寒溫，恩誼深重。陳師曾勵我以詩云：「數載寒窗豐羽翼，一朝相與出林翮。憂勤灑落逐青雲，生命如詩亦如歌。」

　　感謝段啓明教授、于天池教授、郭英德教授、李軍教授、梁燕教授不辭辛勞，參與拙文的評閱、答辯。他們的鼓勵和鞭策是我繼續前進的動力。

　　感謝中國農業大學徐曉村師多年來的關愛，寸草春暉，師恩何厚！

　　我還要感謝那些予我生命以溫熱的學友或同門！溫厚的甯登國兄、博學的李小龍兄、機敏的李志遠兄、熱心的許慶江兄、和善的王瑜兄、多才的李灟灟師妹、幹練的羅慧師妹、聰敏的常楠師妹等，他們在我論文寫作最惶惑的時候，給予我不少靈感和激勵。史寶莉師姐、黃二寧兄慨然相助查找資料，令人感佩！黃雲生、彭倩倩、朱曉婷諸同門也給予我學業或生活以很大助益。

　　幼子勉之伴隨著論文而誕生，這是上天賜予的一份特殊的饋贈！我曾經蕭瑟的歲月因此多了幾分堅強和慰藉。愛妻吳新妹和家人的默默奉獻，使我得以安心讀書、寫作，我的些微成績都歸功於他們平凡而無私的心靈！

　　最後，感謝臺灣花木蘭文化出版社的盛情襄助，才使得本書能得以順利出版。他們對學術事業的熱忱永遠令人尊敬和感激！

李　克

2012 年 9 月 8 日